文学鲁军新锐文丛

东紫卷

白 猫

山东省作家协会 编

山东文艺出版社

"文学鲁军新锐文丛"
编辑委员会

主　任：刘为民
副主任：张　炜　杨学锋
委　员（以姓氏笔画为序）：
　　　　王兆山　王耕夫　刘　强　刘海栖　许　晨
　　　　李　军　李广鼐　李掖平　苗长水　杨文学
　　　　杨发运　张丽娜　陈文东　武学海　罗寿宪
　　　　房义经　赵德发　谭好哲　葛长伟

总　　序

孙守刚

　　文学事业是文化建设的重要组成部分，是各种艺术创作和发展的重要基础，担负着满足人民精神文化需求、推动文化大发展大繁荣的光荣使命。山东作为文化大省，具有源远流长的文学根脉，齐风鲁韵影响深远，众多文学大家名作构成了齐鲁文化的壮丽画卷，为山东文化建设提供了丰厚的滋养。在近现代文学史上，山东作家写下了浓墨重彩的篇章，山东文学在中国文坛居有重要地位。特别是新时期以来，山东省委省政府高度重视发展文学事业，把繁荣文学创作作为加快文化强省建设的重要任务，采取一系列政策措施加以推进。山东文学创作呈现出繁荣发展的良好局面，涌现出一大批优秀青年作家，推出了一大批优秀文学作品，在丰富群众精神文化生活、推进经济社会发展方面发挥了不可替代的重要作用。

　　山东作家队伍人才济济，新人佳作层出不穷，一批作品荣获全国重要文学奖项，在全国产生重要影响，引起广泛关注，"文学鲁军"成为新时期中国文学界的一支重要力量。为发现文学新人、扶持青年作家，山东省作家协会于2001年组织编选出版了《文学鲁军新锐文丛》第一辑，整体展示了10位山东青年作家的创作成就，有力促进了青年作家队伍的成长壮大。近年来，山东一批又一批文学新人脱颖而出，一批中青年作家崭露头角，以勤奋的创造性劳动和出色的创作成果，为文学事业发展注入了勃勃生机，山东作家群展现出薪火相传的兴旺景象和持续发展的巨大潜力。

为集中展示山东青年作家的新气象和新阵容，促进山东文学事业繁荣发展，省作家协会组织了《文学鲁军新锐文丛》第二辑的编辑出版，在面向全省征集的基础上，遴选了10位青年作家的精品力作。他们都是近年我省最为活跃的文学新人的优秀代表，是山东创作队伍的生力军，他们的作品代表了山东青年作家的创作水准，为山东文学事业增添了青春力量。

"文章合为时而著，歌诗合为事而作。"一切优秀的文化创造，一切传世的精品力作，都是时代的产物。我国正处在中国特色社会主义事业蓬勃发展阶段，山东正处在由大到强战略性转变的关键时期，我省文艺事业发展面临着难得的历史机遇。党的十七届六中全会提出了推动社会主义文化大发展大繁荣、建设社会主义文化强国的战略任务，省委九届十三次全体会议对加快建设文化强省作出新的部署，这为我省文学发展创造了更加有利的环境，为作家施展才华提供了更为广阔的舞台。真诚希望青年作家们继承发扬齐鲁文学的优良传统，以繁荣文学创作为己任，始终坚持正确方向，坚持以人为本，坚持锐意创新，坚持德艺双馨，自觉贴近实际、贴近生活、贴近群众，积极投身到讴歌时代和人民的文学创作活动之中，以充沛的激情、生动的笔触、优美的旋律、感人的形象，创作出更多思想性艺术性俱佳的优秀文学作品。牢固树立精品意识，发扬十年磨一剑的精神，甘于寂寞，心无旁骛，潜心创作，精益求精，不断挖掘作品的深刻主题，不断丰富作品的表现形式，不断提升作品的艺术境界，努力打造叫得响、传得开、留得住，富有齐鲁风格、山东气派的精品力作。

人才辈出是文学繁荣的基本条件和重要标志。近年来，省作协充分发挥桥梁和纽带作用，积极履行"联络、协调、服务"职能，创新文学人才选拔、培养、激励和服务机制，以培养文学新人为重点，切实加强文学人才队伍建设，为文学新人脱颖而出创造了良好环境条件。希望省作家协会认真总结经验，把"文丛"编选工作制度化、常态化，作为培养推介文学新人的重要措施，充分发挥丛书的影响力和带动力，努力打造成一个响亮的文化品牌，让一批批"鲁军新锐"从这里出发，走向全国，走向世界，再创"文学鲁军"新辉煌。

"等闲识得东风面，万紫千红总是春。"在加快建设经济文化强省、谱写山东人民美好生活新篇章的伟大进程中，山东文学的百花园一定会更加枝繁叶茂、硕果累累，山东文学事业一定会有更加美好的明天。

目录

白猫	001
春茶	025
穿堂风	065
不会吐痰	111
幸福的生活	135
北京来人了	168
饥荒年间的肉	210
后记	253
附录一	257
附录二	258

白　　猫

　　我想和你说的是我和两只猫的故事，但因为我已经很久没有坐下来和人聊天了，也很想和你说说别的。从哪里开始呢，从元旦的那本台历开始吧。

　　元旦那天，我专门到超市买了一本印刷精美的台历，它的纸张硬朗得如同崭新的人民币，用手指轻轻翻触，就能发出悦耳的声响。我把它摆在书桌上。我希望今年的每个日子都能不同于以往。今年不同于以往，今年我就要满五十岁了。今年，我儿子就要满十八岁了。今年，他高考，他的母亲在十年前就答应，他高考结束后可以到我这里来。

　　这个晚上，我在书桌前坐到半夜。半夜的时候，我伸出手指打算撕掉台历最上面的一张。我捏着它，突然想到它和以往所有的日子一样，打算弄出点动静的手指顿时索然无趣，转而把台历的封皮合上。合上之后，又翻开，找到儿子高考的日子、答应来我家的日子、儿子的生日、我的生日，一一折了角，之后再合上。

　　接下来的日子和原来一样，我没有扯掉任何一张日历。我每天依旧是凌晨两点上床睡觉，上午十点醒来，洗漱后仰躺在沙发上抽支烟醒醒神，然后找点东西勉强填一下肚子，挨到下午一点出门去单位旁边的小饭店里吃饭。选择到单位旁边饭店的原因有两个，一是我从离婚后几乎所有的午餐都是在那里吃的，已经习惯了；二是可以顺便到办公室看看有没有我的信件，有没有需要处理的事情、需要参加的会议。这样在我生活里不得不进行的两件事情就都得到了解决。其实，在所有认识我的人眼里，我的生活里最亟待解决的事情是我的性。领导、同事和朋友都不止一次地和我绕着弯子促膝谈过，他们非常热情地把离异和丧偶的女人领到我跟前。当然这都是前几年的事情了。最近这几年，尤其是我搬离了单位宿舍独自住到别处后这种事情几乎没有了。没有的原因大致也有两个。一部分人认为我那方面经过十年的压抑已经废了，甚或变态了，他们没有必要再贡献爱心了；另一部分人认为我是故意处于单身状态，借此不受法律约束地玩弄女性。没有人相信我只是在等待爱情。我的一个作家朋友前年春天曾用他浓重的川音反问我，这个年龄的爱情能算个啥玩意儿啊？我思考之后说，应该是个能经得住考验的东西。他哈哈笑着说，这年头有经得起考验的东西吗？你好好考验，我等着瞧呢。他说这话的时候，我还真动了考验女人的念头——当时有三个说喜欢我的女人。这次谈话后不久，因为我在一次研讨会上对他的作品说了些批评的话，他和我二十年的友谊中断了，他把自己变成了我隐私趣闻的泄洪闸。传说得最精彩的是我刚离婚的时候，他请我桑拿的故事。故事说我从女人的身上离开后急匆匆找到他，哭丧着脸说，真不合算，被人揩油了，还要花钱。他问我，用套了吗？我说用了。他说，把套带回去不就合算了吗。给我传这些话的人在电话里笑得差点憋死，配合着让人快乐致死的笑声的是啪啪的动静，一种用力拍大腿或肚皮的声音。我浑身发抖地拿着话筒，努力和他一起笑，妄想着把它笑成别人的笑话。

  儿子高考的那天，我曾打开台历，试图在上面写上点什么。想想作秀的痕迹太明显，就放弃了。我没有记日记的习惯。我认为日记是个很暧昧的词，如果说是记给自己看的，那根本就不用记，记给别人看吧，就难免有做作的嫌疑。儿子原定来我这里的那天，我也差点在台历上写下点什么。那天，我心情很激动，那应该是种叫激动的情绪，坐卧不宁，书看不进去电视也看不进去，午饭也没敢出去吃，一直守着电话，把家里的地擦了好几遍。不出去吃饭，倒不会饿着，冰箱里吃的东西满得关不紧门。儿子，没来。一直到冰箱空了也没来。打电话去问，他母亲说他和同学旅游去了。我翻开台历，把那页的折角抚开。他母亲说，我保证他一回来就让他过去，但我有一个要求，请你把家里不该让孩子看见的东西收拾起来，儿子正处在青春期，不能有任何不良的诱导和刺激。突然间，我眼里有了泪，我觉得很委屈。我知道她一直在捕捉我和女人的风影。片刻后，我轻轻地把话筒放下了，什么也没说。没必要说，对吧？那早已不是个你可以辩白可以诉说的人了。

儿子在一个台历没有折角的日子来了。他很高大，比我高出一头。他带了个很大的行李箱，里面除了笔记本电脑就是他的衣服，从短袖到秋装各有好几套。我儿子嘟囔着，非要带这么多，好像要住一辈子似的。我听了心里一热，赶紧去给他母亲回了个电话，离婚后第一次对她说了声谢谢。我原来跟儿子特别亲，因为从他两岁开始到八岁被他母亲接走之间的六年里，我俩可谓相依为命。我原以为父子间的感情是任何东西都改变不了的，接下来，我就发现错了。我已是儿子的陌生人。儿子在机场见了我连激动的情绪也没有。我孤独地激动着，心酸着。我紧紧抱住他，他推推我，没推开。从机场回到家，他主动说的第一句话是——能上网吗？我赶紧把网线插到他的手提电脑上。他坐到我的书桌前，姿势很像我。我坐在能看见他的客厅沙发上看他的背影。三天，他不肯挪窝。我捡起荒废了十年的厨艺做记忆里他爱吃的菜，端到他面前。

爱吃吗？爸爸记得你小时候最爱吃了。

我喜欢披萨。他手指敲击着键盘说。

第四天的傍晚，下雨了。雨不是很急，雨点却很大，嗒嗒地响。我儿子对着窗子看了一会儿说，我想出去走走。我赶紧附和说，好，散散步好。我拿起雨伞。我儿子皱眉看着雨伞说，打伞，那就不如晴天的时候去走了。我赶紧放下伞说，还和小时候一样啊，一下雨就……我话还没说一半他就拉开门走了出去。我紧跟出来。我知道儿子不喜欢我总是小时候小时候地说话，可是不说小时候又该说啥呢？

我和儿子默默地并肩走在雨里，顺着小区的道路左拐右转地走。我用眼角看着雨点先是把儿子的头发敲打得一跳一颤的，不一会儿，头发湿透了，贴在头皮上，像个油黑的头盔，大大的雨点在上面弹跳起来，四散开去，像他小的时候撩拨起的水珠。小时候，带他去游泳，他喜欢在水里闹，带领一群孩子把水搅和得跟下雨一样，水珠起起落落，惹大人白眼。

小的时候，儿子你小的时候啊……我在心里说着，眼泪突然就冒了出来。意识到雨能掩饰泪水，我任凭眼泪流淌下来。

很浪漫，对吧？儿子做了个扩胸的姿势，他的胸大肌和小豆粒一样的乳头清晰可见。

我点点头，用手掌摸摸脸上的水，试图做出惬意的表情来，心里惦记着是否可以顺着浪漫这个话题往下聊聊。不争气的一股痒痒却在我的鼻孔里鼓捣出喷嚏来，很不雅的一大串。儿子有些不悦地说，回去啦。我说，没事的，再走走吧，其实我也很喜欢在雨中散步，只是我这年龄再独自一人在雨里走的话，怕让人家误会。儿子不再搭理我，扭转身在我前面走起来，脚步比来的时候明显地快了，胳膊一甩一甩的，还是八岁时的架势，肩胛骨在T恤底下如同两把船桨滑动着。我享受地盯着被十年的分离放大了近一倍的儿子——臭小子，再长也没脱了小时候的影子。

儿子突然站住，回头看看我又蹲下身。我紧跑两步赶过去。低矮的冬青丛里一只受伤的白猫趴伏着，左侧眉骨上面一条两三厘米的口子在流血。雨水把猫的毛发湿透了，使得那猫看起来就如同一个脏了的肥肉碌子，丑陋得很。一看就知道是令人讨厌的流浪猫。

咱们把它带回去吧，它受伤了。儿子征求我的意见。

是流浪猫，要是……我打算把关于狂犬病的知识说出来。

爸，它都伤成这样啦！

好好好，好好好，带回去，带回去。相隔十年的一声爸，让我语无伦次。我把儿子推到一边，抱起那团携带着狂犬病毒的肥肉。它睁开眼，瞅了我一下，血往它的眼里流，它眨眨眼又闭上了，很虚弱地喵了一声。看来不会伤人，我说。儿子说，钥匙。我给了他钥匙，他说，我先开门去，它血流得这么厉害，千万别失血性休克了。还懂得不少呢。我笑起来，笑儿子说得一本正经过分专业的用语。儿子用鼻子哼哼两下，说，你忘了我妈是医学博士？

回到家，医学博士的儿子把白猫放到我的书桌上，在我的小药箱里用很内行的眼神挑拣出两样能用的药：眼药水和跌打损伤喷雾剂。他用棉签蘸着眼药水清洗猫的伤口，然后用手遮着猫的眼睛，用理发师喷啫喱水的姿势往上面喷治疗跌打损伤的气雾。他饶有趣味地当着猫的大夫。我在边上盯着猫的爪子，时刻准备制止它对儿子的进攻。

看我像不像个大夫？儿子说着，试图把创可贴贴到猫的伤口上。

像，很像。我赶紧接话。

我很佩服我妈妈，她很了不起，带着我硬是攻下了博士学位。我小时候最愿意跟她上夜班，看她给人包扎伤口，嚓嚓几下就弄好了。儿子抬眼看我，我从他的眼神里感觉到十年把我在他心目中的形象缩小了，如同我的身高在他海拔180厘米的眼球上。我想告诉他，爸在去年已经晋升为副教授了。想到用媳妇熬成婆的方式得来的副教授在医学博士的嘴里肯定是令人不齿的，我把到嘴边的话压住，在心里反驳儿子——你妈的博士学位不是她带着你攻下来的，她的硕士和博士学位都是我带着你的时候攻下来的，她一走就是六年。

那就好好向妈妈学习。我把目光从儿子的脸上移开，心里面五味杂陈。我知道她阻隔我和儿子接触是想独霸孩子的爱。我原以为凭借和儿子六年的相依为命做底子，她是行不通的。我的研究生说得对，我这种处处不设防的人必定会处处受伤。

创可贴无法粘到湿漉漉的猫脸上，儿子拿了剪刀试图修剪猫额头上的毛。想想说，会很难看的对吧？又问我有没有吹风机。吹风机是女人的用品，我早遵照他母亲的命令藏了起来。想到如果让儿子从猫大夫的角色里出来，好不容易出现的交流就会中断，我到卧室的橱子里把吹风机拿了出来。吹风机是鲜艳的玫瑰红色，儿子拿在手里看了看，从出风口扯下一根长发扔到地上。他变成了猫的理发师，细心地吹着猫的毛发，用手指逆向拢起猫的背毛，晃动着玫瑰红的吹风机。白猫不知道是因为真的失血性昏迷了还是在享受人对它的呵护，很乖顺地任凭他摆布着。白猫的身体逐渐扩大着，直至最后看起来像头小北极熊。儿子如愿把创可贴贴在了猫的眉骨上方。我讨好地拿了沙发垫子放到客厅的地板上说，让它睡吧，不要紧的，猫有九命，睡一觉它肯定能好。

猫在我的坐垫上仰躺着睡着了，那样子非常像婴儿。我一下子想起儿子不满一岁的时候，那时候他胖得和白猫差不多，睡觉的时候把两只小胖手攥得紧紧的放在耳朵边上。那时，他的母亲还很爱我，甚至有点崇拜我，每当我痴痴地看儿子睡觉的时候，她还会凑过来亲亲我，对她和儿子给我造成的辛苦做一下慰劳。儿子早又进入了他的网络，用非常像我的背影对着热切期待着和他聊天的父亲。我走过去收拢吹风机，捡起地上的那根长发。我没有把它立即扔到垃圾桶里，而是在手指间缠绕了一下，我希望儿子能够再次注意到它，和我谈谈它，哪怕它可能会进一步消减我在他心里低矮的形象。儿子的眼睛是我的翻版，小眼睛，单眼皮。他竟然眯眼盯着电脑屏幕，做出专注的样子。这一刻，我恨不得时光倒流回十年前，让我能够重新选择。他站上学术之巅的母亲那在峰顶俯视的眼神，时常提醒你和她是有差距的，她完全有权力指挥你的鼻息。我会选择和我的儿子在一起，和他一起成长。我提着那个小巧的玫瑰红吹风机，捏着那根长发默默地退出来。

我回到卧室揉捏着那根头发，给它的主人A打了个电话。我说，我儿子来了。A说，是吗？我说，我和儿子捡了一只受伤的猫，猫被雨淋得跟落汤鸡似的，我儿子用吹风机给它吹干了。A说，哦，是吗？

吹风机上面有一根你的头发。我的语调很缓慢，我想让女人听出点什么来，想让女人说点什么塞进我空落落的心里。

哦，是吗？真对不起，我以后一定注意，我知道你爱干净。

等儿子走了，我再联系你。我失望地挂断电话，把头发放进垃圾桶。

我前面说过曾有三个说喜欢我的女人，和那个作家朋友聊天的时候曾动了要考验她们的念头。后来，我真的考验了她们一把。我原来根据对她们喜欢的程度将她们依次定为ABC，现在的A其实是原来的C。考验她们的方法很简单，我的颈椎病犯了，只能趴在床头上，头稍稍改变一下姿势就会天旋地转，手脚发麻。我给医学博士打电话说，我颈椎病犯了，起不了床。医学博士说，是吗？到医院看看吧。我渴望着她能让儿子给我来个电话。我趴在床上，头耷拉着看着地上的座机，等待着。三天，一个电话也没有。我突然对没人在意自己的状态感到难以忍受。我给ABC打电话，告诉她们我病了，在床上不能动。那样的心境下，我不怕她们都来，不怕她们知道了彼此的存在，全都离开我或合伙撕碎我。我热切地盼望着她们都来。只有我最不喜欢的C来了。从此我在心里把她改定为A，把另外两个删除了。

以后我会不会有BCDE？我不知道。或许她们出现了，就会有吧。其实不止我一个人这样对待感情，很多人的爱情都像选择题，有时觉得哪个都像，仔细推敲又觉得哪一个也不像。其实对A，我内心里一直有点愧疚，我知道自己不喜欢她，只是把她当作人情冷暖里的一根稻草而已。但，一根稻草的温暖也比没有强吧。

我讨厌猫，从小时候就讨厌。小的时候，因为知道猫是奸臣的化身，不忠诚，好吃懒做，献媚取宠。后来，就更讨厌了，因为它像贪图享用情不专的女人。但此刻，猫成为我接近儿子的工具。我假装喜欢它。雨早已停了，儿子按动鼠标敲击键盘的声音格外响亮。我侧耳听着，希望能听到儿子翻动台历的声音，虽然那上面没有记录什么，虽然我曾经折起的角已抚开，但折痕还在，我多么希望我的儿子在用沉默填塞父子间隔阂的时刻能够摇身变成福尔摩斯。

没有纸张的声响。

怕半夜白猫醒来乱拉乱尿，我强打精神装着看书。儿子熬不过我，关电脑睡了。凌晨两点半的时候，白猫醒了过来，抖了抖毛发，朝着我喵了一声。我正琢磨着怎么控制它的时候，它走到了房门前停住，并回过头朝我又喵一声。我把房门打开，它慢步走了出去。

上午，儿子醒来知道我半夜把白猫放走了，瞪着眼质问我，你怎么能这样？它还病着呢。我用尽心机找出一句话说，我觉得所有的爱和友谊都应该建立在相互尊重的基础上，相互尊重的基础就是不把自己的意志强加给别人，不能总想着去控制对方。对猫也是一样，它想离开就应该让它离开。儿子眨了两下眼又坐到电脑前。我建议说，去买猫粮吧，或许还能见到它，带它回来做客，不能不给客人准备吃的，对吧？儿子很爽快地站了起来。

有了猫粮，儿子又有了散步的动力。我和他在小区里转悠着，借着昏暗的路灯我们在树丛、荒草堆、垃圾桶、汽车底下寻找着。找了一圈，发现它仍蜷缩在昨天发现它的地方打着盹。额头上的创可贴已经没有了，伤口上是泥土和血混成的厚痂。听见动静，它一下睁圆了眼，看见我们，眼睛眯了两下，喵了一声。它认识我们了。儿子语调里有毫不掩饰的快乐。我晃晃手里的塑料袋子说，咪咪，跟我们回家了。白猫从冬青丛里钻出来跟在我后面走。

爸！它能听懂你的话呢！我儿子八岁前的语调像强电流一般击中我。我的脚步不由得停顿了一下。我不敢回头看他，生怕一眼又把他看回了十八岁。我的儿子在我脚步短暂的停顿里一步跨过了十年，甩动着长长的胳膊表情冷漠地越过我，给白猫当向导。

我在儿子的注视下，很慷慨地拿了两个饭碗给猫当餐具。儿子把猫粮倒在碗里，又用另一个碗盛了半碗水。他对猫柔声说，慢慢吃，慢慢吃啊。

不一会儿，猫吃完了饭。儿子把它又抱到我的书桌上，继续扮演大夫。我抓着猫的爪子按着猫的背，充当助手。儿子把头天晚上的程序重复了一遍。

待创可贴再次在白猫的额头上挂好之后，我把它抱到门口，但它并没有离开的意思，而是抖了抖毛走向地上那个它昨晚睡过的坐垫。它趴在上面，用漫不经心的眼神瞅着我和儿子。窗外传来雨的声音。儿子看着猫说，它的伤还没好，不能让它到外面淋雨。我说，行，留下它可以，但不能让它在客厅里，会到处拉尿的。我起身到储物间找了个纸箱子，把四面的箱盖往里塞住，拿到厕所。儿子很配合地把猫抱过来放进纸箱。儿子刚要转身，猫已经站起来，两只前爪扒着箱沿，一副打算跳出来的样子。儿子蹲下身，把它按进去。猫乖顺地趴着，待儿子一起身，它又站起来。三番五次。儿子烦了，他对猫呵斥道，是我让你留下的，你要给我面子。猫不给他面子，只要他打算转身离开，它就打算离开纸箱子。我对儿子说，你别管它，看它到底想干啥。猫从纸箱子里跳出来，跨过厕所的门走到厨房，站住朝我们喵了一声。我把纸箱子拿到它跟前，它跳进去，趴下了。儿子和我目瞪口呆。它知道厨房和厕所的区别？

  我上午醒来的时候，儿子已经坐在书桌前了。我问，猫呢？儿子朝厨房跑去。我跟过去，看厨房被糟蹋成什么样子了。儿子拉开磨砂玻璃门，白猫已等在门前。它坐在那里，仰望着我们，两只前爪耷拉在胸前，一副焦急无奈的模样。厨房里干净整洁依旧。我有点不敢相信自己的眼睛。猫走到房门口，回过头对跟踪它的我们叫了一声。我对儿子说，它想走了。儿子打开房门，白猫蹿了出去。我在厕所的下水道口看见了猫屎和尿，第一次，我内心里对猫有了点喜欢的感觉。这时，电话响了。我儿子的母亲不和我说话，只和她的儿子说，回程的机票已经订好了，一会儿就会送来，下午四点的飞机。儿子哼唱着歌开始收拾行李。我被他的快乐和他母亲的无情伤得瘫坐在沙发上。三天前，她给我打电话说要儿子今天回去，我说不行，再等两天，两天后是我的生日，我想让儿子陪我过个生日。

  送儿子去机场，在空旷的候机大厅里，我再次抱住我的儿子。这次他没有推我，呆呆的，像根电线杆一样任凭我抱。我紧紧抱着他。不敢放手。我知道我的儿子早已不属于我了，属于我的可能只有这一抱了。十年，在我和他之间演化成一条难以逾越的沟壑。

  明哥，是你吗？这是你家儿子吗？长这么大了！

  我抬起头看见了作家朋友的妻子，张玲。十年前，我和作家朋友聊天的时候，我的儿子大都由她照顾着，我记得那时候的她像个活泼的幼儿园阿姨。我赶紧点头招呼。她很亲切地和儿子叙起旧来，两个人一问一答地聊着。想到有外人在，能够将我和儿子的分别约束到正常的程序上来，我对她热络起来。儿子要登机了，我和张玲一起朝他挥手，他在安检口回过头来看了我一眼，没等我看清他的眼神就转回去了。

十年，这孩子和我生分了。我不由得感叹。

明哥，你和我也生分了。明哥，我和他离了，好几次想给你打电话说说，又怕打搅你。我知道他这两年到处说你的坏话，但我知道你不是那样的人。张玲的眼睛亮得让人心慌，像夜里飞奔而来的车灯。我赶紧躲闪，和她道别。她说等等，这是我的电话。我握着她的名片，在心里说，大半个中国已经知道我是个荒淫而吝啬的下作男人了，我要是再勾搭上他的前妻那还了得？

没有了儿子的家有一种从未有过的空，我在这种让人难以忍受的空里挨了两天。两天后，我五十岁的生日到了。我没能像以往一样在上午十点醒来，我一直没有睡熟，半梦半醒地熬到早上七点就彻底清醒了。我躺在床上，听着邻居们上班上学地忙碌着，大人催着孩子，女人唠叨着男人。

五十知天命。我对自己说。知天命的意思大概就是说能够看见生命的底了，知道自己走向坟墓的时候是热热闹闹还是孤苦无依。我一定是孤苦的，像我犯了颈椎病时一样，动不了，眼瞅着自己衰亡下去。

拿起电话，我想邀请A来一起吃饭。想想即使她来了，心里面还是一样的空落，又放下了。我把手机拿在手里，把座机的每个分机查看了一遍。我期待着儿子的电话。等到晚饭的时候，一个电话都没有。这个日子，一个我恐慌了大半年也没能躲过去的日子，一个渴望着和十年里不一样的日子还是一样地来了，一样地过了。唯一不一样的是，台历的这一页上折了个角。我翻开台历，一页一页地翻找这个让人一眼望穿生命之底的日子。

一串黑字让我颤抖起来。臭小子，还是有心的。我的眼前一片迷蒙。擦干泪，看清了，我对自己笑了。笑自己读的姿势，像个刚刚识字的小学生，用手指指着，一个一个地认它们。

我知道你讨厌猫，你再装我也知道，但还是拜托你照顾它，最起码也把猫粮给它吃完。

台历上醒目的数字告诉我是儿子走的那天写下的。我急忙往后翻，后面所有的都是空白了。看看那生分而郑重的"拜托"两字，我合上台历，打算出去看看那只猫。

喵——我以为听觉出了问题，仔细听，又一声喵。

白猫在门外。进来，进来，咪咪快进来！我的语气欢快得像迎接一个十年未见的老朋友。我五十岁生日里唯一的拜访者。

我把猫粮倒进碗里，倒得比以往都多。赶紧吃吧。我说着在沙发上坐下来。白猫看看碗，回头朝我喵了一声。吃吧，慢慢吃。我指指碗，把身体往下缩了缩，眯眼半躺在沙发上，想起儿子从小就喜欢猫，他四岁半的时候就曾抱了一只猫回家。那时我和他住在一间不足二十平方米的筒子楼里。我要给他扔了，他把我抓猫脖子的手咬紫了，那天，我狠狠打了他。养他就忙得我焦头烂额，哪能再养只猫？

脚背毛茸茸地热起来，睁眼看见白猫偎在上面，歪头看我，瞪着灰色的大眼珠子。那神情就像个自以为能帮你的孩子在对你说——不是还有我吗？我心里一热，把它抱起来放到膝盖上，拍拍它说，好了，去吃饭吧。它喵一声，再把头放到自己的前爪上，继续歪头看我。我突然觉得，它在告诉我——我是来看你的，不是来吃东西的。猫在我的膝盖上待了足足有十分钟，直到我把它放到它的碗前。脑子里冒出一个记录白猫来家的念头，我跑到书桌前快速地翻动台历，生怕稍一迟疑，这个念头就被自己否了。新人民币一样的纸张在我急促的翻动中发出似流水又似风吹干树叶的声音。

接下来的一段时间，我大都在下午五六点钟——我看书累了的时候，出去找它。每次我只要远远地喊一声——咪咪回家了，它就会乖顺地跟在我身后，到楼道的电子门前坐下看我开门。进入楼道，我俩的位置开始倒过来，它在前，我在后。等我到家门口，总看见它坐着等我，很兴奋地朝我喵一声。进了家，吃完东西，和我嬉闹一会儿，它就会到纸箱子里睡觉（我生日那天就已经把纸箱子放到客厅和阳台的连接处了），大都是睡到半夜十一二点离开。有时它也会睡到第二天早晨，但在我醒来之前，它都是安静的，只是静静地在客厅里等着我醒来，如同一个了解并尊重我所有习性的朋友一样让我感觉舒心而放松。有时，它又像贪玩而乖顺的孩子，尤其是每次叫它回家的情形，总让我想起儿子小的时候。每个傍晚他都噘着小嘴跟在我身后，依依不舍地回望着他的伙伴，但一到楼梯口，他就会快乐起来，总以为我在家里给他准备了好吃的。他跑到我前面，撅着屁股爬楼梯。我看着他的小屁股，判断是否要给他洗裤子。

我已经习惯了在台历上记录白猫,习惯了每天半夜用翻动台历的方式结束我的一天,开始另一天。即使白猫没有来,我也要写下:今天白猫未来,或者,今天未见到白猫。每个夜晚的十二点,最孤寂的时刻,我的笔尖在新人民币一样的纸张上,在醒目的日期之下滑动着,慢慢地填满空白,然后,翻过它。

在小区里寻它唤它的时候,我总难以按捺和别人谈论它的欲望。一天,我走出楼道口,正巧看见白猫在远处花坛上一闪而过的身影,我张口就对擦肩而过的一楼老太太说,大姨你不知道那白猫多通人性,我的话它都听得懂。昨晚我吃饭的时候,它两只爪子搭在沙发上,喵的一声,我一看就知道它想上沙发,征求我意见呢。我说,不行,不能到沙发上去。嘿,它真就乖乖地把前爪落到地上,走到一边趴下了,满脸不高兴呢。老太太先是四下里看了看,又呆呆地看我。她被我的热情吓着了。我也被自己吓着了。同是一个楼洞的邻居,两年来我从未和任何人打过招呼。为了避免和人打招呼,我的作息时间都和他们错开了。我不想和别人熟悉起来,不想让自己生活在熟悉的人群里,这就是我搬离单位宿舍的目的。可现在,我热切地和熟悉白猫的人聊天,热切地搜集着关于白猫的信息,不几日,我在小区里就有了好几个熟人,我也成了他们的熟人。这些熟人大都在厨房的窗外或者花坛边放有自己家的碗,他们会把吃剩的饭菜倒在里面。

熟人告诉我,白猫是一只特别勇猛善斗的猫,它在这个小区里已经三年多了,是这个小区的猫王。这里的流浪猫大约有六七只,都在它的管辖和保护之下。那些猫都是母猫,是它的妃子。它基本上都是昼伏夜出,在它的领地上巡逻,如果发现有入侵者,肯定会一战到底。在所有的妃子里白猫最喜欢的是一只黑猫,让黑猫给它下崽儿。别的母猫都挨不上边,也就是偶尔宠幸一下,解决一下问题。熟人笑着告诉我,如同戏说某位古代帝王。关于白猫在我家的表现,一位熟人解释说,白猫原是只家猫,小区门口粮店店主的,肯定受过训练,听说因为它把屎尿拉到粮食里被打出来了。粮店拆迁的时候,店主曾把它带走了,但没隔两天,它又回来了。

一个兽医告诉我,猫的寿命大概在十五年左右,一只猫鼎盛时期的智商相当于一个四五岁的孩子。四五岁的孩子。我嘟囔着,努力回想儿子四五岁时的认知能力。儿子四五岁的时候,已经是一个小大人了,已经能够和我聊天、玩笑甚至懂得保护我安慰我了。记得一次因为在单位里受到领导的误解，心里很是郁闷，回家吃饭的时候情绪低落。儿子问我为什么不高兴，我应付说，有人欺负爸爸。儿子顿时瞪圆了眼睛，握紧小拳头说，爸爸，你告诉我谁欺负你，我用我的少林拳对付他！这个夜晚，我在台历上写下了兽医的论断，在心里对儿子说了好几声对不起，为我在他四岁半时残酷而暴力地剥夺了他和一只猫的友谊。我还在心里对儿子说了好几声谢谢，为了白猫给我的友谊，为我在五十岁时体会到的人和动物之间的情意。

  这期间，A 结束了和我的关系。她来过两次，第一次还好，像以前一样，我在她进门的一瞬间就掉进了做饭、吃饭、洗碗、打扫卫生、洗澡、睡觉的生活程序里。A 是一个不动声色就能把人拖进生活的女人。第二次，她看见了刚刚睡醒抖搂毛发的白猫，尖叫着躲到我身后，让我赶紧把它赶出去。我把她连同她手里的蔬菜提包之类的，一起护送到卧室里。她说她看不得带毛的东西。她用命令的口吻说，你绝对不能再让猫进门了。我说，先聊会儿天，等一会儿白猫吃完走了，我请你出去吃。找不出话题，我就催促 A 洗澡，我想把和她在一起的生活程序颠倒一下。A 洗了澡出来，用吹风机吹她齐腰的长发。我最愿意看她这时的背影，看那些仿佛丝毫未经生活侵染、时间消磨的黑发在玫瑰红的风口下舞动。A 知道我在看她，她拿风机的小手指翘得如同兰花瓣，还极力吸着肚子。她倒了下手，突然啪的一下把吹风机扔在桌子上。做完这个动作，她没有动，依然背对我站着，手上的兰花在桌沿上凋谢了。我压抑着鼻腔里的气流，等待着她回转身来给我一个摔打的解释。她怒气冲冲地返回卫生间，弄出哗哗的动静。我拿起吹风机，看见风口和电线上都粘有白色的猫毛。我把它们一一摘下，捏在指间。A 出来了，低着眼睛松垂着小腹沉默地穿衣。A 出门后，发短信说，想来想去，还是另一个人更适合她，更在意她。我读着 A 的短信，看着打盹的白猫笑了，两年来对 A 的愧疚扯平了。我原来也是她的 ABCD 之一，也是她的一道选择题。白猫帮助我们做出了决定。

  在家里坐累的时候，我就出去找白猫，不是唤它回家，而是看它怎样当王。熟人们说得没错，的确有一群流浪猫跟在它身后，这种成群结队大都出现在人们饭后，那些固定的碗里有了食物的时候。猫群在它身后，它们从不会先跑到碗边，而是待它先吃或闻过之后，回头喵它们的时候，它们才走过去。5 号楼的东边是小区的围墙，不知是好心人故意为它们搭建的还是原本有别的用处，那里有个简易的棚子，据我观察，这是白猫的皇宫所在。饱餐后，初秋的阳光下，它躺在那里晒太阳，一只黑得发亮的猫常偎依在它身后打盹，或舔理毛发。其他的猫离它俩远远的，或蹲或躺，互不相偎。看见白猫的确骁勇善战，是在A和我断绝关系后的第五天傍晚。我去叫它，看见它正在和一只黑白相间的猫对峙，之前的战斗肯定非常惨烈，因为白猫的额头上又出现了一个口子，里面的肉清晰可见，那只花猫的耳朵耷拉了一只。两只猫都弓着身子，抖擞着背毛，嘴里发着呜呜的声音，大有死拼到底的架势。我静静地站着，不敢弄出任何动静，生怕惹白猫分心。两三分钟后，我听出花猫嘴里的呜声更粗，气势更足一些，便攥紧手里的钥匙串，准备关键时刻帮白猫一下。突然，白猫一个箭步蹿向对方，喉咙里发出哇的声音，花猫掉头逃去，跳过黄杨丛，跃上小区的围墙。白猫追上去，四脚抓着围墙上的铁栅栏发出长长的呜声。我喊，咪咪，跟我走了。白猫从栅栏上跳下来，跟在我身后，依然保持两米左右的距离。回到家，我学着儿子的样子给它处理了伤口。这个夜晚，白猫没像以往一样睡到半夜或次日早晨，而是稍事休息之后就走了，我想它肯定惦记着它的同伴和王国的安危。

　　这之后的一周，白猫都是上午来，傍晚走。来的时候一副疲惫不堪的样子，不吃不喝就到它的床上呼呼大睡。它对它的床很满意，那是我不久前到宠物市场上花四十元钱买来的一个笸箩，里面用绒布上了里子，很是美观而舒适。星期天，我又听见了白猫的动静，赶紧开门，让我惊讶的是这次来的不止是它自己，还有黑猫。我笑着说，嘿，还带了夫人啊。黑猫喵了一声掉头下了楼梯。我问白猫，为什么不让黑猫进来啊？白猫喵了一声，自顾自地进笸箩里躺下了。看它疲劳的样子，我决定给它按摩按摩。我的手指到哪里，它就把哪里放松开，挠到它的腿根，它就抬了腿配合着。不一会儿，我的手指就脏了。洗手的时候，手机响了，是张玲。张玲说，明哥，我在你家楼下，你不会把我拒之门外吧？我说，哪能呢，我热烈欢迎。我说着走到窗户边往下看，并没有张玲的身影。张玲在电话里咯咯乐起来，她说，明哥你到窗户边看我了。我说，是呀，你在哪儿呢，我没看见呀。张玲笑得更响了。我突然意识到她在捉弄我，或者她在试探我。这时候，我原本应该找理由拒绝的，可一瞬间我觉得她的笑声就跟我儿子小时候在泳池里撩起的水珠一样，啪啪地打在我身上，让我立马就有了撩起水珠回应她的冲动。我笑了，很响地笑了。

张玲来了。电话外的张玲没有了电话里的狡黠和快乐。我们之间的桥梁原本是她的前夫，现在桥梁断了，两个彼此经受了断桥之痛的人沉默着，都在努力找寻和桥没有关联的谈话，但所有的记忆、所有打算说出的话都避不开他的影子。两个沉默的人有些尴尬地面对着，正不知如何是好的时候，我想起了白猫，它和她、和她的前夫都没有关系。

来，看看我的白猫。我把张玲领到白猫的床前。张玲伸手去抚它，我说，会弄你一手脏的。张玲说，洗洗手不就得了。她挠白猫的肚皮，白猫睡梦里挺了挺肚皮。张玲笑起来。我儿子也喜欢这只猫。我这样开头，和张玲说起了儿子。说着说着，我把自己说哭了。这是我成人后第一次在外人面前哭，竟然觉得胸膛内有一种泄洪的酣畅。我止住哭的时候，张玲说起了我儿子。张玲说我儿子和我说的方式完全不同。我是评论式的，张玲是小说式的。我惊讶于张玲的记忆。张玲笑笑说，不蒙你了，我不是记日记吗，和你在机场重逢后的这段时间里，我一直在读那些年的日记。那些年，你家儿子可是叫我妈来着，还记得吧？

干妈。我纠正说。

那是当你的面，背地里小家伙就是叫我妈妈，他不叫我就不给他好吃的。张玲笑着擦擦眼角说，我这心里真是拿他当儿子的。我知道，因为宫外孕丧失了做母亲机会的张玲对我儿子是特别亲的。

你能把有关我儿子的那部分日记给我看看吗？我突然渴望把八岁以前的儿子小说式地再现出来。张玲说，日记不能给你看，这样吧，我回去把关于他的摘抄出来，整成一本送你。

张玲要走的时候，我发觉自己内心有种拥抱她的冲动。或许是害怕她一走就会把我一个人留在儿子的八岁之外，留在独身男人五十岁阴雨不绝的夜晚里，我抱住了她。我抱住她的时候，她哭了。我也哭了。这个夜晚，我留下了她。

次日上午，她的手机响了，是她妈妈在找她，命令她赶紧回家，质问她为什么夜不归宿。她柔声对着话筒说——不生气啊，都是我不好，我再也不惹妈妈生气了。都怪我忘记告诉你了，到朋友家聊天太晚了就没回去，哎呀，妈妈，放心吧，是个女朋友，哪能欺负到我呀。她挂了电话叹口气说，没离婚的时候，和他吵啊打啊，我妈倒不担心；现在离了，没人折磨我了，她却又把我当几岁的孩子牵挂了，专门从老家赶来照顾我。她提到离婚，我心里激灵一下，突然就有了懊悔。我催促性地帮她把包挂到胳膊上。张玲转身抱住我，我一动不动地任凭她抱着。我知道只要稍一回应，就会将昨儿的夜晚无限延长。后果是我将重新成为别人的谈资，一个窥视了朋友妻二十多年的伪君子。张玲松开我走出去，门关上的时候，我看见她的嘴唇紧闭着。我知道自己将她渴望一生的情分压缩成了一个夜晚，伤害到她了。其实，这种压缩让我自己也感到了疼痛。因为我发觉自己在她身边的时候有种完整感，是那种有人和你有着共同回忆的完整感，温暖而迷魔。几分钟后，我收到她的短信——儿子的日记我会尽快整理好的。我回了一句——谢谢，请寄给我吧。

  我最讨厌的深秋来了。这个城市的多数时间里气候还算说得过去，唯有深秋，让人难以忍受。雨多，阴冷，天和地都萧条不堪，所碰触到的东西都是潮湿冰凉的，人特别容易陷入一种抑郁的情绪里。为了驱赶这种情绪，我每天午饭后都到酒吧里待到傍晚回家。傍晚，是所有人回家的点，是我的白猫回家的点。经历了花猫事件后，它回家的时间几乎是固定的了，而且它已经很少半夜离开。我感觉它的王国正处在前所未有的安定期，它不再带伤，不再疲惫。怕它在家里厌倦，我专门从网上搜了如何让猫玩得高兴的方法。就在我以为我和它会在每个夜晚的游戏里驱赶掉秋天的阴冷时，出现了新的情况。

  那天傍晚的雨特别大，我回家的时候，看见白猫正在雨里，面对着一楼老太太家的窗子。我边跑边用遥控器锁上车，跑到电子门前喊它——咪咪，回家了。白猫看看我，喵一声。我打开门，再喊——咪咪，回家了。出乎意料的是它一动未动，只是喵一声算是回应我。咪咪，回家啊！或许是怕我强制它，白猫跳到了老太太的窗户上，专注地看里面。窗户里面是黑的，那是老太太家的厨房。看了一会儿，它喵呜喵呜地叫起来。白猫虽然长得胖大，但在我面前的叫声一直都是温言细语的。此刻，它的声音里却有种尖利的疼痛，利得让听的人都觉得疼。我敲开老太太的门，问她是否知道白猫为什么总是看她的窗户。老太太冷笑一下说，一只野猫竟然来勾搭我家的小黄，它不是能听懂你的话吗，你告诉它只要有我在它就别想得逞！

  原来是这样！白猫恋爱了！我心里暗自发笑。我想起有两次看见白猫和一只瘦弱的黄色小猫在楼前阳光下的水泥台上亲昵戏耍。回到家，我洗了个热水澡，想看会儿书，拿起书本却发觉自己的耳朵一直在听着外面的动静。我披了外套下楼，打开楼道的电子门，看见白猫依然傻乎乎地矗立在雨里。我朝它喊起来——咪咪，你傻啊！快回家了！

白猫把头转向我，它已经又恢复到我和儿子初次见它的样子了。"落汤鸡"一样的肥肉磙子。喵。一种无奈到心酸的腔调。

咪咪，你这只傻猫，走，跟我回家了，再不听话，我关门了！喊它一次，它朝我喵一声。三四次后，它不再回应我，不管我说什么都是一副充耳不闻的样子，眼睛只盯向那扇窗子。我用一条腿挡着电子门，斜飞的雨很快就把我在门外的半边身子打湿了。我只得回家。心绪不安地到了半夜十二点，我从窗子里朝外看，见白猫依然守在雨里。它面对那扇窗子蹲坐着，一动不动，连尖厉的叫声也很少发出了。我喊——咪咪，咪咪。咪咪已经成了石膏雕塑。我再次下楼，希望咪咪能像上次一样等在电子门前。

前不久的一天午后，我也是从窗子里看见它在楼前走动，我喊了一声咪咪，它喵了一声。当时，我突然想知道它对我在五楼上的呼唤会做出什么样的反应，伸脖子看，见它向楼道方向走，当时想——莫非它会等我开门？为了验证自己的猜想，我下楼来，打开电子门，它竟然真的在门外，坐着等我，等我。我一开门，它高兴地喵一声，蹿到楼梯上，在我前面上楼去，像我儿子小时候。

我打开电子门，看着雨里的白猫，像恨铁不成钢的父亲一样呵斥它——咪咪，这样淋雨会死的，你知不知道？不想回家你就到窗台下面汽车底下，总比这样好啊！咪咪，听见了吗？它如同一个执拗的孩子，对我的苦口婆心不闻不问。

雨，下了一夜。第二天早晨，在邻居们固定的喧闹声消失后，我下楼来。白猫还在，还在专注地盯着那扇窗子。它淋了一整夜的雨，深秋的雨。我的心里突然像扎进了针。我想应该把它带回家，用吹风机把它吹干。我向它靠过去。白猫已经明白了我的意图，它爬到老太太的窗台上，朝着我叫了一声，抗议。

我上楼把猫粮倒进它的碗里，拿下来，放到它的面前，然后去参加一个必须参加的会议。傍晚回家，进小区门口的时候，保安把我叫住了，塞给我一个孝顺指——就是竹子做的像只小手那样的，用来挠痒痒的东西。

孝顺指细长的把上缠了一张纸条——张玲送来的，说给白猫挠痒痒用。保安说，那个女士说让你收到了给她回电话。

白猫还在，猫粮也在，一点未少。我用孝顺指挠了挠它的背，它的毛发上出现了几道纹路，它的毛发还没有干透。它没有像以往一样在我的抚摸里躺下去，抬起前爪来和我嬉闹，而是像看陌生人一样看了我一眼，走到那扇窗子底下。我打开门唤它，咪咪，回家了。它又走回原来的位置，看都不看我一眼。我站在老太太的门前许久，想劝说老太太放她的小黄出来。想想那天老太太的话，最终，我还是悄悄地回了家。

第三天，又零星地下了几次小雨。白猫在原地坚守着。第四天，白猫依旧在。这天虽没下雨，但阴了一整天，小北风刮个不停，气温骤降了七八度，已经有冬天的感觉了。一整天，我哪里也没去，从窗子里偷偷地看过几次白猫。我害怕白猫会在这场爱情里死去，这让我想起那个感动了全世界的罗密欧。

第四天晚上十一点，我期待已久的声音出现了。白猫回来了。看见它的一瞬间，我流泪了。你或许不能理解我的这种感受，这样说吧，就像是你的亲人你的朋友甚或你的孩子，它迷失在一种极度消耗自己的情感里，你想唤醒它却无能为力。突然间，它回来了，但是它已经瘦脱了形，虚弱得连走路都吃力了。它神情黯然地走到它的床那里，爬进去，趴下了。我唤它，咪咪，吃点东西好吗？白猫缓缓地睁了下眼皮又闭上了。我的心里突然窜起一股怒火，对那个把猫分出等级贵贱的老太太，对那只让白猫心伤而自己不肯反抗努力的小黄猫。我跑下楼，在老太太门前站着，几次想敲门，想想又都放弃了，只是把白猫的饭碗拿回家，洗刷干净，倒上猫粮。白猫不吃不喝地闭眼趴着。我说，咪咪，你吃点东西好吧，你已经四天四夜未吃东西了。白猫一动不动。我突然想起五年前母亲临终的时刻。那也是个深夜，我孤独地守在她的病床前，眼睁睁地看着她一点一点地衰亡、远离。我被无能为力的悲哀控制了，看着自己的双手痛哭不已。年富力强的双手竟然成为了一种摆设，丝毫没有用处。幼年的时候，弱小的双手都能牢牢地拽住妈妈的衣角呀。我抚摸着白猫，生怕在抬手的刹那间丢失了它的呼吸。这一刻，我重新记起了守在亲人病床前的强烈感觉——渴望着那呼吸是有形的，是能够用手牵拽住的；渴望人和死神之间是有绳索的，是能够由亲人组成队伍力拔的。但是，生命在危机的时刻总是孤独的，孤独地抗争。我清楚自己帮不了白猫，只好把浴巾折了折盖在它身上。来到书房，半夜十二点，我的笔尖在台历的空白处停留着却不敢滑动。我不敢记录白猫的状况，所有的词语都可能成为一种预言。

不能让儿子看见白猫生病死亡之类的词，那小子会伤心的。这个念头出现的瞬间，我的笔像一个受了惊吓的人跌倒了。我的手抖了，为突然窥视到的意念。我在为儿子写白猫的日记，我在写日记，写一直瞧不上眼的日记。

儿子啊，儿子啊，儿子啊。

我捡起笔，依然不知如何下笔，只得在台历上折了角，合上，然后重新回到客厅，观察白猫。六个小时后，白猫的身子动了，它的眼睛睁开了一点点。我抚摸它，从头往下的顺序，幻想着自己能把黏附在它身上的有损于它健康的东西捋掉。白猫的眼睛在我的抚摸下又睁大一点，半睁的样子。我赶紧捏了猫粮往它嘴里塞。白猫不张嘴，只微弱地喵了一声，闭上眼睛。我的手指戳戳它最敏感的胡须也没能惹它再睁眼。

咪咪，你想放弃自己的生命对吗？你想过没有，这样你就是个懦夫，是个被一场爱情就击倒的懦夫，真正的男人不应该是这样的，你知道吗？无论遇到什么样的痛苦和灾难，只要自己不放弃生命，一切就都有冬去春来的可能。你放弃了生命，就放弃了所有再争取的机会。你死了，小黄猫就永远没有了，只要你坚强下去，小黄猫就在。咪咪，想想另外那些不允许你自己放弃生命的理由吧，那些需要你保护的伙伴，你的黑猫，你的地盘。你死了，就会有别的猫来欺负它们，争夺它们的粮食。还有我，我这么喜欢你，把你当朋友当孩子对待，咪咪，你想过这些没有？你要是想好了，就起来吃东西。说完这些，我僵着后背走向书房。我不知道白猫能否听懂这些话，但我清楚地知道有几句话是我十八岁时父亲对我说的。我的背影也是父亲背影的翻版，我十八岁时父亲的背影，僵僵的，板板的。那时，我躺在床上，为一个我给她起外号叫"小乖"的女孩抱定了必死的决心。我打定主意用自己的死在她心里留下深刻的印痕，用自己的死来换她的爱。

儿子也十八岁了，他也会失恋。那傻小子会像他爸一样做傻事吗？我的心突突地跳起来，又疼又乱，像跳跃在针尖上。我打开台历，就着折角一下翻到当日，在空白处把刚刚对白猫说过的话写下来。

半个小时后，我回到客厅，碗里的猫粮和水竟然都不见了。竟然都不见了！它听懂了我的话！我的话它听进去了！我的鼻子酸胀起来。这时我意识到此刻之前自己僵的不仅仅是后背，而是全身，因为突然间全身都松弛下来，软软的，特别想踏踏实实地坐到地上。我拽过一个靠垫坐到白猫跟前，看着它。看着它一点点地回笼自己的气息，看着它一点点地积聚自己的力量。我看看自己的手，突然对它们满意起来，突然就觉得掌心里有根绳，牵拉着我的白猫。看不见但握得住的绳，它曾被我的父亲握在手里。

我放心地睡去。等我下午醒来，白猫还在睡，我到厨房为自己炒了两个菜。夜里九点，白猫醒了过来，真正地醒了，它抖了抖毛发，从它的床上跳了出来，用以往的腔调和我打招呼。这个夜晚，白猫没有要出门的意思，它又吃了一顿饭，偎在我脚边。我拿孝顺指给它挠痒痒，突然就有了向认识白猫的人诉说的冲动。儿子？他并没有告诉我他的电话，我只知道他的校名。院里的熟人？一楼的老太太？深更半夜的，不可能。看着手里的孝顺指，我想起了张玲。我拨通了张玲的电话，张玲说，明哥，日记我快誊写好了。我说，张玲，你还记得我的白猫吧？你给它买了孝顺指，我正用着呢，为了表示感谢，我告诉你关于它的爱情故事。张玲听完我的讲述，咯咯笑起来。我的心别扭起来，因为她的笑声和上次捉弄我说她就在我家楼下一个腔调。也因为我讲的时候，哽咽了好几次，我觉得她应该会被感动。她咯咯笑了一会儿，突然停住了，一点声音也没有。我以为电话出故障了，连喂了三声。她粗着嗓子说，明哥，你不觉得可笑吗？一只猫都能这样执着，这样敢爱敢恨，人却不如它呢。

人怎能和猫比。我想绕开张玲的问答。张玲又咯咯笑起来，声音更尖利了。我轻轻放下了话筒。从在机场看见她，我就已经感觉出她和 A 的不同之处。A 是一个让人不由自主就浸泡在生活里的女人，这种女人会让人生活得很舒服，很放松，但缺少情趣。张玲恰好相反，她是那种情感丰沛的女人，会让情生发出趣味，却也会发酵出让人紧张不安、不由自主地膨胀情绪的危险。如果她仅仅是这样一个女人，而不是我前好友的前妻，我想我是会和她就这个话题谈下去的，和她谈很多话题。我迷恋着和她一起回忆往事时体会到的生命完整感。

白猫又成为原来的白猫，几乎都是傍晚回来，和我共进晚餐，共度初冬阴冷孤寂的夜晚，并且比原来单纯的嬉闹多了一个节目——一次我坐在电暖气前看书，白猫来到我面前喵了一声。我问它，要走吗？它转身往回走，但并没有走向门口,而是走到它的床前站住,朝我喵。我说,你想干什么?白猫看看我,又朝电暖气走去。我明白了它的意思,把笸箩拿到电暖气跟前,它躺了进去,非常满足地打着滚儿。从此,只要电暖气开着,它都会和我重复这个游戏。它甚至变得比原来更活泼了。我不知道它是否还会想念一楼老太太家的小黄猫,不知道它每天路过小黄猫的门口时是否心里面也会五味杂陈。我一直不知道它不和我一起回家的时候都是怎样进的电子门,或者它有着另外的通道?但我知道,因为它,我有了一个不同于以往十年的冬天,不同于以往十年的冬的夜晚。

腊月来了。腊八这天阳光很好,下午四点,我在小区里散步时看见白猫躺在花园的一丛枯草上起劲地舔理毛发。我说,咪咪,你跟我回家吗?白猫眯着眼朝我喵了一声,并没有像以往一样跟我走。我回头看看它,心想它可能有别的事要办。走到楼道口,我闻见了老太太家的八宝粥味,突然间,我有了熬腊八粥的热情。回到家,翻找出 A 在我家橱子里留下的各种盛茶叶和点心的铁桶子,里面装满了各种颜色的豆子。腊八粥做好后,我盛了一些放在白猫的碗里晾着。儿子小的时候,每年这一天我都会熬腊八粥。那时,没有这么多种豆子果仁,为了凑够八种,我也会放一些菜叶进去。吃的时候,和儿子用筷子指着、拨拉着,一一数来。数到八,儿子就会很满足地喝起来。那样子,让人觉得八是一种味道特别香的豆子,甚或是一块他最喜欢吃的肉。

傍晚,白猫没回来。我闻闻它碗里的腊八粥,再闻闻猫粮,觉得味道比猫粮好得多,我想它一定喜欢吃的。我下楼去找它,在小区里转了两圈也没有找到。我回家自己喝了粥,等它到十二点,再下去找。我以为它一定在某个角落里战斗着。没有。

第二天,白猫依旧没回来。我的心里充满了恐惧,但还是满怀希望地找它。没找见。第三天,第四天,都没有找到它。我把偶然用手机拍下的一张白猫的照片洗了出来,拿着它四处寻问。周围的各个住宅小区、建筑工地、动物收留站、餐馆都找了。一个餐馆的老板对我说,十有八九是被当作兔子肉吃掉了,现在时兴吃兔肉火锅。一连两周,都没有找到它,甚至于没有它的半点音讯——除了一个人告诉我说,他曾在半个多月前在四里坛那里见过它。四里坛是离我家两公里的地方,从时间上来推算,应该是腊八前的事情了。

白猫丢了，永远没它了。腊月二十三，过小年的这天夜里，在寥落的鞭炮声里我在台历上写下了这几个字。腊月二十三，公历已是新年的一月二十九日，我还用着去年的那本台历。说不上是因为对白猫日记的留恋还是不敢再面对一本崭新的台历、不敢再去期待那每个折角的日子，总之，我在新的元旦来临前，并没有更换新的台历。白猫走了，去了一个我再也无法和它嬉闹和它相依为伴的世界。寻找白猫的那段时间，五号楼和我谈论过白猫以及白猫妃子的熟人对我说，找不着就算了，又不是个孩子，不值当的费那么大力气。其实，没有人知道我的内心里真就重新体验了一遍和孩子分别的疼痛。记得十年前，办理离婚的那段时间，我也是半个多月整夜不眠，想到从此要和儿子千里相隔，真就觉得心肺肝肠都被撕扯了。那时我才真正明白了从母亲那里听来的话——孩子是父母的心头肉。十年后，已陌生了的心头肉把白猫塞进了我孤独寂寞的心中，不曾想，我在五个月以后需要再给自己的心脏做一次手术，割掉一小块，曾经让我安慰让我温暖让我牵挂让我充实的一小块。

　　我知道白猫一定是遭遇了不测，已经被当作兔子肉吃进了食客的肚子，已经被消化、被排泄了。很长一段时间，我不能看肉，什么肉都不能看，一看我就会想起白猫，就会想到它被人捉住被残杀被剥皮被剁碎被吃掉的情形。不用说，你也能猜到春节我是怎么过的了。挨，一分一秒地挨，一天天挨。在普天同庆一片喜气洋洋的日子里，在全国人民都互致问候相互嘘寒问暖的日子里，我缩在客厅的沙发上。我关掉了手机，拔掉了座机的电话线。从和那个作家朋友扯断了友谊的那刻起，我就不再奢望友谊了。我知道我的儿子不会给我电话，我的前妻也不会给我电话。张玲会吗？拔掉电话的那一刻我的脑海里这样闪了一下。

　　正月初六，城市新闻频道播了一段关于车轧死狗的新闻。狗的主人是个白发老太太，车主是个二三十岁的少妇。镜头基本上都是对准了少妇，很时髦很美丽的一张脸，也很激动很愤怒。少妇说，一开始我还觉得很内疚，毕竟是我轧死了她的狗。大过年的，我也不想和谁过不去，我好言好语地请求她原谅，我答应赔她钱，一千两千我都不在乎。你们也都看见了，那就是一条普普通通的笨狗子，集市上买一条不超过几十块钱，可是她不和我讲道理，她拦住我不让我走，让我还她狗，让狗死而复生！大家评评这个理，有这样讲理的吗？有吗？人们七嘴八舌地附和着。镜头的深处，白发老太坐在车前的地上，歪头抱着血糊淋啦的死狗，脸紧贴在死狗的脸上，没有人拉她，也没有人蹲下身劝劝她。镜头切回到主持人，老太太、死狗和少妇以及围观的群众迅速被定格，闪缩到主持人的左耳朵边上。主持人说，大过年的，你看这事闹的，本来和和气气就能解决的事情，非要闹得不可收拾。俗话说得饶人处且饶人，人要是得理不饶人，大家也就没有和谐可讲了。主持人话音刚落，镜头变成了一群穿着花花绿绿的老太太在扭秧歌。我拿遥控器关电视，发现手在抖。我知道自己被一个很强烈的念头激动着——去把老太太扶起来，帮她把狗安葬了，在她耳边告诉她——我理解她不依不饶的心情，我知道在她怀里死去的不止是一条出身低贱的狗，而是她的一个亲人，一个伴儿，一个孩子。咱们把它安葬了吧，给它一个小小的安息之处，想它就到那里看看它。我想和她说说我的白猫，说说丢失它的失落和疼痛。我抓起车钥匙往楼下跑，生怕稍一迟疑，就会把自己妥协成了少妇周围的观众。我开着车循着主持人说的地点找去。到了那里，只看到了一摊被车辙碾轧了的血迹，这才意识到新闻并不是现场直播的。我回到车上，点了支烟，坐了很久。

挨过了春节，真就有了春的气息，风已经开始变得柔和起来。领导分派给我一个进修的任务，时间为两个月。走之前，我把白猫的床收起来，塞进了杂物间的最上层。我想再也不会用到它了，我不会再养猫了，再也不会了。我的脑子已经成了那个怀抱着死狗哭泣的白发老太的影子。

进修生活没有我想象的那么难熬。五十多个各怀故事的人突然脱离了原来生活的土壤，脱离了原来故事的行进脉络，集中拐到一个相同的空间里，这就使得这个空间无法不妙趣横生。这个空间的美妙之处就在于它曾经是每个人都能在个体的记忆里搜寻到的类似的场景，促使人们努力把它变得妙趣横生的是那曾经的类似的场景都曾有着些许的缺憾。在这个空间传承下来的氛围里，人们从相聚的那一刻起，就成为了一堆水里的豆子，生着虽注定不会植入土壤但能够弥补缺憾的根须和叶芽。爱情和友谊豆芽一样快速生长着。我，一粒五十岁的风干了太久的豆子，虽然没被泡开，却也柔软了不少。我变得多愁善感，变得爱回忆了。在课堂上，我总是陷入沉思。回想小学的课堂，初中的、高中的、大学的，一直想到儿子的。儿子肯定想不到他五十岁的父亲此刻和他一样坐在课堂里，甚至于两个课堂竟然在一个城市里。如果白猫还在该多好啊，我在内心里叹息着。如果它在我会带着它来上课的,带着它就有了邀请儿子见面的理由和借口,让他看看他的拜托得到了怎样的重视。

两个月很快过去了,我始终没鼓起去看望儿子的勇气。我不知道和一个不需要我的已经把我当陌生人的儿子谈些什么。谈白猫吗?他会相信吗?我拿什么让他明白我对他的拜托是在意的?白猫的死本身就是一个否定。他一定会把我的出现当作一种打扰。我这样想着,离开了儿子生活了十年的城市,离开了我生活了两个月的城市,按期返回了。

回到家,在楼道的电子门前,我就发现自己将跌进比以往更孤独的孤独里,更寂寞的寂寞里。五十多人两个月的集体生活增大了一人独处的情感落差。在按动费力想起的电子门密码的时候,我听见了猫柔软的叫声,扭头看见一楼的老太太正抱着她的小黄猫走过来,我匆匆开门上楼去。

进了家门,刚放下行李,就听见门外有猫的叫声。我心一颤,仔细再听,并不是白猫的声音。我思忖或许是一楼老太太抱着猫上来催交水费了。我趴在猫眼上往外看,什么也没看见。又听见猫的叫声,我只得把门打开。

黑猫!

白猫的黑猫!

我的白猫的黑猫来了!

咪咪,咪咪,快进来,咪咪!我称呼它,用我给白猫的名字。

黑猫朝我喵了一声,优雅地走了进来。它走到客厅中央坐下,朝着我又喵一声。

咪咪,咪咪,你怎么会来呢?我不假思索地弯腰从沙发底下抽出给白猫用过的坐垫放到它面前。黑猫闻了闻,坐了上去。

咪咪,咪咪,你知道咪咪去哪儿了对吧?你是来找它的吗?我不在家的这段时间你是不是来过好几次了?咪咪,咪咪它到底发生了什么事情?

黑猫在我一连串的疑问里喵了一声,伸开前爪趴伏下去。它哀伤地看着我,金黄色的圆眼睛一动不动。我被它眼里的哀伤感染了,已经淡忘了的疼痛又笼罩了过来,我靠在沙发上,闭目伤感。黑猫瘦了,瘦得厉害,称得上娇小玲珑了。看来猫也和人一样,也会被配偶离散的疼痛折磨。它竟然会来我这里,它竟然知道来我这里!我在内心里感叹不已。

脚背上一阵柔软的毛茸茸的暖热。多么熟悉的感觉,白猫常给我的。我睁开眼,看见黑猫像白猫一样偎着我的脚,像白猫一样,在我仰靠在沙发上情绪低落的时候靠过来。一瞬间，我明白了黑猫来家的缘由。是白猫让她来的！是白猫让她来的！让她代替他继续我和他之间的情意！他肯定把一切都告诉了她。他让她知道他有一个善待他的孤独一人的朋友需要他的友谊和陪伴！要她在他不在的时候把对我的爱接过来，传下去！

它们竟然懂得把爱传承下去。

我抱起黑猫，任凭自己涕泪交加。白猫啊，你还对黑猫说了什么？你一直信守着每天都来陪伴我，是想让我明白陪伴的重要吗？你让黑猫来继续你对我的爱是想告诉我什么吗？张玲说得对，人不如猫啊。我不如你，对爱情不如你勇敢不如你彻底也不如你决绝；对亲情更不如你，我竟然从未想到应该教会儿子去传承爱，我竟然从未想过应该为儿子当一个把爱坚持下去的榜样。我抱着黑猫，按下了张玲的电话。我想请她吃顿饭，想问问她关于儿子小时候的日记誊写好了吗。我想带上日记和台历去看看儿子，或许，或许还可以约上张玲和黑猫。一起去。

(原载《人民文学》2010 年第 7 期，《新华文摘》《小说月报》《北京文学·中篇小说月报》《小说选刊》选载)

春　　茶

　　接到乔道第二天要送茶叶过来的电话后，梅云连走路的脚步都放轻了，生怕引起丈夫焦稳的注意。好不容易挨到睡觉的点，她早早地上床，侧了身装睡。一整夜，连翻身都不敢。她感觉自己周身薄脆如纸，稍微动动，心里的那个秘密就会渗透出来。茶叶是半年前就定下的，那时，她正在外地参加一个为期半个月的研讨会。在那个漫长的会上，她认识了那个喜欢喝春茶的男人。男人在主席台上用他的博学和幽默把会议室里搅得哗哗作响时，也在梅云水波不兴的内心插进了两把乱搅的桨。在众人的掌声里，男人的目光像闪电一样击向她，一次又一次。她周身麻麻的，木木地坐在那里，警觉地听着自己的心跳，告诫自己，离是非远一点。她不知道自己在反复的告诫里早已启程，她在秋天就迫不及待地向乔道定下了春茶。乔道，拜托你务必在第一茬春茶下来时给我留两斤，一定是露天的真正的春茶啊。
　　第二天上午，梅云早早地等在和乔道约定的路边，不时地朝他来的方向张望着。在她站得腿酸的时候，一辆出租车停下来。她正打算细看的瞬间，一个男孩子从车里出来，奔向梅云身边的女孩。两张年轻的唇在她眼前啪地吸在一起。发出磁铁碰撞的声音。梅云的脸突地红起来，她满是细微皱纹的眼角颤了颤，左侧鬓角处一块小指甲大的黄褐斑如同睡醒的水母跟着蠕动起来。她捂住嘴唇，快速地转过身，心脏却揪紧了，缩成硬邦邦的一小坨。她突然有了一种跟男人说点啥的冲动，掏出手机，翻找出男人的手机号码凝视着。

告诉他自己的身边有两张像磁铁一样的唇？

告诉他真正的春茶马上就寄过去？

还是问问他还记得磁铁一样的唇吗？

想想，再想想，梅云决定还是延续一贯的沉默，用僵僵的手指把号码一个个消除掉，长长地叹口气。淡淡的白雾在眼前飘升起来，漫过她刷了睫毛膏的眼睛。她平日里是不化妆的，最多也就是涂一点口红。今天例外，今天她要给他寄茶叶，真正的春茶。要在别人面前写下他的名字。今天，恰巧还是那个日子的半年纪念日。

那个日子，开始的时候有点像童年。接到邀约的梅云打定主意要和男人谈谈自己的生活，谈谈丈夫和儿子，谈谈自己虽不精彩却平静踏实得令同事羡慕的夫妻感情，她坚信这样的谈话能像水一样把某些东西冲洗掉。她没想到，男人没有言语，男人只是拉起她的手，领着她走，如同约好了带她去看蜂窝的小伙伴。走得有些气喘了，男人才在一棵正落叶的银杏树下停下来。男人突然转过身，用万条闪电罩住她。想远远瞅两眼的蜂窝被捅开了，嗡声密集。梅云在万千只蜂的叫声里听见了清晰的磁铁碰撞的声音。几秒钟后，在男人水蛭一样的吮吸里，她的眼前出现了送她上车的丈夫和天天背着书包提着篮球的儿子。她把自己的嘴唇从男人的唇上拽下来，说，不该这样的，这是怎么了，不该这样的。她的话像乍起的秋风一样跌跌撞撞。男人说，不能自控的就是身心缺少的，傻丫头。

傻丫头。三个大大的"芥末球"。她的鼻子眼睛和心脏突然被熏得酸胀、生疼。眼泪流出来，她捂着脸呜咽着蹲下去。男人后退一步，靠在树干上看着地上的她。男人不知道她为什么会这样哭，她自己开始也不明白，等哭明白的时候，她站起身，面对男人笑着流泪。男人就着白咧咧的月光歪头看着她。她抱住男人说，我爱你。男人愣住，犹豫一下，用胳膊圈住她的脖子。她看到了男人的愣神，她说，这话是说给我自己听的。说完，她紧紧地吸住男人。她要把一生用来亲吻的力气一次用干净。

乔道终于出现在梅云的面前，手里提着四个精美的手提袋。乔道说，等急了吧？有雾，车开不快。按照你的吩咐，最好的，真正的春茶，一叶一芽。梅云赶紧接过来，这么沉呀？她说着拉开肩包找钱。他按住她的手说，算了，算了，我送你。梅云晃开他的手说，那不行，不是我喝，我是送人。他再按她的手说，知道你是送人，不送人怎会买这么高级的，就是送人，也算我的。乔道看梅云执拗地往外掏钱包没有半点虚假，就虎了脸说，不给我面子是吧？等你事情办成了，你请我吃一顿行了吧？

我不是办事用，我，就是送人，这钱必须是我自己付，我不会让任何人垫的。梅云手指捏着钱包里的钱问，多少？乔道沉思一下说，那好吧，市价是三千六，你就给成本吧，一千八。

那怎么行，让你跑好几百里路送过来。梅云等待着乔道说出一个对得起他辛苦的数字。

就这些，本来不打算要钱的，我也不是专门送，正好过来签合同嘛。发票在盒子里，以为你是办事用，就准备了。这年头得让领导看见发票才行，要不他不知道你出的血是多少。嘎嘎。他的笑声听起来像树上还未返青的枝条被骤然折断。

梅云把钱塞进他手里，打趣说，经验很丰富呀。乔道说，谁像你活得那么滋润，都是人家给你们送。梅云说，嗐，都是半斤茶叶一箱啤酒的，要不就是一袋子大米一捆子葱，我们那里就那样，外传得好像很有油水，其实了了。乔道说，我要是在你那里，我也不用积累经验。梅云笑笑说，哪儿都一样，只是我不求上进，就谁也不用理。乔道点点头说，说得对，我还忙着，走了。梅云说，知道你忙就不客气了，等你有时间再请你吃饭。乔道跨进车门，放下玻璃叮嘱说，春茶贵就贵在稀罕，一天一个价，要送赶紧送。

梅云说，知道了，你给我讲过课，忘了？

乔道嘿嘿一笑说，我哪能忘呢？他突然提高声音说，嘿，梅云你有情况，你和我上次见的时候不一样了，有变化，你现在又是一叶一芽了。

你才一叶一芽呢，你看谁都一叶一芽。乔道、梅云和年轻帅气的司机一起笑起来。

乔道先止住笑，端详着梅云说，挂相这词你知道吧？人心里其实是搁不住事的，事儿最终是要挂在脸上的。所以，谁捡着彩头了还是触霉头了，一眼就能看出来。

梅云说，我看你也别当老板了，干脆摆摊算卦得了。

乔道用手点着车窗框说，让我说准了吧，你有事！不过放心，当着焦稳的面我不会说的。

梅云哼了一声说，别拿自己当神仙，你说我脸上挂着啥？

乔道笑笑说，不太好说，不像彩头也不像霉头，以后有机会坐下来聊的时候再说吧，不过，有变化就是好的。

梅云把茶叶盒子摆在邮局墨绿色的柜台上。穿着墨绿色制服脖子上系着咖啡色小丝巾的营业员看看茶叶盒子再看看梅云说，没有大箱子了，你要么自己找箱子来要么用小箱子。

小箱子咋装？

拆了包装呀。营业员边说边弯腰从地上拿了个跟一本打开的书差不多大的正方形纸盒子放到梅云面前。梅云看看土黄无华的纸盒，再看看精美的茶叶盒，犹豫着。

营业员催促她，要不要？

梅云把草绿色的手提袋拽下来，里面是长方形的盒子，厚厚的，沉甸甸的，如同一本装了美丽童话的大书。盒面印着一个圆柱形的玻璃杯，里面是半杯水和二三十片茶叶。大部分的茶叶拥挤在杯底，叶芽相挨，像一个小小的树林。有一片高起漂浮的，左侧伸展着椭圆形的叶片，右侧则是一个看不出纹理的合卷在一起的芽，像女人湿过水的没有抻平的对襟，又如一张欲说还羞的唇。

欲说还羞。梅云想起乔道的比喻（乔道说，欲说还羞，害羞的羞），嘴角不觉露出微笑。她知道那个欲说还羞的芽里面还包裹着一个更小的芽，那是她自己发现的。是在那个夜晚之后，在知道男人喜欢喝茶之后，她就在闲下来的时候，自己也泡上一杯，喝着，想着。喝到最后，她总是会放一片茶叶到嘴里，慢慢地嚼。然后，从杯底捞出一枚，把那片欲说还羞的唇轻轻剥开，里面藏着另一个更小的欲说还羞。两个欲说还羞包裹在一起，就有了说也说不尽的无奈。

她拧开茶桶，把里面的茶叶袋子轻轻拽出来。清一色的银。自己的脸和营业员的脸变了形地出现在上面。梅云有点失望地咂了下嘴唇。

怎么光光的呀？营业员善解人意地说，这样可就看不出茶叶好坏来了，要不你下午再来，找个大箱子寄？

梅云想想自己提着这么显眼的四个大盒子难免会惹来人们问询，又想到自己也不是为了让男人知道她花了多少钱。再说男人是懂茶的，只有不懂的人才看包装。正如男人那个夜晚对她说的——没有人会想到你有着这样的激情，你总是穿着职业装，表面看来比较古板。梅云脸红了一下，信心十足地对营业员说，就这样寄吧。

营业员帮她把茶叶盒打开，拽里面鼓囊囊的茶叶袋。梅云提醒说，轻一点，轻一点，弄碎了，茶泡开后，品相就不好了。营业员笑笑，停了手，看着梅云自己摆弄。梅云比画来比画去，小纸盒里只能放下七包。她托着手里的一包说，放不下呢，没有稍微大点的？营业员说，要有早给你了。说着，拿过她手上的茶叶包，眨眼的工夫塞进了纸箱子。梅云想制止，话来没来得及出口，对方已把纸箱放到包装机上。瞬间，纸箱子发出被挤压的嚓嚓声。梅云万般无奈地吸着凉气。

营业员看了眼梅云填写的包裹单，说，保值处要填上数。梅云说，填多少呢？营业员说，值多少，就填多少，每一百元加收三元的保值费。梅云犹豫起来。营业员催促说，快点。梅云在上面写下"1.00"。营业员的脸上立马有了愠色，一块？要是丢失可就只赔一块。

办完邮寄手续，梅云朝四下看看，没有发现垃圾桶，只得把茶叶筒放进包装盒，把包装盒放进手提袋里提着走出来。距离单位一百米的地方有一个破垃圾箱，因为周边有好几家小饭店，垃圾箱就如同一个内脏腐烂了的怪物日夜往外吐着腥臭。梅云远远打量着它，始终不忍心让手里的盒子和它里面腥臭的残羹剩饭为伍。走近了，站了站，还是决定提着继续前进。进了单位大门，四处静悄悄的，正是吃午饭的时候。梅云进了物资管理处，办公室里只有最年轻的刘倩倩在边吃饭边看韩剧。听见梅云的脚步声，问了声，是梅老师吗？梅云应了声，人却迅速闪进库房里，进入平日里用来盛放废品的那间。虽是废物间，因为里面除了平时拆散物品时的纸箱、塑料纸，也没有其他东西，看起来倒也干净。门后是一张替换下来的老式办公桌，上面是一块用人字形的白色胶布粘连着的玻璃和草绿色桌垫。梅云从包里找出面巾纸，擦干净桌面上的尘土，然后把四个盒子整齐地摆放在桌子上。她想着那八个悄悄地代替她去拜会男人的使者和曾经褪掉所有生活包装的自己，禁不住甜蜜而苦涩地抿起嘴角。她已经有处置它们的方案了——袋子，用来提东西；盒子用来盛零碎的小东西。

五年前，作为茶厂老板的乔道曾给梅云讲过茶，那是他初办茶厂邀请梅云前去参观的时候。他给梅云泡了杯一叶一芽的茶说，真正会喝茶的人都不喝单芽的，尤其是春茶，单芽的光照时间过短，生长期短，茶树里面积攒了一冬的营养没能充分吸收就采摘了，茶香过淡，不耐冲泡。叶子太多太大也不好，一是叶子里的叶绿素和养分固化了，不容易析出，品相也不好把握。一叶一芽的最好。就如同二十岁、四十岁和三十岁的女人，二十岁除了青春还是青春，太单，太淡；四十岁味道虽足，但品相上难有几个仍旧滋润的；三十岁才是女人一叶一芽的好时候。梅云笑着讥讽他说，对女人的经验这么丰富呀。乔道说，我这经验是通过观察你得出来的。梅云抓了他的茶做出要抛向他的动作。乔道赶紧求饶说，老同学手下留情，那可都是一叶一芽的上品。梅云放了手里的茶叶叹口气说，女人再怎么扬眉吐气也逃不了在你们男人嘴里被嚼来嚼去的命运。

　　乔道端了自己的玻璃杯碰了碰梅云的杯子，两只杯子里的茶叶顿时舞动起来。

　　梅云凝视着它们。

　　乔道问，哎，你看那芽像啥？像不像欲说还羞的嘴唇？羞，害羞的羞。

　　梅云抬眼惊讶地看着乔道，不知道他葫芦里要倒出啥来。急惶惶地邀她来，正经话没一句，净扯些不荤不素的。

　　乔道再碰碰她的水杯说，别看我，看茶，看看像不像欲说还羞的唇。

　　梅云依旧盯着他。她想起中学时他写给她的字条。她直直腰杆四下看看说，要是你老婆来听见你这些话不误会我才怪呢，说点正经的，是不是打算让我替你推销茶叶？

　　乔道笑笑说，你紧张啥？推销嘛，暂时不用劳你大驾，说白了，我今天请你来，泡了上好的茶款待你，目的只有一个，就是想从你嘴里掏点灵感出来。我正在设计广告，没有合适的词儿，我想来想去，把我认识的人扒拉一遍，从穿开裆裤认识的扒拉到现在身边的，发现你是唯一可能帮我的人。你就别抻着了，调动你的聪明才智帮我想想，呵呵，虽然没有报酬，但可以免费喝茶，一叶一芽的上品。

　　梅云凝视着乔道，看见他鬓角处白色的发根和头顶油亮的头皮，她知道自己的鬓角和耳后也有成片的白发。好在这是一个热衷染色的年代，可以让她轻易地把衰老掩藏起来。她内心感慨，不由长叹一口气，端起水杯，把大半杯茶水倾倒进体内。一片茶叶进到嘴里，她轻轻嚼起来，品着它的苦涩。

乔道端了她的水杯放到饮水机的水嘴下说，一看你就不懂茶，喝茶哪能这么个喝法。喝茶，其实是通俗的叫法，最恰切的叫法应该是品茶。要小口，慢饮，趁热，进嘴后要用舌头抵住下门牙，让茶水在口腔里四散蔓延。你这种喝法只能用一个字来形容——饮水的饮，读四声。

梅云笑笑，顺着自己的思路说，你还以为我们是在读书的年头呀，转眼老得光剩下生活了。那正当好年华的一叶一芽支离破碎地黏附在她的唇齿间。

乔道按下红色的水嘴，她杯里的一叶一芽顿时上下翻舞。那些美丽的叶片却出现了残缺，掉下的碎片像剁碎的用来包饺子的菜渣一样漂着。

乔道眯眼瞅着她蠕动的唇齿，看着那曾让他心动不已，那曾经滚落过无数连珠妙语的唇齿，心里面感慨万千。他咂咂嘴，一语双关地说，梅云，你可不能让我失望。

梅云用拇指和食指捏着滚热的玻璃杯接过来说，谁也不敌生活的浸泡冲刷，你的免费茶我看来是喝不上了。乔道看着她的手，知道她已经让他失望了。那手的姿势虽还算优雅，品相却已不再葱白滋润。

梅云所在的处室一共有五个人，梅云年龄最大。处长在年龄上排第二，比梅云小半年，平日里总是梅大姐或梅老师地称呼她，其余三人也跟着这样叫。五个人虽然天天相守，倒也团结。梅云是单位里出了名的贤妻良母，性格温和，嘴巴也严，四个人不管谁有事——无论是相互之间的小别扭还是和长辈、配偶闹的矛盾，都愿意找她聊聊。很多时候，梅云也给不出有用的指导，但他们总能在谈话中，从她的平淡、平静、平凡和包容里找寻出点膏油，抹在自己被生活和事业挤压出的伤口上。

每年年终评先进的时候，就是他们五个人之间的团结出现裂缝的时候。几次下来，除梅云之外的四个人都得出了经验，争着先发言。争着发言的人都说，我觉得先进应该是梅大姐的，梅大姐任劳任怨，早到晚归，乐于助人。其余三个人立即随声附和。梅云总会坚决推让出去，这样，球被踢回都有意来够的八只脚下，紧张和静默就弹跳出来。往往，都是处长打破沉默说，梅大姐就是你了，这样谁也没有意见。球被踢回来，梅云只得根据平日里获得的信息，说出最需要荣誉帮忙的那个人。因为是她让出的，而且，每个人早晚都会轮得到，所以谁也没意见。破坏团结的裂缝停止了延伸和张裂，成为一道短短的、细细的、熟鸡蛋上的裂纹。

梅云参加部里组织的研讨会回来后的第二个月底，又是每年一次先进评选的时候。这次梅云说出的是赵有亮的名字。梅云说，转年有亮晋升中级职称，先进加分，就给有亮吧。有亮连说，谢谢，谢谢，我元旦请客，酒店大家选。

五个人除了单身的刘倩倩外，都带了家属。七八个人当着焦稳的面把梅云夸得跟圣人一样。焦稳毫不客气，笑眯眯地照单全收。他说，我这辈子就干对了一件事，找了个好老婆！

一桌人嘻嘻哈哈，像以往一样提议让梅云两口子带头喝交杯酒。

谁都知道大庭广众之下的交杯酒，还不如一曲卡拉OK上档次，"卡拉"好了，别人会给你真实的掌声，而交杯酒，交得再好，就是顶级好，那掌声也是嬉闹的，起哄的。梅云知道交杯酒的表演能够给别人带来起哄的快乐，也能化作丈夫品酒中的一碟酸酸甜甜的泡菜，所以，每次她都努力认真地去完成那个端起酒杯、臂膊相绕，和那双日夜相对的眼睛相视而笑，一饮而尽的既定动作。

好久没看梅大姐和焦大哥交杯了，赶紧点儿啊！赵有亮督促着。

梅云刚要响应，一个声音随着焦稳鼻孔里钻出的烟雾一起罩住她——你还有资格和爱你相信你的人喝交杯酒吗？你这不是欺骗他吗？这不是欺骗他吗？

梅云警觉地瞥一眼焦稳，推脱说，交杯酒，那是年轻人的事，我们都快二十年的老夫老妻了，来这个让人笑话。

处长笑着说，交杯酒就是你们这种恩爱的老夫老妻喝才有味道呢。他提高声音，抬高手臂自问自答——

什么味道？

陈年老醋的味道！

什么力量？

榜样的力量！

随着处长的手掌在空中的舞动，大家一起敲盘子敲碗，督促他们的榜样。

焦稳站起来，端起梅云的酒杯塞到她手里说，我老婆越老越腼腆了。梅云只得跟着站起来。刘倩倩说，梅老师快点喝呀，让我学学交杯酒咋喝。赵有亮绕过桌子到梅云跟前说，未婚的要学习，你俩得交个深情的，来，来个绕着脖子的。

绕着脖子的！四个同事一起喊。家属和孩子也随之附和。

焦稳端着酒杯，拥住梅云说，来吧，别谦虚了。他的胳膊绕过她的脖子，把酒杯送到自己的嘴边，问赵有亮，够标准不？

够！

焦稳一饮而尽。

不能松开，得等梅大姐喝完才能松开。大家喊着。

焦大哥离得太远了，梅大姐酒杯够不到嘴边。

焦稳哈哈一笑，抱紧梅云说，大家的意思我明白。

人们笑作一团。刚刚还像烟雾一样萦绕她的声音一下子变成疯猫的爪子，在抓痛她的同时，也把那层她努力遮盖男人影像的布撕开了。那个夜晚，男人正是这样用胳膊圈着她说，不能自控的，就是生命里缺少的，傻丫头。梅云周身的肌肉紧绷起来。

焦稳在梅云耳边低声问，你怎么了？

梅云把酒一下倒进喉咙。这一瞬间，她渴望着手里的不是一杯酒，而是一片海，淹死需要回答丈夫的自己，淹死无法担当忠贞的自己，淹死不能坦然和丈夫喝交杯酒的自己，淹死在别人眼里完美无缺的自己，淹死那个曾蹲在地上哭泣的自己。

剧烈的咳嗽省略了一切，遮掩了一切。梅云咳得佝偻着腰，满脸通红，泪流不止。焦稳端了茶杯说，来喝口茶压压，压压。梅云低着头，拍着胸口，把藏在心里的愧疚从咳嗽的缝隙里释放出来。对不起，对不起。

看韩剧的刘倩倩眼里含着泪，点了暂停键，抽着鼻子对梅云说，韩剧就是好看，里面的爱情太感人了，女主人公都好得和你一样。

和我一样？我有什么好的，四十多岁的黄脸婆，黄褐斑都跑出来了。梅云在自己的椅子上坐下来捂着面颊。没有吃饭，又在阴冷的风里站了两个多小时，手脚都是凉的、木的，只有脸颊是热的。吃饭的念头和欲望却一点也没有。昨夜，一宿未眠，现在感觉脑壳里跟装满了水似的。

唉，我妈天天催我，可是我到哪里才能找到让我和我妈都满意的人？我妈要求家庭必须好，工作必须好，可是我见过的这两方面都好的人长得都太碣碜，看一眼就反胃。

你不能照着韩剧里的主人公找，要在现实中用心去感受。其实，爱情是最说不清条件的，它就像两三岁的孩子，说闹就闹，闹起来以后，你就会发现自己原来定好的条条框框全都不管用了。梅云说着，又看见自己和男人磁铁一样黏附在一起的唇，听见自己跌跌撞撞但意志坚定地奔向男人的话语——我爱你。

梅老师，我说句话你可别不爱听呀，在我们眼里这样解释爱情的人都是上一代人，我们的爱情条件很清楚，首先要有房，一百平方米以上的，其次是有车，十万元以上的。

哎，小丫头，等你爱过以后就会发现爱不是这样的，它跟房子和车子没关系，甚至和长相也没有关系。梅云的眼前浮现出男人平庸的身材和五官。

梅老师，谈谈你和焦大哥的恋爱经过吧，让我学习学习。

嗐，那有什么好说的。

不说不行，今天你不说我还不答应呢，说说吧，爱起来是啥感觉？

爱呀，应该是无法自控吧，无法自控的才可能是身心需要的。

你和焦大哥是什么时候感觉无法自控的呢？是一见钟情吗？

我们啊，别人介绍的。他天天下班骑着自行车到单位门口等我，我不好意思让人家失望，也就天天坐到后座上。没地方去，就大街小巷地转。有一天，把他的自行车后座坐断了，他低头看着车轱辘说，你都把我的车坐坏了，轮胎也磨损两条了，总该给句准话了，嫁给我吧？我想想也想不出拒绝的理由，就嫁了。

就这样嫁了？我不相信，我觉得你俩应该是爱得死去活来的那种，你肯定省略了重要内容，无法自控的那部分呢？

没有那部分，那，那，那是我后来从别人那里听来的。

就这么简单？不过，我还是很羡慕你，你们结婚都这么多年了，你家焦大哥还那么爱你。上次元旦聚会他让我特感动，一个大男人竟然当着众人的面说娶你是他一辈子干得最正确的事，我觉得比这里面的还浪漫呢！

刘倩倩指指电脑屏幕上那被定格的韩国男人。

梅云把嘴角拉上去，试图拉出一个当之无愧的笑容呈现给刘倩倩。突然，那个夜晚最疯狂的影像出现了，并于瞬间蜷缩成一粒前进的子弹朝着在刘倩倩的羡慕和梅云的回忆里成型的恩爱图像射去。梅云整个人呆愣了。

刘倩倩问，梅老师你咋了？

梅云说，我，我肚子不舒服，一阵绞痛，我得去卫生间。

躲进卫生间，看里面老式的洗衣机里正泡着办公室的沙发套，梅云拧开洗涤开关，洗衣机立刻发出轰响。梅云在响声的掩饰下，突然有了哭一哭的欲望。她任由泪流下来。她知道这泪比那句"我爱你"，甚至比那个夜晚还要私密，只能自己默默地流下来，默默地被自己擦干。

她知道自己在那个夜晚错误地高估了自己的承受力，低估了一段无法自控的情感的影响力，尽管它只在一个夜晚里活过。

那个夜晚，她曾以为仅仅是一个夜晚的夜晚。那个夜晚，她觉得不对男人说出那句"我爱你"，自己的一辈子就是不完整的——那一刻，她突然无法容忍自己从未主动对别人说过——我爱你。

那个夜晚，她对自己说，就为自己无法自控的身心活一个晚上，就一个晚上。

那个晚上，她并没有忘记焦稳，只是一直有一个声音在对她喊，一生都给了他，就拿出一个晚上给自己有什么不可以？

那个夜晚，她在"傻丫头"的称呼里哭泣的时候，她的心里面涌动出无尽的委屈——所有的亲人朋友都认为她是温暖可靠甚至是高大坚强的，没有人知道（连她自己都不知道）她是疲劳的，脆弱的，一句爱怜的称呼竟然就能击倒她。她哭着，哭着，又看见了自己面对青春流逝的恐慌和脆弱，她意识到眼前的男人是让她呼喊出"我爱你"的最后一个机会。

那个夜晚，她以为天亮之后就能删除。最多也就是几十年之后，在摇椅上翻检一生时，在皱皱的唇边突现的一个微笑而已。

那个夜晚，她没有想到它会成为一个幽灵时刻跟随着她，搅扰着她。诱惑着她，指责着她，刺痛着她，改变着她。

梅老师，你没事吧？刘倩倩敲着门。

不知咋搞的，闹肚子呢。梅云回到办公室。

那你赶紧去医院看看吧，反正下午也没啥事。刘倩倩把梅云的肩包拿起来挂到她胳膊上。

王副局长突然出现在物资处办公室，处长和赵有亮、刘倩倩、李娜赶紧起身迎接。王副局长说，没啥事，儿子要给女朋友寄东西，打电话让我给他找个纸箱子。处长说，嗐，你打个电话我们就给你送过去了。李娜已经倒好茶，处长接过来递到王副局长面前，转脸对赵有亮说，有亮，你给王局挑个纸箱子去。王副局长朝着水杯摆摆手，又朝着赵有亮摆摆手说，不用，不用，儿子要求很严格，我自己挑，多长多宽，我有数。王副局长张开他的虎口晃晃。处长站起身说，我带你挑去。

两个人挑好纸箱子，转身一起看见了桌子上整整齐齐的四盒茶叶。王副局长干笑一声说，这么早就有新茶了。处长张口说，我也不知啥时候送来的。说了又觉得万分不妥，赶紧补充说，想下班的时候给你送过去。王副局长拍拍处长的后背，语调飘飘地说，还是你这小老弟记着我。处长突然被副局长称作小老弟，顿觉一股暖流涌起，他立马抓起两盒说，和老大哥还有啥说的。王副局长说，太多，太多，一盒，一盒。两个人来回推让几番，最后是处长妥协下来。王副局长端起纸箱子说，你这差事比我这副局长都好。处长慌了，结巴着说，您说哪里话，我，我……王副局长哈哈大笑起来。处长灵机一动说，您放心，只要是我小老弟有的，就缺不了老哥你的。

送走王副局长，处长回到办公室，很不满地问，放废品那屋的桌子上是谁送来的茶叶？谁收的？也不说一声。

不知道。大家一起摇头。

梅大姐知道吗？

刘倩倩说，她不舒服，去医院了。

赵有亮说，昨天下午咱都去开会，就梅大姐一个人值班，肯定是那时候送来的。

和物资处有联系的单位都知道他们有五个人，逢年过节，抑或有新鲜时令的东西时，他们都会送五份过来，每人一份。不用等处长下命令，他们就照习惯在下班的时候，找报纸遮遮，或找纸箱子伪装一下，各人带走各人的。偶尔，会有人多送一两份，这样的时候，大家也是各取一份，剩下的就由处长送给那些经常和他一起喝酒的兄弟科室的处长。

李娜想想说，昨晚下班的时候我好像看见梅大姐提了个袋子。

　　处长说，那就应该是梅大姐收的，哎呀，她咋也不说一声，说一声，就不会有今天这尴尬了。

　　怎么了？大家一起问。

　　处长把刚才王副局长的话学了一遍，叹口气说，领导还以为咱们得了不知多少好处呢。几个人一起附和着，对，对，领导就这意思。

　　那么多屋子，放哪间不好，她怎么非放废品屋里，给我惹事。处长颓丧地倒在沙发上继续说，这事搞的，弄得我搭上东西没做出好人来。正好还有三份，你们每人提一份吧，赶紧拿走，别放这里招惹是非了。

　　刘倩倩说，我的送你了，处长，我不喝茶。

　　处长摆摆手，喝不喝的，都拿走，看见我就闹心。

　　李娜拍了下巴掌说，哎呀，省我钱了，今晚张大良他爸过生日，正愁着买点啥呢。

　　刘倩倩问，你打算妥协了？我要是你，就一辈子不原谅他们。

　　李娜和张大良从结婚就一直小仗不断，慢慢地，张大良的爸妈也加入进来。上礼拜天，张大良的爸爸打了李娜一个大嘴巴，并扬言要去找李娜父母问问咋教育的闺女。据李娜描述，她当时气得浑身发抖，又不好还手，后来终于想出来一句话，一下就把老头儿气哆嗦了。李娜对张大良他爸说，告诉我你家祖坟在哪里，我去问问你爹娘咋教育的你！

　　李娜叹口气说，梅大姐说得对，关系搞僵了难受的是我自己，毕竟有女儿，我和张大良还要过下去，退一步就退一步吧，梅大姐说退一步海阔天空。

　　赵有亮趁李娜和刘倩倩说话的空当，从旁边的柜子里找了个黑色的大塑料袋子，进了库房把茶叶盒子装好，忐忑地拨通了局长的电话。让他想不到的是，局长的语气很热情，听到他报上自己的名字后，还很爽朗地笑了两声说，小赵啊，哈哈，上次我小孙子可给你添麻烦了，小家伙高兴坏了。听见局长的笑声，赵有亮的心热乎乎地扑腾起来，嗓子眼顿时通畅了不少。他说，那点小事局长还记着？您现在有空吗？我想给您送盒春茶过去。局长说，不客气，心意领了。赵有亮说，我马上就到。

　　赵有亮两口子都是外地人，在这个城市里举目无亲。每逢遇到事情，看看周边的人都有三朋六友地帮着，就觉得自己活得憋屈而孤单。看着和自己一起工作的人一个个被提拔起来，职称上也都已是副高、正高的，就自己竟然连中级都没晋上。老婆李小燕总埋汰他无能、弱智。其实，他心里明白问题不在这里。那些同事发表的论文，他一看就知道大多都不是他们自己写出来的。就拿职称英语考试来说，每次他都差个三两分，有人竟然能考百分。他知道人家考试的时候总能找到关系往里送答案，甚至能从身份证到准考证全做一遍假，找人替考。可他在这个城市里找不到一个能帮他的人。但，天无绝人之路！上个月终于出现了一个机会，而且被他牢牢地抓住了。

上个月的一天，李小燕突然给他打电话说，你们局长的孙子住院了，你是不是买点啥来看看？李小燕是医院的儿科护士。赵有亮说，你搞准了？李小燕说，绝对没错，刚才你们局长老婆接了电话说家里有事，和保姆一起走了，让我帮着看孩子。

赵有亮赶紧来到医院，为避免出错，他没有买礼品，而是装作找李小燕来到病房。病房里只有局长的孙子和李小燕。孩子正在床上边哭边翻滚，满脸的鼻涕眼泪。李小燕把病床两边的护栏架起来，手足无措地站在旁边。她看见赵有亮进来，长舒一口气说，这小孩太闹了，非吃糖葫芦不可，从他奶奶走一直哭到现在，不住声。赵有亮点点头说，没错，是局长家的，可咱买点啥呢？人家那么大的领导，家里能缺啥？李小燕说，赶紧买糖葫芦去！赵有亮说，糖葫芦？领导能看眼里？李小燕说，先别让他哭才是啊，一会儿他奶奶回来还以为我虐待他了呢。

赵有亮赶紧打的找到最有名的糖葫芦店。服务员问他要什么口味的，为确保有适合孩子口味的，他说，每样来一根。赵有亮抱着一百五十元钱的糖葫芦——整整五十根回到病房的时候，局长老婆正满头大汗地抱着孙子拍打着——宝贝不哭，一会儿糖葫芦就跑来喽。

五十根糖葫芦，顿时让小孩子眉开眼笑。局长老婆也眉开眼笑。我还头一回见买这么多糖葫芦的，你这小伙子可真实诚。

梅云离开办公室，思忖着到哪里度过这额外得来的一个下午。她听见一个声音叹息说，唉，如果他在这里，自己就又是幸福的傻丫头了。她被自己吓住了，突然就有了回家的决心。家里有需要她照顾的婆婆，有等待她去择去洗去烹炒的菜，有儿子显着白色汗圈的运动服，有等待她擦洗的桌椅门窗，有每天都要用手搓洗的焦稳的白衬衣。她必须把自己浸到干不完的琐事里和说不完的话里。

回到家，婆婆正在床上午休，打着长长短短的呼噜。大姑姐歪在沙发上睡着了。梅云拿了婆婆平日里搭腿的小毯子盖在大姑姐身上，踮着脚进了卧室。

大姑姐一年前离婚了。最近这半年已不经常回来了，梅云知道这是因为自己。原来，每次大姑姐回娘家来哭诉的时候，她都能够苦口婆心地劝慰她，陪她一同流泪，声讨那个没心没肺的姐夫。有两次她还亲自出马单独找姐夫谈判，看着姐夫在她面前低垂着头，不停地用手指划拉桌子上洒落的茶水时，她感觉自己脊梁柱是笔直的，自己尽量表现温婉的话语里充满了正义和鄙夷。但从那个夜晚之后，她无法再对姐夫的错误做评判了，她只得躲避大姑姐的眼泪。慢慢地，没有了倾听的对象后，大姑姐就很少回娘家了。

床头柜上是她和丈夫儿子的合影。儿子完全就是父亲的一个缩小版，他用长长的瘦瘦的胳膊搂抱着爸爸妈妈。焦稳厚厚的手掌像童话故事里的小屋顶，罩在她的左手上，她的三根白白的指头像伸头出来晒太阳的小猪。她拿过照片，用手指抚摸着焦稳和儿子的脸。想到内心里的煎熬如果被别人知道了，那花白着头发孤独地歪在沙发上的可能就是焦稳，或她自己。她的眼泪惊恐地窜出来。

她在擦拭泪水的时候愧疚地想到已经半年没有和焦稳亲近了。

最初，回到家的梅云推脱说会议安排活动太多，很疲劳。后来，她发现自己的身体有了一些变化，乳房又像当姑娘时来月经前那样胀痛起来，私密处也有些痒。她偷偷地买了早孕试纸测了测，没有怀孕。不久后单位组织查体，妇科检查时大夫告诉她宫颈糜烂，三度，赶紧治疗。梅云问，要注意什么？等在一边的一个同事说，注意让老公轻着点。屏风后的一群女人肆无忌惮地笑起来。同事说，真的，报纸上说这病首先是因为机械性撞击形成的，说通俗点就是男人太厉害，撞破了呗。屏风后又一阵疯笑，有人伸着脖子从屏风的缝隙里看梅云。梅云觉得她们好像窥探了那个夜晚的秘密，她的脸骤然间紫起来，嘴里说不出一句调侃的话，低着头慌张地穿裤子。站起身发现秋裤穿扭了，又坐回检查床纠正，脚却把踏板上的鞋子碰到地上一只。同事解着腰带笑起来，慢着点，慌啥，又不是小姑娘，还值当得害羞。大夫督促说，下一个，下一个做好准备。梅云穿了一只鞋子蹦到一边让地方。大夫扭头对她说，治疗期间最好不要有性生活。

治疗期间不能过性生活，这成为一个正当的理由。夜深的时候，尤其是焦稳用很重的鼻音问她，啥时候能好利索的时候，她悄悄地在黑暗里捂住自己的脸，那场用尽了力气的爱的撞击就会像一场立体电影呈现出来。一个半月后，宫颈的伤口痊愈了，恢复了它原本的光滑，那根主宰性爱的神经却依旧溃疡着。她发觉自己仍然无法面对焦稳。在她苦思冥想寻找听起来算是正当的理由的时候，她的身体进一步有了变化，她的血打破了生理周期流出来。相比每次的月经来说，这次的血称得上汹涌。她害怕了，焦稳也害怕了，陪着她跑医院。在做了各项检查之后，大夫告诉她没有任何器质性的问题，可能是因为精神紧张引起的。焦稳莫名其妙地看看大夫再看看梅云。梅云不敢抬头，她知道焦稳在用眼睛询问她——你精神紧张啥？她盯着大夫面前的处方问，怎么治疗？大夫说，首先要放松精神，再就是吃点宫血宁。

她的血日夜流着，成为另一个质问她、搅扰她、压榨她、撕裂她但又诱惑她思念、回忆、煎熬的幽灵。她没有吃药，她固执地认为这是身体的一种惩罚。她试图在失血中剔除对男人的渴望和爱，剔除对那个夜晚的记忆。焦稳看她的药总也不见少，担心地叮嘱说，吃药啊，别贫血了。她苦笑着说，顺其自然吧，让身体自我调节吧。

梅云抚摸着照片上的儿子，想到那个夜晚还把自己给儿子准备的答案敲碎了。半年前，面对刘倩倩不知找怎样的人恋爱的时候，她总会想到自己的儿子，想到过不了几年儿子也会面对婚恋的问题，也会苦恼，也会来问她同样的问题。她的心里有一个响亮的骄傲的答案在等待着她的儿子长大——找一个妈妈这样的人！

现在，给儿子准备了许久的那个答案没了。

乔道的生意谈得很顺利，对方是一个几万人的大厂，福利茶全由他供应。当他折叠起那张淡红色的合同，打算放进公文包的时候，对方在半小时前把他的信封放进左侧西服口袋的动作浮现出来。他模仿着那个动作把合同放进左侧的衬衣口袋，硬硬的纸角如同女人美丽的指甲漫过他的肌肤，变成一朵偷偷采来的花在里面盛开着。一个扭动着他嘴唇和眼角的笑，带着鼠夹弹跳的欢快跑了出来。对方正把鼻子凑近茶杯享受着那袅袅而起的板栗茶香，听见他的笑声，莫名其妙地上翻了眼珠看他。乔道急忙把笑改成爽朗的告辞。紧握着对方肥嘟嘟湿乎乎的手时，他想起了梅云和她的茶叶。她的茶叶送给了谁呢？也是这样一个贪婪肥胖的男人吗？那个人也会这样享受她的茶叶吗？他的心里突然有了失落和担忧。

乔道从车窗里看着雾蒙蒙的天和在突来的春寒里瑟缩着的行人，他决定推迟回家的时间。他在梅云家附近的咖啡店里坐下来，给司机放了一下午的假，让那个年轻的男孩开着他的奥迪去看看这个城市里咕嘟咕嘟往外冒泡的泉水。看着男孩骤然展开的快乐，他记起二十年前，自己也是这样的年纪，也是这样寒冷的天气，梅云陪着他一起瞅着那从地下奔涌而出的泉水时，自己年轻的胸膛憋涨得几乎裂开了缝。他来找她，是下定决心要把肚子里积攒了数年的爱恋像泉水一样咕嘟给她的，却被一块巨大的石头硬硬地砸下去，压住了泉眼。那块石头是焦稳的一张两寸黑白照片，是梅云用她厚厚的彩云一样的笑托举着给他的。他还给梅云的时候，看见自己的指甲印仿似一把弯刀挂在照片的右上角。

二十年过去了，他养成了牵挂这个城市的习惯，关心着它的天气、温度、风力级别、污染指数和大大小小的变化。他和她偶尔见面的时候，一起谈论的也总是这个城市，大多数的时间里是他在说，她在听。仿佛她是外来的，而他是祖祖辈辈扎根在这里的。

梅云声音的变化他一下就听了出来，那以头疼当作借口的苦恼已如浸湿的棉絮堵塞着她的鼻腔。他的声音轻飘起来，突然就有了翻弄她苦恼的执着。他说，我今天事办得顺利，心情好，特地留下来请你，来不来你就看着办吧。我们五年没见了吧，你要是忍心把我一个人晾在这里就不来。

梅云来了。她穿了一身灰色的休闲西服，里面是浅灰的羊绒衫。像团凝结在一起的雾，无助地被风刮动着，在咖啡店外停下，用纸巾按了按眼角。她哭了。他发现自己瞬间有了一种难以言说的快感，这是他二十年来从她身上得到的最令他舒展的感觉。他压在桌子上的胳膊回撤到身体的两侧，整个人软塌塌地倚靠在沙发上，任由体内那股气流缓缓地把自己充盈起来。

梅云在他面前坐下，背后褐色的沙发一下子让灰灰的她有了衰败的味道。乔道的心揪动了一下，坐直身子说，梅云你不该穿灰色的，你这个年龄应该穿亮色的衣服。

乔道你就少损我两句吧，我知道自己老了，老到该用花花绿绿来遮掩了。梅云下意识地把左手捂在鬓角的黄褐斑上。

乔道说，我点了咖啡，你要什么？他想起高中时，当那首"苦咖啡"从台湾飘来时，县电影院边上出现了咖啡屋，他鼓足勇气向梅云发出了邀请。梅云摇完头又反问他，喝咖啡？他看见她美丽的眼珠泛出灿烂的赤金色。他说，对，喝咖啡，就像歌里边一样的苦咖啡。那一刻，他看到她眼里的赤金色光束颤动起来，普照着他，像奶奶开始煮晚饭时隐在山坳里的霞光。她做了一个电影里指挥冲锋的连长的手势，他的心脏立马就成了一匹狂奔的战马，发出急促、有力、悦耳的蹄音。当他俩一前一后坐到咖啡屋那昏暗低垂如同被削掉头的倭瓜灯下面，异口同声地对服务员说不加糖的时候，他们共同认为苦咖啡是这个世界上最浪漫最迷人的东西。

梅云说，来杯熏衣草吧，最近睡眠不好。

服务生说，先生点的是一杯卡布奇诺，女士点的是熏衣草茶，对吗？请问，咖啡加糖吗？

乔道看着梅云说，不加糖，苦咖啡。

梅云皱了眉头问，怎么，你有糖尿病吗？

乔道叹口气说，梅云你变得没有幽默感了。他大声对服务生说，加糖，多加几块。

梅云苦笑着说，老了嘛，老女人在你们男人眼里就只剩下缺点了。她的眼前出现了那棵飘散着金色扇形叶片的树，和树底下那个唤她傻丫头的男人。

老婆惯常的牢骚话从梅云嘴里说出来，让乔道禁不住一愣。他心里暗自叹道，女人啊。他往前探探身，打起精神盯着梅云——他二十年来牵挂不已的女人，他心目中完美的女人，他用来当作标尺衡量着老婆的女，让他躺在老婆身边唉声叹气的女人。

梅云意识到乔道在盯着她，赶紧说，今天我大姑姐来了，可以帮我照顾老太太，晚上我和焦稳请你吃饭。

乔道说，你不怕我把你挂相的事说出来？下次再见焦稳吧，今天咱们老同学敞开心扉聊聊，我琢磨着，要是不把你心里的事勾出来，你能把自己折磨疯了。

哦！梅云下意识地捂住嘴，眼神恐慌地从乔道身上跳跃开。净乱说，我能有什么事？

乔道说，咱俩谁和谁呀，要是连这一点都看不见，我还是我吗？焦稳没发现吗？你都这样了，他没发现吗？说说吧，是什么事情？

跟焦稳没关系。梅云低下头看着玻璃桌面下自己抖动的膝盖。

乔道没想到梅云会这么激动，他抓住她的手。她往外抽，他使劲地攥。僵持了几秒，梅云的肩膀一松，眼泪啪啪地砸到乔道的手背上。乔道的眉头和心头一起扭起来。别这么苦自己，告诉我到底是什么事情？说不定我能帮你。

梅云咬着嘴唇，沉默地抖落着泪珠子。

在单位受排挤了？

焦稳做对不住你的事了？

孩子惹你生气了？

你父母病了？

婆婆让你受气了？

大姑姐惹你了？

都不是，那，那是什么？乔道的脑子里突地冒出一个他不愿意想到的问题，他干笑着问，不会是你做了对不住焦稳的事吧？

我，我该怎么办啊？乔道，我没想到自己会这样，我不想伤害谁，我以为它过去就过去了，乔道，我，我真的怕伤害焦稳，我怕孩子会瞧不起我，大家会瞧不起我，我……梅云的眼泪明晃晃地两片。乔道看着，慢慢松开自己的手。梅云得了解放的手掌慌乱地在脸上抹起来，边擦边说，你是不是也瞧不起我了？

乔道的右手啪地翻扣到桌面上。你怎么能这样？梅云！你怎么能这样？乔道恨恨地看着她。他心里面完美的标尺断裂了。他的女神堕落了，成了一个普通得甚至比普通还要不能忍受的、背叛丈夫背叛家庭的贱女人。

贱女人。

贱女人。

乔道的心里涌动着三个小小的浪头。服务生端来了咖啡和熏衣草茶。乔道端起咖啡一饮而尽，然后把杯子啪地放下来，没走几步的服务生回头惊讶地看着他。他说，再来一杯。说完，他点了一支烟，走到门外抽起来。潮湿的淡白色雾气里，脏黑色的柏油路上矗立着脏黑的树干和无精打采的人。一团油灰塔拉的令人厌倦的潮湿进到他的体内，乔道的眼角处一粒努力滑动的水珠被眼白上密集的血丝牵拽着。良久，他扔掉烟头，心里面有了另一种愤怒。

梅云，是不是那个畜生欺负你了？你说，是谁，我替你灭了他！

不，不关别人的事，是我自愿的，我自愿的。我原以为那是能够隐藏起来的，能够删除掉的，是和别人、和我的生活都没有关系的。可是，它删不掉，它时时刻刻都在我眼前晃着，我……乔道你告诉我，我该怎么办？

乔道看着梅云面前那个漏斗形状的杯子里漂浮的熏衣草子，想到那美丽迷人的紫色花朵竟然结出这么丑陋的子，一粒粒，像长了霉又被风干的老鼠屎。他把目光从她的杯子上移开，转到服务台的酒柜上。

焦稳知道了？

不知道。

那男人会说出来吗？

不会吧。

会有人知道吗？

不会吧。

那还好办，你自己捂盖好了，不让别人知道就是了，以后约会的时候要小心再小心。

没有以后。梅云低下头试图喝口茶，那纷纷涌向她唇边的黑灰色的种子让她放弃了喝茶的动作。乔道看着两粒风干的"老鼠屎"粘在她干涩的唇上，他指指自己的唇提醒她，问，为啥？

梅云擦擦嘴唇说，因为一个梦。那个夜晚还没有完全结束的时候我就做了一个梦，梦见我偷摘了别人家门口的一个大西红柿。我掰开那个西红柿，发现它并不像看起来那样好，里面没有饱满的汁，倒是皮里有一层黑色的菌，但心还是红的，我刚咬了一口，就有两个人出现在面前，指责我偷了他家的东西。我慌乱地藏了西红柿，想解释，不想那两个人追着我就打，我就跑啊，躲啊，怎么也甩不掉他们。梦醒了，我才明白我以为仅仅是为了难以自控的情感的付出其实也是一种盗窃！自己从那人那里得到的不仅仅是他自己的，还是另一个女人的，或者还是另一个孩子的。我给他的，也不仅仅是我自己的，可能还是焦稳的，还有些东西是我儿子的。这样，我就害怕起来，我没打招呼就离开了。我知道我不会允许自己有以后了。梅云叹口气，唉，说出来感觉好一些了，这半年来，憋得我都快疯了，我真怕自己在梦里说了出来，然后，然后，生活就稀里哗啦了。

乔道说，梅云你做出这种事情是我想象不到的，那个男人一定非常那个吧，能让你，啊，能让你这样，我真的想不出他是个怎样的人。

梅云苦苦地笑笑。看乔道的眼神一直探究地缠绕着，她想想说，我不知道他在别人眼里是怎样的，对我来说，可能就是一团光亮的小火焰，我就是一只蛾子。我自己也说不明白，或许是因为他叫我傻丫头吧。

什么？因为他叫你傻丫头？

嗯。

呵呵，那你可真够傻的。

你可能不相信，从那次之后，我只给他发过两个短信，也都仅仅是三个字，问问他还好吗。开始我想忘，可是，越想忘掉就越忘不掉，时时刻刻在脑子里晃着。后来，我想既然忘不掉就养在心里吧，像养草一样。可是，还不行。那茶叶就是买给他的，我对自己说了上千遍，不要买，不要再去招惹心里面的那棵草。梅云抬头直视着乔道说，可是我做不到。我对他唯一的一点了解就是知道他喜欢喝绿茶，他的话总在脑子里纠缠着，他说，每天早晨泡上一杯绿茶，热热地喝进去，会感觉身体像禾苗一样伸展开。这句话牵着我，给你一遍遍打电话。我……唉，或许我能做的就是每年给他寄一次茶叶吧。

乔道歪着嘴角笑起来。

梅云停住话头问，我是不是很可笑？

乔道摇摇头说，给他喝呀，我要是早知道，就给包上狗屎。

李娜用鄙夷的眼神看着张大良他爸像小孩子一样戴了生日蛋糕店赠送的黄色纸圈，双手合十，闭目许愿，然后用一口夹杂着唾沫星的酸腐口气吹灭了七支红色的有着螺旋花纹的小蜡烛。蜡烛的火苗一灭，她的女儿乐乐和张大良的外甥就伸手来抢，乐乐只抢到三支，比表哥少一支，哇哇哭起来。张大良的姐姐从儿子手里夺了一支塞给乐乐，她自己的儿子又哭起来。大人们七嘴八舌批评着两个孩子。李娜想想，趁着乱哄哄的劲儿，自己或许能把好听的话说得顺溜一点。她从脚边提起茶叶盒子，隔着蛋糕递向张大良他爸，说，啊，那个，我给爸买了一盒春茶，爸别的爱好我也不知道，就知道你爱喝茶，哈哈。李娜说着说着，看公公婆婆的脸上堆满了笑，自己先于他们发出了声。

婆婆替公公接过来，说，还不快接着。婆婆看看上面的字说，哎呀，老头子，这茶叶好着呢，其实呀，一家子不用这么破费。大姑姐伸头看着茶叶袋子，抬头对他爸说，好像真的不错。张大良他爸扭头对儿子说，大良，把茶壶的茶叶换了。张大良喜滋滋地瞅了眼老婆说，好！他把嘴凑近李娜的耳朵说，你每天都能这么表现就好了。李娜瞪瞪眼，脆生生地笑着说，那得多少钱？

张大良指着茶叶盒上面的图片大声说，哎呀，这茶好，看这图片——实物照片，现在这茶叶敢表明生产厂家电话地址的就应该算好茶了。张大良姐姐说，喝茶，爸是内行，你就知道看包装的水平。张大良他爸的热情已被调动起来，看了一眼李娜，催促儿子赶紧泡茶。张大良翻开茶盒，拿出里面圆柱形的茶桶，拔开盖子，伸了三个指头进去拿茶叶。他的手指没有触到料想中的茶叶袋子，不由自主地继续往下探，整只手伸进去，探到了桶底，一无所获的手指在里面转了个圈，连一片茶叶也没摸到。

咋是空的呢？张大良不敢相信自己的手指，抽出手来看看，再伸进去。

张大良的爸爸妈妈姐姐姐夫的脸上立马升腾起同样的警惕，一起看着李娜。乐乐脸上抹了蛋糕，因为听妈妈说自己像小猫，她就喵喵地叫着，伸了手指要把妈妈抹成猫妈妈，乐得李娜正哈哈大笑。张大良扔了手里的空盒子，打开另一个，还是空的。

李娜，茶叶盒是空的！张大良满脸通红地朝老婆喊起来。

李娜笑着说，你就放屁吧。说完意识到公公婆婆在，赶紧改口说，咋可能呢？

咋不可能？张大良把空空的茶叶盒子塞给她。你在哪里买的，赶紧找他去！

我，我，会不会是小孩子给拿出来了？李娜扯过女儿，厉声问道，是不是你动妈妈的茶叶了？女儿哇的一声哭起来。

张大良他爸脸上的警惕随着小孙女的哭声转化为汹涌的愤怒，他大喝一声，够了！还没来得及被切割分享的蛋糕随之飞出去，越过张大良他妈的肩头，在缎面软包的墙壁上损毁了美丽的形状，然后一塌糊涂地死在地板上。乐乐和表哥立即跑过去，围着破碎的蛋糕哭起来，边哭边骂，爷爷坏，爷爷坏。寿星在孩子的哭声里拂袖而去——耍我！张大良他妈拿起老伴的外套跟着站起身，看看儿媳，伸手给了儿子一个大嘴巴——有这样耍你爸的吗？

乔道决定见梅云还有另外一个原因——他给梅云的并不是珍贵的春茶，而是去年的秋茶。每年的秋天他都会采一批品相好的，炒好之后保存在冰箱里，应付第二年春天那些找他要茶的人，那些口口声声买茶实际上又不会付钱给他的人。秋天的茶，几元的成本，就能冒充春茶换得上千元的人情，可谓一本万利。偶尔遇到一个坚持付钱的，就平了一春的亏本。他没有想到梅云会付钱给他。他决定留下来和梅云好好叙叙旧，让他们之间的情意浓厚到不会因为春茶和秋茶的一字之差而受影响。尽管他做过实验，好的秋茶用冰箱保存到次年春，在品相色泽上几乎和春茶相差无几，仅仅是汤色稍稍偏黄，气味上不再是板栗的香，而是一种醇香。这些微的差别，不懂茶的人是很难发现的。当他看见跟他签订了合同的那个人用一种陶醉的神情享受春茶的气息时，他心里突然有了一点忐忑——如果喝梅云茶的人也是这样品茶，如果那个人因为洞察了茶的区别而挑拨了梅云和自己之间三十多年的友谊咋办？梅云会怎样看他？

二十年来，乔道等待着梅云向他诉说对婚姻的不满、对焦稳的失望或者对生活的愤怒，等待一个让她明白对他的爱视而不见是种错误的时刻。二十年，她竟然一直都是平静的，安宁的，宽厚的，隐忍的，默默付出的，默默承受的。孩子幼时的病弱，焦稳的失业，婆婆的偏瘫……二十年，她在他的心目中日渐高大美丽。甚至五年前，他看着她把那品相极好的茶叶像嚼菜一样嚼碎，碎片黏附在涩燥的唇齿间时，看见她端杯子翘起的手指不再葱白滋润时，他都在失望之后把它们转化为一种她甘于奉献的令人崇仰的符号。让他没有想到的是，她用一个月的工资买了珍贵的"春茶"来喂养她心里的那棵草。一个积聚了所有传统美德的女人竟然是一个允许心里长草的女人！

和梅云分别后，他斟酌再三，拨通焦稳的电话。乔道说，老兄，我今天来办事，和我老同学见了一面，她看起来憔悴了不少，这可就是老兄你的不是了。女人跟花草没啥区别，你得施肥浇水，滋养她。不不不，梅云没说啥，她你还不知道吗，在她嘴里能听到的都是你的好，我就是多管闲事，看她精神不太好,提醒你多关心她。焦稳哈哈笑着说,在惜香怜玉这方面,我还真得向你学习,好好好,今晚回家就关心。

晚上,梅云和焦稳给母亲洗了脚,洗了脸,擦了身子,刷了牙,解了小便,等母亲睡下后,两个人回到卧室。焦稳关了两人的手机说,今天你猜乔道给我打电话咋说的?

他给你打电话了?咋说的?梅云紧张起来,低头揪着焦稳毛衣上的绒球。

焦稳看着她的手指说,这天说变就变,前两天暖和得都穿单衣了,这又把毛衣穿上了,穿不了两天又该热了,你又得洗一遍。

乔道说啥了?

呵呵,他呀,他说,女人跟花草一样需要施肥浇水,需要滋养,看你憔悴了让我多关心你。哎,老婆,这可不怪我啊,我的肥料都浪费了,快半年了吧?焦稳抓起梅云的手按在自己精神抖擞的私处,咬了她的耳朵说,打支美容针吧,药水已经准备好了。

为了阻止自己脑子里乱放电影,梅云边配合焦稳边在心里念叨,好好做,从今往后每次都好好做,好好做,每次都好好做,不能再错了,不能再错了。梅云发现男人的影像还是在这些话语的缝隙里探头探脑,她赶紧在心里高密度地呼喊焦稳的名字——焦稳……

焦稳密集成点状分布在梅云的大脑沟回里,分布在她每一条用来思考用来思念用来思想的神经枝条上。

焦稳凭借以往的经验以为完成了前戏,他激情满怀地打算让自己运载着给养的潜艇出发,却发现航道依然是干涩艰难的。焦稳后退了身,伏下去,将她的脚丫抬起来抚摸他的面颊。

那个夜晚的动作。

那个夜晚,男人抓过她的脚丫一个个吮吸脚趾,像吮吸小小的棒棒糖,一颗又一颗，然后，把五颗一起吮进嘴里，爱怜而贪婪。那一刻，他是魔术师。那一刻，她是得到魔法的小美女，一个在糖果上面，在会弹跳的糖果上面飞升舞蹈的小仙女。她飘飞成彩色的云，飘飞成尖叫的泪，飘飞成奔涌的泉。

焦稳拨拉开她的脚。

焦稳，焦稳……

一个拨拉的动作使得焦稳和焦稳的密集排列中间突然出现了一个空白点，一粒悄悄潜入的浓缩炸药。轰的一下，那浓密得如同一箩筐小米的焦稳瞬间像扬落的米粒四散而去。梅云忽一下坐起来，如同从一场梦里惊醒，喘着粗气，目光迷离不安。

焦稳被梅云毫无前兆的抽身而退弄得懊恼不已，他趴伏在床单上，平息自己的情绪。然后，他坐起身，捋顺梅云的乱发，叹息说，咱们再看看大夫吧，你哪天有时间告诉我，我陪你去。梅云歉疚地说，对不起，我不是故意的。焦稳笑笑说，说啥呢，我又没埋怨你。焦稳说着，开始穿衣。梅云问，干啥去？焦稳说，上厕所，我得自己解决一下。梅云嗫嚅着，我，我帮你吧。焦稳说，我还是自己来吧。几分钟以后，焦稳发出一声粗短而压抑的吼声，像窗缝里的寒风一样冲进卧室。她不由得打了个哆嗦。

李娜提着给她婚姻捅了大窟窿的茶叶盒子看着张大良和女儿的背影，一时不知该如何和丈夫说明白。张大良当着姐姐姐夫的面恨恨地说，我带孩子先回家，谁卖给你的你就找谁去，看准了，原样的，别让人家再糊弄了你，换不回来就别回家！李娜知道，张大良挨了他妈一个大嘴巴还坚持不肯说李娜是故意戏耍他爸的，说明这件事情在他和他家人心里已经很严重了，严重到张大良开始长脑子了，开始费心思维护他们的关系了。她站在酒店门口的冷风里，想到应该跟梅云说一声，让她帮着出个主意。连打两遍都是关机，李娜握着手机一时六神无主。站了一会儿，她拨通了处长的电话。

什么？你说什么？怎么会有这种事？不开玩笑？

处长，你说我咋就这么倒霉，我可是听了梅大姐的话放下架子去和他们一家修补关系的，这可好，成了我耍弄人家了。你说，我那盒茶叶怎么会是空的？

你在哪里，我马上过去。处长意识到了事态的严重，可能不仅李娜的茶叶盒是空的，很可能所有的茶叶盒都是空的！他送给王副局长的也是空的！

处长边开车边给赵有亮打电话，把李娜的事情讲了一遍。赵有亮当时就结巴了——这这这怎么可能？处长说，你赶紧看看你的是不是空的。赵有亮用哭腔说，我的也送人了，这咋办？处长说，李娜在朝阳湘菜馆门口，咱们见面再说吧。

三个人在酒店门口碰了头，坐到处长的车里，处长和赵有亮扭着脖子又听了一遍李娜的叙述。赵有亮说，给梅大姐打电话，她收的，她应该知道咋回事。李娜说，我已经打了，她关机。处长想想说，这事好像不那么简单吧。他说，这样吧，李娜，你赶紧给刘倩倩打电话，让她看看她的盒子是不是空的。

刘倩倩也关机了。

处长问李娜，知道刘倩倩的宿舍吗？李娜说，知道。

李娜把刘倩倩从被窝里拽出来，说明缘由。刘倩倩听得目瞪口呆，她摆着手说，万幸，万幸，我没有送出去。

刘倩倩下班后给妈妈打电话聊天，说自己发了一盒春茶，那盒子特精美。妈妈当时没说什么，过了一会儿打电话回来说，让她去火车站，徐阿姨路过这个城市，很想见见她。刘倩倩知道那个徐阿姨是妈妈羡慕不已的人——有一个当大官的老公，一个非常帅气的出国留学的儿子。妈妈最常说的就是，你要是能找到像你徐阿姨那样的婆家就好了。她明白妈妈的意思，大声向妈妈保证，一定完成任务！她妈妈说，你带着那盒茶叶就行，火车可能就在你们那里停五分钟，人家就想看看你。当刘倩倩翻箱倒柜地把自己武装起来时，妈妈又来电话说，咨询过火车站了，火车改成动车后只在这里停留一分钟，根本没有时间相互寻找、相认。刘倩倩心情郁闷，就早早睡下了。

刘倩倩和李娜钻到处长的车里，说，我的还在办公室呢。处长果断地扭动了方向盘下的钥匙，朝着办公室飞奔而去。四个人前仰后合地来到办公室。刘倩倩从桌洞里拿了茶叶袋子放在桌上，眼睛看着处长。处长说，打开呀。刘倩倩说，我不敢。

又不是炸弹。处长说着在沙发上坐下。他知道那就是炸弹。如果刘倩倩的盒子也是空的，那就证明他送给王副局长的就是炸弹！

赵有亮看看盒子，看看处长，也颓然在沙发上坐下。他的两只手掌在膝盖上摩挲着，把手上冰凉的水蹭干净。

李娜看看同病相怜的处长，拿过茶叶盒打开。

空的！

空的！

四个人各自抱着胳膊，目瞪口呆地看着那首尾分离的两个茶叶桶在刘倩倩的办公桌上轻轻地惬意地晃动着。

晃。

晃。

晃。

我让你晃！赵有亮抓起茶叶盒扔到地上，用脚狠狠地踩上去！茶叶盒调皮地从赵有亮脚底下蹿出来，他打了个趔趄，刘倩倩赶忙扶住他。李娜把滚到脚底的茶叶盒用她尖尖的枣红色的鞋尖踢向门后面的垃圾桶。处长看着滚动的茶叶盒子说，你们是怎么看这个事儿的？

四个人纷纷谈自己的看法，综合有二：

一，送礼的人送的就是空盒子，梅云和他们一样，也是无辜的被戏耍者。这样的话，梅云的也肯定是空的。

二，送礼的人送的不是空盒子，梅云自己的也不是空的，但是她把所有的盒子拿空了！

处长说，第一种可能很小。因为既然是送礼就是有求于我们，有求于我们的人怎敢戏耍我们？处长咬牙切齿地说，要是让我找出是哪个狗崽子敢这样戏耍我，看我不捏死他！他要是能从我这里得到一张订单，我把姓倒过来写！这样说着，处长和赵有亮两个人心照不宣地对看了一眼——看到了局长和王副局长的愤怒。

李娜搓搓面颊说，我都起鸡皮疙瘩了，如果是第二种可能的话，梅大姐也太阴险了，这么多年她都表现得那么好，哎呀，我真的不敢想下去了。

嗯，我妈妈说这个季节的茶叶很贵的。刘倩倩说。

事情不会那么简单，或许是她摸清了咱们的心思。处长叹口气。

李娜哀求说，处长，别说了，我直害冷呢。她昨天上午一个劲儿劝我不能错过张大良他爸过生日的机会，买点稀罕东西把关系缓和了，唉，这稀罕东西就出来了，你们说咋解释？她故意害我？

为啥？刘倩倩问，我不明白，她为啥害你？

赵有亮说，为啥？嫉妒！她肯定是嫉妒！你们想想一个人怎么可能会那么好？一个家庭怎么可能会那么和谐？我现在断定都是因为嫉妒使得她在装！你们想想，她其实是在很多方面不如我们的，她的学历最低，年龄最老，在咱们这里一喊减员的时候，她的竞争力是最小的。她的家庭最困难吧，她家焦稳单位破产，给人家打工，看她穿的，跟李娜刘倩倩都没法比。她什么都不如我们，所以她就装好，装得比谁都好，家庭比谁都幸福，就用这一点来把我们比下去。李娜你还总是跟她哭诉家里的事，正中下怀！

赵有亮把他福尔摩斯的手指指向李娜，想到自己正是因为无法剔除的嫉妒才把茶叶送给了局长——他嫉妒他们当地人的人情优势。除了他赵有亮，他们活得多么呼风唤雨，多么温暖融融，多么如鱼得水！处长开车违规被警察查住，就可以用指头理直气壮地指着警察说，你放不放我？你不放是吧，你会给我打电话会给我把车送回去的！果然，处长的车就被那个警察送回来了，那个警察和处长一起坐在沙发上抽着烟，哥们儿哥们儿地相互叫着。而他，赵有亮，同样的情境下，只能乖乖地点着头，哈着腰，不转眼珠地看着警察的手指头，哀求人家少写一点，然后不敢耽误地跑到银行交钱。他理解嫉妒的力量。

深刻！处长拍拍赵有亮的膝盖。

刘倩倩问，这么说真是梅老师干的？越说越像啊，中午你们都不在，她就很反常，后来她说不舒服，我就催她去医院，哎，这么想想是跟以前不大一样。

处长说，不管是不是她故意给我们挖坑，我还是很佩服赵有亮对人性的透视。

李娜在赵有亮的分析里看见了自己的愚蠢，想到自己这么多年无遮无拦的哭诉可能都给梅云当了口香糖，当了衬托她美好形象的垫脚石，心里窝火得很，拍拍胸口说，哎呀，我真是傻到家了，找她去！

处长说，你不是说她关机了吗。

李娜说，我知道她家，她都让我们坐蜡了，家都回不去了，她倒好，关机睡觉？

好，找她，看她咋说。刘倩倩附和着。

处长拿起车钥匙说，走。唉，你们比我都幸福，你们说要是王局打开茶叶盒子发现是空的，我这辈子估计也就到头了。一周前，处长刚从干部管理处长那里得知局里的中层干部很快要实行重新竞聘。干部管理处处长说，竞争非常激烈。

李娜说，不要紧，我们都给你作证，证明你不是故意的。

处长冷笑一声说，你们以为领导跟咱称呼一句哥们儿，就真跟哥们儿一样啥都能解释啊，他不会听你的，关键时候给你一双小鞋穿上就够你难受一辈子的。

刘倩倩问，处长你该咋办？

处长说，能咋办？一点办法没有，我现在就寄希望于王局自己并没有喝那茶，而是把茶叶送给了别人。处长的话戛然而止。

四个人走到车前，赵有亮说，我就不去了，刚才老婆发短信说孩子不舒服，让我早回家。说完，不等别人赞成就自顾自地走了。李娜说，赵有亮就善于这样，分析起来一套一套的，到该出面得罪人的时候他就蔫了。处长发动了车说，恐怕最坐蜡的不是我，也不是你李娜，是赵有亮。

为啥？李娜和刘倩倩一起问。

处长说，想想今天下午赵有亮急匆匆地从库房里提了一个黑袋子出去，那是啥？他干啥去了？肯定是把茶叶送给某位领导了。

一直没看出来他和哪个领导好呀？李娜说。

嗐，水深着呢，你以为这局机关是个啥地方？就是个深海。处长说。

赵有亮绞尽脑汁想着挽救的办法。他想到了局长的生活秘书李立。他们曾经有过一次同桌喝酒的情分，感觉他是个比较好说话的人。他围着办公楼转了一圈，等处长的车离开后，回到办公室找出局里的电话号码本。那是一本囊括了全局各个单位和部里主管单位的电话本。赵有亮曾在闲暇无事的时候无聊地翻看着它，内心里感叹着一个机构的庞大和自己的渺小——那成千上万的密密麻麻的号码里竟然没有一个是和他亲近的。他快速地找出了李立的电话，用恳求的语气问清了家庭住址。

赵有亮跑回家把情况向李小燕汇报一遍。李小燕一听脑核就炸了——你向来就毛手毛脚，你咋就不打开看看？你打开看看不就没这事了？赵有亮摊着两只手说，现在说这话有意思吗？咋办？咋办？耍弄局长，天啊，我真不敢想下去了。李小燕说，赶紧想想办法啊，你抠掌着两只爪子有什么用？赵有亮说，办法我已经想出来了，就是得你同意。李小燕说，什么时候了还这么娘们儿，想出来就赶紧去办。赵有亮说，我想去找局长秘书，让他帮帮忙，可这么晚了已经没地方去买礼物了，把结婚十年纪念日那天我送你的羊绒衫送给他家属吧。李小燕说，那可不行，那是我十年辛苦得来的，再说了，也太贵了点吧，两千多呢，春节发的购物卡不是还有吗，送张卡不就得了。赵有亮说，求你了，就还有一张五百元的，拿不出手。李小燕噘着嘴找出没舍得穿的羊绒衫，打开盒子，对赵有亮说，看准了，标牌都没舍得拽下来呢。

赵有亮提着老婆的羊绒衫敲开李立的家门，哈着腰说尽了抱歉的话进了门，对穿着花花绿绿家居服的李立两口子恳求再恳求。李立弹着烟灰一再说，这可难办，局长的脾气你是不知道啊，这事难办啊，弄不好啊。李立老婆心软，她说，看人家小赵眼泪都出来了，帮帮他吧。拿回来是不可能的，你就先带他到办公室看看，万一里面不是空的呢？就是空的，你先给遮遮，容他有时间买了补上。

李立从局长办公室出来，对等在办公楼下的赵有亮说，确实是空的，我能做的就是把它放进了橱子，不引起局长的注意。他要是说想喝新茶，我看情况先帮你应付着。正巧明天局长要去北京出差，可能需要个三四天，你抓紧搞到同样的，我给你换回来。

赵有亮舒了口气，千恩万谢地辞别李立，回到办公室捡起那个没有踩瘪的盒子，把上面的电话号码和地址抄了下来。

梅云和焦稳躺在床上，彼此听着对方清醒的呼吸，黑黑的空气里突然就有了不该清醒的隔阂和恐惧。他们各自的胸中都堵着一股压抑而潮湿的气体，像窗外一天未散的雾。焦稳的嗓子眼粗，虽尽量按压着，那股气还是瞅了他疏忽的瞬间冲了出来。长长的、湿漉漉的叹息，如同一条从水中捞出的霉湿的皮带被看不见的手挥动着，颤颤悠悠就抽到了梅云的身上。她不由得紧缩了身子。焦稳感觉出她的动静，就干脆再叹口气。梅云哽咽了问，怪我是不？对不起，我，我保证以后不会让你自己那个的。

焦稳侧了身子背对着梅云说，只要你心里没藏事，我就是从现在开始一直都自己那个，我也不怪你。这点事和两口子之间一辈子的恩爱比起来算啥？

梅云惊恐地说，瞎想，我能藏啥事？

焦稳换话题说，你知道姐今天来干啥？找我商量和姐夫复婚的事，姐夫托人来试探她。

梅云问，姐自己啥意思？

焦稳答非所问，你要是我姐，你会咋着？

梅云一时不知如何回答。焦稳等不来答案就说，这个年纪的女人还能咋着？复婚吧，曾经被背叛的伤害在心里去不掉；不复吧，也找不到比那个人更好的了。姐说，就是能找到合心意的，带着一个男人几十年的记忆，两家儿女的是是非非，活在另一个人身边，心里也舒坦不到哪里去。

梅云说，那就是打算复婚了？

焦稳说，破了的镜子咋拼也不是那回事了，叫我说这俩人都弱智。

镜子都是两面的。梅云不知该怎样把话题继续下去，也不知该怎样把话题打住，冒出一句词不达意的话。焦稳笑笑说，两个面，几个面也不是摔碎的理由。

处长一行在梅云楼下，仰望着梅云的卧室窗户。黑着灯呢，太晚了点吧？处长说。

李娜说，对睡觉的人来说是晚了点，对我这无家可归的人来说就不晚。她说着按动了电子门上梅云家的号码。处长说，你俩别乱说，先听我说，毕竟是老同事，万一是送礼的人搞鬼，话说重了不好。一句话——水深之处，不可轻举妄动。李娜和刘倩倩频频点头，她们乐得当看客。

焦稳把三个人让进客厅，梅云也穿戴整齐地笑着迎出来。什么风把你们都吹来了？三个人哼哼哈哈地坐下来。梅云看李娜面颊红扑扑的，就问，喝酒了？去参加你公爹的生日宴了吗？焦稳忙着倒茶，梅云不等李娜回答就开始削苹果。处长说，你们别忙了，我们来就问个事，本来打算打个电话，可梅大姐手机关了，就只能来了。梅云说，这么巧。焦稳笑笑说，我就今天勤快了一回，早早地给她关了，她头疼。梅云问，啥事呀？

处长说，其实就是问问你，废品屋里的茶叶是谁送的，这事搞大头了。

梅云皱了眉反问，废品屋里的茶叶？谁送的？我不知道啊。

你不知道？李娜和刘倩倩异口同声。

不知道啊，啥时候送的？我下午没上班。

处长看看李娜和刘倩倩，干笑一下说，我们三个和赵有亮都不知道，以为你知道呢，你要是不知道，这事就怪了。你不知道还好，我们还怕你万一也拿了茶叶送人，送给人家才发现是空的。

茶叶？空的！你们是说那桌子上的空茶叶盒子？那是我买了送人的，不好寄，就拆了包装。咋？你们当茶叶送人了？

什么？

真的？

三个同事和焦稳不转眼珠地盯着她。梅云看见了他们的不信任，她的额头瞬间就冒出了汗珠。她丢了手里削了一半的苹果，去翻自己的钱包。我有发票的，我好像还没丢，真的，不骗你们，我今天早晨刚从一个专门搞茶叶的老同学那里买的。

处长看了看发票，递给了李娜，李娜看了看递给了刘倩倩，刘倩倩看看打算递给梅云，焦稳先伸手接了过来。他看着上面的3600，嘴角哆嗦了两下，说，这么贵，你寄给谁了？

嗯，嗯，你不认识。梅云搪塞着。

焦稳的脸青起来。

处长看看焦稳，再看看低头削苹果的梅云，说，今天王局长去要纸箱子，看见了茶叶，想要，我哪敢说不，就拿了一盒送他了。李娜拿了一盒送张大良他爸，当场在酒席上就出笑话了。赵有亮也送人了，这事闹的。

梅云依旧低垂着头说，真是对不起，都怪我，我没想到这点，我就觉得那盒子或许哪天还能用来盛点东西。要不，我，我去跟王局和张大良家解释解释吧。

处长说，明天再说吧，你们赶紧休息吧。三个人起身告辞。李娜走到门口回头对梅云说，梅大姐你可把我害惨了，张大良一家认为我耍弄他爹，都不让我回家了。梅云说，对不起，你，你在我家住吧。刘倩倩说，还是去我那里挤挤吧。

三个人下了楼，赵有亮的电话就来了。听了处长的叙述，赵有亮说，她说啥你们就信啥了？处长说，明天上班再说吧。

焦稳关了门，重新仔细看了看发票上面的印章，是乔道公司的。梅云已经回到卧室，潦草地脱了衣服进了被窝躲避焦稳。焦稳过来坐到床沿上，盯着她的后脑勺问，这么贵的东西你寄给谁了？

不是说了吗，你不认识。

你有我不认识的朋友？谁？值得你送这么贵的茶叶？

没那么多，乔道虚开的。

能虚多少？我问你，那人是谁？我就想知道是什么人值得你这么破费！焦稳整个上半身起伏着，床在他的屁股底下颤动不已。

梅云扭回头看着他紫青的脸，心脏再次紧缩起来，缩成硬硬的一坨，一个铁的疙瘩。她想了想，嗫嚅着，部里主管我们的一个领导。

焦稳的呼吸一下子缓和下来，半信半疑地重复说，部里的领导？

嗯，部里的领导。

你还认识这么高层的人，咋不早说呢，或许找找人家，我就下不了岗呢。

后来认识的。梅云看着焦稳的怒气平息下来，心开始放松的同时泛出一股黏稠的悲哀，她突然不忍再看焦稳，也不忍让焦稳再看自己了。她蒙了头说，赶紧睡吧。焦稳的声音钻过被子进入她的耳朵——有这关系就好好处，以后说不定还有用得着人家的时候。我听说要成立路桥处，人员从我们这些下岗的人里聘，到时候你找找这人，这么大的官放个屁都管用呢。

处长和赵有亮李娜刘倩倩一大早就不约而同地来到了办公室。处长说，一晚上跟吃了屎似的。三个人附和着说，就是，我们也这么觉得。李娜说，问题是接下来咋办？刘倩倩对李娜说，让梅老师再找她同学弄一盒给你，你就说卖茶叶的给换了。处长说，李娜的最好办，难办的是赵有亮和我。赵有亮说，是是是。三个人一起看着赵有亮，见赵有亮不接下文，又彼此看看。李娜说，有亮你不会也送给王局了吧？赵有亮红了脸说，哪能呢，不过我觉得刘倩倩说得对，让梅老师买一样的。处长你不是和王局的秘书关系不错吗，让他趁领导不注意把茶叶给塞进去呀。三个人一起点头，连夸赵有亮聪明。

四个人好不容易等来梅云，把想法告诉她。梅云说，好好好，我现在就打。四个人一起看着梅云一遍遍拨乔道的手机。手机处于关机状态。赵有亮拿了茶叶盒说，拨这上面的。梅云拨了几遍依旧没人接。折腾了快一个小时，乔道的手机终于通了。李娜说，梅大姐用免提吧，我们都听听。梅云犹豫着。处长说，对，用免提，这样大家需要说啥他都能听见。梅云生怕乔道再扯到男人身上,她对着话筒说,乔道,我同事有事找你,我用免提和你说啊。乔道哈哈一笑说,不用害怕,我不会出卖你。这话从小喇叭里散出来,四个人相互对视着,梅云的脸顿时跟火烧了一样。梅云清下嗓子说,乔道你再帮忙准备三盒春茶行吗,我同事急用。处长说,多准备几盒吧,还有秘书那里。梅云说,多准备几盒行吗?乔道说,还多几盒呢,我跟你说吧,一盒也没有,天气这么冷,最快也需要十天半个月的,到四月二十日,谷雨左右吧。

梅云说,就要我买的那样的。

乔道昨天和梅云聊过之后,已断定关于茶的信息是不会再传回梅云耳朵里了,他和梅云的关系已经摆脱了茶叶的阴影,但他要是再拿相同的茶卖给她同事,就不保险了。他说,你那茶,我跟你说吧,全江北估计也就你那两斤。明前茶,啊,就是清明前的茶,那是指南方茶,咱们北方的第一茬春茶都是谷雨茶,今年前些日子气候反常,暖了十来天,我整个茶园就采了你那两斤。

四个人的心都悬了起来。处长插话说,其他的厂家呢,梅大姐,让他问问其他的厂家,如果有,用他家的包装不也一样吗。

梅云说,乔道,帮帮忙吧,真是急需,你能不能联系其他的茶园,用你家的包装,就是价钱再高点也好说。处长和赵有亮李娜一起点头说,就是,价钱无所谓。

乔道说,梅云,咱俩谁和谁,你张嘴的事没有我不办的。你可能不知道,这整个地区的茶园都被我兼并了,我这里没有,就代表着整个江北没有。天气要是转暖,过十天我和你联系。

李娜说,南方的也行啊,只要是春茶不就行吗?

乔道哈哈笑起来,一听就知道你不懂茶,南方的和北方的能是一回事么?

挂了电话,除了刘倩倩,三个人都嘟噜着一张脸,唉声叹气,让梅云坐卧不宁。处长悄悄把赵有亮和李娜叫到库房,三个人商量一下,由处长和赵有亮开车照着茶叶盒子上的地址去一趟,费用三人平摊。乔道那句"放心吧,我不会出卖你的",让他们重新怀疑梅云——她可能就是和同学联手导演一个恶作剧,让他们出丑,看他们笑话!处长叮嘱两个人说,从现在开始,关于茶叶的事我们不能再让梅云知道了。

晚上，处长和赵有亮一无所获地回到了办公室。问遍了整个产茶区，得到的答案和乔道电话里说的一样。等在办公室的李娜从食堂里要了菜，三个人一起无精打采地吃着。李娜说，梅云应该不是搞恶作剧，我找人查了，她确实在邮局邮寄过茶叶。

赵有亮问，咋查的？

李娜说，同学在邮局，现在都联网，一查就查出来了，邮寄人，邮寄地址，这还不简单。

赵有亮暗自感叹，自叹不如。

李娜说，你们猜猜，她寄给谁了？

那上哪儿去猜？

嗐，你们都认识，这样说吧，咱们都从电视上或者会议上见过这个人，照着官大的猜。

寄到哪里的？

当然是北京呀。

部里的领导？处长的嘴巴张得大大的。

不会吧，可能吗？从来没听她提起过啊。赵有亮嘴上不相信，心里面却也知道李娜没有说谎。

咋勾搭上的呢？李娜皱着眉头。处长咂咂嘴说，梅云没那本事，会不会是亲戚？围着领导团团转的那些二三十岁光鲜的姑娘小媳妇多的是，那么大的领导能看上她那样的？李娜说，要是硬往上贴应该能贴上去吧？肯定不是亲戚，你忘了昨晚焦稳的话了？处长回想一下，然后朝李娜竖起大拇指，感叹说，人心似海啊！

赵有亮说，是人不可貌相，看人家不声不响，整天给咱们讲平平淡淡才是真，一副与世无争的样子，其实人家使的是障眼法，暗暗往上溜须呢。说不定就是为了下次竞聘做准备呢，要不花那钱有啥用？

处长看着赵有亮指来点去的手指，想起去年自己和梅云的一次谈话。那是他参加一线处室处长的竞聘失败后，梅云对他的失败曾有过非常精辟的分析。她说，我认为你的失败在于缺乏上层强有力的支持。其实人只要把两头的关系搞好就行了，中间的完全可以忽略不计。底层的搞好了，测评时能得高分，顶层的能让这高分发挥作用，而你把大部分的精力用在应付无关紧要的中层上了。处长想着想着，脊梁柱直起来，他看到了一直隐藏在身后的威胁。

李娜鄙夷而妒忌地说，她肯定是红杏出墙了，我今天才知道什么是闷骚啊。赵有亮督促说，别管人家墙里墙外了，快想想还有啥办法。李娜说，还能有啥办法，又不能让人家寄回来。

寄回来？赵有亮和处长的眼睛同时亮了亮。

可能吗？李娜看着处长和赵有亮。两个人谁也不回答她，谁也没有勇气跳出来当小人。

真那样的话，说不定是在帮助她，她那样的能抓住当官的多久啊？弄来弄去，两头空的可能很大，这么大年纪的女人，到时候不就惨死了。再说了，焦大哥对咱都不错，咱们知道他戴了绿帽子还不帮着往下摘，没良心对吧？李娜鼓励着两个男人。两个男人的嘴角上站住了同样的笑容。

有道理，你认为呢？处长看看赵有亮。

赵有亮朝着处长频频点头。他已想好了让人家寄回茶叶的办法，只是没有勇气说出来。看见处长表态，他说，要挽救梅大姐、帮助焦大哥其实很简单，电话本上就有部里主管领导家的电话，明天估计领导上班的时候，咱们以焦大哥的口气给领导家打个电话，就说因为听别人说老婆和领导的闲话，一直很生气，这两天听说老婆给领导寄了茶叶，但老婆不承认，自己就怀疑这事真有点不对头。为了两个家庭的安定团结，让对方把茶叶寄回来，好让自己有证据证实自己的怀疑，管住老婆以后不给领导家里添乱。我觉得这么一说，领导家属肯定会照办。赵有亮说，不过，这种事一旦传出去，咱们三个人就……赵有亮话里眼里都咬住了同伙。

李娜拍拍赵有亮的肩膀说，放心吧。李娜站起身，眼睛看着梅云的办公桌前的转椅，她期待着它越转越低，期待着坐在上面的人也像曾经的自己一样哭诉着，把更大的痛苦劈剥开，给她李娜当口香糖，映衬她李娜的幸福。

处长清清嗓子说，话就到这里，就烂在咱三个耳朵里。

男人看着秘书放在他面前的小箱子，看着包裹单上梅云用娟秀的字体写成的他的名字，皱了皱眉头。拆开来，是几包茶叶，并没有信之类的东西，男人的眉头展开了。

他喜欢梅云这样的人，喜欢在她们的爱里滋养自己在官场被虚假掏空的日渐衰老的身心，面对这样的女人和这样的爱，唯一的麻烦就是她们会向他诉说爱情，在他认为爱的活动已经结束的时候，女人才刚刚开始，开始诉说。这就使得每一场时间限度为一个晚上的事情，后面留满了省略号。那个夜晚，在女人哭泣着抱住他说"我爱你"的时候，他有一瞬间是打算放弃的，他有点怕女人爱得太深，纠缠不清就麻烦了。后来，完全出乎意料，女人很识趣，很省心，没有电话没有来信，仅仅是发过两次问候——你好吗？他回了两次——还好。不冷落，也没有热情。

他把茶叶从箱子里抽出来，拆开。秘书赶紧拿过他的杯子。男人说，不要用滚开的水，八九十度就行。秘书点着头，却不知如何测定水的温度。男人说，暖瓶里的水应该就是这个度数。秘书赶紧去倒水。一不小心水溢了出来，秘书慌张着拿了抹布擦茶几。男人坐在办公桌前，看着水杯里的茶叶慢慢伸展着肢体，慢慢地，洇绿了周围的水；慢慢地，椭圆的叶片打开了，雀舌一样的芽伸展开来。

一叶一芽。

上好的一叶一芽。

男人边回想着自己对女人说过的关于茶叶的话，边重复给秘书听。我小的时候，村里只要有一户人家炒茶，满村都是扑鼻的板栗香。现在茶叶都搞成大棚里的了，用叶片素往茶叶上一喷，该十天长成的，四五天就成了，叶片薄，不但不经泡，香味也不行了。男人感叹说，真正的茶香像毒品一样引诱人，近几年，十次品茶有八九次失望。秘书看着男人的水杯说，茶叶还有这么多学问呀，这是真的吗？男人自信地笑笑说，这个应该是真的，看叶片厚度、汤色，都像——端过来我闻闻。秘书赶紧把茶端到他面前。男人伸了鼻子，用手扇动那袅袅的热气。秘书站在一边等待着领导的鉴定结果。

男人脸上的自信淡下去，眉头开始紧缩。他的鼻子靠近一些，再靠近一些，边闻边看着女人写下的字——春茶。他想起那个夜晚的女人，女人那个夜晚的话——我能找到真正的春茶。

男人的老婆出现了。男人慌忙抬起头，鼻子上面是密集的小水珠，使男人的鼻子看起来像长满了水泡。她对秘书说，你出去一下。秘书赶紧走出去，并忠实地站在远处盯着领导的门，防备别人打扰。

过了一刻钟的工夫，男人的老婆走出来，把手里的纸箱子塞到秘书怀里说，照着上面的地址寄回去，再有这个地址这个人寄东西过来，一律先告诉我。秘书连忙点头答应。女人愤怒的背影僵僵的，自言自语的话传过来——真是林子大了，什么鸟都有！

看女人的背影消失了，秘书抱着箱子推开领导的门，试探地问，这茶叶……

男人低头翻看着报纸说，假的，寄回去吧。

李娜又找同学查询了一次梅云在包裹单上写的邮寄地址。一字无误的办公室地址。三个人商定，都尽可能地早来晚走，确保茶叶被寄回的时候有目击证人——避免梅云偷偷地销毁。

下午快下班的时候，让三个人望眼欲穿的快递专用车停在了窗外。处长给赵有亮使了个眼色，赵有亮立刻点了烟走出去。半分钟后，赵有亮叼着烟卷捧着纸箱子，带领着快递公司的人进来喊，梅大姐，梅大姐，你的包裹，北京的，茶叶。

北京的，茶叶。五把烧红的炭铲按向梅云。她看见了赵有亮手里熟悉的小纸箱，自己盛装寄出的小纸箱。她使劲低着头在快递人员的指点下，写下自己的名字。她怀着一丝丝希望打开纸箱——或许是男人回赠她的礼品，或许是男人让她品尝的另一种茶。

八包茶叶，她亲手寄走的茶叶。

梅云看着三天前自己派出去的八个爱的使者梦一般地回到了面前，眼里顿时涌满了泪。她在内心里质问着那个半年来让她日夜不宁的男人。为什么？这是为什么？你怎么能这样对待我？你怎么能这样？你不喜欢可以扔掉啊，怎么可以寄回来羞辱我！她想起那个夜晚男人的愣神，想起自己试图用长久的默默的爱换取男人一句"我爱你"。为那个夜晚的自己，为那句冲口而出的话——我爱你，寻找一个依托，一个交代。她无法自控地哭起来，像丢失了漂亮发卡的傻丫头。

待她意识到自己的失态，恐惧地止住悲声，四下观望的时候，办公室里就剩她一个人了。梅云咬着唇，流着泪揉捏那一袋袋珍贵的春茶，把男人的号码从手机里翻出来。

想想，再想想，她把那个时常对着它傻笑的号码从手机里删除掉！她把茶叶塞回纸箱，扔进楼外的垃圾箱里。往回走了几步，突然看见赵有亮的身影从拐角处闪过，她想起自己给他给李娜和处长惹下的麻烦，走回去，把纸箱子捡起来。

梅云在赵有亮的桌子上扔下两包。

在李娜的桌子上扔下两包。

在处长的桌子上扔下两包。

把最后的两包扔在自己的桌子上。

茶叶从开口的袋子里一泻而出，如同一个醉酒的人无法控制的呕吐。那些被煎炒被揉搓过的叶片在昏暗的灯光里、在栗色的办公桌上像无数蜷曲着僵死的虫子。梅云抓起一把，塞进嘴里。

嚼着，哭着。

哭着，嚼着。

想起那些自我折磨的日夜里，那一杯杯的茶，那一片片被捞起、剥开、说也说不尽的欲说还羞的唇。她抓起另一些叶片，放进杯子里，倒上水，看着它们伸展，再伸展。

一叶一芽。

女人和茶叶最好的时期。

她看着那个无法伸展成叶片的芽苞，那树林一样拥挤着拼命消散自身的色彩博取别人一声喝彩的短暂，想到那其实就是一个个生活里的女人，在人生的舞台上没有两只水袖的女人。或许水袖是有两只的，但舞动的只能是一只。另一只必须是紧握着的，是永远不能顺应生命和情感的需要抛撒舞动的。

一只水袖。

一只水袖的女人。

梅云哭着在手机里给乔道写下短信：最好的一叶一芽，如同舞动一只水袖的女人，舞动两只的就会破坏了规则和审美。握紧一只水袖的疼痛是高尚的，但断袖的疼痛却是令人耻笑的。

乔道看着梅云的短信，知道梅云出了问题，因为他的茶叶，不，应该是她的茶叶。他不敢向她求证，又担心她。再三思考之后，他给焦稳发了一个劝解短信——梅云一次的错误和她这么多年的好比起来是应该被原谅的，你要原谅她！相信我，那仅仅是她一时的情感冲动。

梅云的错误！情感冲动！焦稳嚼着每一个字，回想着梅云半年来的异常。嚼着嚼着，他全身的血液暴涨起来。他拦了出租车，直奔梅云办公室。

焦稳赶到物资管理处的大门前时，正是天幕遮蔽了最后一丝亮光的时候，焦稳看看四合的夜色，昏暗的楼道，有一种在梦里的感觉。他在心里对自己说，真在梦里该多好啊。他试探着推开梅云的办公室。这一瞬，他所有的愤怒都变成了对婚姻破碎的恐惧，他突然没有了声讨她的勇气。他低着头，听着自己鼻子里的气流如狂风一样流动。

沉浸在哭祭里的梅云清醒了，她本能地去藏那个纸箱子，藏她面前的茶叶。她笨拙的掩藏告诉他——她真的错过，真的冲动过！他的恐惧一下沉落下去，蹿上去抓住她的手腕，把赃物抢到手里。

一个方方正正的小纸箱，上面有老婆和那个放屁都管用的人的名字。他有些糊涂了——他老婆要是真的和人家情感冲动过，为什么寄给人家的东西又被寄了回来？你和他到底有什么事？他问。他盯着她的嘴，期待着她说——就是想巴结领导，人家不收。

她哆嗦着嘴唇，泪流满面。

他在心里对自己说，她真的背叛了你，你一直标榜的这辈子干得最正确的事，错了，错了！他吼起来，你说呀，你没脸说对吗？那我找人替你说！他愤怒地去撕纸箱子有男人地址和姓名的那一面。

你干什么？跟人家没关系。梅云扑上来抱住纸箱子。是我自己的错，是我自己的错！

护什么？护什么？焦稳冷笑着质问她。他的话音未落，自己就给出了答案——护你的绿帽子！一顶由老婆踮起脚尖给你制作的绿帽子！他把她摔到墙角。

必须毁了它！趁处长没看见，趁赵有亮没看见，趁李娜刘倩倩没看见，趁其他人没看见，毁了它！他转脸看见每个桌子上都有着亮闪闪的绿色碎片，他把它们抓起来，塞进纸箱，掏出打火机……

（原载《人民文学》2009 年第 7 期，《北京文学·中篇小说月报》2009 年第 8 期选载）

穿 堂 风

一

月弯的深夜,王子丹脱掉上衣,倚着父亲的墓碑坐下,用力抵着,直到父亲的名字以浮雕的形式印在他白皙臃肿的背上。然后,他把胳膊别到背后,用手指抚摸父亲的名字,王舟。"之墓"两个字每次都会跟着父亲的名字出现在他手指最容易摸到的地方,但他极少去抚写那两个字。他只写父亲的名字,就像小时候和父亲常做的那样——睡前,父亲在他光溜溜的脊背上用手指写字让他猜。写得最多的是他俩的名字,王舟,王子丹。或王舟的儿子王子丹,王子丹的父亲王舟。父亲有时写得很慢,有时写得很快。不管快慢,王子丹都能猜对,猜对字的王子丹会在父亲的笑容里骄傲地睡去。

在父亲死前的两年里他们已经不再玩这样的游戏了。埋葬了父亲的王子丹,面对一堆黄土,突然意识到天地间再也没有父亲了,只有墓碑上的名字是他的。伤心而气恼的他用背撞击着那个名字仰天而哭——爸,爸,我不让你离开我!我不允许你离开我!

背上有了一条条凸道道,他惊讶地抚摸着它们,心里面突然有了一丝安慰——他的爸爸并没有完全离开他,爸爸还能在他后背上写字!

三十年了,王子丹保持着这种和父亲亲近的方式。

此时,他摸着后背上凸起的笔画,试图对父亲说点什么。他想对父亲说很多很多。这两年来，他特别想他，想和他聊聊。

唉……悠长、灰暗、潮湿的叹息。父亲的叹息。他扭头看着那堆长满野草的土堆，恍惚间觉得父亲就坐在自己的背后。

唉……潮湿。灰暗。悠长。王子丹这次清楚地听到叹息是从自己的胸膛里流出来的，如同草丛里经年的积水漫过了长满霉菌和青苔的土埂。

唉……王子丹手指摸着自己的脖子，再叹一声，的确是自己发出的。他苦苦地笑了。他放弃了对父亲说点什么的念头，走下山来。山下约一公里处就是医院的后门。

走到办公室门口，王子丹看见惨白的灯光下妻子杨蓝的背影迅速地消失在走廊尽头的楼梯处。王子丹第一次发现那慌张的敏捷里有了侦察员最忌讳的臃肿和疲惫。岁月不饶人呐。王子丹看着杨蓝消失的地方，想到她该有四十五岁了。自己比她小三岁，应该是四十二岁了。

四十二岁，父亲三十年前的年纪。王子丹的心脏突突地失控了。他进屋坐到办公桌前，一阵眩晕让他趴在桌子上。额顶那缕从左耳上方出发担任掩护高地任务的头发疲惫地耷拉下来，像一片从黑鹅翅膀上凋零的羽毛，落在他相交叉的手指上。

夜班护士乔桥走进来，看着王子丹说，她来电话问你好不好。

谁？王子丹抬起头问，手指慌乱地把那片黑羽毛捋到头顶上。

还能有谁？小王子丹呗。乔桥的语调里含着悲天悯人的味道。她是小王子丹的好友。

她还好吧？王子丹问。

你要是真关心，不会自己问？

王子丹朝乔桥摆了下手，闭眼捏着眉头。他把眉头揪得高高的、红红的。乔桥看不得他这副敢做不敢当的样儿，转身出去。

二

王子丹从来不允许别人用别的名词来称呼他，比如主任、教授、老师。碰到不知道规矩的人，不管是同事、学生还是病人，他总是皱着眉头说，叫我王子丹。

小王子丹是两年前的冬天调进中西医结合科的。小王子丹进科的第一天，全科人员聚集在护士站等待开早会。护士长对王子丹说，等一会儿人齐了，你讲话之前我先介绍一下新同事。王子丹点点头，走到住院病人一览表前看着。电话响了，一个大夫接了说，王子丹电话。王子丹转身来抓话筒，却连女人的手一起抓住了。人们哄笑起来。王子丹抬头看见一张通红的陌生女人脸。他尴尬地撒了手问接电话的大夫，不是找我的吗？大夫笑着说，说找王子丹。王子丹再次把手伸向那个焦黄的话筒，不想再一次碰到了那只手。人们再次哄笑起来。

会后，护士长跟着王子丹进了办公室，笑眯眯地说，这回可出现难题了，你自己说，我们以后怎么区分你俩？王子丹说，找护理部换个不重名的来。护士说，这不好，因为咱们科的小病人越来越多，遇到血管不好的总出现几针扎不进的情况，病人有意见，我才打报告请求调儿科护士过来的。人家可是技术很过硬的，听说能够摸黑扎针呢，再说了，人事处也不会因为重名这种事做变动的。王子丹说，反正我是坐不改名站不改姓，你找她去想办法吧。护士长说，要是人家也坐不改名站不改姓呢？王子丹笑笑说，我又没说让人家改名。护士说，那就叫你大王子丹，叫她小王子丹吧。王子丹说，王子丹就是王子丹。

查完房后的王子丹一个人静静地坐在办公室里，小王子丹走进来红着脸说，主任，对不起，电话的事是我不好。王子丹习惯性地皱了眉头说，叫我王子丹。王子丹——小王子丹低低地喊了一声，接着扑哧一下乐了。王子丹说，笑什么？小王子丹说，感觉是在喊自己呢，怪怪的。王子丹盯着她的胸牌，看见天天戴在自己胸前的名字出现在一个女人丰满的胸脯上，也感觉怪怪的。

小王子丹看着王子丹盯她胸脯的眼神，脸上一层更深的红色渗出来。王子丹——她笑嘻嘻地喊。

哦。王子丹把目光收回来，指指面前的椅子示意她坐下说。能告诉我你的名字是谁给你起的吗？

我父亲。她说。

哦，我的名字也是父亲起的。你父亲讲过给你取这名字的原因吗？

不记得了,他在我很小的时候就死了,不想提起他,提起来我就恨他。哦?王子丹来了兴致——为什么?她把目光转向窗外说,父母是领我们来这个世界上的人,那他们就应该领着我们长大对吧?可他半路上就逃了,扔下我,七岁,流浪狗一样,想想就恨他。她的眼泪窜出来,突地滑落到嘴边。他的心里一阵电闪雷鸣。他不知道该怎样安慰和他怀着相似伤痛的她,只笨拙地说,咱俩差不多,不要太难过了,有什么事你就来找我。她用手指抹掉嘴角的泪说,不好意思,谢谢。他说,不客气,我们本来就是一个人嘛。他的话一出口,就把自己惊呆了,想解释一下,又觉得越描越黑,干脆闭紧嘴巴,拉下脸,木呆呆地盯着桌面,一副不认账的表情。但那句话已经击中她。她的手脚麻酥酥的,心脏欢得乱了节奏。她凝视着自己的胸脯,清楚地看见那个代表自己和他的名字在颤动。

我们本来就是一个人。这句话如同魔咒在身体里膨胀起来,这种膨胀让她生平第一次感觉到了强壮和坚实。很多年以来,她一直都是孤独弱小的,她独自一个人面对黑夜,面对恐慌,面对成长的迷茫和痛楚,还有大大小小的绝望。孩童时期,她常常拿针在夜里扎自己,让自己喊出尖厉的声音驱赶恐惧。后来,她结婚了,丈夫吴奎是钢厂的工人,虎背熊腰,粗声粗气。开始,在他如雷的呼噜里,她踏踏实实地睡觉、生活。那时,她以为余生都会这样踏实。很快,她发觉丈夫的那种强壮仅仅是他自己的,大口吃肉,大口喝酒,大口喘气,大声骂娘,喜与忧、悲与乐都能够用一句他妈的打发了事。除了晚间的呼噜能在黑色的空气里荡漾成她的安全屏障外,他的强壮于她,正如一支飞奔的箭无法穿越一根棉絮。

三

父亲死的那个早晨,王子丹知道空气不全是自然课本上说的那样——无色无味透明的气体,它还有另外一种形态。那天的空气,是无数细密的无序的悠然飘浮的白色颗粒,从窗子里飘进来,漫过父亲的身体,变成更淡一些的白从门口飘出去。父亲悬挂在 X 光机上,白色的西装,白色的礼帽,白色的皮鞋,白色的袜子。有人拥住他说,可怜的孩子,不要站在穿堂风里。有手掌捂住了他的眼睛。有人哭了。他跟着抽了一下鼻子,闻见了一种怪怪的香味。他挣脱开捂他眼睛的手,寻找那香味的来源。他凭着十二岁的智慧坚信是这股特殊的香杀死了父亲。敌人肯定是从窗棂中用细细的竹筒吹进来,待父亲昏迷后,把他吊死的。他要把这个秘密喊出来,要让敌人听见——我知道你是怎样把我爸爸害死的!你出来,我和你拼了!你出来呀!所有的人都屏住呼吸看他。有声音说,这是他的孩子啊,带走,带走,不能让他看!立即有几只手来拉他,并再次捂住他的眼睛。

第三天晚上,家里来了三个男人,他们送来了父亲的尸检报告和遗物。他们默默地坐在沙发里,默默地用指头把报告单推到母亲和王子丹面前。王子丹和母亲一起低头默默地看上面的字——自杀身亡。三个男人和王子丹一起看沉默不语的母亲。母亲石雕一样呆坐着。三个男人尴尬地晃动起身体,沙发里的弹簧在他们的屁股底下发出喳喳的声响。

送走客人,母亲站在沙发后面指着他们拿来的布包对王子丹说,打开看看。母亲转过身面朝窗子问,是什么东西?王子丹看着母亲的背影说,爸爸的裤头、背心、褂子、裤子、布鞋。还有什么?母亲又问。王子丹说,一包烟、一张报纸。母亲的肩膀落下来,像放下了什么沉重的东西。王子丹把报纸叠起来,叠得和烟盒一样大小,连同烟盒握在手里。他知道这是破案的重要线索,他要找出杀害爸爸的凶手。母亲突然转过身来,抓起桌子上的东西进了厕所,烟雾和母亲剧烈的咳嗽从门缝里挤出来。王子丹赶紧跑进父亲和他的房间,把手里的东西塞进自己的枕头里。

母亲从厕所里出来,头发上落满了灰烬,一片片,嗑过的瓜子皮一样散落着。母亲手里的筷子被烧掉了半截,她用半截筷子指着王子丹说,你给我记住了,不要学你爸!真是狠心,就是石头的心、生铁的心,我这么多年也该把它焐热了!焐化了!

母亲从不肯和王子丹谈论父亲的死。母亲的冷静和绝情让王子丹觉得母亲就是杀害父亲的凶手,最起码也是参与了的。母亲把父亲所有的东西都在那个深夜烧掉了。厕所的墙壁一夜间被熏黑了,厕所门下方的小百叶窗上落满了黑色的、灰色的、白色的灰烬。王子丹惊讶地发现,一个梦的时间自己就丢失了和父亲相关的一切东西,包括父亲的枕头。那个他从小睡觉就喜欢捏着边角的枕头,捏破了一个边角,父亲就把枕头调换一下,给他一个新的边角。王子丹疯牛一样对着母亲冲过去,把她撞到墙上,揪住她摇晃着——你把我爸的枕头还给我,你把我爸爸的东西还给我,还给我!你把我爸爸还给我!

母亲像一棵枯死的树任凭他摇晃着,从她头发上散落的灰烬在演示一场连根拔起的决绝。她的心被伤透了,被一个丢下她和孩子独自逃离的男人伤透了。那个男人临死脱下了她为他做的衣裤,那个男人不肯带着粘有她气息的东西去死,这伤透了她的心。她知道男人死前是洗了澡的,她从他的尸体上闻见了肥皂的味道。送遗物的人说,东西是叠好的,整齐地放在他值班室的橱子里。她从这句话里明白他的死是从容的,是经过深思熟虑的,是早就计划好了的!这令她不寒而栗。

母亲和王子丹一起倒在地上。他们都头晕脑胀,精疲力竭。许久,他扶起母亲坐到沙发上,决定像大人一样和母亲谈一谈父亲。

他直视着蓬头垢面骤然枯黄的母亲问,你为什么没有眼泪?

母亲沉默地看着他。

他说,你要不回答,我就死。

母亲说,因为我的眼泪早就流干了。

他说,是不是你杀死了我爸爸?

母亲说,不是,是他自己杀死了自己,他是自愿死的。

你怎么知道的?

他早就计划好了。他买了崭新的衣服,你都看见了,白西服,白皮鞋,白礼帽,白领结,他从里到外都是新的,都是他喜欢的颜色。他早就计划好了,早就准备好了,只是一直瞒着我,瞒着你。

他为什么死?你一点也不知道吗?

因为他不想和我们在一起,这不是明摆着吗?母亲失态地吼起来。不要再提他了!我现在最想做的就是忘记他!我不想看见他留下的任何东西!

我也是他留下的,你怎么不把我也烧了?他年轻的指关节发出清脆的声音。

母亲看着他的手指,低声说,儿子,我知道你心里难过,我知道你喜欢爸爸。你以为妈妈无情,甚至以为是妈妈害死了他……你现在太小,很多事情你不懂,等你大了,你就会明白,妈妈怎么会害死爸爸呢?妈妈爱他,和爱你一样,捧在手里怕掉了,含在嘴里怕化了。等你长大了,妈妈也给你找个像妈这样的媳妇,那时你就知道你爸有多享福了。家里所有的事妈全包了，做饭做他爱吃的，说话说他爱听的。我没奢望他像别的男人一样操持家务，我只要他在这个家里待着，能让我看着他，我就满足了，可他连这一点都不愿意！

他看着母亲，期待母亲永远说下去。尽管他不能从母亲的诉说里明白父亲的死因，但他觉得只要母亲说着，父亲就在。母亲突然停住话头，两手抓住铺在沙发上的浴巾喃喃而语——窗前有人烧了纸的，窗前有人烧了纸的。你说什么？他问。有人在你爸爸上吊的窗子底下烧了纸，我看见了，很大的一堆纸灰，肯定是那个不要脸的女人烧的，他肯定在外面乱搞了！你不要再和我提起他！永远都不要！一个字都不要！母亲瘫软下去。

他跑到医院，父亲吊死的那间屋子已经锁了门。窗子底下是一丛盛开的月季花，一些花叶子被烧焦了，纸灰被夜间的雨浸开，隐在草叶下。王子丹蹲下身，花的香气进到他的鼻腔里，他抽了下鼻子，扒拉了几下草，捏起一点粘着纸灰的土看了看。他认识其中一个来家送遗物的叔叔——医院的保卫科长。他找到那个叔叔说，有人在我爸爸的窗前烧了纸，你们发现没有？是不是害他的人烧的？叔叔，求求你，把那个烧纸的人找出来吧，就算不是他害的，他也可能知道些什么吧？叔叔叹口气说，我们早就发现这事了，也在全院调查过了，没有结果。孩子，你父亲确实是自杀的，我们把公安局破案最厉害的人都请来了，这一点是没有疑问的。而且你爸爸为人和善正直，从不争名夺利，对待病人又好，全院上下没有不夸的，他是没有敌人的人。

没有敌人的人怎么会死？王子丹问。叔叔拍拍他的肩膀说，不要再想这件事了，回去和你妈好好过日子吧。

母亲的灯熄了以后，王子丹从枕头里拿出了烟和报纸。他看了看烟盒上面的字，大前门。他把烟盒里的烟倒出来数了数，九根。王子丹闻了闻烟，突然明白那天早晨他被人捂住眼睛时闻见的香味，就是这烟和月季花掺杂在一起的香。他展开报纸，仔细地寻找着。那是一张被很多人看过的报纸，被很多笔迹乱画过。王子丹仔细地辨认着。在报纸的下端，他发现了父亲的字——大前门大前门门在哪里门在哪里门。在这行字左上方的夹缝处，写了好些王子丹的名字，字很规整，很小。王子丹的心怦怦地跳起来，泪水夺眶而出——他知道爸爸到死都爱着他，到死都想着他！他在心里对父亲说，我也会到死都爱着你，到死都想着你的。

四

  母亲没有再婚,也没有从父亲死时的骤然枯黄里复原。枯黄的母亲像以往一样操持着家,洗衣,做饭,买菜,打扫卫生,上班,下班。周末带王子丹到奶奶家买菜,洗衣,做饭,打扫卫生,忙到天黑以后,匆匆往公交车站跑。不同的是,母亲不再谈父亲,不允许王子丹谈,不允许爷爷奶奶谈,也不允许别的人谈。有一次,王子丹和母亲在集市上碰到一个熟人,那人站住和母亲说笑,转脸看见王子丹就说,哎呀,孩子长这么高了,越长越像他爸呢,活脱脱一个小王舟。母亲的脸顿时晴转阴,拉着王子丹就走,连个再见都没说。

  一年后,爷爷中风瘫痪,奶奶也得了严重的心脏病。母亲把沙发卖掉了,把茶几搬到了阳台上,把客厅改成爷爷奶奶的卧室。母亲和王子丹的生活从此有了一些改变。首先是吃饭的时间推迟了,因为母亲下班以后要先给爷爷翻身,擦洗,解大小便,然后,才进行原来的程序。做好饭以后,奶奶和王子丹先吃,母亲去喂爷爷。等母亲吃完饭,洗完碗,王子丹做完作业后,母亲和王子丹一起给爷爷按摩他丧失了知觉的右半边身体。奶奶缩在墙角的藤椅里,看着他们三个。偶尔,母亲在这时会问一两句王子丹在学校的情况;偶尔,母亲也会谈一两句自己班上的事;偶尔,奶奶也会说一两句陈年的旧事、早已不交往的亲戚。

  母亲的日子天天如此。

  王子丹的日子也天天如此。上学,放学,做作业,吃饭,给爷爷按摩。大家都关了灯的时候,他从枕头或纸箱里、鞋子里翻找爸爸的烟盒和报纸,确定它们还在以后,他才开始睡觉。有的时候有梦,有的梦里有父亲。梦见父亲的早晨,他总是坐在床边愣神。母亲总会高声喊他——王子丹快点,要迟到了。父亲刚死的那阵子,母亲有时候叫他丹丹。他郑重其事地对母亲讲,你必须叫我王子丹。母亲问,这有区别吗?王子丹说,有。母亲自言自语说,长大了,是该叫大名了。吃完饭的王子丹,背着书包骑着单车去上学。路上,看见上班的男人,他会想象着父亲也走在上班的路上。放学的时候,看见下班的男人,他会想父亲也下班了。偶尔,他会因为某个酷似父亲的背影激动得手脚发抖，他会飞快地赶过去，每次都大失所望。失望的时候，他就对自己说，死了的人是永远也找不到的。

　　三年后，爷爷死了。爷爷死后的三个月，奶奶也死了。爷爷死后，奶奶常常望着天空说，老天爷，求求你，赶紧把我也收走吧，别再拖累我闺女了。王子丹听见这话的时候，就和奶奶一起望着天空，幻想着人都是从天空里洒下来的，像雨滴，太阳一晒，就蒸发了。爸爸死后，奶奶就改了对母亲的称呼，她不再叫儿媳，而是叫闺女。奶奶死的时候，哆嗦着布满了皱褶的嘴唇对王子丹说，王子丹呐，咱们老王家亏欠你妈的太多了，你以后要孝顺她，替你爸、替我、替你爷爷报答她啊。奶奶又对母亲说，闺女你的苦我明白呀，我到阴曹地府里揍他，我揍死那个混账东西。母亲哇的一声大哭起来。母亲的哭声让王子丹惊讶不已。他惊讶地看着母亲不停地抽搐肩膀，奶奶那皮和骨头明显分层的手在母亲花白的头发上艰难地摸索。奶奶的手指停止了，嘴角的皱褶慢慢松散开。母亲停止了哭泣。她把手从奶奶手里抽出来，把搁在她头顶的手拿下来对王子丹说，你奶奶走了。王子丹一步蹿到窗边，看着收走了奶奶的天空，伸出手去。母亲扑过来抱住他——还有妈妈，还有妈妈！

五

　　王子丹乖顺地成长着。直到考大学的时候，他和母亲沉默安宁的日子才起了一点小小的波澜。母亲反对王子丹学医。母亲说，你从小喜欢装装拆拆的，上理工大学吧，将来当个工程师。王子丹妥协而坚决地说，我学中医。他知道这是离父亲最近的途径，是他感知父亲、找寻父亲最直接的入口。

　　到医院报到的王子丹心里涌腾着隐秘的快乐。他在心里对父亲说，我来了，爸，我来了。他围着放射楼转了一圈。父亲去世的那间屋子门开着，里面是一台庞大的机器。王子丹站到窗前看了看，外面的月季花盛开着，花香扑鼻。人事处长一眼就认出了王子丹，他热情地握住王子丹的手摇晃着——王舟的儿子！哎呀，你长得和你爸太像了！欢迎你来医院工作呀，你爸的工作为人那可是没得挑的。王子丹快乐地说，我会努力向爸爸学习的。人事处长松开手,伸出食指说,我当时到你们学校挑人,一眼就看准你了,知道王舟的儿子错不了。再说了,我和你爸都是同时进医院的老同事了,你到这里上班,离家近,能照顾你母亲。

王子丹感激地鞠躬说,谢谢叔叔,谢谢。

王子丹抬头看着碧蓝无云的天,他觉得自己的后背上有一对翅膀在展展欲飞。十年了,父亲只能在他的心里,在梦里,在努力去想却越来越模糊的记忆里。十年了,他长成了父亲的样子,在父亲工作过的地方,看见的人和物是父亲曾看见的,听见的声音是父亲曾听见的,他走的路是父亲曾走过的,他穿过的门是父亲曾穿过的。

母亲对米已成粥的事叹了口气,进入了惯有的沉默。王子丹说,这个医院离家近,能照顾您。对爸爸的事您不用担心,爸爸在医院里的口碑很好,我今天见到的人还都在夸赞爸爸,也正因为人家相信爸爸的人品,挑学生才挑到我,要不的话,即使想来也来不了。您放心吧,十年了,什么都没发生。母亲叹口气说,那就好,我就是怕你爸的事对你影响不好。这事就这样了,以后的事情要记得和妈商量。王子丹说,以后的所有事情我都听您的。

王子丹成了一名主攻肾病的大夫。最初的兴奋和快乐过后,他像所有的大夫一样工作生活着。对父亲的思念和思念带给他的折磨,像一座山的山峰在登顶的时候淡化了。王子丹的生活和心灵获得了从未有过的平静和安宁。

母亲累了,坚强贤德的脊梁弯了。母亲开始张罗寻觅她的接班人,杨蓝被找到了。王子丹被母亲和另一个酷似母亲的女人关爱起来,两个贤惠能干而沉默的女人把他的日子围得四季如春。第二年女儿降生了——一道小小的更加坚固的栅栏。王子丹早晨离开,中午回去,下午离开,傍晚回去,傍晚离开,早晨回去,他像一条不会拐弯的狗重复着两个端点之间的路程,直到两年前的冬天,另一个王子丹出现。

六

两年前的夏天是王子丹辉煌而孤独的开始。那个夏天,王子丹被部里授予科技拔尖人才称号。荣誉像只能量不足的热气球带着他飞升到了人群恰好能用嫉妒的手指和唾沫的盐粒够到的高度。尤其是那件令人向往不已的奖品——比院长家面积还大的住房，一颗诱惑口水的葡萄。

那么拼命干吗？难道你也想弄个尖儿拔拔？拔了尖儿也不会有大房子了，天上不会总有馅饼掉下来的。这年头傻干是不行的，重要的是会干，干给领导看，让领导说你行，你才行……

病人却在媒体的诱导下涌向王子丹，在走廊里排起了长队。而其他诊室里常常是只有大夫一人，那人要么低头看报、看书、抠指甲，要么盯着门外嘈杂的队伍大声地咳嗽、哼鼻子。

原来虽不亲密但也无隔阂的同事关系如一片枯干的树叶了，稍不注意的碰触就会出现裂痕甚至破碎。

王子丹决定和其他大夫一起排夜班，减少病人找到他的机会，缓解他和同事的关系，但收效甚微。他被病人信任的潮水围困在孤岛上。而从小在沉默中长大，在母亲和妻子有问才有答的岁月里走来的他，不知道如何铺一条通往他人心里的路。他又恢复了十二岁时的孤独和沉默。四十岁的心虽然没再出现十二岁的煎熬，却被从未有过的郁闷笼罩了。它虽没有生离死别的剧烈和尖锐，却有着浸透水的老棉袄般的沉重和霉湿。

意识到他变化的母亲和杨蓝开始更加细致周到地呵护他，同时她们像孵蛋的母鸡挺直了脖子，提高了警惕。母亲悄悄对杨蓝说，上心点，别大意了。杨蓝开始在王子丹夜班的时候偷偷地到医院里"侦查"。

王子丹的新房只在刚刚获得的时候一家人去看了一次。母亲执意抱着他的奖杯。一家人挤在出租车上，母亲坐在前排对司机絮叨着她的骄傲，王子丹和妻子、女儿在后座上抿嘴而笑。新房大得让母亲和杨蓝惊叹不已。杨蓝说，咱们装修一下住进来吧。母亲说，收拾收拾你们搬进来吧。王子丹说，要搬一起搬，我们怎么能把你独自留在老房子里。母亲把手里的奖杯放到空荡荡的客厅地板上说，唉，我这辈子是离不开老房子了，从年轻住到现在，从生儿子到生孙女，一辈子了。新房子呀，没什么记忆，属于年轻人。王子丹笑笑说，四十了，不年轻了。一家人往回走到半路上，才想起奖杯没有带回来。杨蓝建议再回去拿，王子丹说，有时间再拿吧。

王子丹没有搬家，他仔细想了母亲的话，觉得自己也是离不开老房的。

如果说，还能够动员母亲跟着他到新房里住的话，父亲则永远不能。最近，他又开始强烈地想念父亲，他很想和父亲坐在一起抽抽烟，说说工作中的事。或许父亲能教给他怎样去获得别人的喜爱，或许父亲也会向他倾诉自己的痛苦，那致命的，无法展露无法诉说的痛苦。

杨蓝也不坚持搬家，新家离医院太远，手里的风筝线太长。

一百五十平方米的没有任何记忆的新房子里，只居住着无意中遗落下的奖杯。

七

郁闷孤独了大半年的王子丹从小王子丹的眼泪里看见了一条狭窄的小桥，架在他们共有的少年丧父的悲痛里。他渴望着和小王子丹对夜班，渴望着在夜深人静的时候再听一听那丧失父亲的悲痛。那耗子一样啃食掉自己青少年时期所有欢乐和幸福的痛，那注定伴随他一生的缺憾，那无法说出的思念……需要它们从一张善于表达的嘴巴里说出来！需要它们在一个演员的身上展演出来！而他是唯一的观众，看她，看自己。

王子丹侧耳听着大小夜班护士的交接。小王子丹的声音响起来——今晚大夫那边是谁的夜班呀？那种黏黏的、冷冷的、带点鼻音的声音像会飞的蛇一样，飞蹿并缠绕在王子丹的身上。王子丹捋了捋额顶的头发，坐到椅子上等待着。

夜已经很静了，病人和陪护都进入了梦乡。偶尔会有一两声咳嗽或者呼噜声透过门的缝隙传出来，如早年深夜的更声。小王子丹和乔桥调换了夜班，她感觉到王子丹和她一样在等待一个单独相处的机会。她渴盼着再次听到那种能够进入她体内膨胀她、坚实她的魔咒，能够一下就抵达的力量。小王子丹整了整护士服，往大夫办公室走去。她心跳如鼓，去拉开不知如何表演却渴望登台的幕布。

她站在了他的门口，静默地。

他扭脸看着她，静默地。

她没有台词。

他虽然明白自己此刻就是她的导演，她已经如他所愿站在了舞台的边缘，却也没有台词来告诉她。

他和她谁也没有想到静默的对望会使得深夜没来由的照面变得暧昧而亲切。他看着苍白无语倚门而立的她，生出了一种把她拉到身边的欲念。这种欲念让他周身的血液增加了温度和流速，一种从未体验过的温热的波动在皮肤下簌簌而生。

他依然静默地看她。

她静默地看着，被看着。遥远而清晰的咳嗽声传进来，锤子一样敲碎了她的欲望和信心，她转过身，警觉地看着空荡荡的走廊。

吱——简短、清丽而柔弱的声音从她的身上飘出来。

他激灵一下，一句台词从天而降——什么在叫？

她打算退却的脚步转回来，走近他，掏出一个火柴盒大小的紫檀木盒。他接过来，看见上面不但雕了细致的花纹，还镶嵌着一块玻璃。玻璃下面是一只褐色的类似蛐蛐的虫子。她说，金铃子，我父亲的盒子。他用指肚摸着雕花颤声说，三十年没看见了，我父亲也有，几乎一模一样。

吱——吱——吱——金铃子在两个人的注目下叫起来。长长，短短，弯弯，转转，如同怀抱琵琶的寂寞之人开始了陈年旧事的叙唱。

怎么就一只？他问。

买总是买两只的，但过一段时间，总会死一只。她说，总这样，每年都这样。

他看着不停摩擦着翅膀的小虫说，一只太孤单了。

她说，本来就是害怕孤独的人才喜欢养的。

他抬起眼睛看着她问，你父亲是个害怕孤独的人？

她看着他的胸牌说，我，王子丹是。

他的心脏抖了一下，如同开场的鼓点。他坐下来，靠在椅子上。她随着他坐下去，向前倾着身子。他的手放在桌子的边沿，她的手在桌子的中央，中间是紫檀木的小盒，一只孤独叙唱的小虫。他闭上眼睛说，王子丹，说说你父亲吧，说说他的死，说说你。

她的眼泪刷的一下流到唇边，咸咸的，苦苦的。她鼻音很重地说，眼泪是又咸又苦的，父亲死的时候我就知道了，尽管那时我只有七岁。他在心里说，我也知道。

她说，等待一个永远不回来的人，是件很可怕的事，比它更可怕的是孤独和思念。没有人能分担了去的孤独和思念,在心里越放越浓烈,简直会要人命。

他看见自己十二岁瘦弱单薄的肩膀在黑夜里抖动,在伙伴间沉默孤独,在任何父子乐融融的场景里躲避,害怕任何人问他——你爸爸呢?

她看着他抖动的手指说,父母的爱就是孩子的泥土,他们不在了,孩子就等于被连根拔了。我就看不得花草树木被从地里拔出来,看见我就会掉泪,觉得那即将枯死的就是自己……她擦擦眼泪说,这些,我只对你一个人说,我觉得你懂。

他说,我懂,我们是一样的人。

她抓住他的手,把手指嵌进他的指间,更正说——我们是一个人。

八

王子丹饭后坐在老藤椅上的表情令母亲恐惧。母亲常常产生错觉,以为坐在那里的不再是她的儿子,而是她的丈夫。死之前的一年或者两年,甚或更多的年头里,他就这样坐着,眼睛有时看着窗外,有时又假寐着,把家里的人和事全部挡在心外。他跟前的人猜不透他的心思,却能明显地感觉到他的厌倦和逃避。

初夏的傍晚,母亲下决心问清楚儿子的心思。她问——王子丹你在想什么?连问了三遍,王子丹才如梦方醒地看着母亲,用他一贯慢条斯理的语调说,没想什么。

没想什么?母亲说,你一定想了,你和以前不一样了,从去年冬天开始,你就变了。

王子丹说,我没觉得,我一直这样。

母亲说,你是一直吃完饭就坐在这里,愣会儿神,然后看看电视,看看书,可是你愣神的时候和以往不一样了。

有什么不一样?王子丹的眼睛继续看着窗外。

母亲说,你常常在笑。

我在笑?王子丹说,我没觉得。

母亲说,你心里在笑,你有事瞒着我和你媳妇。母亲哆嗦起来。王子丹知道母亲生气了，他假装毫无觉察地看着窗外。母亲说，你要是再不悬崖勒马，我就告诉杨蓝，我不允许疏忽再次发生。王子丹的藤椅吱扭一声，母亲指着他说，我不允许别人来伤害我，伤害我的儿子！王子丹僵在藤椅上。

　　爱情如同磁铁，使王子丹抖如铁屑的同时也让他体会到了身不由己的苦。他觉得身体里的快乐和幸福满得随时都会溢出来，从他的眼睛鼻子嘴巴里出来。他努力地掩饰着，捂盖着。他知道母亲和杨蓝的眼睛乃至全科同事的眼睛都盯着他。他强制自己坐在藤椅上，看电视，看报，看母亲和妻女晃来晃去。上班的时候，他故意不去看她，不去护士站，不接她的话茬。只有深夜对班的时刻，他才完全放松下来，任凭快乐恣意流淌。为避人耳目，他们常常是大夫值班室一个，护士站一个，甚至夜深人静的时刻，他们也这样待着。这样的时候，他俩都会让内心里的快乐发出响声传给对方。假假的咳嗽，几句看似随口的哼唱，一两个看过就删的信息。

　　母亲常常对杨蓝说，上心点儿，别像我光知道闷头拉磨。杨蓝总是笑笑说，不是有妈吗，王子丹不敢的。母亲叹口气说，我要是死了呢？杨蓝说，我上心着呢。

　　杨蓝和母亲的恐惧终于成了现实。杨蓝的同事王梅是一个被丈夫抛弃的女人，业余时间在一个名叫"忠贞战士"的公司里干兼职侦探，义工式的。她在听说王子丹的韵事后，起初还能勉强保持沉默，忍不住的时候，就旁敲侧击一下。两个月以后，王梅实在无法忍受了——看着被蒙骗的杨蓝，她就想起当年的自己，当年的耻辱和愤怒。

　　杨蓝被王梅送回家的时候，母亲就完全明白了。母亲看着脸色惨白的杨蓝说，你就放心吧，有我在，他兴不起风浪。枯朽的杨蓝用空洞的声音说，人家说得有鼻子有眼，说那女人为王子丹都流过产了。母亲哆嗦着声音说，不能听人家的，有我在，谁也别想来伤害这个家！杨蓝拉住母亲的手，哭起来——妈，你可要为我做主啊！妈，你知道我没有对不住他的地方。母亲若有所思地说，男人都是没良心的，他看见的是那些花花草草，脚底下支撑他的地他是看不见的，这就是为什么从他得了奖以后，我老提醒你的原因。这年头，人见不得别人成事，要不就嫉妒你，要不就勾引利用你。

人们开始关注两个王子丹的动静是在一次早会上。王子丹靠窗站着，护士长挨个脸看着，在考勤簿上画着勾。画完勾，护士长对王子丹说，可以开会了。王子丹张嘴打算讲话的时候，有人突然打开窗子，一阵风从王子丹的右侧吹进来，他额顶的那缕头发忽的一下被吹回原来的位置，长长的，乱乱的，从左耳上面垂下去，如同几棵残冬里的草。人们哄笑起来。王子丹的脸红了，他试图把头发再捋回原来的地方，无奈右侧的风吹得太猛，行进到半路的头发再次飘落。人们再次哄笑。王子丹恼怒地用目光去寻找开窗子出他洋相的人，可那人一副无辜的表情，又引得人们一阵笑。小王子丹红了脸大声说，人家自己的头发愿意咋弄就咋弄，有什么可笑的？面对小王子丹的质问，人们的笑声消失了，却警觉地开始观察那个揭竿而起的人。迹象逐渐显露——小王子丹经常和别人换夜班。消息传开后，对面楼上的人开始在夜里观察中西医结合科的办公室、值班室。不久就有消息说，女的给男的捋那缕头发了。后来又有消息说，女的把男的那缕头发编成了小辫子。

九

没有饭菜的香味，没有铲子碰锅的声响，家里静悄悄的。王子丹站在门廊里，不知道什么事情会使母亲和杨蓝在这个点离开家。他换好鞋子，打算到卧室里看看报纸。杨蓝躺在床上，母亲坐在对面的椅子上，两人谁也不看他。他问，怎么了？病了？母亲用力拍了拍大腿说，这要问你自己！是你病了！心坏了，要拆散这个家了！

王子丹知道自己是不可能长久拥有那份欢乐的。那种能够露出光溜溜的头顶，像孩子一样把头发结成小辫子的能够漫过三十年伤痛的欢乐，虚幻而迷人。他和她，好像打定主意要把自己在痛苦里煎熬过的心捞出来、清洗、晾晒一样，他们用孩童的心疗养着彼此。他和她，脸上都有了深深的皱纹，黑发里都夹杂了白色，但他们一个十一岁，一个六岁。有时，他们一个十二岁，一个七岁，他们一起痛哭，一起分担家庭突变的恐惧，一起咀嚼丢失了父亲的痛楚。下了夜班的王子丹四十岁。四十岁的他常常回味着夜班的快乐，嘴角露着蒙娜丽莎式的微笑坐在客厅里。

母亲厉声说，王子丹，你给我说，你是不是和你科里另一个叫王子丹的好上了？

王子丹的整个头皮麻起来，尤其是头顶光溜溜柔软如膝盖的那一块，他快速地挠起来。杨蓝哼了一声，开始新一轮的呜咽。母亲说，王子丹，你给你爷爷奶奶跪下！你忘记了你奶奶临死前的嘱咐了？你就是这样来报答你妈的？你感恩没学会，倒学会搞婚外恋伤害亲人了！

王子丹紫红了脸说，不是这样的，这是误会，我没那样。

杨蓝坐起来擤把鼻涕说，无耻，还在骗我！

王子丹说，我和她真没有什么，就是，就是那种心灵上的朋友，能彼此理解，彼此安慰。

杨蓝的脸由苍白变得紫红。她绝望地抓住了母亲的手，说，妈，你都听见了，我们这么侍候他，倒惹得他找狐狸精安慰了。王子丹，我算什么？保姆吗？我什么都以你为主，做饭做你爱吃的，买东西买你喜欢的，家里的事我一个人担着。你忙科研，我把饭菜给你送到医院，你熬夜我陪着，那时候你不说找心灵上的人，现在功成名就了你开始找了？

母亲啪啪拍着大腿说，作孽呀，我这是哪辈子做下的孽呀？

母亲对僵立在一边的王子丹说，你到我房里来。王子丹低头走进母亲的房间，等待母亲问话。啪——一个耳光扇过来，一个接一个。王子丹的腮帮子上指印摞指印，逐渐增高。最后，母亲气喘吁吁地说，再不收住，我就死给你看！王子丹打了个冷战。母亲撑大鼻孔说，怕我死就立马收住！

收不收？

王子丹愣愣地站着，没有小时候的乖顺，也没有小时候的恐慌，他只是低垂着眼皮。他无法回答母亲，他觉得有把斧头在身体里砍，疼得他难以呼吸。

母亲叹口气，压低声音说，你怎么这样没良心呢？没良心这种事也遗传？

王子丹突然意识到母亲摔在他脸上的愤怒和仇恨不仅仅是对他的，更多的是对父亲的。此刻，他不再是她的儿子，而是那个曾经用一场计划好了的逃离和背叛令她伤心欲绝的人。他的眼前浮现出三十年前满头灰烬骤然枯黄的母亲。

卧室里的杨蓝知道婆婆在用耳光告诉她——永远和她站在一起！她知道有婆婆在胜利就在！她爬起身，擦擦眼泪，到厨房里忙乎起来，动静和动作都夸张了许多。她边炒着菜边回想着王梅的告诫——咱们奔五十的女人一辈子就这样了，要坚定立场，坚决不能撒手，凭什么我们辛辛苦苦造就出来的男人就拱手送人？就让那不要脸的享受现成的？实在不行就拖，拖死他还是你的鬼呢，我们又不是鞋，就容得他穿旧了就脱？杨蓝用菜铲说——我不会饶了你！绝不会！

十

护士长莫名其妙地看着肿了半边脸的王子丹——你也害牙疼？王子丹正愁着解释，听护士长这么一说就顺嘴应着。护士长说，哎呀，这同名的人闹病都一样啊，小王子丹也牙疼，腮帮子肿得老高，我让她休息了。王子丹的心一阵抖动。护士长说，你干脆也休息吧，到口腔科看看去。王子丹想想说，好吧。

王子丹低头顺花园走着。放射楼前的花园里，有个老人在侍弄月季花。王子丹停住脚步，看他用一把手术刀嚓地划开塑料纸，扯下里面的稻草和牛皮纸塞进塑料袋里。那些月季花茎，粗的如孩童的手腕，细的也如拇指了。老人抬起头看着他。王子丹认出那是一个叫不出名字但经常见的花匠。他捂了脸往前走，出了医院大门才知道无处可去。他上了一辆开到脚边的公交车，车上没几个人，他找了最靠后的座位坐下来，掏出手机想发个短信问问小王子丹好不好，想想又塞回兜里，闭上眼睛，听着车门开开合合，人来人往，试图想出解决难题的良策。他知道自己内心里早有了选择——他不会让王彤重蹈自己的痛苦。他只是不敢让这个念头跑上来。

终点站到了，司机扭着脖子催他下车。下了车，他才发现马路对面就是小王子丹居住的小区。他走到她家门前，摸摸她每天都要握的门把手，踩踩她每天都要踩的脚垫。楼上有下楼的脚步声，他转身想下楼，门却打开了，她把他拽进去，用后背把门抵上。她抚摸着他的腮帮子说，她们知道了？她们逼你离开我对吗？她哽咽起来。他抚摸着她的腮帮问，他打的吗？

不是，牙疼，昨天从下班就疼，整整疼了一夜，心惊肉跳的。我总觉得你会出事，果真就……你个傻瓜，你顺着她们的意思说不就行了吗，你这是何苦呢？

我说不出来，心里想一想就疼得跟斧头砍一样。他说。

我知道，是一个人硬生生要被劈成两半的感觉。她拉着他的手，走到卧室，站在床前，使劲一推，他摔倒在她的床上。他试图爬起来——这会伤害你的。她哭着说，别动，我不要你做什么，就希望你在上面躺躺，在沙发上坐坐，在这屋子里转转，这样，以后我在这个家里就能想象你在的样子。

他抱住她，紧紧地抱住她，躺下去。他下决心给她留一个缠绵温暖的回忆。

进入了，他才发现自己的身体早就渴望着，即使在打算说分离的时候。身体里的欢乐和痛苦一起荡漾出来，他发出了不管不顾的喘息。第一次，他发现身体和身体是有语言的，是有应有答的一场亲密交谈。他说，真希望就这样了。她呜呜地哭出声来，她知道只有决心离开的人才会说这种话。

她看看墙上的表，丈夫快要回来了。她给他扣好扣子说，你就是我寄存在别处的另一半自己，知道在有疼有热的人手里，我心里是高兴的，其他的就没必要在乎了，人家要你说啥就说啥，我知道你的心是向着我的。他抬头看见墙壁上她的丈夫搂着她的肩膀正笑逐颜开地看着他，赶紧挪开目光说，他对你怎么样？她叹口气说，还行吧。他听出她是不满的，不忍心问，又不敢说出什么承诺，只得闷闷地说，她们对我很好，你就放心吧。她忍了鼻子里的酸楚说，我知道。

他走到小区门口的时候看见一张酷似吴奎的脸，他的面颊烧了一下，赶紧招手叫了辆出租。他如释重负地瘫软在出租车里，觉得自己能够回家平息风暴了。昨天，他觉得自己如果说出和她分离的话是疼痛难忍的，是背叛的，现在则觉得它仅仅是一层隔雨的绸布。

他不知道母亲和杨蓝已经不需要他的回答了，她们知道他这种病是要下猛药狠药的。她们已经找了医院的领导要求把小王子丹调走，她们还会没收他的钱包工资卡和身份证。

吴奎推开门就闻见一股怪怪的味道，他深深地吸了下鼻子说，什么味儿？小王子丹慌张起来，她说，哪，哪有什么味儿？她的慌张让他觉得不对劲。他盯着她，发现她的眼睛是红的。他突然想起那可能是精液或消毒液的味道。他转身跑进厕所，废纸篓里是新换的塑料袋子。他揪住她，往床上一抛，褪下她的裤子，确认了自己的猜测。

吴奎把手里的皮带抽断的时候想——就是大老爷们也该说句软和话了，人都半死了还是不肯说，看来还真有种！她越是有种，他就越恼火，越狠！他累了，坐到她跟前，把半截皮带摔到地上，抱着头发出了嗡嗡的声音。

如果你在乎就离，不在乎就过下去。她的声音像苍蝇无精打采的哼哼。

他捡起半截皮带再次抽下去——说他是谁？说你是被强奸的！说你现在就和我到派出所去告他！小王子丹血肉模糊的身体无言地抽搐着。吴奎看着，突然明白了，其实不管她去检举与否，他都已经恨透她了，他往死里打她的时候就没打算再要她，再疼爱她。他扔掉皮带说，除了绿帽子，我吴奎屎盆子都能顶着！

十一

王梅把女儿淘汰下来的小灵通放到杨蓝办公桌上说，我闺女不要了的，你先用着。杨蓝说，我用不着，天天班上家里的，两头都有电话哪用得着这个？王梅瞪起眼睛，一副恨铁不成钢的表情说，你以后还能这么家里班上地过吗？你要随时接听信息，我们全体忠贞战士都会帮你的，有情况我就及时通知你。杨蓝说，前天我去找过他院长书记了。

王梅说，你怎么也不和我商量一下就干呀？正确的方法是先抓住他的把柄，让他在铁的事实面前主动求和，立下悔过书，自己了断。若藕断丝连就把他的悔过书给女方看，离间他俩的感情，要是还不行，才能公开地闹。

杨蓝说，那不要脸的和他一个科，不找领导调开能有断的时候吗？王梅安慰她——也说不定让领导一吓就吓住了。

杨蓝说，真这样就好了，他们领导说如果真有这种事会批评规劝的，但没办法干涉个人私生活，一听就是在敷衍我。

王梅说，别难过了，不是还有我吗？还有我们全体忠贞战士吗？等你这事结束了，我领你报个名，加入我们吧，一大帮志同道合的姐妹呢。

就在王梅和杨蓝交流心得的时候，王子丹接到了乔桥的电话——王子丹你要还是个男人就立马到小王子丹家里来！

小王子丹对乔桥说，你给他打电话干吗？又不关他的事。乔桥说，看把你伟大的，还护着他！我看他连个屎壳郎都不如，屎壳郎垫床腿还能硬撑，他呢？他老婆把你们告到医院，领导找他谈话，他怎么连个屁都不敢放？一个劲给领导保证——注意保持同事间的距离。我就是要让他来，看他怎么和你保持距离！都三天了，他问过你死活吗？乔桥把烤灯调节好，把手放到小王子丹两个乳房之间仅剩的一点好皮上感觉了一下温度，继续说，你怎么这么鬼迷心窍？我要是早知道，说什么也会阻止你的。小王子丹苦笑一下说，来报到的那天就开始了，中了邪一样，就觉得把自己煮煮给他吃了，只要他高兴我都心甘情愿呢。乔桥点点她的鼻子说，当自己是唐僧啊？

王子丹随着乔桥的手指看见了躺在烤灯下的小王子丹。三天前曾经和他有呼有应、有唱有和的身体竟已血淋淋、白唰唰，渗着黏稠的液体。尤其是两个乳房，在烤灯橘红的光下已如破碎的柿子。王子丹捂住眼睛瘫软下去。乔桥把他扶起来，让他坐到床前的椅子上。小王子丹扭脸朝里不看他。他看了一眼乔桥，知道她是什么都知道的人，犹豫着握住小王子丹的手。他感觉到小王子丹的手在抖，自己的手也在抖。他抬眼看见乔桥直直地看着他，他张张嘴巴，又闭上，把小王子丹的手捂在自己的眼上，让她知道他和她一起流泪。

乔桥看着木讷的王子丹说，你就不问问她为啥被打成这样？我来替她说吧，那天你前脚走，吴奎后脚就进来了，他闻见生人味了，把她打成这样为的是让她去告你！快打死了，这个傻瓜都不肯，他就摔了电话，把她反锁在家里，是打算让她慢慢死的。我看她没到医院上班，电话也打不通，来找她，邻居说听见打架打得很惨，我这才撬门进来，不想都这样了。她怕连累你，不肯去医院，我只得简单地给她处理了伤口，输了抗生素……乔桥停下来，换了挖苦的口气说，你不是著名专家吗，拿出你的看家本领来，给她出个药方，治治，别让她为你搭上小命。王子丹把颤抖的手指按在小王子丹的手腕上,脑子里一片空白。许久,他听见自己苍白无力的声音——我不会不管的。然后,他听见了小王子丹的啜泣和乔桥刺耳的冷笑。乔桥说,她现在神思恍惚可能记不住,我可是替她记住了,你要是哪天负了她,会遭报应的!

十二

小王子丹康复上班后,吴奎表姐到家里通知她到区民政局办离婚手续。表姐说,吴奎说他本打算自己来,可怕再想起那事上火,压不住火又会动手。表姐的脸上讪讪的,眼神锥子一样盯着她说,吴奎壮得跟牛一样,按理说缺不着你啊。小王子丹躲开表姐的目光说,告诉他我会按时到的。

小王子丹和吴奎默默地走着,她知道他是在送她。走到公交车站,她低头看着他的皮鞋说,回吧。他看着别处说,我手重,我知道你是念情分的人,我哥们儿说你要告我的话能判个四五年不止呢。小王子丹红了眼睛说,说那些干啥,回吧。吴奎说,那王八羔子要是对不住你,你就来告诉我,以后就把我当娘家哥。小王子丹郑重地点了点头,她知道他是真心的。她说,回吧。吴奎看着她簌簌而落的泪珠子,觉得自己的眼珠子痒起来,赶紧转身走向斜对面的车站。十年了,他们都是从这里一起转车去吴奎的父母家,十年后,第一次没有同路。小王子丹看着吴奎的背影在想,人们说的各奔东西就是这样了。

王梅在吴奎和小王子丹的身后侧耳听着,直到两个人分手后她才招手拦了出租车赶回单位,进门看见有别人在,使了眼色让杨蓝跟她到厕所去。麻烦大了,女的离婚了!千真万确!

杨蓝第二次被雷电击中了。她意识到,她和母亲以为已经接近尾声的战争才刚刚开始!一场真正的战争,残酷的战争,下决心摧毁她的家、她和女儿和母亲的幸福的战争!她仿佛看见自己每天精心擦拭的家具、耐心服侍的丈夫、孩子和老人正灰飞烟灭。

你怎么了?可不能这样,你要打起精神!战斗到底!王梅摇晃着头晕目眩的杨蓝。

杨蓝摆摆手说,没事,就是有点头晕。

王梅说，这种女人最歹毒了，也最难对付。她先把自己扮演成为了男人敢于牺牲一切的角色，这是最毒辣的一招啊，男人一般都会投降的。

　　杨蓝推开王梅的手，往家走去。她知道真正能够帮助她的只有王子丹的母亲。她明白自己的虚弱和幻灭只能在母亲面前表现出来，只有母亲真正怜悯她，理解她。

　　母亲听完杨蓝的哭诉，拿了热水瓶走到脸盆前，把杨蓝的毛巾放进脸盆，倒上热水。母亲拧干毛巾递给杨蓝说，不是还有我吗！

十三

　　小王子丹站在椅子上把墙上她和吴奎的合影取下来。乔桥抬头看着说，吴奎虽不咋样，王子丹更不咋样，你怎么总拣烂柿子挑？小王子丹把照片递给乔桥说，不允许你这么说他。她从椅子上下来，把相框塞到床底下。乔桥翻看着紫红的离婚证说，真换成红色的了，报纸上说绿色的容易让人心情不好，改成和结婚证颜色差不多的会让人心里好受一些。小王子丹说，换成啥颜色心里都不会好受的。她躺到床上，看着墙壁上挂镜框的地方，那里的墙壁比别的地方白很多。她心里想，平日里没觉得墙有什么变化，其实已经变得很旧了。乔桥放下离婚证说，我不能看这个，生怕看成了自己的。小王子丹说，你不会离婚的。乔桥说，你怎么知道？你又不是我和我老公肚子里的蛔虫。小王子丹说，看你俩一天到晚话说不完的样子就知道了。乔桥说，嘻，他那都是废话，没一句中用的。小王子丹想起自己和王子丹在一起也是废话连篇，而且都是些疯疯癫癫的废话。她笑笑说，乔桥你说这年头什么是爱情？就是两个人喜欢在一起说话，一个愿意说，一个愿意听，说着说着，听着听着，就不觉得孤独，日子就过得容易。

　　乔桥看着小王子丹眼角的泪水说，到这地步了，你自己怎么打算的？他怎么打算的？小王子丹歪了歪头，用枕巾擦掉眼泪说，我本没奢望能和他在一起的，真的，我不是不想，是不敢想。他媳妇对他很好，何况他还是个孝子。

　　乔桥说，哎呀，你这傻瓜呀，那你离的哪门子婚？

　　我没想到会闹成这样，我原来以为……

你原以为自己是神仙，不食人间烟火，能搞成柏拉图。乔桥把小王子丹的台灯旋钮拧来拧去，光线时明时暗，在小王子丹的脸上起伏不定。乔桥啪的一下把台灯拧灭了，两人才发现天已经很黑了。小王子丹说，乔桥呀，今晚在这里陪我吧，你知道我不敢一个人睡觉。乔桥叹口气说，陪你三晚五晚都没问题，之后呢？你想过没有，谁来陪你？

别说了，乔桥。小王子丹的声音哽咽起来。乔桥说，不是我故意打击你，我怎么都觉得王子丹不是那号敢做敢当的人，如果他仅仅是和你玩玩，而你把自己的婚姻都赔进去了，值吗？

他不是那样的人，我知道他是真的。

哼，这年头在这方面没大有真的，尤其是男人。

他是真的，我们在一起，他流过好多次眼泪。

眼泪能说明什么？哼，鳄鱼也是流眼泪的。

乔桥，别这么说他。

你是不允许别人怀疑你的爱情，对吧？如果，他也和你一样真，那他就会为了你离婚的！你去问问他，敢不敢？舍不舍得？什么离不掉呀，孝子呀，一切都是托词，这年头到法院起诉，头两次会进行调解，到第三次全部判离。就你一个傻瓜，找说说话的爱情，还把自己的命差点搭进去。

你说我该怎么办？

去争取呀，为了你自己的爱情勇往直前！乔桥拧亮台灯，两个人相视而笑。

十四

在新一轮的指指点点和躲躲闪闪中，王子丹感觉到有新的事情发生了。他到护士站，看见乔桥一个人在配液室里，便走进去，手足无措地站着。乔桥知道他的意图，装着不懂，客气地问，主任有事呀？王子丹吭哧吭哧地说不出口，只得说了他最经常说最容易说的一句——叫我王子丹。

哼，这种事上倒执着得很。

王子丹的脸紫了，转身往外走。

小王子丹离婚了！她快撑不住了！

王子丹的心脏陡然一阵狂跳。

王子丹觉得没有小王子丹陪伴的这段日子自己如同沙滩上的鱼。他时常感觉自己的心脏停跳了，无法呼吸的恐慌笼罩着他。他常把右手的三个手指搭在左手的手腕上，摸着自己的脉搏，但他懒得去想它们给他的信息，他只是断定一下心脏是否还跳着，自己是否还活着。他越来越喜欢白班，那些排着队，或者因为某个人加塞而吵起来的病人会让他的大脑变得集中，心脏跳得均匀有力。离开病人，他的脑子里就会同时出现母亲、杨蓝、女儿和小王子丹，她们一起出现，争争吵吵，让他疲惫不堪。他如同劣质的塑料，而她们是两堆火焰，靠近哪一堆自己都会蜷缩、无力、疼痛。

王子丹觉得该去看看为自己离婚的人了。他打开办公室的衣橱和抽屉，希望能够翻找出遗漏的钱。抽屉深处是一个牛皮纸的信封，他拿出来，里面是父亲的烟盒和报纸。他把报纸展开，在上面找到自己的名字，他的眼前出现了用背撞击父亲墓碑的男孩——爸，我不允许你离开我！

爸——王子丹抬头看见女儿王彤。那个他几乎没怎么抱过没怎么关注过就长得和他一样高的女孩子站在他面前，额头上的两粒粉刺像阳光里的麦粒一样饱满成熟。王子丹说，你怎么来了？王彤说，你不上班还闷在办公室里干吗？妈妈让我来的。

你妈妈说什么了？

没说什么，就说怕你心情不好，让我多陪陪你。我还要做作业呢，爸爸你没事我去同学家做作业了。

王子丹看着女儿的背影突然下定决心——为了女儿他必须去和小王子丹见一面了，去向她道歉，请求她原谅。他朝着女儿的背影喊，王彤！王彤回过头来，书包上的三只小布熊脖子上的铃铛相互碰撞，叮叮当当。

怎么了？你快和我妈一样了。王彤不耐烦地说。

王子丹招招手把女儿叫到跟前——你身上有钱吗？

王彤嘟了嘴说，我就知道舅妈会告诉你们的，她还说是偷偷给我的零花钱呢，多亏我没花。她把书包靠在栏杆上，拿出铅笔盒，翻开里面的课程表抽出一张百元的钞票。王子丹接过来说，爸爸借你的，过年的时候加倍还你，爸爸保证。王彤笑了，爸爸说话算数？王子丹说，算数，但不要告诉你妈妈,告诉了,就不算数了。

王子丹揣着女儿的钱来到小王子丹家附近的商店,转来转去拿不定主意该买点什么。走到首饰柜台前,服务员热情地问他需要点什么,他吭吭哧哧地说,女人用的,一百元就能买到的。服务员说,那就买银饰品,银戒指吧,这一款很受欢迎的。

一朵小巧精致的花。

月季花?

玫瑰花,要不怎么能受欢迎呢。

哦,看着像月季花。

那差别可大了,玫瑰代表爱情,月季花算什么呀?服务员不屑地说。

王子丹把戒指揣进兜里。他知道或许等他说明见面的原因后她会拒绝收下,但这并不重要,重要的是他一直想为她做一点能让她喜欢的事,即使她扔掉了,他也做过了。

王子丹站在小王子丹的门口,把打算说的话在心里重复了几遍,开始敲门。他告诉自己,要理智,要把话说清楚。门打开了,王子丹发觉自己突然变成了鱼——他用鱼的姿势靠近她,用鱼缺氧的嘴唇找寻她。

他把戒指戴在她的手指上说,很便宜,但我知道你会喜欢。

她的泪掉下来,落在花瓣上——怎么会不喜欢呢?做梦都想呢。

他说,我没想到会这样,你知道的,王彤她还小,我……你知道我,对吧?

她拿枕巾擦了擦戒指上的泪说,别说了,我知道,我能等,等她大了,能理解了。

王子丹抱住她说,我不是个拿得起放得下的男人,你骂我吧。他的泪顺着她的后背流下去。她说,我怎么舍得骂你呀?

他哭着说,我怕对不住你。他的头离开她的肩膀,捧在自己的手里。额顶的头发落下来,颤抖着,无力而柔弱。她突然明白这是一个永远有牵绊的男人——孩子大了,母亲该年迈得不忍伤害了,母亲去世了,老婆该老得不忍离弃了……她绝望地放声哭起来。他和她一起哭,谁也不忍心说破今生今世无缘的残酷。

十五

杨蓝从得知小王子丹离婚那天开始一直开着王梅送她的小灵通,不时地拿出来看看,生怕漏掉了电话。她总感觉炸弹随时会炸死她。她知道如果王子丹真三番五次去法院闹离婚,母亲也是没办法的。人家毕竟是母子,打断骨头连着筋,而自己将是一件替换下来的衣服!她想到了王彤,她也是和王子丹砸断骨头连着筋的血脉关系!她决心把女儿拉进来。

王彤嚼着口香糖进门的时候,杨蓝的小灵通响了,发着单调的嘟嘟声。王彤看着妈妈手忙脚乱地在包里翻找电话,她说,人家现在都兴彩铃了,你还这么老土。杨蓝摸到电话放到耳边,胸脯剧烈地起伏着,频频点头。王彤看着她问,这是怎么了?谁的电话?杨蓝关掉电话厉声问她,你爸爸呢?我不是让你跟着他吗?王彤说,最近家里这是怎么了?个个都阴着脸,到底有什么事瞒着我?王彤喊起来。母亲从卧室里走出来不耐烦地问杨蓝,这是怎么了?至于要把孩子扯进来吗?杨蓝哭着说,不把她扯进来,以后就怕她和她爸扯不上关系了呢。妈,王子丹跑到那狐狸精家定情去了,还买了戒指呢,妈,你可要给我做主呀!

他哪来的钱?母亲说。

什么?王彤尖叫起来,我爸爸怎么能干这种事?

母亲拍拍大腿说,都是我前世里做下的孽呀,杨蓝呐,我们老王家对不住你,我去把他捉回来,我要是不给他改了这毛病,我就不是他妈!母亲跟跟跄跄往外走,杨蓝跟上去搀扶着。母亲问,知道在哪里吗?杨蓝说,知道,同事在那里守着呢。两个人上了出租车走了几分钟,才发现王彤也跟在身边。母亲呵斥道,你不在家里看家,跟来干什么?司机停车,让她下去!王彤哭着说,我不下去,他借了我的钱!他骗我!我要当面问问他为什么骗我!杨蓝说,跟着就跟着吧,王子丹看见她说不定会心软的。

王梅看了看母亲和王彤说,老太太和孩子也来了?她边说边拉住杨蓝的胳膊说,你怎么才来呀?我都快急死了,人进去一个多小时了,想捉奸在床已经不大容易了。

母亲跺着脚说,丢人呐,丢人呐。

杨蓝问，下一步该怎么办？

王梅说，堵门口骂女的，点着名骂得四邻都听见。如果她不是破罐子破摔的主儿，以后就会收敛得多，邻居们无形中都成为咱们的监督员了。

杨蓝点点头，四个人走到小王子丹的门口。杨蓝张张嘴，却骂不出口。王梅催促说，叫着名字骂呀。王子丹你这个不要脸的给我滚出来！杨蓝第一次扯起嗓门骂人，话一出口，立刻体会到了一股泄洪的轻松，近一年来的委屈和耻辱汹涌而出。你这不要脸的，怎么就把那么老实本分的人勾得没了魂啊，七十多的老娘不要了，近二十年的夫妻不认了，孩子不管了……王子丹呀，你怎么能这么糊涂呀？你咋这么没良心呀？你让我们怎么活呀？我们的脸往哪里搁呀？孩子的脸往哪里搁呀？王子丹呀，不为我，就算为了老人和孩子，求求你回家吧……

闻声来看热闹的人被杨蓝搞糊涂了，他们相互问着，怎么一会儿骂一会儿求的？神经错乱了吧？

王梅看杨蓝哭得上气不接下气，架着杨蓝的胳膊小声提醒她，不能哭的，得把狐狸精的劣行都说出来。杨蓝已经哭得无法控制情绪。母亲和王彤相互搀扶着，垂头看着自己的脚尖。人们围满了楼梯，伸长了脖子。王梅清清嗓子说，老少爷们婶子大娘嫂子妹妹们，古人说老怕丧子幼怕丧母中年怕丧夫，叫我说，都不是最可怕的，因为那是天灾人祸，是上头的天安排了这样的命运，我们虽然苦可也能认了，能忍了，谁叫咱就这命呢！最可怕就是眼前这种景象，本来好端端一个家，就因为不要脸的女人眼馋人家男人有出息，有地位，就硬硬地扑上来，把个好端端的家撕零散了，把贤惠老实的妻子的心撕碎，把孩子的幸福踩在脚底下，这样不要脸的女人很多！这门里就有一个！我说的没有半点虚假，如果这当妻子的不贤惠，当婆婆的能跟着来吗？王梅指指母亲。

噢——人群一阵骚动，争着挤着来看王子丹的母亲。真的是婆婆？还以为是娘家妈呢，真是少见，看来媳妇真是够好的。

母亲哆嗦着身子，听着人们的议论和杨蓝的哭声。

这种时候，就得老太太发话，把门踹开，揍！

是呀，老太太得说话。

母亲抬起头，人群顿时鸦雀无声。母亲看看弯曲着后背的杨蓝，如同看见了三十年前的自己，只是杨蓝能够在众人面前把心里的委屈哭出来，而自己，只能把所有的屈辱窝在心口里。母亲的眼里有了泪，她说，媳妇是好媳妇，打着灯笼也难找呀，就是儿子糊涂，干下这丢人现眼的事，怪不得人家女的，都怪我教子无方。这门也不用踹，我那儿子虽不懂事可还是个要脸面的人，大家散了吧，让我把儿子领回家去，好好地教训他！

是呀，是呀，老太太说得对，当这么多人的面哪好意思出来？

嗐，干都干得出来，还怕啥？人们又七嘴八舌地说起来，脚底板却是不动的，谁也不想错过最精彩的场面。

十六

杨蓝的声音传进来的刹那，两个王子丹都慌张不堪，他们顾得不多想，乱抓了衣服往身上套。穿好衣服，两个人才把目光聚到对方脸上，两颗心在对视里不约而同地颤抖起来。虽然两个人的表情都是用慌张和惊吓做的底，但上面浮动着的却是完全不同的内容。王子丹看见了一种冲锋陷阵的坚决和兴奋，而小王子丹看见的则是黑灰色的愧疚、自责、恐惧和懦弱。小王子丹在心里责备着他——你堂堂一个大男人，怎么能这样？挑破了又能怎样？你没了她们不是还有我吗？

她看着他，突然意识到此刻的他就是这场拔河赛上的一颗珠宝，谁的力量大，谁就能把他拉过来。门，如果错过了打开的时间，就会永远失去关关合合的意义和乐趣。小王子丹使劲攥了攥王子丹的手，转身去开门。他紧紧拉住她，慌乱地摆手，手指惨白而颤抖。她执拗地挣脱。他只得停止摆手，抱住她。她趴在他的肩膀上，看着他肉嘟嘟的耳垂，他最喜欢被她摆弄的部位——他喜欢她捏他的耳垂，用小指甲掏他的耳朵眼。每次，耳朵都会变成两个人之间最尾端最温馨的链接。她问，你怕了？他叹口气说，我让你们丢脸了。她说，为你，我丢得起。她又挣脱了去开门，她害怕杨蓝突然撤退，使她丧失在光天化日下为自己的爱情呐喊、拔河的机会。王子丹死死抱住她，低声哀求——求求你，别别别……王子丹的声音越来越低，越来越无助、恐慌、挣扎。那是她曾经最熟悉的在噩梦里难以醒来的恐惧。小王子丹的眼泪涌出来，她妥协说——好了，好了，不开了，不开了。

门外逐渐安静了下来。

夜深了。

王子丹擦干自己和小王子丹的眼泪。他不知道杨蓝和母亲会怎样惩处他,也不知道小王子丹会怎样要求他,他只知道这个夜晚不能在小王子丹的家里度过,不能在天亮的时候让人看见他从这个门里出去。他趴在门上听了听,抱住她说,对不起。她说,只要你好,我无所谓。两个人谁也不问、谁也不说以后。以后,是一颗毒药,硬去说它,它就会杀死美好的、美妙的、希望的、承诺的。

他轻轻地扭开门锁,走廊里漆黑一片。他侧身出来,她从门缝里伸出手,抓住他,两只手无语地纠结着。两个人的眼里又有了泪,他把嘴唇贴到她依依不舍的手上。他的泪落在她手上,她松开他。他轻轻地关上门,轻轻地往下走。走到楼洞口,发觉有软软的东西绊着腿,伸手去摸——三个头:母亲的,妻子的,女儿的。他的腿一软,蹲在地上,泣不成声。

十七

母亲从床底下拿出一个红棕色的瓶子,黑色的瓶盖下是白色皱褶的塑料纸,如同一个舞者抖起的衣裙。母亲抚摸着它。三十年前的夜晚,她的手指曾不止一次地在它和儿子熟睡的面颊上抚摸着。

杨蓝的声音像冬天房檐下的冰凌碴子。她把电话往王子丹面前一撂说,你现在就给那婊子打电话,说你以后再也不会和她来往了,让她死了勾搭你的心!打!现在就打!要不我就死给你看!

王子丹抱着自己的头,在杨蓝每句话的末尾处哆嗦着。杨蓝的话刀子一样削着他的皮肉筋骨。他不敢抬头,他怕看见王彤的脸。

杨蓝哭起来,号啕大哭。王彤陪伴着母亲嘤嘤而泣。

杨蓝哭累了,停下来说,王子丹呀王子丹,我求你了,你打呀,你总该给我一个过下去的理由吧!你就是要我死,也该给我一个死的理由!你说,我天天洗衣做饭,里里外外,伺候老伺候小……

王子丹打断她的话说,其实你比我过得幸福!

什么?我伺候你,你反倒痛苦了?这是人说的话吗?你这个畜生……

杨蓝扑上去，用她贤惠的手指撕扯那个曾经令她爱恋骄傲的脑袋。

王彤流着泪背起书包，悄悄地拧开了门锁。

母亲在儿子最后的一句话里拧开了瓶盖。

医院发动所有B型血的人都到急救室献血。王子丹跪在地上，耷拉着脑袋，谁也无法让他起来。献血的人们排着队从王子丹的面前走过，隔着玻璃看着母亲切开的气管和她在死神手里的挣扎。

乔桥拉住小王子丹说，你疯了啊？你这时候怎么能去？

小王子丹跌坐在椅子上——乔桥，求求你了，把他拉起来呀，他都跪了一天一夜了。乔桥说，你还是休假吧，躲一躲，万一杨蓝家的人看见你就麻烦了。乔桥拉起她，拽出门来。乔桥把小王子丹送回家，又跑了一趟超市，把小王子丹的冰箱填满。小王子丹默默无声地流着泪。

乔桥说，再怎么心疼他你现在也不能出去，你就躲在家里，除了我谁来也不要开门，看看电视，看看书，分散一下注意力。

小王子丹说，我心疼我的爱情呀，乔桥，它再也没法活下去了。

母亲活了过来，输进她身体里的血是她自己的三倍。出院的时候，院长握着母亲的手说，老人家你一定不能辜负大家的期望，五十个人为你献了血。母亲羞愧地点头应承着。院长一离开，母亲就叹气说，为什么救我呀？为我糟蹋五十个人的身子不值得，唉——母亲说完就耷拉下眼皮，再也不肯抬起。

出院后的母亲有了另一只眼睛，在她衰老的脖子下面重新被缝合的气管和皮肤凹陷成一只永远责备的眼睛，盯着王子丹。

十八

王子丹夹起一筷子青椒肉丝打算给母亲放到碗里，母亲用眼角的余光看了看他的筷子，快速地把饭碗挪开。王子丹讪讪地把筷子收回来。杨蓝夹起菜放到母亲碗里。母亲问，彤彤有消息吗？杨蓝说，该问的全问过了，该找的地方也全都找了，不过你别担心，她昨天还给我打了个电话，死活不肯说在哪里，只说挺好的，就是不愿意回家来。母亲咆哮起来——她为什么不愿回家来？王子丹，她是不愿意看见你这样的爸爸！你去给我找她，去给她道歉，求得她原谅，带她回来，没有彤彤我这条老命活着也没意思！

王子丹说，我这就去。

杨蓝狐疑地看着王子丹。母亲说，杨蓝你把钱包给他，让他去。杨蓝把王子丹的钱包和身份证递给他。母亲在王子丹关门的时候对杨蓝说，你就放心吧，他只要不是头畜生就不会再回到那女人身边了。

王子丹到电信局查了王彤手机的通话记录，发现王彤并没有离开本地。王子丹在王彤的学校门口、饭店、电影院、超市、公园里转着。

半个月后的午夜，王彤给他发来短信说，不要让我看见你，我这辈子宁愿从来没有过爸爸。王子丹坐在电影院门口的台阶上，看着女儿的短信一动不动地待了两小时，然后走到路边的地摊上，要了啤酒和盐水花生。从不喝酒的王子丹很快就感觉自己的心脏疯狂得无法控制，脑袋也无法控制，四肢也无法控制。这种无法控制里面却有一种他从未体验过的摇摆，把所有的烦恼都摆得远远的。他握着酒瓶子把自己支撑在低矮的小桌子上，额前的头发飘落而来，伴着他的酒嗝颤颤悠悠。

吴奎隔了两个小方桌闷闷地喝着酒，他早就看见了王子丹，只是听说抢走他老婆的人是个不嗜烟酒的科技拔尖人才，一时不敢确定。直到所有的酒客散去，他才走过去说，这不是大名鼎鼎的王大主任吗？王子丹抬起头，捋了捋头发，斜眼看着吴奎说，叫我王子丹，你找我看病吗？吴奎一把揪住王子丹的衣领，一拳揍出两米远说，我没有病，我是给你治病的，治治你不知廉耻的病，勾引良家妇女的病，治你孬种敢做不敢当的病！吴奎一拳一拳地捅出去，王子丹一个跟头接一个跟头地摔出去。

地摊老板慌张地收了桌椅——多一事不如少一事，赶紧走！

王子丹在吴奎的拳头里突然有了一种死的欲望，死了，女儿就能回家了，母亲就能抬起眼皮说话了，杨蓝和小王子丹都能解脱了……他果敢地一次次爬起来，迎接要他死的拳头！解脱他的拳头！解脱所有人的拳头！

最后一个跟头摔出去，王子丹躺在地上不动了。吴奎踢踢他说，要不是因为你，我吴奎能到今天吗？我他妈的现在就会坐在自己家里，老婆炒了菜，我喝着酒看球赛呢，死去吧！敢做不敢当的孬种，还不如个娘们呢！

十九

　　王子丹醒来的时候，看见了曾经在他科室里实习过的学生苟晓燕。他之所以记住了她的名字是因为她是唯一一个发不准王子丹读音的人。她总是称呼他——王几单。他厌恶被别人叫成陌生人的感觉。

　　她晃着他的胳膊——王几单，王几单。

　　王子丹环视了四周，问，我这是在哪里？他记得苟晓燕是广东人，自己怎么会在她的身边？但他发现自己对新的名字没有以往的反感了。王——几——单——王子丹重复着。苟晓燕咯咯笑起来说，王几单不生气了？其实，人的名字怎么叫都无所谓啦，同学都叫我狗狗啦。王子丹苦笑一下说，你哪里懂得名字的重要，名字是我怀念的一个符号啊，血脉相连的符号，说了你也不懂。

　　苟晓燕告诉王子丹，他正躺在她的药店里，是昨晚她关店门时发现他的。当时就打了120，但120来了之后，他突然爬起来，说什么也不上救护车，大夫看他没什么大事，就走了。她把他扶进自己的店里，照顾了他一天一夜。

　　王子丹站起身来，发觉周身酸痛，头晕目眩，勉强拖着身子走到水龙头前，看见墙上的镜子里，自己的眼睛四周都是青紫的。苟晓燕赶紧把他扶回床上说，王几单你就放心吧，你要不方便回去，就在我这里休养几天啦。王子丹说，不行，你一个女孩子家。而且，我最近遇到了一些麻烦……

　　苟晓燕阴了脸说，虽然只是实习的老师，可也是师生啊，怎么这么见外呀？再坚持走，就是瞧不起我了！王子丹躺回到床上，说，好吧，就在你这里再住一晚吧，那你去哪里住？苟晓燕说，不要管我了，王几单自己出个方子，我给你抓药。王子丹叹口气说，都是皮外伤，不用了。王子丹不明白吴奎每一拳都把他打出两三米远，为什么却没有一拳是致命的。王子丹回想起自己迎向拳头的果敢，脸上泛起红晕。

　　王子丹昏昏沉沉地睡去。半夜醒来，发现说自己到朋友家去住的苟晓燕蜷缩在床前的纸箱子上。王子丹叫醒她，问她怎么回事。她说，其实她根本没有朋友家可去。王子丹愧疚地说，连累了你，也不知道该怎样报答。苟晓燕轻轻一笑，她早就想好了要王子丹报答的方法。

二十

天，冷起来。母亲和杨蓝抹着眼泪思念着在外流浪的王彤，王子丹坚持着下班后在大街上寻找。王彤给杨蓝的电话越来越少，除了要钱之外，几乎没有电话了。杨蓝开始的时候还觉得没什么大不了的，以为小孩子很快就会忘记不愉快回家来，即使耽误了课，复读一年就可以了。她已经托人和学校里打了招呼。慢慢地，她怕起来，尤其是想到王彤在外面会遇到坏人……想到这些，她就会泪流满面，就会对王子丹生出厌恶和仇恨。这种厌恶和仇恨随着王彤离家时间的增多越来越浓烈，浓硫酸一样烧灼着她。只有在她注意到他的疲惫和颓废时，心里才会泛起微小的快乐。

小王子丹的平静让所有关注她的人感到莫名其妙，连乔桥都禁不住用揣测的目光看她。只有她自己知道内心的疼痛和煎熬。她从小就学会了只在黑暗中战栗、哭泣。天亮了，擦干眼泪，画上妆，若无其事地回到人群中。她在人群里，在人们传达的信息中捕捉着他。只要能够看见他的背影，或者听到他一星半点的消息，看到坐诊专家栏里他的名字，她就会觉得幸福。好几次，有病人向她打听王子丹，她把他们引到他的科室门口，再悄悄离去。还有一次病人误把她当作了他，等听了她的解释以后，病人指着她的胸牌说，一样的名字，还以为是一个人呢。她笑了，眼里却满是泪。唯一的一次对视是在全院大会上，她看见他回头和别人讲话，目光却在寻找着，找到她，潮水一样冲过来围住她。这一刻，她知道他仍旧是她的。从那天开始，她告诉自己要默默地不发出任何声响地对待这份爱。或许，她能够等到让爱发出动静的那一天。或许。

苟晓燕的药店一直冷冷清清，她让另外三个女孩子照看着店，自己带着王彤的照片上街帮王子丹寻找，然后隔三差五地去王子丹那里把真真假假的消息告诉他。实习大夫和病人都认识她了，她往他面前挤的时候，他们都知道她不是加塞的。王子丹说，有事打电话吧，你总来这儿不太好。苟晓燕笑笑说，有什么不好的？我没看见哦！我不来怎么跟你说王彤的事呀？王子丹说，我去看你。这是苟晓燕一直期盼的话。

王子丹应约来到苟晓燕的药店时，除了见过王彤的人在等他，另外还有七八个人。苟晓燕说，都是我这里的老客户了，长年生病，家底子都花光了，去不起医院，听说你会过来，都特意等在这里的。王子丹皱了眉头想说，医院不允许私自出诊，但看到病人脸上期待的神情，又把话咽下去，给每个人把了脉，开了方。有几味药没有，苟晓燕一再嘱咐大家耐心等待，自己拿了自行车钥匙就往外面跑。王子丹看着她上坡伏身用力的背影，心里面进门时的不愉快消散了，他叹口气说，也真是不容易啊。

几次下来，王子丹就成了病人眼里的坐堂专家，苟晓燕的药店红火起来。店里的气氛越来越愉快，四个妙龄的姑娘用她们的快乐、敬重和搜寻到的关于王彤的信息，牵拽着王子丹一次次如约而来。

二十一

杨蓝找到了王彤，一家私人诊所给她打了电话。她赶到的时候，看见王彤惨白着脸坐在一张破烂烂的排椅上。杨蓝扑过去抱住她痛哭——都是妈妈不好，跟妈妈回家吧，妈妈保证以后再也不吵架了，你自己在外面多受苦呀，跟妈妈回家啊，妈妈已经和学校打好招呼了，咱们蹲一级啊，彤彤。彤彤冷冷地推开她的胳膊说，有钱吗？杨蓝赶紧掏出钱包。王彤接过来，把里面的钱全拿了出来，抽了一张递给诊所的老板说，我可以走了吧？杨蓝打算搀扶着她，她甩开杨蓝的手跑到门口，一辆踏板摩托开过来，王彤跳了上去。杨蓝跟着跑起来——彤彤跟妈妈回家呀，奶奶也想你了，妈妈求求你了！王彤揽着摩托车手的腰喊了一句，我还回得去吗？话音未落，人已没了踪影。

杨蓝折身回到诊所，询问王彤得了什么病。诊所老板闪烁其词——不让说的。看看杨蓝焦灼的表情又说，不用担心，现在的小年轻都这样，你放心，手术做得很干净。

顿时，万箭穿心，身体痛得失去了控制，杨蓝一屁股坐到地上，抚摸着女儿坐过的椅子，失声痛哭。

王梅不屑地眯了眼睛说，杨蓝，别心里难受了，有人会帮你出气的。杨蓝叹口气说，别说了，王姐，我什么也不想听了，只想清清静静地过日子。王梅说，这事你可得听，王子丹又有了新的相好了，这下那狐狸精可够难受的了！杨蓝瞪大了眼睛反驳说，王子丹不是那样的人。王梅说，不相信吧？这男人就跟猫一个习性，一旦知道了偷腥的乐趣，他会越来越上瘾的。狐狸精被看死了，他不敢轻易动了，就开始另找了。这次这个更年轻，你要是不相信，你就自己去看，开药店的，五孔立交桥下面，据说那药店就是王子丹给她开的。咱们给狐狸精透个信，让狐狸精治他，让俩狐狸精相互掐。

夜里，杨蓝和小王子丹前后脚地在苟晓燕的药店外驻足凝望。王子丹在药店里和女孩子们有说有笑，苟晓燕不时地在比比画画，偶尔拍拍王子丹的肩膀，低头耳语，两人相视而笑。他的笑容刀一样把杨蓝最后的幻想和小王子丹沉默的坚守都割碎了，如叶飘零。

夜深的时候，在苟晓燕药店里打发完病号，吃过宵夜的王子丹在往回走的路上接到了两个短信，杨蓝的，小王子丹的。两个短信前后脚地在他的手机里出现，一样地令他疯狂、无措。

杨蓝——我看见了彤彤，她不肯回家！她在无影路的诊所里做了人工流产！她只有十六岁呀，都是你做下的孽！老天会惩罚你的！

王子丹的头一懵，摔了个趔趄，他边跑边寻找出租车，他要以最快的速度赶到无影路！跑了二三百米，人已气短，停下来，靠在路边的树上，才想到即使飞到那里，他的彤彤也不会在那里。他沮丧地耷拉下脑袋，额顶的发跌落下来，在风里无精打采地飘着。手机再次响起，显示的是汉语拼音 wo。王子丹的手抖起来，他慌乱地按下按键——是爱的，无论多苦我都能够承受，今生来世都无悔！可是，你怎么能够让我恶心？让我无法跟自己的爱交代！让我死不瞑目！

王子丹浑身战栗，他喃喃自语，这是怎么了？这是怎么了？他改变方向朝小王子丹家跑去，好不容易有了出租车，他拦住坐上去，喘了半天才说出地址。他一再催促司机，快一点，好吗？我要去救人！他不知道小王子丹为什么给他发了这样的短信，但他感觉到一直默默承受的她被某种误解煎熬着、撕扯着……他看见小王子丹已经把毒药瓶子对准了嘴巴,眼睛哀怨地盯着他,影子一闪,小王子丹躺在急救室里,切开了气管……他喊起来,不能啊,会要了你的命啊……司机莫名其妙地看看他,把车停住说,到了。哦,王子丹怔怔地应了一声,推开车门走下来。出租车噌一下蹿出老远。王子丹环视一下四周,并没有到小王子丹家,倒是离医院很近了。他想先到医院里找找也好。

王子丹你在哪里?王子丹你在哪里?

长廊里有嘤嘤的哭泣,王子丹停下脚步,循着哭声找过去,果然是小王子丹。

两个人内心里渴盼已久恐惧已久的会面,因为苟晓燕提前出现了。没有爱恋的甜蜜,也没有默默支撑的感恩,一个满怀恐慌,一个满怀厌恶。两个人相距一米站着。王子丹往前走了一步,小王子丹往后退了一步。王子丹说,终于找到你了,吓死我了,我真怕你……小王子丹哼了一声——别演了,我都知道了。王子丹说,你不要听人家乱讲,你应该懂我的。小王子丹说,我回了,值着班呢。王子丹伸手抓住她的胳膊,把她拽进怀里,他听见自己的身体发出了痛苦而渴望的叹息,然后像一个撒气的轮胎一样软下去。他的身体在渴望她的拥抱,渴望她像兜住他童年的痛苦、孤独一样兜住他此刻的心力交瘁。

她试图推开他,他摔倒在地上。

她犹豫了一下,转身离去。

他趴在冰凉的地上。

有苍老的叹息声。王子丹循声看去,东北方向的花园里有人在舞着手臂。仔细看,王子丹认出那是老花匠在给月季花"穿棉衣"。冬天已经到了。

二十二

王子丹发现自己从在出租车上眼前闪现小王子丹喝药的景象开始,常常会出现幻觉。有时是父亲,沉默地坐着抽烟,烟雾袅袅,散发着那种他从十二岁就熟悉的香味;有时是父亲和一个小男孩在嬉闹,小小的瘦弱的孩子奔跑着,笑声如铃,父亲和小男孩围着他转,就像围着一棵树躲猫猫;

有时是小王子丹，在人群里朝他挤来，她笑着，朝他伸着手；有时是陌生人，和他争论着关于家庭、爱情、孝道、名字的看法……他知道自己的大脑出现了问题，他偷偷服着药，试图借助药物的帮助在大脑里筑起坚实的屏障，把幻觉阻挡在外。可是，当他把药含在嘴里的时候，却发现心底里有一种被幻觉永远包裹的渴望。

一天夜班，王子丹顺着连接各座楼的长廊徘徊着，走到放射楼的花园边，他突然看见穿着白色西装打着白色领结的父亲站在面前。父亲是那么的英俊潇洒，他微笑着看着比自己憔悴的儿子说，王子丹，要打起精神。王子丹点点头，父亲转身离去。王子丹看着父亲的背影，想到自己如果穿了白色的西装，肯定也会和父亲一样的英俊潇洒，一样的精神。

每个夜幕降临，穿了白色西装的王子丹就在医院徘徊着。他坚信父亲和小王子丹看见他的时候，都会露出笑容，王彤背着书包跑进医院的时候也会露出笑容。

母亲和杨蓝忧虑地看着在夜晚穿白色西装的王子丹。母亲看着吃完晚饭后，在昏暗的灯光里仔细扶正领结抻平衣角的儿子，她枯萎的心脏慌乱地跳着，她已经没有了力气看护儿子，只能用眼色示意杨蓝跟上去。杨蓝远远地跟着，看到熟人就赶紧躲到一边。她的心怦怦地狂跳着，面颊在风里湿了再湿。

新的猜测和议论在窗子背后水波荡漾，穿白色西装的王子丹在水中像流浪的船一般飘荡。

二十三

王子丹站在放射科的花园边，看着老花匠捆好最后的一根枝条，收拾了地上的稻草和纸站起身来。老人转脸看见王子丹，愣了一下，松了手里的东西，朝王子丹奔过来，一个趔趄倒在地上。王子丹蹲下身扶他，听见老人嘴里哼唱着歌。王子丹听出那是一首父亲经常哼唱的俄罗斯民歌《三套车》。王子丹说，要紧吗？老人盯着王子丹笑笑，摆摆手，蹒跚着离去。

第二天上午，急诊科的大夫打电话找王子丹。王子丹来到急诊科，看见老花匠躺在急救床上，床边坐着和老花匠年龄相仿的一男一女。大夫说，你看是你家亲戚吗？

老花匠的脸是秋天落叶的颜色，只有从左侧鼻孔里流出的血是绚丽的。王子丹浑身犹如凉水浇过，他不由自主地伸手抓住老花匠的胳膊。两位老人站起身，男人狐疑地把手伸给王子丹说，这是哑巴写的纸条。

哑巴？王子丹伸手接过纸条。纸条已被攥成团，王子丹慢慢地展开，看见上面是歪歪扭扭的几个字：请找附院的王子丹把我葬……葬到哪里没有写完。王子丹看着纸条，沉思良久也不能明白眼前这个陌生的老花匠委托后事给他的原因。大夫问，是你的亲属吗？王子丹说，是咱们医院的老花匠。两个老人异口同声地说，不是，他不是医院的。女的说，哑巴喜欢花，常过来摆弄那些花花草草的。哑巴租我家的房子都快二十年了，别看是个哑巴，可是很有学问的，看的书都是带洋码子的，人很好，干活又干净又利索。今天早晨叫他吃饭，发现他趴在床沿上，鼻子里流着血，手里拿着这张纸条。王子丹说，知道他家里人在哪儿吗？男人说，原来问过，说是东北的，祖辈上是咱这里的，退休以后就过来了。你知道，和哑巴交流很费劲，我俩都不识字，那次问他，还是他刚来租房的时候，我儿子帮着写写画画才问出来的。快二十年了，没看见哑巴和任何人来往过。王子丹把纸条揣进兜里，对两位老人说，咱先把他送到太平间吧。老人红着眼圈点了点头。

从太平间出来，王子丹对两个老人说，我跟你们到他屋里去一趟，看看能不能找到他亲人或单位的地址什么的。两个老人频频点头。老人的家和医院仅隔着两条马路。王子丹边走边暗自嘀咕，老花匠为什么会把后事托付给自己？老花匠既然是哑巴怎么会哼唱歌曲？难道是自己又出现幻觉了？老人打开家门，里面是个小院子，院子的南边紧挨着大门口有一间四平方米左右的小屋。王子丹瞥了一眼，发现里面有一张单人床和一张老式抽屉桌，一把椅子、一个马扎。老人领王子丹走进小屋子说，这就是哑巴兄弟的屋，来的时候就提一个包，那包在他的床底下。这些年，跟我们一起吃，一起住，他自己也没置办东西，床底下还有两个纸箱子是他的。王子丹环顾四周，墙上连张画都没有，光秃秃的。地上，在门后边，有一双拖鞋，桌子上放着一个搪瓷缸，上面的瓷已斑驳不堪。王子丹拿起来看了看，一面印着楷体的"先进工作者"五个字，字的下面是两串麦穗，另一面是宋体的"大海航行靠舵手，万物生长靠太阳"。王子丹放下杯子，撩起床单，从床底下把老人的手提箱和两个纸箱子拖出来，一一打开，里面除了几本书和衣服外没有任何有线索的东西。王子丹把书一本本翻开，希望能找到一封信或者写在书上的名字、单位之类的，但什么也没发现，而书全部是俄文的，王子丹一句也看不懂。两个老人问，写啥了吗？王子丹摇摇头，他隐约觉得这是一个决心彻底忘记过去或者彻底掩盖什么的老人。王子丹拿起枕头，枕头底下什么也没有。他拿着枕头掂了掂，重量上没有异常，用手捏一遍，捏到最后的边角时，他把手伸进了枕套里，拿出了一块白色的手绢。他和两个老人对望一眼，把手绢打开。

一张黑白照片。

一个二十多岁的男子，带着含蓄的笑容，坐在花园里。

王子丹怔怔地看着照片，感觉照片上的人似曾相识。

大婶说，这照片上的人看着和你挺像的。

电流顺着她的话进入王子丹的大脑，从他的脑子开始麻木他的全身。王子丹一屁股坐在床沿上。两个老人试探地问，照片上的人你认识？王子丹擦擦额头说，我想自己在这里坐一会儿，好吧？两个老人一起点头，走出去，并把门轻轻地带上。

王子丹看着父亲的照片，那是他不曾见过的父亲，是比他记忆中的父亲更加年轻的男人。一个任何资料、信息都没有的人怎么会保存着父亲的照片？王子丹把照片翻过来，一行漂亮的小楷：送给子丹留念。送给我？片刻后，他明白过来，那不是送给他的，子丹是花匠的名字。他的脑子里又一阵电闪雷鸣——这世上除了他和小王子丹以外，还有另外一个子丹！父亲为什么给自己取一个别人已有的名字？是为了纪念友谊，为了抵达自己困难重重的爱，还是为了情不自禁时的一声呼唤找寻掩饰、寄托？

王子丹混浊的泪水虫子一样爬向他的嘴唇，一缕失望从心底里飘出来。

二十四

又是一个漫长的夜晚。母亲坐在卧室的藤椅里，腿上搭着王子丹小时候的包被。母亲抚摸着小包被，思绪和棉絮纠结在一起。回忆早已是母亲最大的乐趣，母亲用它打发一个又一个漫长的夜。

杨蓝的夜也是漫长的，而且是苦涩难耐的，是锥心锥肺一样疼痛的。王子丹又一整天没有消息，他去了哪里？女儿在哪里？这世上她最爱的两个人，伤她最重的两个人在哪里？杨蓝听着呼啸的北风，把手里的报纸翻来翻去。每个等待王子丹回家的时刻，她都这样翻着报纸。报纸是她的眼睛落脚的地方，是她的等待、猜忌、愤怒和爱落脚的地方。几乎所有看见王子丹的时间里，她都这样翻着报纸，听着王子丹的动静，用眼角扫描着他的举止。今夜尤其漫长难挨，下午医院领导的话在她的脑子里一直徘徊不去——我们担心王子丹的精神状态出了问题，虽没有很明显的异常，但毕竟有一些令我们担忧的事情，像他每天晚上穿着白西服、戴着礼帽在医院里走来走去这种事就很不正常。希望你们家属能够重视，多关心他，多了解他的心理活动，带他看看心理医生。院里决定让他在家休养一段时间。

是不是要下雪了？杨蓝，王子丹还没回来吗？母亲挠挠脖子上那块凹陷的眼珠子大小的伤疤，那是她身上一个感知天气变化的仪器。

杨蓝放下报纸，披上外套，朝着母亲的卧室说，我出去找找他。

母亲说，这就对了，我家杨蓝是好孩子。杨蓝呐，别和王子丹治气，你就把他当孩子看，小孩子都不体谅大人的心思啊。

杨蓝走出去，母亲重新陷入回忆，那些平淡温馨的日子。

杨蓝远远看见一团白影移动过来，站住脚，等看清楚是王子丹以后，她转身往回走。母亲听见开门的动静，喊，王子丹回来了？杨蓝说，是我。妈，别担心了，快睡吧，他马上就上来了。母亲说，你问他吃了没有。

王子丹一身寒气地进了门，杨蓝看着白色的他，感觉他像坨冰一样。或许是因为杨蓝今夜的眼睛没有盯在报纸上的缘故，令王子丹一时手足无措。他对杨蓝点点头说，您好，您好。说完，转身走进母亲的卧室。杨蓝看着用您好问候老婆的王子丹走到母亲跟前，蹲下身，握起母亲的手。她的眼泪一下子涌出来——真像个孩子。母亲睁开眼睛，看着蹲在面前的儿子说，这手跟冰似的。杨蓝不由自主地走过来，坐到母亲的床沿上，看着今天下午被医院领导称作精神异常的丈夫。

王子丹的眼里闪烁着一种莫名的快乐。他对母亲说，妈妈你放心吧，爸爸没有别的女人，没有女人曾伤害你，妈妈。母亲打了个激灵，擦擦眼睛看着王子丹。杨蓝用怜悯的目光看着王子丹——他真的是病了，胡言乱语了，这种过去了几十年的话题让他眼睛放光。王子丹继续说，我也是今天才知道，那堆纸灰是爸爸的一个好朋友烧的，他在外地，来这里出差，知道爸爸上夜班，想去看他，恰巧看见爸爸上吊死了。他怕连累到自己，就没敢见咱们，是他给爸爸烧了纸，送爸爸上了路。这个叔叔今天死了，这些是从他的日记里看到的，妈妈，别再难过了，没有女人伤害过你。

  母亲面对重新用三十年前的称呼叫她的儿子，感觉一下子又回到了从前，回到了那个白色的早晨。她的丈夫身着白色西装悬挂在半空中，他用肥皂洗了澡，他预谋已久。有人说他死前一定服了泻药，泻干净了体内的污物，因为他身上的衣服没有半点污渍。他死之后，他的儿子一下子丢失了孩子的快乐，丢失了一个孩子对母亲的依恋也丢失了对母亲的称呼——妈妈。母亲的眉眼间突然盈满了一种轻松活泼，母亲用几乎是欢快的声调说，这么说是真的啦？你爸爸没有别的女人？母亲试图站起身，却只是发出了一阵哆嗦。疲倦笼罩过来，母亲说，我累了，儿子。王子丹扶母亲到床上，给母亲掀开被子。母亲解着衣扣说，女人最怕的就是用其他的女人来伤害她，你以后也别再让杨蓝伤心了，在这个世上，除了妈妈就是杨蓝最疼你了。我今天和杨蓝说了，让她把你当孩子看。母亲絮叨着躺下去。

  王子丹给母亲熄了灯，走出来，到客厅里坐下。杨蓝坐到他的对面继续研究他的表情。王子丹眼里的光熄灭了，他疲劳地垂下头，额前的发荒草一样飘零下来。杨蓝的鼻子酸起来，她哽咽着说，你原来一头乌黑的头发，密得都插不进梳子去。

  王子丹——母亲又喊他。他和杨蓝都站起身走进母亲的卧室。母亲说，儿子你到妈妈跟前来，妈妈还有话问你。王子丹走到床前弯下腰，客厅里橘红色的灯光从窗帘的缝隙里透进来，正落在母亲的面颊上，使得母亲的面颊浮现着类似少女的红晕。王子丹突然想到，年轻时的母亲应该是很美丽的。母亲低声说，那叔叔的日记里没有说你爸爸为什么死吗？王子丹说，没说，别想那么多了，快睡吧。走到门口，王子丹又折回来问母亲，爸爸在东北有朋友吗？母亲想了想说，好像有。我记得我和他结婚的那年，他就去过东北，说是一个好朋友病重，回来的时候还带回来一株月季花，说是开大花的，品种很少见。咱家里没院子，你爸就栽到放射科窗子底下了，那花还真大，一朵朵的跟小碗似的。王子丹说，明白了。母亲问，你明白什么了？王子丹说，没什么，快睡吧。

  两个人重新回到客厅翻看报纸。等母亲的呼噜声传来，杨蓝说，那些话是你编的吧？王子丹抖抖报纸说，也是也不是。杨蓝说，你今天去了哪里？怎么到现在才回家？王子丹说，没去哪里。杨蓝说，医院领导今天找我了，说让你休息一段时间，科室的工作先让别人替你干着。王子丹说，哦。杨蓝说，那以后就别到医院里去了，在家安心养病吧。杨蓝用眼角盯着王子丹手里的报纸，看王子丹对安心养病的反应。王子丹手里的报纸颤了一下，杨蓝屏住呼吸，听王子丹的动静。王子丹重重地叹口气，重复说，安心养病。

夜深了，杨蓝像以往一样悄悄地把王子丹的衣服拿到沙发上翻看着他的口袋、他的钱包。王子丹像往常一样静静地躺着，眯眼看着杨蓝蹑手蹑脚的背影。

一张白色的纸。

一张尸体火化证明书。

王子丹。

一块从天而降的冰戳进了她的心里。她的丈夫真的疯了！他竟然假造了自己的尸体火化证明书揣在兜里！杨蓝把靠垫堵在嘴上，绝望得哭起来。

二十五

王子丹穿好白西装，戴好领结。杨蓝和母亲不约而同地看了看窗外的太阳。杨蓝干咳一声说，不是说好在家休息吗？母亲说，你打扮得跟要去演出似的，干啥去？王子丹说，今天是那个叔叔的葬礼。母亲若有所思地答道，唉，又是一个上阎王那里报到的，我也快了。杨蓝说，妈，说什么呢。母亲说，让他去吧，去吧，他爸的好朋友呢。

王子丹来到办公室，从抽屉里找出父亲的烟和报纸揣进兜里。几个当班的同事看见他穿着演出服一样的盛装，吓得谁也不敢和他说话。王子丹走到放射楼前的花园，看见那些被老花匠包裹起来的枝条后面久经风霜的墙基，依然保持着黑白照片上的样子。他迟疑了一下，到保洁员那里借了把铁锹，又到放射科登记室找了个装片子的塑料袋，挖了最粗壮的一棵，折了上面的枝条，连泥带土放进去提着。出了医院，来到房东家，两位老人昨天陪着王子丹火化了尸体，并坚持带回了骨灰——我们不迷信，再陪哑巴兄弟一晚上。两个老人看见王子丹进来，一起站起身迎接。王子丹看见骨灰盒在抽屉桌上，前面摆了白米饭、四碟菜，还有一个小酒杯、三炷香，父亲的照片靠在骨灰盒上。大婶说，都是哑巴爱吃的。王子丹连声道谢。大叔说，嗐，谢什么，咱们都算是哑巴的亲人。王子丹把骨灰盒、书和枕头放进箱子里，最后，拿起父亲的照片犹豫着。大婶说，放上吧，哑巴那么个珍藏法，肯定是最亲的人，放上吧。两个人在阴间见了面，就是隔了几十年的日子，有照片也能认出来。王子丹点点头说，对。他把口袋里的烟和报纸拿出来，连同照片压到骨灰盒的下面。大叔看着塑料袋子里的花说，你想得真周到，哑巴兄弟最喜欢花，就是不知道冬天里能不能栽活。

　　把老花匠葬在哪里？王子丹思考了一夜，他甚至希望能够在梦里得到父亲或者老花匠的提示。因为一夜未眠，也就没有梦。王子丹清楚自己的想法，也明白老花匠的愿望，可觉得那样做是愧对母亲的。直到他听了大婶的话——那么个珍藏法，肯定是最亲的人。他终于下定决心。

　　他挖开父亲的坟墓，把老花匠的骨灰盒连同其他的东西放进去，埋好，把月季花栽上。他低声说，我不会告诉母亲的。父亲朝他笑了，使劲瘪着嘴，嘴角向上翘着，像七岁那年他打碎了母亲陪嫁的细瓷碗，怕他受责骂，父亲把碎片揣在兜里，拉着他走了一大截路，扔进了护城河。然后，父亲朝着他笑了。

　　回到家，家里已经聚满了哭泣的人。母亲走了。在中午饭后，母亲说，累了，要睡一觉。她用睡眠的姿势结束了辛劳的一生。

二十六

　　没有了母亲的王子丹，开始默默流泪。一周后，他的泪停止了，脸上露出了诡秘的笑容。杨蓝把各种药片按照大夫的吩咐拿出来，放到王子丹的手心里，再把王子丹的手心拿到他的唇边，然后抬高一下，把半杯水给他灌下。半个月以后，王子丹脸上的笑容消失了，吃药的时候，他伸手摸了摸杨蓝的头发说，杨蓝，你的头发什么时候都白了？杨蓝叹口气说，我以为你永远都是睁着眼却看不见我。杨蓝的眼泪落下来。

　　对不起。王子丹目光干涩呆滞地越过杨蓝的头顶看出去。杨蓝擦擦泪说，别说了，就当是一场梦吧。

梦。醒了的梦并不是能够消失的云烟，而是一场厮杀后的现场。死伤的都是他最亲近和最爱的人，伤残严重。王子丹任凭眼泪流下来，无力挣扎地流着，无能为力地流着，无法收场地流着。

一天，在杨蓝低头给他擦拭泪的时候，他轻轻地伸开手掌，像接杨蓝指间的药片一样接住了杨蓝滑落的额发。灰白的发如同旧瓷上的裂纹，令他不忍力握。他托着，小心翼翼。杨蓝莫名其妙地站直身子，看着丈夫痴痴的样子，嘟囔说，唉，治了好几个月了，还这个样子，啥时候是个头儿呀？

啥时候是个头儿呀？王子丹接住妻子的这句话，攥在手心里。它们瞬间成了蛇，进入指甲挖出的洞里，顺着他臂膀的血脉一路上行，到达他的内心，团成一团，硬邦邦的一个句号。

头儿在我这里。

他为自己突然的发现惊呆了，僵着身子站起来，走到沙发前坐下，看着茶几上面大理石的纹理。他看见了三十年前父亲那被打开的布包，母亲陡然放松下来的肩膀。他决心给杨蓝一个放松肩膀的头儿，给小王子丹一个重新寻觅爱和温暖的头儿，给女儿一个结束怨恨的头儿，给他伤残的爱和亲人一个解脱的头儿。

杨蓝出去买菜了，他找出新房的钥匙，穿上白西装，戴好领结和礼帽，来到医院门口给小王子丹打电话。他想跟她说，对不起。

小王子丹听见他说在医院门口就扣了电话，他真正想说的还没说出来。就在他犹豫着是不是再打一次的时候，乔桥气喘吁吁地跑来了，把戒指递给他说，她让我给你的。

王子丹低头看着手心里的戒指，额顶的发飘零而下。乔桥说，以后不要再找她了，你忍心让她一辈子不消停吗？她毕竟还年轻。

王子丹把戒指套在自己的小指上，然后把它送到唇边，用舌头舔了舔上面的花朵。乔桥冷笑着看他。他说，你告诉她吧，她的眼泪我吃了，让她别再难过了。说完，他转身离去。传达室的人凑过来对乔桥说，神经得不轻了。乔桥说，那也怨不得别人。

二十七

　　新房，和当初一样新，和当初一样空。

　　奖杯在客厅的地板上，落满了灰尘，像个羞涩而疲劳的客人。王子丹蹲下身，掏出手绢，把奖杯擦干净，抱着它，在房间里转着，看着他曾经的辉煌和骄傲。他的目光落在北阳台的门框上，那里没有玻璃。他的心里面有了方案。他把奖杯放下，打开阳台的门。他看见对面阳台上，阳光里一个年轻的男人在弹吉他。他解下腰带，搭到门框上，仔细地把不锈钢的环扣扣好，把头伸了进去。

　　在他最后的目光里，对面的男孩突然站起又坐下去，接着唱他自己的苦恼——谁把你的长发盘起，谁给你做了嫁衣，谁看了我给你写的信，谁把它丢在风里？

　　穿堂风吹着他的身体，白色的身体，吹着重新回到左边飘落在肩的那缕黑发。

（原载《山东文学》2010年第11期，《北京文学·中篇小说月报》2011年第1期、《小说月报》2011年增刊第1期选载）

不会吐痰

老四笔直地躺在他家堂屋的正当中，身上穿着绅士蓝的西装，是人们在他只能呼吸不能做任何事的时候给他穿上的。干这种事的人都有经验，衣服穿早了对活着的人和即将不活着的人都是种心理折磨；穿晚了，等人的气咽完了，再好的衣服也浪费了，灵魂走了，只穿在皮囊上，走了的灵魂是光着身子的，或者穿着旧衣衫的。衣服的颜色最好是蓝的，蓝得再浓再深也不要紧，只要不是黑的。黑的，在那个世界里是铁。铁的衣服穿着不是冰冷就是滚烫，硬，不舒服。

老四穿着在那个世界里夏天凉爽冬天暖和的蓝色西装笔直地躺着，使得他那原本一米八的身躯显得有种夸张的长。守在他身边的是他的三个哥哥，老大、老二、老三、还有老大家的二儿子。他们看着老四那张烧纸一样颜色的脸，盯着他因消瘦而显得过于挺立的鼻子，那里的两个小洞穴显示着老四生命存活的唯一迹象——微弱的气流在进进出出，很是顽固。不用俯身伸手触摸，从探出鼻腔外那几根黑亮的鼻毛的抖动就知道。他们的心里有种满足感，为能把老四打扮得体体面面的。这种满足感是他们追求了很久的，是老四迟迟不肯给他们的。这感觉来得迟，也因此强烈了些，重了点。光那身新郎牌西装就两千元。

不可思议，没有风，地也不颤，床也不抖，老四耳朵上的耳坠却一直在动。一种轻轻的晃。耳坠上面的镀金已剥落，沾着煤灰的白塑料做的假宝石泛着不活泼的暗光。耳坠有点沉，把老四的耳垂拉得离开了脸部，变了形地紧绷着。见过老四所有耳坠、耳环的人都知道，它是最好的，老四最宝贝的，老四戴着它已有些年岁了。正因为如此，它才能在老四只能呼吸的时候，堂而皇之地在老四兄弟们的眼前晃动。它，铁的身子和老四肉的耳朵长在一起了。谁都不允许它晃在那里破坏着他们心里迟到的满足感，破坏他们家族的体面，几双手都努力过，试图剥离它，可它像是老四蜡黄枯瘦的身体的一个生命泉眼——血，黑红的浓稠的血涌出来，滴落在沾有煤灰的假宝石上。只能放弃，只能等老四死后再用钳子咬断它了。钳子已经找好了，就在老三坐着的板凳底下。这个差事，老三没打算让别人干，他也没想过别人是否愿意干。老三想，要干就干彻底，他已经烧了老四的胸罩，他并不后悔。他觉得早该这样干了。

给老四穿衣服的婆子们退出后，屋子里剩下的唯一的外人就是那个蹲在墙东北角的男孩子，脸上和小手指甲里都沾着煤灰，五岁，很瘦，单眼皮的眼睛很大很大地睁着，一会儿看看老四的耳坠，一会儿抠抠指甲里的煤灰。孩子呆呆的，唯一活泼的是两条一长一短的鼻涕，黄黄的，细细的，像新鲜玉米棒子里的虫子，慢慢地爬出来，接近孩子的上唇时，被孩子猛一用劲吸回去，发出嗒的声响，隔十秒一次，像是弦乐里加进了鼓点。人们允许男孩在那里，是因为男孩一直在那里，从老四躺倒那天。孩子不声不响，除了抽答他的鼻涕外。他只是在老四的床前转，一会儿看看老四，一会儿抠抠指甲。老四能说话的时候，有人听到他曾跟老四说话，在西屋内。老四进到堂屋里躺着时，已经不会说话了。听到的人说，无非就两句话——老四对孩子说，我要死了。孩子说，不。老四说，你还没个粪筐子重。孩子说，不。

婆子们站在老白杨树下的风里说，傻子老四快咽气了，这不，刚刚给他穿好衣服，那衣服真叫好哟，捏在手里，绒绒的，滑滑的，像摸着猫脊梁骨上的毛一样。婆子们看着自己的手指，跟人念叨着，为手指骄傲着，它们捏过上好的布料。婆子们说，真有灵性哟，沾了血的东西就是有灵性，老四的血滴在耳坠上，那东西就一直晃个不停。关着门，没有风，地不颤，床不抖，老四那口气弱得快没了，可那耳坠就是晃着。有灵性哟，跟了老四那么多年，跟肉长一块了，怕是老四的魂儿早就跑到坠子上了，要不，怎么就一口恹恹气儿，老不消停，那气呀，出来，进去，就那么一缕。

老四要死和耳坠晃呀晃的消息瞬间传开，在老四生活了四十年的小村里——老白杨树村。又一次，老四家成为老白杨树村的焦点。其实，老四家一直就是老白杨树村的焦点，确切地说是中心。上了年纪的人都还记得老四的爷爷也生有四个儿子，活得最久的是老四的父亲。老四的父亲和他的兄弟们用短命的悲剧扩展着老白杨树村丰富的历史。老四的爷爷是方圆百里的能人，他发明了榨取甜菜汁做成糖片的方法。每到秋天，百里内的甜菜疙瘩都聚集到老白杨树村，被洗净、切块、榨压、熬炼。菜渣和熬成的糖片被运走，白白的银币聚集到这里，许多人家都用瓦罐装了银币埋到院子的地下，上面栽棵杨树苗。老四爷爷的钱不用瓦罐盛，爷爷在家中堂屋内搞了一堵墙，墙的中间是空的，用来盛钱。钱多了咬人，咬得人家破人亡。是这样的。在离爷爷挣满一墙银币的愿望还差一大截时，爷爷的大儿子二十岁，刚刚娶亲，突然就找不见人了，新婚的媳妇哭得神志不清。是被人绑架了，那年头兴那个，土匪、架票的多得很。数天后爷爷的屋门上出现了一把飞镖，镖尖上是交出五千块银币的通知。为救儿子，爷爷的夹墙拆了，许多年纪大的人还都记得银元从墙里一泻而出的壮观。银元被运出家门时，爷爷一口痰上来昏迷过去。没出过村的奶奶只得押着钱，用三寸的小脚亲自丈量解救儿子的苦难。贼窝里参与绑架的线人是老白杨树村的，临放人前问爷爷的大儿子是否听出他是谁。他听出来了，他求线人帮他出去。因此，他的命用五千银元也没能换回来。爷爷为保护剩下的儿子，躲开"甜菜主"的帽子，远离了榨糖的营生，开了个染布店。二儿子十九岁时，是染布店最红火的时候。外出收布的途中，他在一个坟前解了个小便，从此仿佛是遁入了另一个世界，每天面朝里躺着，和他那个世界里的人谈笑。从谈话的内容知道，有一个秃顶的漂亮女子与他鬓额相磨，并生有一子。两年后，他死了。他的十九岁的妻子从此成为老白杨树村最贞洁的寡妇，直至六十九时死亡，过了整整五十年贞洁孤苦的日子。爷爷的三儿子死得不同于两个哥哥，死得很壮烈，死在共产党横渡长江的波涛里。壮烈到达老白杨树村时，太晚了，爷爷的二十年忌日都过了。是一个活着的默默无闻的老红军在回忆录里提到爷爷的二儿子,才有了壮烈。爷爷的四儿子,老四的父亲,不同于三个哥哥,长相单薄矮小,整日病恹恹的,却拖着个病身子活到了三十八岁(老四五岁的时候),得了伤寒而死。

　　闻讯而来的大多是女人和孩子,人们聚在门口,伸了脖子朝里望着,看老四的耳坠在晃动。房门已打开,有经验的人说,不能关着门,想走的灵魂走不了。老四的兄弟们更专注地盯着他的鼻孔,等待老四的灵魂从那里作最后的撤退,从开着的房门离开。人们远远地看着笔直地躺着的老四,想象着耳坠在晃动。

　　男人也到这种地方来,来制造肃穆的气氛。这个世界上有一些东西总是属于男人的。他们默默地垂立,默默地把一捆捆的跟老四脸皮一个颜色的纸用百元大钞按来压去。他们相信那个世界里和他们用同一个版本的人民币。笨拙的粗糙的手拿着剪刀,剪外圆内方的纸钱,那是用来抛撒的,在出殡的途中。男人的手只在这样的时候拿剪刀,女人的手灵巧,但没用处——她们裁出的钱在那个世界里属于假币。肃穆的气氛里,只有留着山羊胡的老人在人堆中低语,叮嘱,命令。青筋在手背上,他们指来点去,像准备秘密起义的领袖。

　　外村的女人着急,见了孩子的面,就问,老四啥样子?孩子说,那样。到底啥样了?孩子说,就那样。女人扔下手里的煤球模子,在屁股上蹭蹭手上的煤灰,去抢孩子手里的饼子——说,不说不能吃。孩子单眼皮的眼睛很大很大地瞪着,放右手的大拇指在嘴里吮,吱吱地响,鼻涕漫过上唇,顺着拇指进到嘴里。女人用手指捏了孩子的鼻翼说,擤。孩子用劲地擤。女人把饼子还给孩子,不再期望孩子告诉她详情。她自己想。她问,老四还戴着妈妈送他的罩子吗?孩子说,没。又问,老四坐着还是躺着?孩子说,倒着。孩子吃完饼子,拿起小树枝点在地上,准备"骑马"离去。女人说,老四要是死了,回来告诉我。孩子说,坠子动。孩子跑去了,去看护他的孩子。

　　女人的心里有点不是味儿。她按老四教她的方法压着煤球。她思忖着,她送老四的奶罩哪儿去了?从她送给他那天,他就一直戴着,戴在衣服外面。带子短,女人用捡来的蓝布条加上一截,女人做这些的时候,老四和男孩围坐在她跟前,男孩拿小树枝折着玩,老四的眼一直盯着她的手指,眼里有种光,让女人感动。女人觉得自己手里缝着的东西是块彩纸包着的糖,老四是那个即将得到糖块的孩子。她给老四戴上,扣在背上说,转过身去,我帮你扣上扣。老四乖乖地转过身去,女人给他把挂钩扣上。老四快乐地嘿嘿笑着,低头看着,脸上红红地泛着光。老四说,好看,好看。女人记起小时候从母亲手里穿上花衣服的自己,突然想流泪。她学着母亲的样子给老四把衣服拽平整了,拍了拍老四和她的头顶齐着的肩膀。快乐的老四把折树枝玩的孩子提起来放到脖子上——飞哟,飞飞哟……男孩兴奋地抓着老四的头发——飞哟,飞飞哟……他们在疯跑着,老四发泄着他的快乐,孩子捡拾着,把它变成自己的。只有女人在哭,这个外村的女人在哭他们三个。

女人哭着,无声地哭着。女人已经很久没哭过了,索性坐到地上,把头放到膝盖上,放开哭。泪,雨点一样滴在土里,干燥的土和着泪滚成一个个小土球,女人用手捏着那些外干内湿的土球,恣意地哭。哭久了,女人知道自己还为着另一层东西在哭——女人想回报老四,从遇见老四的第一天起。女人心里松快了一些,女人对自己说,多少算是点儿吧。女人知道她只有这点偿还,女人只有这一个乳罩。女人还有的就是身子了,女人常拿它跟那些卡车司机、青菜贩子、开小店的、收破烂的换钱,换吃的。乳罩对女人很有用处,尤其这种时候。它里面有钢圈,有海绵衬里,能把女人喂过孩子的乳房兜起来,从衣服外面看去,有很不错的形。

没有人能动摇母亲的决定,老大、老二、老三对这点深信不疑。但他们仍存着侥幸,毕竟母亲已高龄。按家乡的风俗,有长辈在,晚辈的尸体是不能停在堂屋里的。风俗是一码事,他们不愿意母亲来回折腾。母亲住堂屋住了五十多年了,挪出去不吉利,西屋漏风,万一着了凉……再说,老四都这样了,哪屋不一样!他们劝着母亲。母亲说,不,你们得听我的。母亲没像小时候对他们说话那样。小时候,母亲总对他们说,不,你们得听我的,你们是我的孩子。母亲的语调让他们记着他们永远是母亲的孩子。现在这种语调没了,他们觉出来了。母亲只是说,不,你们得听我的。话说得像小时候学堂里的老师，又像是顶头的上司，只是不像母亲。他们这才明白，母亲永远的孩子是他们盼着他死的老四，是他们合伙杀了母亲的孩子。母亲是该埋怨他们的，像小时候一样打他们的屁股，或者用她的拐棍来敲他们的头。母亲不那么做。他们知道母亲也在盼着老四死。母亲召他们回来，他们是称她为母亲的三个男人，来帮母亲安排他的孩子。母亲说，你们给我好好地照看着我的孩子，得让他走得体体面面的，排排场场的。

外号猴精的珠子爹使劲地睁了睁自己紧绷绷的小单眼皮，前探了身子凑到他老婆高大的胸脯前说，我怎么琢磨怎么觉得该给老四送刀烧纸放上二十元钱，为咱出了这几年的力，人情上也该，你说呢？我怎么琢磨怎么觉得老四跟我有点前缘，你想除了老四咱上哪儿去找这么便宜的帮工，还能干，不奸不坏。你说，老四怎么说不行就不行了呢？好在他给咱领来个能干的娘们，不至于人手空当。他老婆说，五元就行，那么多干吗，非亲非故的。他说，娘们儿家就是头发长见识短，咱这不是做给活人看吗，老四的哥几个可都是好样的，咱说不定哪天撞到人家手里，你说对吧？哎，我说，日后啊，你常去场里照看着点儿，笼络着她点儿，别让她走了。他老婆说，你个猴精今儿个怎的变成猪了呢？你想，那女人是老四领回来的，有老四在，邻里邻居不会说三道四，老四是个傻子，老四好心。可老四要是真把那口气咽下去了，咱还能留她吗？这不明摆着给人家把柄，说不定人家会说你没安好心呢。人要脸树要皮，我，等老四出完殡，就让她走人，我还笼络她，谁知道是哪路的野女人。猴精是不跟老婆一般见识的人，说怕也行，意见不一致，猴精起身到老四家去了，捧个人场。

猴精边走边琢磨，真是人各有命啊，看人家三个哥哥，个顶个，怎么老四就得这么个怪病呢？一辈子连女人味都没闻过，没家，没业，没老婆，没孩子，没人疼，没人管，没人问，说男不男，说女不女，什么命啊，连猪都不如。想想老四，再想想自己，他感到从未有过的满足，脚下的步子轻快了起来。

猴精在老白杨树村算是跟老四关系最好的一个，猴精精就精在谁都不欺负，谁也不惹。打小他就没往老四身上使过坏，所以，后来他家开煤球场，老四就成了他家的贴心长工了。谁挖都挖不走，给钱多也不去。老四说，我就压煤球，就压猴精家的煤球。猴精常跟他老婆说，老四并不傻，他是记恩的人。他老婆说，说话之前也不知先尿泡尿照照，你给人家老四啥恩了，你养他了，喂他了，救他命了？亏你说得出口。后来他老婆慢慢明白了，猴精说这话有这话的作用，毕竟谁都知道，换算老四一天的劳动力用一顿饱饭或者两三块钱就行了。从那以后，猴精老婆和猴精都这样对别人说了。挖不走老四的人背后里说，猴精作孽，剥削傻子会折阳寿的，谁知道给没给老四工钱。说着的时候，他们知道猴精肯定是给过一点的，要不老四哪来的钱买奶罩子。老白杨树村的人谁也没听说过老四的那些玩意儿是偷来的。

　　说实在的，要说老三是有预谋地回家烧老四的奶罩子，那是冤枉他。老三今年官运亨通，老婆也就格外贤惠起来，他本人也就格外孝敬起来。再说一帮紧紧跟随的弟兄们哥们儿提前两个月就吆喝着给老太太给干妈给老太君过八十大寿，老三也就给远在外地的老大老二都打了招呼，一定给咱娘过个隆重的生日，好好庆贺一下，娘这一辈子太难太苦了。老三开着车带着老婆，老婆带着大包小提兴高采烈地回家来，为的是出点钱，找几个乡亲帮忙整修整修房子，总不能让城里的那帮弟兄们误认为我老三不孝，再说车屁股后的那几盆名花，总得放在一个窗明几净的地方才相称的。进得家来，老三比以往任何时候都觉得家里脏乱差破。他愧疚地对娘说，娘，以往啊，我忙事业，手头也紧巴，没顾得上整理这房子。这次啊，好好地修整修整。娘说，修整个啥，我不知道还能活几天。说完又若有所思地对老三说，整整西屋吧，塌了个角，漏雨漏风呢，冬天老四趴在里面该冷了。老三问娘，老四呢？娘说，谁知道，天天见不着个人影，听说在猴精家压煤球，人家管饭，倒省我的心了。虎子娘天天照管我一个就够给人家添麻烦的了，哪好意思让老四也跟着吃呢。老三说，要不再给点钱就是了。虎子娘是老三媳妇的远房表姐，嫁在老白杨树村，老三给他儿子安排了工作。这两年里老太太腿脚不灵便，虎子娘也就知恩图报地当起了义务保姆。虎子娘说，没什么的，不就多一个人的饭吗，其实就是多往锅里加瓢水的事。言下之意，没老四的份。老大老二老三也曾想把老娘接到城里享享清福，无奈娘撇不下老四。娘说，有我在，大家看我这张老脸，还不至于给他大亏吃。

当老三推开西屋的木门时，还以为自己到了卖妇女用品的杂货摊上，墙上、绳子上、土炕上到处都是女人用的胸罩，花花绿绿，乱七八糟。他的头一下子大了起来，这才知道老四的病是多么严重，多么丢人，多么荒唐，这种人不死还活着干什么。他像农民在暴风雨来临前抢收庄稼一样，东一把，西一抓，把老四的奶罩子扯下来，扔到土炕上那床看不出底色的破被上。只听得扑通一声，老四所有的奶罩子都乘坐着"吉普赛人的飞毯"降落在院子里。老三几乎是蹦跳着蹿到了他的老母亲面前，他的脸、脖子和眼睛像是放在红色的染缸里染了一遍，吓得正在和娘轻声细雨地说着体己话的老婆从小板凳上跌在了地上。他对着母亲大吼，你怎么这么糊涂，你怎么能这么糊涂，由着他胡来！你们看看，看看，咱全家的脸都让他丢尽了，这脸不要了是不是，你们不要我还要呢！顺着老三愤怒颤抖着的指头，母亲明白了三儿发火的原因。母亲说，他这病又不是一天两天了。老三说，什么病，都是你惯的，从他弄第一个，就打他个半死，看他还有病吗！老三突然在自己身上像抓痒痒一样上上下下地抓起来，他老婆明白他是找打火机，赶紧翻开他的手包帮忙把打火机取出来递给他。

老三用他点中华烟的火机点着了老四的奶罩子和被子，为了能烧得干净一些，老三找了根小木棍，挑着那些燃烧着的花花绿绿的东西。它们在老三血红的眼神注视下，发出欢快的叫声。尼龙和棉花的焦煳味伴着青色的烟雾从老四家的院子里向天空飞去。

母亲对着老三的背影说，你烧了他的命根子，这不是要他的命吗？烧活人的东西是不吉利的，听见了吗，你？

老白杨树村的孩子们跟老四有着一种特殊的友谊，有点像战争年代的国共两党，没有外来侵略的时候是内战，有外来侵略时往往一致对外。平日里，老四歪在柴草垛前墙根下打盹的时候，孩子们就悄悄地用小木棒夹了狗屎、虫子、土坷垃、石头往老四的奶罩里衣服里塞，塞完了，他们都英雄好汉一样，敢做敢当，等着老四醒来和他们打一架。若有外村的人往老四身上使坏，孩子们便结了队跟人家打。有相当一部分战争发生在煤球场，所谓的煤球场就在村东一片空旷的野地里，猴精在那里盖了三间简易房，铲平了一块地，老四在那里给他压煤球。当然，后来还有外村的女人和她的孩子。老四把那些煤灰掺上适量的土，洒上水，和匀了，认认真真地压成煤球，每十个一行，整整齐齐，它们是受老四领导、检阅的仪仗队。等煤球快晒干的时候，老四就把他们一个个地拿起来，用小树枝把堵塞的煤孔戳开，全通了，老四的脸上就有了快乐。他用它们当望远镜，看天空看太阳，看地上的小虫子小蚂蚁。孩子们觉得老四的举动很神秘，很具有模仿的必要，他们就都拿了老四的煤球，看天空看太阳，看地上的蚂蚁虫子。他们看上两次就不觉得好玩了，他们干脆把煤球捏碎了，那样更好玩。老四便拿了煤球模子和孩子们展开战争，直到猴精发现了情况逐个找到孩子的家长才算是消停。

老三的轿车进到村里时，孩子们知道那是老四家的，这村里只有老四家来过小汽车。他们跟着轿车来到老四家，在大门口的门框上站了一会儿，确定了来者的身份之后，就有几个孩子往老四压煤球的地方跑去，老远就喊，老四你三哥回来了。老四正和外村的女人在压着煤球，听见孩子们喊，老四撂下煤球模子兴奋地对女人说，俺三哥回来了，又扭头对正在地上给蚂蚁盖房子的孩子说，俺三哥回来了。老四跑起来，刚刚到达目的地的孩子们跟着气喘吁吁地往回跑，外村女人的孩子也站起来跟着跑，小脚丫踩在他为蚂蚁建的房子上。

外村的女人想叫住自己的孩子，张了张嘴，又闭上了。她看着老四一米八多的大背影和孩子们的小背影在正午的阳光下跑动，像一匹野马领着小马驹。看着看着，女人觉得那些影子变得飘忽起来，像要飞起来消失一样。女人突然有了一种莫名的恐惧，女人对自己说，没什么的，不会有什么的，没人知道我在这里，来的只是老四的三哥，心慌什么，没什么的。

老白杨树村的人谁都搞不清楚外村女人的来历，人们就把"外村女人"变成了女人的名字。人们都知道外村女人不只是外村的，是外省的，女人和孩子的口音就是他们外省的身份。时间长了，谁都不知道，也就没有谁去刨根问底了。女人对偶尔的询问者说家乡发大水了，淹死了所有的亲人，只剩她和孩子，来要饭的。问起女人的家乡，女人只说自己是南边的人。其实女人的事情女人是对老四说过的，只是话语到了老四的耳朵里就像是进入了泥潭。

女人对老四述说自己遭遇的时间就在女人送乳罩给老四的那天晚上。

那天晚上起了暴风雨，孩子、女人和老四躺在他们的地铺上，孩子缩在老四的怀里睡着了。女人看着孩子熟睡的小脸对老四说，孩子知道你是个好人，老四，你是好人。老四，孩子知道我也知道，打雷下雨的时候孩子已经不再往我怀里躲了，孩子知道有你在就不用害怕了。我也是，老四，我真不知道怎么谢你呢，要不是有你，我和孩子这时候还不知道在哪里呢。这孩子命苦啊，我的命也苦啊，老四，还有你，你也是个苦命人。我们怎么就这么命苦呢，老天爷怎么就不长眼睛呢。孩子他爸没吸毒之前我算是个幸福的人，自他吸上毒以后，原先的那个人就变成了畜生不如的魔鬼。老四你知道毒品吗，就那么一点白面儿，就能让人家破人亡，就能把人的灵魂给吸没了。三年呐，老四，起初我原谅他是上了别人的当，我帮他戒毒，送他进戒毒所，把家里折腾光了，他还又吸上了。工作也丢了，我的工作也没了，家里的东西除了墙壁都让他偷去换了毒品，老四，他不是个人呐，他欠了卖毒品的人很多钱。老四你知道吗，他最后竟然把我和孩子抵押给了人家，拿我们母子换了毒品回来，就在我和孩子面前拿打针的针管子往胳膊里推，推完了也就不行了，好在闭眼前对我说了句实话，我这才带着孩子跑出来，要不，我和孩子是不是还能活着都难说。老四啊，我不是个好女人啊，我担心孩子长大了会瞧不起我呢。老四，你不知道啊，人有爱的时候做那事，是很幸福的，可是，可是啊，没有爱没有感情的时候做那事啊，就总有一个恶心的东西堵在你心口，让你在打雷打闪的时候心慌呀。那种时候哦，我知道啊，那是只把你当个物件的男人朝你吐了口痰呢。可是，我有什么办法啊，从逃出来的那一刻起，我就打定主意，就是吃屎也要活下去。我要把我的孩子养大，我要供他读书，让他走正道，让他有出息，让他有幸福的日子过。

　　男人已经瘦得皮包骨头了，男人拿了喝水的茶碗倒了点水进去，用针管吸了往胳膊里推。女人看见那针头在男人的皮肤下，女人在那一刻真想夺过那个针管，给男人打进去点能让男人死去的东西。她知道男人早晚都要死去，她希望他现在就死，更希望他在三年前就死去，那样女人就能怀着对男人的思念活着。男人突然抬起头对正在热切盼望他死的女人说，赶紧带孩子逃命吧，我把你们抵押给人家了……女人看见男人的手指慢慢地伸展，针管掉在地上，男人的眼睛睁着。女人知道男人死了，她的爱恨和牵挂都结束了,她一把抱起孩子跑进刮风下雨打雷的黑夜里。女人知道老天在帮她,她知道她和孩子一定能逃出去。女人抱着孩子疯跑着,往城外偏远的国道上跑,往北跑,女人知道跑得越远她和孩子就越安全。

虽是有雨的深夜,仍不时有大大小小的汽车瞪着雪亮的眼睛跑过来,将女人孤独求救的右胳膊和密密麻麻的雨点照亮片刻,再将它们重扔回到黑暗中。反反复复,女人的信心开始丧失。如果这样反复到天亮,她和孩子逃掉的可能就几乎没有了。她知道那些畜生会蹂躏她,会把她和孩子卖掉或杀掉,赚钱或解恨。她不知道那些人具体是谁,但她知道他们的眼睛一直盯着她的丈夫孩子和她。孩子在她的怀里频率越来越快地抖动着单薄的小身体,她能做的就是将孩子再抱得紧一些,她多么希望自己的身体能变成一座小屋子,能罩在孩子的身体之上。

西屋的门掩着,儿媳妇和远近的女亲戚十几人将母亲围在当中,陪伴母亲等待老年丧子的伤痛。平日里能言善辩的女人们不知道该怎样安慰母亲,或者说不知道母亲是不是需要安慰。母亲就要丧失的本就是个多余的儿子,丧失多余的东西会不会伤痛,所有的女人都拿捏不准。女人们没有了在这种场合中的惯常话题,只能扯一些家常话,家常话又很容易扯起兴头来,所以女人们只能是小心地偶尔地说上那么一两句,耳朵都时不时地听着外面的动静。女人们就在这种尴尬难耐的陪伴中等待着老四最后的那口气消散,等待着母亲的眼泪流下来,等待着把她们嗓子眼里的安慰话说出来,等待着把她们自己的哭声送给老四——她们为他准备了与哭别人相同腔调的哭泣。母亲坐在栗色的方杌上,那是母亲六十年前的陪嫁。母亲双手握着拐杖,微垂着头,眼皮松软无力地合在一起,像在打一个长长的盹。

孩子累了,他从屋角移身到了老四的灵床边上,隔着老四和老四的哥哥们和门外那些屏住呼吸看老四耳坠子的人相望着,一长一短的鼻涕进进出出。孩子看看别人再看看老四,目光从老四的脸上移到自己的手指甲上,再抬起来送到对面人的脸上。孩子见没人反对他在老四的床边待着,便放心地将起老四的手指头来,把老四的手指捋开了,放自己的小脸在老四的手心里,打起瞌睡来。

老大对儿子说,谁家孩子,你把他领出去。二小子起身绕过床来,打算领孩子出去。孩子已经睡着了，鼻涕的一端在四叔的手指头上，一端挂在孩子的鼻孔里。二小子哽咽着对父亲说，让他待在那里吧，他和四叔好着呢。说完这句话，他再也压抑不住自己的感情了，来到院门外的墙根下，抱头痛哭起来。睡在四叔手心里的孩子让他看见了自己全部的童年和他童年时期的四叔。

　　十岁前，他和哥哥、母亲一直住在老白杨树村，和奶奶、四叔住在一起。四叔是他和哥哥的马，驮了他哥俩整个童年。他记不清四叔因为他和哥哥摔跤了磕破皮了饿哭了挨了奶奶多少笤帚疙瘩，他记得四叔背着他在有好东西吃的人家屋门口，使劲看，使劲地看人家吃东西的嘴巴，人家赶人家骂也不走。直到人家不忍心了掐下那么一点点给四叔，四叔就背着他飞快地跑，跑到没人的地方，四叔蹲下身来，让他从四叔的背上滑下来。四叔把攥在手心里的东西给他说，快吃吧。他心满意足地吃着，四叔就使劲地看着他的小嘴巴，四叔舔着自己的手心说，真好吃。四叔总要为吃了好东西的他表示一下祝贺，四叔把他架到脖子上，四叔为他唱歌，四叔只会唱长长短短的嗨呀嗨呀……

　　他掏出手机给哥哥打电话，他说，哥，你还是回来一趟看看四叔吧，四叔真的快不行了。哥哥说，你替我看看吧，我，我这请不下假来。你是个混蛋！他狠狠地挂了电话。他知道他哥哥钻到那个牛角尖里了，哥哥把自己婚姻的不幸都划归到四叔的头上，他是不打算原谅四叔了。这公平吗，这公平吗？他在心里问着自己的哥哥。

　　老大把家属带出去后，老四的世界就空了，没有了两个侄子，老四就像没有了工作的下岗工人一样失落。等待在外的亲人，尤其是两个侄子，从此成为老四一项新的长期的工作。母亲也等，但母亲知道等待应该浓缩在逢年过节的那几天里。母亲是对的，但这不妨碍老四的等待，老四已经习惯了在通往村外路边的墙根下草垛前，蹲着倚着坐着躺着瞌睡着等待着。意外出现在十一年后的夏天，老四的大侄子和一个女孩子手牵着手地回来了。根据目击者的描述，老四在他的大侄子和女孩子距离老四足有半里地时，就发现了他等待的目标，他像只狼狗一样朝他们蹿去。近了，老四一把抓住他的大侄子，嗨！嗨！嗨！又盯着那女孩说，嗨！嗨！嗨！女孩尖叫起来，躲到男朋友的后面哭起来。疯子啊，疯子啊！一见女朋友被吓哭了，大侄子急眼了，他一拳打在老四的胸口上，四叔你干什么！被女孩叫作疯子的老四正在兴头上，没任何心理准备，仰面倒在地上，像一只巨大的停落地面的花蝴蝶。

女朋友没去过农村，大侄子才专门带了她来老白杨树村的。大侄子追她追得很苦，整整大学四年的时间，终于金石为开了。大侄子和女朋友谈过很多他家族的故事，但他没有在故事里把老四作为一个篇章讲出来过，他只是说他四叔小时候患过脑膜炎，留下了后遗症。

女孩的手从见到老四起就再也没离开过男朋友的手，她害怕穿着女人花上衣戴着耳坠的四叔。她的眼睛时刻盯防地围着老四转来转去，她觉得自己就像一块狼狗鼻子底下的骨头，时刻都有被吞吃的危险。待了不到半个时辰，她就悄悄地建议男朋友，我们走吧，我怕你四叔。大侄子觉得对不住奶奶，奶奶已经开始张罗饭菜了。奶奶见到大孙子领着女朋友回来了，嘴巴乐得一直咧着。奶奶叨唠着，闺女好俊呢，好俊的闺女哟，奶奶高兴，奶奶高兴。大侄子不忍心坏了奶奶的兴致，又不忍心让女朋友受委屈，犹豫了片刻，对奶奶说，奶奶你别忙了，我们还有点急事，以后我再来看你吧。说完就站起来拉着女朋友往外走。奶奶的笑容一下子僵住了，急忙放下手里的菜，跟着送出来。奶奶说，啥事就不能耽搁一会儿，怎么也得吃了饭啊。走到村口，大侄子和女朋友回头跟奶奶说再见的时候，看见四叔远远地跟在奶奶的背后。四叔见大侄子回过头来，就朝他委屈地喊，你还没跟我说句话呢。

女朋友离开了大侄子。女朋友说，她姑姑是医生，她姑姑说四叔的病是一种恋物癖，大都有先天的病理原因，并且可能与遗传基因有关系。女朋友说，直说了吧，我们的后代有可能会出现你的另一个四叔，我不想承受这种痛苦，哪怕它的概率很小，我也不会冒这个险，毕竟我们只能活一次，我有权利选择没有风险的生活。大侄子对他弟弟说，我的天塌了，要她是我一辈子的梦，全被四叔给毁了。弟弟说，你醒醒吧，她只是在找一个离开你的理由，她如果爱你，就是我们有一百个四叔她也会跟你的。不，你不懂，我理解她，是四叔毁了我们，如果真有一个变态的孩子，再美满的爱情也会被毁掉的。我理解她，我们相爱，我们应该避免给对方制造灾难，如果那灾难一定要来，最好是不相爱的人制造的，我们的心里会好受一点，毕竟还能够保存着一点关于爱的回忆。可是，可是，是四叔毁了我们，四疯子毁了我的幸福。我恨死他了！

　　大侄子很快地制造了自己的痛苦，他坚信从此后只会有痛苦与他在一起。他找了一个追求他的女孩结婚了，他在心里对老婆说，活该，是你自己在寻找痛苦。生了一个儿子，他不让自己去爱那个孩子，他怕女朋友的话会被兑现，他怕那个婴儿长大了也会是一个戴着女人乳罩四处游逛的废物。

　　老四和孩子们跑到离家不远的土坡上时，一个孩子说，快看，老四，你家失火了，冒浓烟呢。老四看了看他家冒出的烟说，俺娘烧火给三哥做好吃的。另一拨孩子朝着老四跑来，快，老四，你三哥在烧你的奶罩子。老四说，烧你个头。老四没当真。老四喊着三哥跑进家门，三哥抬头看见戴着蓝底白花乳罩的老四，看见老四那张四十岁男人的脸，生出了一种将那张脸放到火里用木棍挑着烧焦的欲望。他噌地站起来，你看你这副熊样，人不人鬼不鬼的。他伸手就到老四的胸前扯老四的乳罩，老四在三哥站起身来的当口已经看清楚了地上燃烧着的东西，看见老三的手伸来，他护住自己的胸口，叫起来，不，不。老三把老四推倒在地后，已经把目标转移到老四那张让他恶心的脸上，那张脸是他人生餐桌上的一盘臭狗屎，让他恶心。他抡起自己的手掌，摔打在那张脸上，左右，左右，左左右右，痛快，痛快，痛快，痛快淋漓。那张脸上的眼皮使劲地纠在一起，嘴巴大张着，发出娘啊娘啊的声音。老四摔倒时，双手还护在胸前，老三一屁股就把他的手坐在了腔下，老四那张脸扇起来也就没有了任何的阻挡。

　　外村的女人看见老四和孩子的背影远去了，重又压起煤球来。女人用老四教给她的方法。老四说，用脚踩这儿，你个子小，用脚踩这儿，用肚子往下压，嘟噜就出来了。女人放慢了速度，回想着老四教她时说的话。煤球场上没有了老四和孩子，女人觉得自己像是在孤岛上。女人抬眼望望周围，没有任何人，只有一群苍蝇在孩子的大便上舞蹈着，发出快乐的嗡嗡声。

　　女人最近老在心里合计，这里要是能够长待下去，找个合适的机会，跟猴精说一说，帮帮忙，送孩子进村里的小学，孩子都五岁多了。或者让老四跟猴精说去，不知老四说这种正经事行吗。等孩子上学了，女人再到村南头的小饭店，跟老板说一说，饭点儿过去帮忙洗洗涮涮，择择菜，还能挣几块钱。

母亲突然抬起松奄奄的眼皮说，我想起来了。围在她周围陪伴等待丧子之痛的的媳妇们见老太太睁开眼，赶紧停住嘴里的窃窃私语，等待母亲的吩咐。她们以为母亲想起了关于老四葬礼上需办的事。母亲说，老四的病根早老鼻子了呢。老四八岁那年，跟着三儿在学屋里念书，回家来就说头疼，回家来就喊。我一个寡妇家带三个孩子，一天到晚忙着干活，一家四口得吃饭啊，我就没顾上管他。过了几天，他就吐啊，像喷灌机一样往外喷，不省人事了，弄到公社卫生院，公社让弄到县里，弄到县里，人家就说这孩子来晚了，不能治了。我就跪着求大夫，我这一辈子除了给父母给老祖跪下，就是这次了，我一听四儿没救了，我的腿一软就跪下了。求求你了大夫，我一个寡妇家养大个孩子不容易啊。那大夫是个好人呐，女的，俊着呢，留过洋的，她生生地就把老四从阎王爷那边夺回来了。老四醒过来了，眼睛开了，迷迷瞪瞪地哪儿也不看，就盯着那大夫看。那大夫弯着腰唤他呢，领口开着，里面那罩子就能看见了，我也看见了。人家到底是城里人，留过洋的，里面那东西好看着呢，不像我们那时候，找块破布缠着。老四迷瞪了半天，抬起爪子就摸人家大夫那胸罩子，大夫脸红了，我也给臊红了脸。大夫没怪他，拍了拍他的头笑了笑。老四这种怪病八成是那时候落下的。还真应了大夫说的，老四从那就傻了，遇个事半天反应不过来。人傻了吧，还惦着上学呢，回家来还要跟着老三去学屋，明摆着的事，干搭钱，能学出个名堂来吗？不让他去了，我也就少份负担，帮我烧烧火，干点活。老大干得也没老四干得多，就跟个毛驴一样使唤。头些年，老四就是遇事慢，迟钝，心眼少，给亏也吃。谁知道怎么越来越厉害，还添了这怪病，早晚就死在这上面了。也怪了，三儿从小就和四儿使不着，老惹他。你们不知道，老四从医院回来时，老三就对着他说，你是个傻瓜了，你是个傻瓜了。老四那个号啊，号着，我不是傻瓜，我不是傻瓜。号累了，睡了一觉起来，跟我说，娘，我是傻瓜。我就和那孩子一块号啊，怨谁呢，怨我命不好，早早地就死了男人，孩子跟着我折腾出毛病来，一辈子受罪。我常念叨，让那神灵保佑我多活两年，我撇不下他呀……母亲在回忆中终于老泪纵横，媳妇们的泪跟着流下来。马上一个上了年纪的妇女过来劝慰，不能哭的，该把要走的人哭迷魂了。母亲和女人们是知道这一戒律的，止住悲声，母亲重新耷拉下眼皮，进到自己一生的回忆里。

孩子看见老三骑在老四身上打老四，攥着小拳头就朝老三背上打。老四的腿在三哥身子底下乱蹬，一脚就把孩子踹倒了，孩子爬起来，愣了愣就往煤球场跑。女人见孩子跑回来，满脸的泪，一手抓起自己的树条，一手抓起母亲的手。母亲问，怎么了，别急，告诉妈妈，谁欺负你了？孩子抱住女人的腿就哭，孩子说，妈妈救老四，妈妈救老四。女人随着孩子跑到老四家门口，战争已经结束了，大门紧闭着，听不见任何动静，报信的孩子们在老四家周围玩耍着。女人知道，自己是没有身份进去的，自己一不是亲戚，二不是邻居，只是一个讨饭的女人。女人拽着孩子的手往回走，孩子说，妈妈，老四会被打死吗？我不要老四死，妈妈。女人问，到底是谁打老四？是他哥哥吗？孩子说，是三哥哥。女人松了口气，女人对孩子说，我当是谁呢，老四不会死，哥哥打弟弟是打不死的，老四晚上就会回来的。

晚上，老四没有按女人的估计回到煤球场。第二天没有，第三天也没有，再也没有来。

老四丧礼的总指挥躬着腰进来，将盛满豆秸灰的铁盆放在老四的床头前，老大老二老三都知道那是干什么用的，在他们少年的记忆里积存着很多次家乡丧礼的场景。在他们小的时候，和现在的小孩子一样，婚礼和丧礼都是他们的一种节日，热闹有趣。老三厌恶地看了一眼铁盆里平平整整的豆秸灰，灰白色绸缎一样柔软。老三已经忘记了小时候像门外的孩子一样屏了气观看葬礼的新奇和快乐，他讨厌自己不能左右这个场面，讨厌现在进行着的传统的每一道程序。人死如灯灭嘛，哪有这多事，一烧不就完了。他朝着那老者不耐烦地说，干什么，干什么，端出去，端出去。老者是老三的远房叔叔，在老白杨树村算是德高望重之人，其中很重要的一个原因就是他，也只有他熟知一切婚丧程序，老白杨树村的所有婚丧事都是他来做总管，都是他用井井有条的指挥完成了一件又一件老白杨树村的大事。他用缓慢苍老的声音说，孩子，在这里你说了不算，我和你娘说了才算。这盆里的灰呀，是用来留老四的灵魂印的，从这个印记上，就知道老四下辈子托生成什么了，活着的人也好有数，该善待什么。仪式还是要的，你别以为这就是迷信，共产党盖座楼还要来个奠基仪式呢，拆个房子过个年还要放挂鞭呢，何况咱们。老三肚子里的闷气鼓到脑门子上了，额头上的一根血管在紫红的背景下显出自身的深蓝。老二拍了拍三弟的肩膀，老三看了看二哥和大哥，把口闷气又咽了回去。等老者转身出去，老三对哥哥说，咱娘也真是，非要来这一套，没任何意义。四弟也是，这都几天了，我单位里还忙着呢。就知道娘会搞这一套，我都没给任何人打招呼，这算什么，传出去，不成我带头搞迷信活动了，影响不好。老大说，三弟，都什么份儿上了，你还说这些有什么用，娘说得有道理，总得让四弟体体面面地走。咱哥儿三个，对四弟也太不够关心了，尤其是我这个当老大哥的。父亲去世得早，老四的今天我是有责任的，大小子告诉我，老四这种病在早期注意治疗是可以治愈的，咱们都知道四弟有这怪毛病，咱谁都没放心上过。老三说，你以为是头疼感冒呢，说治就能治，他变态，丢人。老二说，三弟，别犟了，大哥说得有理，小的时候四弟还和我们一起吃饭，可自从咱们都外出读书后，尤其是参加工作后，你想想，四弟和咱们一起吃过几顿饭？好像是从咱们和娘那里都认为给四弟点儿东西吃就行了，从没让他跟大家坐在饭桌前，兄弟们间说说聊聊，他的事咱也就没问过。四弟是缺心眼，我现在检讨起来，估摸着他也和正常人一样呢，有欲望有想法的，他的病跟这个就有关系。老三觉得哥哥的话有道理，可若点头认可，就显得自己的作为太说不过去了。他想了想说，四弟怨不得咱们的，他要是正常人，咱哥儿几个谁不帮他，就是他自己没本事，咱谁还不能帮他安排个工作，他这样，想帮也帮不上啊。话是这么说，哥哥们的心里在等待老四咽气的时候，不约而同地产生了同一种感觉。他们沉默下来，继续专注地看着老四即将永远消失的脸。

老四也是在村口打瞌睡时和外村女人相识的。那一天老四的瞌睡特别香甜，孩子们拿猫尾巴草戳老四的鼻孔都戳不醒他。后来一个孩子想起来用水往老四脖子里灌，但用水还要回家去取，挺麻烦，灵感一来，掏出自己的小鸡鸡，把现成的水就往老四脖子里尿。女人和孩子流浪到了老白杨树村，女人见路边有些丢弃的菜叶，就去捡了放在方便袋里，撒上盐，腌两天就可以当咸菜吃了。孩子开始远远地望着孩子们的快乐，不一会儿就站到了孩子们的队伍里。他们的兴趣都在老四身上，对外来的小叫花子没有表现出任何的关注，孩子跟他们一起乐着。可是当那个"小鸡鸡"自以为表现聪明的时候，孩子举起了他手里的树条，朝那个小鸡鸡打去。战争开始了，脖子里被灌进尿的老四和孩子结成了同盟，老四真发起怒来，孩子们是害怕的，他们一哄而散。

老四看着女人手里的菜叶子问，你们是走亲戚还是要饭的？女人说，要饭的。老四说，我有饭给你们吃。女人将信将疑地看了看穿着古怪的老四，拿不准老四是疯是癫是色是傻还是变态。老四已将孩子举起来放到了脖子上，老四唱，嗨呀嗨呀……，孩子揪着老四的头发兴奋得连声叫，妈妈快看妈妈快看，我长高了。女人觉得老四大概不会有什么危险，大不了就是会强奸她罢了，女人横下心跟老四去了煤球场。老四拿出自己的剩饭给孩子和女人，说，快吃吧。女人和孩子很香地吃，老四使劲地看着他俩的嘴巴。老四对女人说，你在这里吧，这里有饭吃。女人抬起头看了看老四，老四的眼睛已经转到一排排的煤球上去了，女人明白了。女人信任地问老四，我能行吗？老四说，能行。

猴精听孩子们说老四领了个女人去煤球场了，心里觉得稀奇，就到煤球场来看个究竟。猴精一看还真有个女人，猴精笑了，老四真有你的，不但弄个女人，连孩子都有了。女人看了看猴精，女人对这种脏话已经习以为常了，她知道为了生存和安全，必须让这些话语在到达自己的耳朵前就飘散在空气里。老四说，让她在这里压煤球。猴精看了看站在老四身边的女人，一米五几的个头，黑瘦黑瘦的，榨也榨不出四两劲来。猴精说，她不行，这是力气活，她没劲。老四说，她有劲，她腚大。猴精说，老四，谁教给你的道道，腚大就有劲啊？你老婆就腚大，老四有理有据。气得猴精笑起来，你不地道啊，什么时候偷看我老婆了。老四笑了，笑猴精傻，还用偷看吗，腚谁看不见，你老婆推车子，腚一踺一踺的。

猴精转身想走，不跟你废话了，不行不行的。猴精把最后一个字音拖得长长的，一种好心情下对孩子说话的语气。老四闷闷地说，我给贾老五家压煤球去。猴精迈出去的脚后跟被老四这句闷闷的话钉在地上，猴精眨了眨紧绷绷的小眼皮，回过身来对女人说，看老四的面子留下你，论个，压一个一分钱，不能和老四的混了，要不，别怪我不客气。

女人没有任何证件，虽然保住了秘密，却使女人和孩子的生存产生了困难。没有人敢接受来路不明的人做工，尤其是女人。即使有同情心，政策也不允许，女人没有计划生育管理证明，谁也不会自找麻烦，除了那些打算临时赚女人便宜的男人。女人很是感激老四，心怀揣测地感激着。

女人等待着老四对她的身体提出要求，或者说表示出兴趣。女人从离家的第三晚就明白了这一点，那个开着一辆头小身子长的货车的男人在那个晚上对她说，我本想做个好人，不对你生出非分之想的，可是，可是，我一个月没挨女人的边了。你在这里，三天来，我快要憋死了，如果你同意，我们来，行不行？男人说这话的时候，车行驶在福建省北部的山路上，男人的手在方向盘上痉挛着，因为欲望或者是激动、害臊。女人看了看那双手，女人突然觉得如果不马上阻止它，它会颤抖着把整辆车子带到悬崖下。并不感到意外，从那个雨夜登上男人的驾驶室的那一刻起，女人就知道这个时刻会来临。她想象的要比这个更为复杂，比如强奸、要挟或者自然、假装自然，她没有想象到男人的手会在方向盘上痉挛。既然一切都在预料中，也就没有什么惊慌可言，女人看着那双手，急忙对男人说，你停下来吧。

男人把车停在路边，低眼看着自己绞在一起的手指，我好像有点不是人，你在难里，我……女人说，没什么，别让孩子看见。男人和女人一起回头看了看后座上正熟睡的孩子。男人说，去车厢里吧，里面的货没满。女人下车随男人往车厢走去，一个声音在女人的耳朵里飘荡，吃屎也要活下去，吃屎也要活下去。

车厢里堆着一袋袋的橘子，男人先爬进车厢里，伸手来拉女人，女人于漆黑里闻见了新鲜的橘香。男人说凑合一下吧，都是橘子，好在不是苹果，不会太硌人的。女人摸索着解开衣服的扣子，女人看不见自己的手，看不见男人，女人只看见黑暗，闻见新鲜的橘香。女人觉得一切都像是在梦里，女人只在梦里见识过这样的黑。男人摸索到了女人的脸，由脸往下，男人定好位后，将女人的身子放倒在橘子上面……

女人对男人说，你先回驾驶室吧，我自己待一会儿。男人关切地说，别久了，这里面缺氧。女人觉得这车厢里的黑暗给她铸造了一层遮蔽，厚厚的，牢固的，谁也看不见她，谁也找不到她。谁也伤害不了她，包括刚刚从她身上离开的男人，只是一个梦，黑暗中的一个幽灵。女人翻转身子趴在橘子上，女人这一刻多么希望在这漆黑的橘堆里，变成一个橘子，没有苦难，没有丈夫，没有孩子，没有生活，没有性别，没有责任，没有忧愁，没有感觉，没有恐慌，只是一个劲地长，长得酸酸的甜甜的，被堆成堆，装进袋子，陈列在果摊上，被人购买，被人吃掉，被人回味，种子掉到地里，再一个劲地生长。橘子将男人洒泻在女人体内的浓稠液体挤压了出来，提醒她是一个女人，会做爱，会生孩子，会流泪；有欲望，有灾难，有孩子，有一个睁着眼睛死去的丈夫，有一个器官可以容纳男人的浓痰——对，是浓痰。随着男人大叫一声之后，男人边咳嗽边痉挛自己的身体，女人成为了男人的痰盂，男人从身体的两个出口往痰盂里吐着痰。女人在自己变成的痰盂里看见了丈夫慢慢伸展的手指、盯着她的眼睛。女人回想起吸毒前的丈夫，回想起恋爱时的海誓山盟，生产孩子的疼痛和喜悦，女人的眼泪掉进漆黑的橘堆里。女人多么希望那些都是别人的生活，她只是一个橘子，或者只是一个在车厢里和货车司机做爱的人。

　　老大家的二小子越想越觉得是自己害了四叔。不过这话他永远都不会对别人说，尤其不能对三叔、二叔和父亲说，就像四叔不对别人说一样。是他给四叔买了第一个乳罩，他没有想到会有今天。那时他在学校里得了一百五十元的奖学金，平生第一次有了自己的小私房儿。他回到老家探亲，他带着四叔逛县城，让四叔见见世面，他没有别的意思，只是想让四叔高兴一下。他对四叔说，看中什么，我都给你买。他给四叔买了一件防寒服，领着穿上新衣服的四叔在商场里尽情地看，他向四叔讲解所有他们看在眼里的东西。四叔的眼睛盯在女人的乳罩上面，目不转睛，光彩流转。他凑近四叔的耳朵说，那是女人的玩意儿。他试图把四叔拉走，他怕别人发现造成难堪，他说，走走走。四叔挣脱他的手，一个劲地看，就像是他小时候看人家吃好东西的嘴一样。看得二小子于心不忍，他试探地说，四叔你要是喜欢，我就给你买一个，你要是不要这个，我就给你买一双漂亮的棉鞋。四叔说，我要这个。二小子哭笑不得，四叔你要这个有什么用，你又不是个女人。最终他还是给四叔买了一个，白棉布做的，罩杯上用白线绣着花，六块五毛钱。为了惩罚四叔，他没有给四叔买棉鞋，四叔依然光着黑黑的脚丫子穿着他的解放球鞋。他记得回来后，曾对奶奶说，是不是该给四叔找个媳妇。奶奶说，好人家不会跟他，只能找个傻子，一个傻子都头疼，一对傻子还不要了我的老命。知道三叔烧了四叔的乳罩，四叔莫名其妙地心律减慢，血压下降，吃什么吐什么后，他在心里问了自己上千遍，如果当初不带四叔进城，如果他当初给四叔买的是棉鞋，四叔会不会就不是这副样子呢？可是，他没有带四叔打耳朵眼，四叔的耳朵眼是怎么扎上的，谁也不知道，这在老白杨树村是一个谜。人们只是在某一天突然发现老四戴上了耳环，老四的衣服里面戴着女人的奶罩子，人们因为这一破天荒的发现，兴奋着，传播着，讥笑着，取乐着。有学问的人说，等着看好戏吧，老四会偷女人用过的东西。人们开始等待着老四偷女人东西的日子，等待一个理由揍揍傻子，等待一个令人兴奋的话题。人们一直没有等到，人们开始怀疑有学问的人。

　　外村女人认为老四定是想女人想疯了，才穿女人东西的。女人忐忑不安地等待着老四对她有所表示。女人想，能让这么一个傻傻的好人当回真正的男人，也算是对他最好的回报了。可是日子越久，老四越像是女人和孩子的一条忠诚的看门狗，他只是睡在地铺的最外侧，靠近门口处，从没有跨越过他和女人之间的孩子，哪怕一条腿。他只是一味地打着他的呼噜，就像白天他一味地压煤球。老四感兴趣的就是和孩子玩耍，把孩子架在脖子上开飞机。女人糊涂了，流浪以来老四是第一个让他看不透的男人。

　　女人把用来盛水涮煤球模子的大铁盆洗干净了，哄劝孩子洗澡，孩子说，我不洗。女人说，听话的好孩子都要洗澡的。孩子说，那老四也洗澡。老四是大人，他洗澡在河里洗的。孩子说，不，老四洗我就洗，老四去河里我去河里。老四一直兴趣盎然看着发拧的孩子，老四说，我在盆里洗，你去河里洗。说完，老四两下脱去了所有的衣服，坐到了盆里。孩子高兴起来，他尖叫着，我洗，我洗，跳到盆里，水溅到老四和孩子的身上，立马有黑黑的水道道流下来。女人终于看见了老四的下体，白白的，很乖很乖地悬垂在那里，仿佛一个熟睡的婴儿。女人明白了，那是一个不会朝女人吐痰的婴儿。

　　女人洗了乳罩晾在树枝上，像一个蜂窝，在那里随风颤动。老四是唯一一只巨大的蜜蜂,他毫不掩饰地转来转去,瞅来看去。老四对女人说,好看,真好看。那神情像是羡慕人家过年穿新衣的女孩子,女人恍然,送人要送别人最喜欢的东西,老四喜欢乳罩,自己早就知道,却没有早一天送他。女人歉疚地对老四说,等它晾干了,我缝一下送给你,有点小呢。

老四的嘴角动了起来,像是轻轻地嚼着什么。老大先看见这一变化,招呼老二老三看,马上消息传出去,总指挥官匆匆进来,观察了一下说,八成是有话要说呢,快了快了,回光返照呢,赶紧靠近点,听听他最后有啥要求。老大老二老三都把耳朵凑近老四的嘴巴,老者在一边密切地注视着,以便审时度势。哥哥们将伸得酸疼的脖子抬起来,朝老者摇了摇头。老者已观察到老四的眼皮在动,赶紧示意哥哥们新的目光积聚点。

老四的手指像给孩子挠痒痒一样,在孩子熟睡的脸下动起来,孩子醒过来,睁大眼睛看着老四的嘴巴。孩子转身往屋外跑去,一分钟后,孩子回到了原来的位置上,把一团东西塞在老四的手里。老四的眼睛像是交足了过路过桥费的车辆,关闸为它徐徐地打开,老四的眼皮下流泻出微弱的光,像一个电量不足的摄像机,从他哥哥的脸上慢慢地转到孩子的脸上。他对孩子动了动嘴角,孩子很响地吸了一下鼻子。老者早吩咐人把信息报到了西屋,让西屋的媳妇们扶母亲过来让老四看最后一眼。看清楚了孩子塞进老四手里的东西,正是老四挨揍那天戴着的乳罩,老三想不到竟是这个来历不明的小崽子帮老四藏了起来,这不是故意跟他做对吗?老三伸手来拽老四手里的罩子,同时对着孩子小声而严厉地吼,出去。老四的目光聚在三哥的脸上,他对那张脸说,我招你还是惹你了?

老四的声音很虚弱,但是所有的人都听见了这句话,刹那间,老三和所有的人都惊呆了,谁也没想到老四还能说出话来。在人们愣神的瞬间,老四走了。最后的话用尽了他毕生的力气。鼻孔里的几根黑黑的毛毛停止了颤动,老四的耳坠静静地悬在老四的耳朵上,老四的眼睛因为没有足够的力气只闭到了一半的位置。老者走过来用凸现着青筋的手轻轻地将老四的眼皮拂下来,拿一张早已准备好的烧纸盖在他的脸上。母亲和媳妇们刚走到门口,又接到新的指令,退回到西屋。堆在门口伸着脖子看热闹的孩子们被低声地轰走,比老四辈分小的女人和男人们走进堂屋开始发出哭的声音。老大老二老三被老者按照传统清退出来，湿着眼睛看着人们虚情假意地按照传统大放悲声。老三想起忘记了将老四的耳坠绞断，又想到还可以用送汤的空当来干这件事。老三从小就知道，人死后，哭着的晚辈们要在指挥官的指挥下，跟随一个挑汤罐的人来回走三遍，哭三遍，名曰送汤。老三便密切注视起老者的指挥来，他想，反正不能让老四不男不女地进火葬场。

早有几个老婆子将看见的豆灰盆里的印记告知母亲，她们肯定地说，反正不是小脚丫的印，说不准像什么，好像猪，又好像马驴骡一类的蹄印，不太清楚。她们一边说一边难为情地看着母亲松耷耷的眼皮，她们都知道，只有今世修行好的人才能有幸来世再为人。她们都希望看到的是小脚丫的印，那样她们可以用恭喜的语气告知母亲。很遗憾，但她们必须实事求是，这是规矩。母亲的泪从松耷耷的眼皮下渗出来，母亲说，好呀，好呀，这样我儿就不用再受为人的罪了。

二小子被老者从哭泣的人堆里拽出来，你不能光顾了哭啊，你还有重要任务呢，你得给你四叔指路。二小子说，我，我，我哪有本事给四叔指路啊。老者不知道他心底里的疼痛点，没有人知道。老者以为他不愿意干，严厉地批评他，你不指，谁指？你哥没来，老二老三家都是女孩，你四叔又没有自己的儿子，你这孩子怎么不懂事，亏你还是个大学生呢！老者最后颇有些鄙夷地加了一句。

二小子按照老者的命令，全身穿上白布缝制的衣裤，用白布缠了头，站在奶奶陪嫁的栗色方机上，手持竹竿，以六十度的斜度指向西南。他背诵着老者教他的话，爹，爹，上西南。宽宽的大路，长长的宝船，甜处安家，苦处使钱。老者说，记住了，一定要说爹，不是叔，这样你四叔就有后了，阎王爷就不会把他划为孤魂野鬼。他背诵完指路词，从奶奶陪嫁的栗色方机上下来前，在心里叮嘱四叔，四叔，这回你可千万别走错了路，人家都去西南，你别错了，错了要吃苦头的。

等外村的女人得到孩子的报信后，老四已经被人们用一领高粱秸编制的新席子包裹着，麻绳捆着席子的两头，被几个男人抬到拖拉机上，老四穿了新皮鞋的脚露在外面。二小子和另外五个男人分坐在老四的两边，拖拉机拉着老四和他们朝县城的方向开去。

老四的脚随着拖拉机的颠簸晃动着，像是两只戴了皮手套的大手在做着再见的动作。女人哭着对孩子说，快，跟老四再见……

（原载《山花》2009年第9期）

幸福的生活

幸福从梦里惊醒过来，猛烈地咳嗽了几声，朝着床前酱红色的塑料桶里吐了一口黑乎乎的浓痰。浓痰落在他和老婆儿子积攒了一个晚上的尿液里，发出沉闷的声音。他从枕头底下摸出纸烟，点了火抽起来。他老婆张腊梅踹了他一脚说，吐吐吐，一天到晚抽抽抽，看哪天不抽死你。

幸福把一口打算咽下去的烟在嗓子眼里拦截住，连带着在梦里的恐慌，长长地吐出来。幸福说，别胡说八道，做了个梦不好呢。张腊梅说，啥梦？贾幸福说，做梦下雪呢，哎呀，那雪下得我心慌，吓得我心惊肉跳，好像那不是雪，是刀子，是玻璃片子。有一个老太太在扫雪，好像是俺姥娘，从我身上往下扫，就是扫不干净，我就眼看着那些刀子玻璃片子插进自己的肉里，吓得我一下子醒了。张腊梅披衣坐起来，软塌塌的乳房耷拉在肥胖的肚皮上，她把两只胳膊环抱着，两口子对视着。幸福说，是不是梦见下雪会有灾？张腊梅说，好像是说有会白事吧，可能我三爷爷要不行了，昨天就听说一口气只出不进了。

幸福思忖了一下问，你三爷爷？

张腊梅的三爷爷是个孤寡老人，年轻的时候曾经也有老婆有儿子的。儿子七岁那年在河里洗澡淹死了，张腊梅的三奶奶天天坐在河边哭儿子。有一天，张腊梅的三奶奶对张腊梅的三爷爷说，你回家给我和孩子拿饭去吧。张腊梅的三爷爷拿了饭回来的时候，张腊梅的三奶奶已经被别人从水里捞出来，放在河边上的草丛里。张腊梅的三爷爷从此后天天手里拿把铁锹，见沟填沟见河填河。人们都认为早晚有一天会在水里发现他的尸体。

幸福叹口气说，你三爷爷当初要是有俩孩子的话就不会变成后来这个样子，你三奶奶也不会死。这当父母的人呀，就得有孩子牵挂着才能够在大灾大难里活下去，你说是吧？大孩子死了，要是还有别的孩子牵挂着才能行。再说了，一个孩子太少了，连个伴都没有，长大了，老了，连个亲戚都没的走动，多孤单，两个正好。张腊梅哼了一声说，这道理谁都懂，可国家不允许呢。幸福说，我就不相信国家多了咱一个孩子就不行了，咱们国家地大物博。幸福想起了小时候地理课本第一页第一段的第一句，我们的祖国地大物博，有九百六十万平方公里。幸福忧心忡忡地看着张腊梅肥胖的肚皮，压低声音说，你怎么回事，老没动静？张腊梅摇摇头，看了眼身边熟睡着的儿子如意，说，前几天找人问了，说我可能是输卵管堵塞。幸福努力去想输卵管的样子，没有想出来。他疑惑地说，那东西又不是下水道，怎么能堵呢？张腊梅说，人家说可能是上次流产的后遗症，说再怀起来可就难了，除非把它通开。提到上一次流产，幸福的嘴角哆嗦了两下，他把几乎烧到手指的烟屁股扔进尿桶里。烟屁股发出吱的一声，一个圆圈在黄黄的尿液上诞生，一丝青烟在产生的瞬间消失了。贾幸福看着漂浮的烟屁股说，那赶紧通去。这次我打听出好办法了，花三百元钱办一个出国打工的证，这样就不用隔三差五地接受检查了。找个地方藏起来，这次谁也不告诉，谁也找不到。张腊梅叹口气。幸福说，叹什么气，把钱盒子拿给我。

幸福的钱盒子是他母亲留给他的。钱盒子是用几块未打磨的杨木板子钉成，上面的一块木头板子是活动的，用自行车的旧轮胎和其他木头板子连在一起，构成了幸福的钱盒子盖。张腊梅扭身从头顶的货架子上把钱盒子拿下来，递给幸福。钱盒子里有两摞钱，左边的一摞是幸福开摩的挣来的，右边的是张腊梅经营小店所得。平日里，幸福对钱盒子有着严格的管理规定——左右两边的钱坚决不能混淆。

起初，张腊梅对幸福的规定很不以为然。她每天把收到的五元以上的大票随意地扔进幸福的钱盒子里，搞得幸福每天晚上临睡前要对着几张眼生的钱左看右看，回想是不是自己挣来的。后来，幸福开始记账，把自己每天挣得的钱都记录在一张小纸片上。比如：去菜园村五元，去城东大街三元，去酒厂四元，吃午饭一元……晚上对照着纸片就能把两个人挣的钱分清楚。他把自己挣的放在左边，张腊梅的放右边，并严厉警告张腊梅，要是再不遵守规定，他挣的钱就不放在钱盒子里了。张腊梅问，不放钱盒子里放哪里？幸福低头喝着茶碗里的散装白酒说，告诉你和放在钱盒子里还有区别吗？张腊梅搞不懂幸福的肚子里到底藏了什么歪歪心眼子，非要把两口子的钱分得一清二楚。一天晚上，张腊梅看着幸福扒拉完钱盒子，趁幸福不注意，她一把抢过钱盒子抱在怀里，对目瞪口呆的幸福说，你说，你心里面到底存了什么样的不良念头，非要和我分那么清楚？你要是不说，我就烧了它。幸福看了一眼旁边的煤球炉子，说，我什么歪心眼子也没有，就图心里有个数。张腊梅说，一家子的钱合在一起就没有数了？非要分着放才有数？幸福说，这样才能知道我一天挣了多少钱，你一天挣了多少钱，我一年挣了多少钱，你一年挣了多少钱。平日里花你挣的，我挣的全部存起来，留着大事上用。张腊梅转了一下眼珠子说，那你到老了会说，咱家的钱都是你挣的，我怎么办？幸福说，要不就平日里花我挣的，存你挣的。张腊梅想了想，半信半疑地说，还是存你挣的吧，只要你没歪心眼子，存谁挣的还不都是咱一家子的。张腊梅开始自觉地把自己每天的所得整理好，预留出第二天批货用的钱后，整齐地放在钱盒子的右边，上面拿块小石头压着。

　　分清楚后，张腊梅才知道自己小店的收入比起幸福开摩的来差了一大截。张腊梅的小店在旺季里一天能有二十元左右的利润，淡季里只有三元至十元的利润。遇到特倒霉的事情——收到假钱，或者成条的烟卷被别人掉包，就会把一个月甚至更长时间的收入砸进去。慢慢地，张腊梅话语里的硬度在变软，尤其是在幸福的旺季里。幸福的旺季大多在春节前后，和五一、十一这几天，在外面的人赶回家过节，幸福的客人就多起来。对那些路远的乘客，幸福会留下他们的电话号码，或者把自己的手机号告诉人家。过节前，幸福就主动给人家打电话问回不回家，什么时候到站，问清楚了，他就等在车站上，像家人朋友一样迎接。有一次，幸福送一个急于回家过年的客人，来回跑了七百多里地，挣了三百元钱。虽然回到家累得站都站不稳当了，可那个夜晚，成为幸福开摩的以来最荣光最难忘的夜晚。那天晚上，张腊梅给幸福打了一大盆热热的洗脚水。两口子就着昏黄的灯光对三张百元钞票进行了仔细研究，最后确定没有任何问题，幸福找了一块纸板垫在钱盒子里，他对张腊梅说，以后五十以上的钱放在纸板子底下，攒够了二百就存到银行里。

幸福的存折上数字在逐渐增加。四年下来，幸福和张腊梅发现他们已经成为万元户了，三万元。存折上的数字出现30000的这一天，幸福和张腊梅心情激动地关了房门，把那张绛红色的农行存折上3后面的0数了好几遍。张腊梅笑着用粗糙的手指戳着3对幸福说，你快看，就跟个蚂蚁拉了四个米粒子似的。你说银行里不会有事吧？电视里可说过，有一个地方银行里的人不地道，造假签名，把钱都提走了。幸福把存折从张腊梅的手指头底下抽出来，合上，用手掌压了压说，人家说了，这东西不能折，不能放在潮湿的地方，还不能和手机放一块。知道了，张腊梅说，问你呢，放银行保险吗？幸福把存折递给张腊梅，自己跪在地上从床底下掏出张腊梅的鞋盒子。幸福把鞋盒子打开，里面是幸福的大姐送给张腊梅的旧棉皮鞋。幸福把存折小心地塞进鞋里，把鞋盒子放回原处说，你就放心吧，那毕竟是少数，不是还被发现了吗？放银行里最放心了，有密码，小偷都偷不走。张腊梅说，密码是多少？幸福说，你知道的，是咱们家最重要的日子。张腊梅嘟囔着，最重要的日子？哪一天？幸福说，想不起来就算了。他趴到地上看着床底的鞋盒子，吧嗒了两下嘴说，我觉得还是放钱盒子里吧，别哪天忘了，把鞋盒子当废纸壳卖了。幸福把存折拿出来，放进钱盒子纸板下面的左侧。张腊梅看着他，突然注意到幸福原本白净的脸膛，不知什么时候起已变成酱色的了，皱纹也在眼角和额头上出现了，使得幸福的脸看起来就像抽了几条丝的褐色旧布。张腊梅心里一热说，风里来雨里去的，挣几个钱容易吗！她伸手在幸福的额头上抚摸了一下。幸福抬起头嘿嘿地笑着看张腊梅，他心里突然冒出一个响亮的声音：我贾幸福也不怕罚款了！幸福把张腊梅抱起来扔到床上。张腊梅说，大白天的，让人笑话。幸福说，谁笑话谁，大家都一样。幸福在即将结尾的时候趴在张腊梅耳朵上说，咱们也不怕罚款了，再怀一个娃吧，要是个闺女，咱就儿女双全了。等张腊梅打开房门出来，卖凉菜的邻居指着一个骑自行车飞奔的背影说，大白天的躲屋里干啥？买卖也不管了，我回头的工夫被那人偷了一盒烟。张腊梅笑着朝那个背影骂道，缺德的畜生，生个孩子没屁眼！幸福走出来，扛起他的钓鱼竿——一根细长的旧竹竿往河边走去。张腊梅朝着他的背影喊，你得空就知道守在臭河沟边，眼里一点也没活儿。人家谁不是放下锄头拿镢头地干,就你懒死了!话虽然是一成不变的,语调里却分明掺着宽容和快乐。

幸福翻开钱盒子,伸手把左边的一摞钱掏了出来,又歪着头往里看了看有无遗漏。手拿出来的时候把右边的钱碰散了,他看了一眼说,这是几天的?就这么点呀?张腊梅叹口气说,从村后面的新路通了以来,什么时候多过?你又不是不知道,干吗说这风凉话?我又不是吃里爬外的人,虽然娘家穷,可我从来没有背着你给过他们。幸福嘿嘿干笑了两声说,女人就是小心眼。他右手食指在嘴唇上沾了唾沫,和大拇指碰了碰面,一张一张地捻着钱数起来。数完了,他翻开存折看了看上面的数字,在心里面把两个数字进行累加。片刻,幸福叹口气说,整三个半月了,还没挣回本儿来。
张腊梅问,还差多少?
五百来块。幸福说着,再点一遍钱,五百三,存折上是两万九千二,这是二百七,还差五百三。

30000,那拉着四个米粒子的蚂蚁,在幸福的存折上只待了一个星期,就变成了26000。幸福的摩托车坏了。修理行的人说,发动机坏了,前后减震都坏了,最多值一百块钱,已经没有修理的必要了。幸福只得恋恋不舍地把他的旧摩托车卖给了修理行,从存折上提了四千元买了辆新的。买了新摩托车的那个晚上,幸福在床上辗转反侧,直到深夜才睡去。他在睡觉前对张腊梅说,很快就会挣回来的,我保证不出四个月就把本儿挣回来,到那时,我再钓鱼。张腊梅说,你能不钓鱼了,那日头可得从北边出来,从西边出来我都不相信。幸福突然火了,他在黑暗里瞪着眼珠子朝张腊梅吼道,不相信你等着看呀,我就是钓又能怎么着,不就钓个鱼吗,我又不打牌,又不赌博,又不偷女人,不就钓个鱼吗?张腊梅气哼哼地说,人家都打牌都赌博都偷女人吗?还不就钓个鱼吗?钓鱼多耽误工夫呀,你天天从城里回来就蹲在河边,也不替我一会儿,钓那些小柳树叶子似的鱼鳞子,吃吃不着,只能喂猫。幸福说,你懂个屁,那是为了吃吗?那是个爱好,等我攒够了三万块钱,我就去买根真正的鱼竿。张腊梅说,你敢花那闲扯淡的钱,我就敢给你弄折了。幸福闷闷地闭上眼睛。张腊梅知道幸福的火是因为心疼钱才发的,见幸福闷不作声,用脚踢踢幸福的屁股说,我知道你疼钱,钱也不是一天挣的,哪有光挣不花的。我虽然老是说要弄折你的钓鱼竿,不也从来没真干吗……

钓鱼是幸福最大的爱好。他每天从城里回来,放下摩托车就拿起他的竹竿和一个铁皮小桶去钓鱼。去的时候,小桶里是一点面团或者一两条未成年的蚯蚓。他用指甲把蚯蚓掐成段,或把面团团成小团,穿在鱼钩上,放进河水里。他一手拿着鱼竿,另一手拿着烟卷,任凭时间在等待里悄悄地过去。运气好的时候,幸福会钓到三四条小鲫鱼,幸福用铁皮小桶盛着它们,回去先让儿子玩,玩够了,小鱼也就停止了呼吸。幸福在张腊梅炒菜的时候把它们扔进热油里,热油发出噼里啪啦的声音,儿子如意就会瞪圆眼睛吸着鼻涕看着逐渐变得焦黄的鱼,香喷喷的炸酥了骨头的小鲫鱼眨眼的工夫就消失在他的嘴里。如意总是边吃边说,爸,你要是每天都能钓到大鱼就好了。张腊梅一手端菜,一手扒拉他儿子说,离远点,别让油点子崩到身上,你爸要是天天钓到大鱼,咱们家的菜就天天腥兮兮的。

十有八九的日子里,幸福钓到的都是小柳叶一样的鱼鳞子。开始的时候,幸福的儿子把那些小鱼养在脸盆里,天天往里面扔馒头渣,天天把它们拿在手里端详小鱼是否长个儿了。总是过不了三天,那些贪吃而不长个儿的小鱼就会鼓着肚皮飘在脸盆里。幸福就会把他家的猫抱在怀里,从脸盆里把死去的小鱼捞出来,一条一条地递到猫的嘴边。猫总是每吞下一条小鱼就发出一声满足而讨好的喵。后来,慢慢的,幸福的儿子只要看见爸爸带回来的是些"小柳树叶子",他就会朝猫喊,过来,给你好吃的。那只黄白相间的小母猫立刻朝他发出温柔的喵喵声,伸出又薄又柔软的舌头舔着嘴唇,蹲下身,仰头看着,眼睛里满是贪婪和期待。如意把手伸进幸福的铁皮小桶里,抓住一条捏死一条,把所有的小鱼一把拿出来撂在地上。喵,猫发出尖厉的惊喜声。这样的时候,幸福就会责备儿子,分顿儿给它呀。张腊梅听了就会笑起来。张腊梅笑的时候,鼻子上堆满了皱纹,还会伴随着嘿嘿的声音。张腊梅会笑着对他儿子说,你爹以为自己钓来的是金鱼呢,宝贝得不行,塞牙缝都不够,还分顿儿呢。

幸福把钱放回盒子里,对张腊梅说,我估计得准吧?四个月准能挣回来。

张腊梅说,快挂牌去吧,我整天提心吊胆的,万一被交警抓着又要罚款了。

　　幸福把两只手扣在一起，伸个懒腰说，听人家说，下个月挂牌的费用会降下来，到时候再挂吧。我平时注意着呢，隔老远一看有警察我就绕道，抓不着的。等下个月，等挣回本钱来，我就挂牌去。

　　张腊梅说，驾驶证不也早该换了，听人家说，现在可严了，要是抓着了，罚款狠着呢，交警上就靠这些个罚款发奖金呢，每个月都好几千地发。

　　幸福又点上一支烟，深吸一口，然后把烟直着吐出去。烟雾在张腊梅面前散开，她挥手扇了扇，嘟囔说，那烟怎么就不能少抽两口？少抽两口能怎么着？幸福不接话茬，他再吐一口烟，说，你以为我不想什么都办得齐全呀？什么都齐全，见了谁也不心惊，怎么查都理直气壮。我平日里一看见警察心口就像有针扎一样疼，可是咱挣的那点钱要是把什么都办齐全了，就剩不了几个了，这个费那个费的。张腊梅说，你不是说刮冷风的时候或猛地有动静惊着你的时候才这样吗，怎么见了警察也这样？我觉得你还是去医院查查吧，别是心脏真有毛病。幸福哼了一声说，又不是什么大事，还去医院？你以为那医院那么好进？挂个号就五六块钱，够咱们吃一天的。何况只要你去了，大夫总能给你找出毛病来，一花就是上百上千的，医院可不能随便进。等二姐回来的时候或者往家里打电话的时候问她一声就行了。张腊梅说，马上就国庆节了，她回不回来？你这两天就打电话，要是真回来的话，不正好让她带点药回来，就省下咱的钱了。

　　幸福有三个姐姐。幸福的娘在生下幸福的时候，幸福的爹给她做了一碗荷包蛋。幸福的娘泪眼蒙眬地看着四个荷包蛋在红糖水里晃悠着雪白的身子，心里面百感交集。在没有出嫁的时候，幸福的娘就听说女人生了孩子以后要吃红糖水荷包鸡蛋。幸福的爹愧疚地说，四个蛋，都吃了吧，把前面生三个丫头的都补上。幸福的娘先喝了一口热热的红糖水，再一口咬掉半个荷包蛋，她慢慢地嚼着，品味着又甜又香又脆又软的感觉，品味着作为产妇被关爱被照顾的感觉。幸福的娘吃完荷包蛋，问幸福的爹，咱缸里有多少麦子？大缸里满满的，幸福的爹说，满满的呢，比往年都多，还有半囤地瓜干，还有好几挂玉米棒子，明年不用担心闹饥荒呢。幸福的娘放下饭碗，缩进被窝里伸了个懒腰说，那这个小儿就叫幸福吧。幸福的娘看了看旁边小铺上像小狗一样熟睡着的三个丫头说，就到此为止了。幸福的爹说，行，到此为止。幸福的娘说，虽然前面是三个丫头，可是不许你偏心，个个都要上学，哪怕是要饭也要孩子上学。幸福的爹嘿嘿笑着说，行，听你的。幸福的大姐没考上学，因为长得出众嫁到了县城里，姐夫拿出所有的积蓄给她买了城镇户口和工作，可惜没上两年班单位就倒闭了。二姐在省城一家不大不小不够兴隆的医院里当护士，三姐在一个遥远的乡镇中学里当老师。虽然都是距离小康水平有一截距离的日子，可也足够张腊梅和幸福为之满足、为之骄傲的了。幸福的姐姐们不但一再表态不会和幸福争爹娘的家产，还会在过年的时候给幸福的儿子成百的压岁钱，把替换下来的衣服成包地送给他们。

幸福看看窗外，天还没亮。他欠起身，伸手够过墙角里的钓鱼竿，上面的鱼钩已经生锈了。幸福把它拆下来，在墙上来回蹭了蹭，拿枕巾搓了搓，重新拴上。张腊梅知道幸福过不了多久又会蹲到河边，不到天黑不回来。她又会每天气哼哼地在暮色里看着他扛着他的破竹竿，提着那个小铁皮桶回家，她的菜里又会发出腥兮兮的味道。张腊梅说，别擦了，一个破钩子跟宝贝似的，把本儿挣回来也不许再钓鱼了，我就吃不惯菜里那股腥气味，要吃鱼就买去。幸福拽了拽鱼钩子上的线头说，买鱼多贵呀，不会享受，吃不花钱的鱼还不乐意呢。张腊梅说，你要是能钓个三斤两斤的，真够腥回嘴的也就罢了。幸福说，会有那么一天的，等咱们攒够了钱，供儿子上完大学，给他盖上房子，到那时，我就买根真正的鱼竿，到水库里到海里去钓，四五斤的也能钓着，我那时候就带着饭，一钓钓一天。张腊梅说，有本事别吃饭呀，喝西北风钓鱼。幸福笑起来说，我在城里经常看见老头钓鱼，老太太送饭的，还没说让你送饭呢，就不乐意了。张腊梅躺下去，从幸福的腿底下拽了被子盖在肚皮上说，嗐，你还和谁比呀，和城里的老头比，怎么比？等你变成老头的时候，国家要是也给你月月发养老金，我不但给你送饭，还给你搭个屋子让你住在水库边上呢。

天亮了，大街上有了车辆和行人的声音。张腊梅起床把平日里卖的东西摆到门外面的摊子上。幸福把他的摩托车推到外面，拿了抹布擦起来。张腊梅问，今天还去吗？幸福说，梦不好，心里犹豫着呢。张腊梅说，你要是不去，就在家看摊子，我去看看我三爷爷。幸福说，看看吧，看看天怎么样。

太阳出来了，血红血红的。张腊梅看着太阳说，今天倒是难得的晴天呢。幸福看了看太阳，梦里的恐慌突然消散开了。他拿了车钥匙，把凉开水倒在塑料瓶子里，拿了三张煎饼用塑料袋子包好，塞进张腊梅给他缝制的布包里，挂到摩托车把上。张腊梅看着幸福，突然想起自己夜里也是做了梦的，好像是有人要宰猪，她自己怀里抱着两头小猪，到处躲藏，突然有人从她怀里抢过一头猪，说就宰它了。张腊梅想到幸福和儿子都是属猪的。她拽住幸福的摩托车说，要不就不去了吧？今天说不定我三爷爷真不行了。幸福说，马上过中秋了，这两天活可能会好，要不去少挣几十块呢。张腊梅想了想，松了手说，那你注意点儿，早回来。

一个背着皮包，四处张望的男人。
幸福和摩的司机们一起围上去。
男人看了他们一眼，径直往前走。
幸福他们一路跟着，七嘴八舌地问，到哪儿去？价钱好说，到哪儿去？
男人走到幸福的摩托车前，拍了拍摩托车座位问，这新摩托车是谁的？摩托车座的弹性很好，男人白得没有血色的手指在幸福的黑色人造革的摩托车座上跳了两跳。幸福受宠若惊地说，我的，我的，去哪里？
去罗湖县一带，一天多少钱？
哟，一听是远途，所有的摩的司机不约而同地发出羡慕的声音。
幸福咧着幸福的嘴巴笑着说，一天呀，你说能给多少钱？他的眼睛看着那群眼珠子发红的哥们儿。
男人说，上次去过一回，八十元，这个价行吗？另外管一顿中午饭。
幸福没想到客人这么痛快，一般的客人都是出价很低，幸福根据里程要出一个价，客人再往下砍价。他说，行行行，八十元一天。
幸福载着男人在同伴们嫉妒的目光里离去。
罗湖一带盛产速生杨，男人是做木材生意的。幸福去过几次罗湖，对客人要去的每个村镇都比较熟悉。太阳刚刚偏西，男人就办完了事情。男人和幸福坐在一家羊肉馆里吃午饭，男人要了两瓶啤酒。幸福说，酒就免了吧，我骑车呢。男人说，就两瓶啤酒，跟喝水一样。幸福说，那让你破费了，饭就不要了，我带着煎饼呢。男人看看幸福说，老兄真实在，上次那人点了好几个菜不说，还要了不少饭，都浪费了。幸福说，谁挣钱都不容易，都要节约。男人掏出钱包，拿出八十元钱递给幸福说，先把车钱拿起来，别一会儿喝酒再忘了给你钱。幸福笑笑说，那我就拿着了。男人说，拿着，拿着。幸福掏出他的钱夹子，把八十元钱放在外层，从内层拿出一根蓝色圆珠笔芯和一张小纸片，在上面写上，罗湖八十元。男人笑眯眯地看着他粗笨的手指捏着圆珠笔芯歪歪扭扭地写着什么。他问，写什么呢？幸福抬头笑笑说，记账。男人说，你一天能挣多少钱？幸福说，不好说，有时候一二十，遇到远路的就多点，像今天就快一百了。男人打开啤酒瓶子，把一瓶递给幸福说，看你是个实在人，以后我可能还要来，到时候还找你。幸福感激地说，那太谢谢了。他再次掏出圆珠笔芯，在小纸片的下端写下自己的手机号，撕下来递给男人说，这是我的手机号，你来的时候打我的电话，或者我给你打，到时候我请你吃饭。男人思忖了一下说，我可能要换手机了，我要是来，就给你打。

幸福带着最近一段日子里的最大收获，带着男人还会再坐他车的承诺和男人愉快地挥手告别。这一瞬间，他的眼前浮现出张腊梅笑得鼻子上堆满皱褶的脸。他坐在小板凳上凝视着河水，看着浮漂在水面上轻微抖动。那抖动，那不仔细辨认就会忽略的涟漪会让幸福整个人为之一振，他的心跳会加速，会有一种说不出的快乐和满足从心里面跑出来。就像和张腊梅相亲之后，结婚之前，每次远远地看见张腊梅一样。这个时候的快乐是张腊梅不能理解的，幸福也懒得告诉她。

崭新的摩托车发出了悦耳的启动声，他调转摩托车头驶向回家的路。突然，他感觉有什么东西在他的右侧发出一股无法抗拒的力量。一辆疾驰的名字叫做"斯太尔"的大型货车猛地撞在幸福的摩托车上。幸福连同他崭新的摩托车一起飞出去，降落的瞬间，他看见了六个巨大的车轮朝他轧过来……

天渐渐地黑了下来，张腊梅朝着县城的方向看了看，遥远的灯光在黑暗里闪闪烁烁，如同掉队的星星。她熟悉那些遥远的灯光，知道它们是从城里日渐扩建的工地上发出来的。这是幸福告诉她的，幸福对城里的情况了如指掌。夜晚一家人坐在大路边上吃饭的时候，儿子就会指着远处的灯光说，爸爸，那是哪里？超市吧？十岁的如意固执地认为那些灯光是从超市里发出来的。他的大姑曾带他逛过夜晚的超市，那里面的灯比天上的星星还多还亮。他还固执地不允许张腊梅说大姑小气。那一次，大姑对他说，你喜欢什么就往篮子里拿什么。那一次，如意感觉无比幸福，喜欢什么就有什么！幸福总是用筷子指着灯光告诉儿子和张腊梅，那是建筑工地，那里正在建很高的楼，比超市更大更高的楼。如意目光迷离地看着父亲比比画画的筷子，这时候，他总觉得那些闪闪烁烁的灯光变成了超市里诱人的果冻、饮料，父亲的筷子能把它们夹过来，撂在自己的碗里。张腊梅则希望那些灯光越闪越近，希望城里人的胃口越来越大，大得把他们的村子也一口吞进去，那样他们也会成为城里人——虽然和真正的城里人有些区别。

如意从屋子里出来站在张腊梅身边，和她一起看着远处的灯光。他说，妈妈，你说哪一个灯光是爸爸摩托车的？张腊梅叹口气说，越来越近的那个吧。如意定睛看着，过了片刻，他碰碰母亲的胳膊说，没有越来越近的灯光。张腊梅说，天凉了，回屋吧，你爸来的时候，隔老远咱们就能听见了。如意边走边回头看着远处的灯光说，妈妈，你猜猜爸爸今天会带什么好吃的回来？香肠？面包？张腊梅想起幸福早晨的言谈，心里忐忑不安。她含糊地说，面包吧。如意说，面包呀？没劲，我希望是香肠，或者是没吃过的东西，爸爸答应过我，说如果捡不到香肠，他就给我买。

幸福经常在车站捡到香肠面包饼干什么的，都是乘客没有吃完丢弃的，或者挤车挤掉的。幸福总是把它们塞进张腊梅缝制的布包里，带回家给儿子改善生活。

罗湖县医院急诊室的走廊里。恍惚中，幸福觉得有一张黏稠的网把他罩住了，无法计数的冰冷而尖锐的疼痛，蜘蛛丝一样裹住他……他拼命地挥舞着胳膊，踢踏着他的双腿，他渴望站起来奔跑，甩掉那张黏稠的疼痛的网。两个年轻的大夫不知所措地看着挣扎的幸福，看着他的右下肢，血肉模糊得令人作呕，鲜艳的红色液体从撕裂的伤口处呼啸而出，如同一场正在袭来的风暴，冲开一切阻挡，冲裂堤坝……

那个有着苍白双手的男人看了一眼幸福，他的双臂正在无助地努力地想抓住什么，血滴从他右手的指头上飞起来，散落在空中。男人突然意识到自己应该趁乱离去。他一溜小跑着来到医院门口，马上有三个和幸福一样的黑红色脸膛围上来，问他去哪里。他看了一眼他们的摩托车，继续往前跑。跑到十字路口，他看见一辆白色的警车朝着县医院驶去。他慌慌地拦住一辆出租车，赶往车站。他的内心里升腾起一股恐惧——他第一次看见一个活生生的人在瞬间被死神拉住，他觉得幸福正在和死神进行拉锯战，而他是唯一的观战者。他的内心里有一种打算看见结局的欲望，但是他知道那会把自己牵扯进去，会给自己平静的生活带来麻烦，或许还会被那双疯狂的双手抓住——是他劝说幸福喝了酒。他暗自庆幸没有留下自己的电话号码。他突然发现自己对孤独抗争的幸福有了一丝内疚，赶紧晃了晃身体。一个奔逃的影子出现在他的脑海里，一个年轻瘦削的背影，一个恐慌的背影，肇事司机的背影。他苍白的双手停止了颤抖。

幸福的娘在土炕上辗转反侧。幸福爹说，你一晚上翻来覆去，跟煎咸鱼似的，干什么呢？幸福娘叹口气说，到现在还没听见幸福的摩托声呢。幸福爹说，或许早回来了，车放在小卖店里了，昨晚不就放在那里吗？幸福娘再叹口气说，唉，幸福也是当爹的人了，怎么就不理解爹娘的心呢？一再告诉他，回来晚了或者不把摩托车放回来的时候要说一声，全当耳旁风，就不知道爹娘惦记着。幸福爹说，三十好几了，你还天天惦记，到什么时候是个头？就是你操不够的心罢了。幸福娘的心里突然咯噔一下，一种莫名的恐慌涌上来。她从炕上下来，到脸盆前洗了手，从抽屉里拿出三支香，走到屋子的东北角，在一个水泥缸前站住，转身问，火柴呢？

水泥缸上面铺了一块木板，木板上面摆着一尊白瓷的观音菩萨，安详地坐着，右手翘着兰花指，有一种把任何事物都悄然化解的自信和轻松。幸福爹爬起身看了一眼观音菩萨和她身边艳丽的塑料花，把火柴从裤子口袋里掏出来，扔过去。幸福娘接住火柴，把香点上，插到香炉里。幸福娘边插香边祷告，大慈大悲无所不能的观音菩萨，请保佑我儿子幸福平安回来，请保佑我儿子幸福平平安安地回家。然后，幸福娘呆呆地盯着香。三个艳红的点在幸福娘的注目下，徐徐下降。淡蓝色的烟雾如同青衣抖起的水袖，曲折回旋地升腾着。幸福娘闭上眼睛，双手合十，又祷告说，大慈大悲的观音菩萨，求求您老人家一定让我儿幸福平平安安地回来呀，大慈大悲的观音菩萨呀！幸福娘祷告完，对幸福爹说，不行，我不放心，我得到幸福家看看回来了吗。香烧得不整齐，烟也不直。幸福爹听了，说我和你一起去，天太黑了——哪能就凭着香烧得怎样就担心的。他边说边用脚在地上找自己的布鞋。

老两口深一脚浅一脚地往幸福家的小卖店走去，远远地，看见小卖店黑着灯。幸福娘心里对张腊梅钻出一股怒火。她自言自语道，怎么就能睡得着呢？怎么就不知道惦记呢？怎么就不知道心疼自己的男人呢？幸福爹说，也许是心疼的，这又不用说出来。幸福娘说，不说也看得出来，每天早晨幸福走的时候，布包里就放几张干煎饼，从没看见她给幸福炒点菜什么的，幸福又心疼钱，不舍得买着吃，你没看见幸福瘦成啥样了！整天骂骂咧咧的，连软和话都不会说一句。幸福爹嘿嘿笑笑说，缺不着他的，还不是隔三差五地把咱家的鸡蛋都炒着吃了。我算了一下，光上一个星期，他和孙子就吃了咱二十一个鸡蛋，幸福一次炒四个吃，如意一次炒三个。想起儿子和孙子吃炒鸡蛋的样子，幸福娘不由得微笑起来，说，爷儿俩一个样，都爱吃炒鸡蛋。幸福爹笑着说，好东西谁不爱吃，我也爱吃。幸福娘说，那就是爷儿三个一个样。

突然，黑暗里有人说，打听一下，这里是贾家村吗？

幸福娘浑身一哆嗦。她捂住胸口说，哎呀，吓我一跳，这里是贾家村，你是干什么的？这么晚了……

说话的人把摩托车灯打开，两道耀眼的光柱刷的一下泻出来。幸福的爹娘看清眼前是一个年纪和幸福相仿的小伙子。年轻人问，知道贾幸福家住在哪里吗？

幸福的爹娘异口同声地说，幸福还没回来，他怎么了？

年轻人说，可找着你们了，是大叔大婶吧？幸福出事了，被车撞了，罗湖县医院的大夫给我打的电话，说是从幸福的手机上找到我的号码，我接到电话就往这儿赶，你们赶紧去人吧。还有，人家大夫说，要带钱，多带一些。

幸福娘的腿一下子枯朽了，如同经年的玉米秸一样无法承重。她的身体倒下去，伴随着从肺腑深处钻出的疼痛。年轻人一把扶住她，再看幸福的爹，也如寒风中的树叶一样抖着。他紧张起来，扶着幸福娘坐到地上说，大婶你没事吧？大叔你们可不能倒下啊，幸福在医院里等着你们呢，你们可不能倒下啊！你们要是倒下了，幸福怎么办？他媳妇在哪里？我还是找她去吧……

幸福的娘说，我没事，他爹你赶紧去告诉如意妈。

幸福的爹晃晃悠悠地跑起来，小伙子推着摩托车在后面跟着。幸福的娘突然想起幸福的大姐，朝着幸福爹的背影喊，赶紧打电话告诉大丫头！

张腊梅呆呆地站在酱红色的塑料桶前，看着浑身颤抖的幸福爹和陌生的青年，搞不清是否在梦里。如意拉拉她的手说，娘，快点吧，拿钱呀，拿钱救我爸去。张腊梅醒过神来，慌忙从货架子上抱下钱盒子，又找不到钥匙。钥匙在哪里？如意肯定是你又乱动我的钥匙！说你是不是又偷拿钱了？张腊梅伸手来打如意。年轻人说，嫂子，赶紧吧。张腊梅只得抱起钱盒子往外走。张腊梅和幸福的爹坐在年轻人的摩托车上到县城里去找出租车，幸福的大姐夫和大姐早已等在车站上。几个人赶到罗湖县医院的时候，幸福已经在麻醉剂的作用下，昏迷了。

张腊梅看着血肉模糊的幸福，心里面突然冒出一股怒火。她把钱盒子撂在旁边的空床上，看着昏迷的幸福哭起自己的不幸来。和幸福订婚的时候，张腊梅对幸福是十分满意的，因为幸福的家接近县城，也因为幸福家的地里没有石头，更因为幸福的三个姐姐都有工作。订婚的那一年，幸福家附近有人搞了缝制棒球的厂子，幸福的爹娘托人把张腊梅安排到皮球厂干临时工。那里的活是两个人一组，一个人剪皮子，另一个人缝。和张腊梅配对的是张腊梅邻村的王顺。王顺不但身材长得干巴瘦小，就连五官也是干巴瘦小的。张腊梅开始觉得王顺就像旱地里半死不活的一棵苗，不屑正眼瞧他。过了两天，张腊梅就知道自己大错特错了。她首先发现厂长对王顺说话的态度和对别人不同。厂长对别人说话不是直呼其名就是喊哎，或者嗨，不高兴的时候就喊你他妈的，但对王顺一直称呼王师傅。后来，又发现王顺的工资和别人也不一样，是他们的两倍。慢慢地，张腊梅看王顺的眼神里就有了些欢喜和钦佩。那些据说被运到外国的球，是有着严格要求的，不但每一块皮子大小要均等，就连缝的针脚也要整齐划一，对接在一起的皮子，相互间不能有任何的缺口和皱褶。除王顺之外，每一个人都在暗地里骂老板和外国鬼子的苛刻，因为除了王顺几乎每个人都有残次品，都被老板根据残次品的个数扣掉原本不多的工资。这样的时候，张腊梅就会出神地看着王顺那双干瘦如鸡爪的手，拿着长长的针上下翻飞，变魔术一样将那些针脚整整齐齐地排列在皮球上，就连张腊梅剪得不够标准的皮子也能在缝的过程中补缺过去。常常是别人还在满头大汗地赶工的时候，王顺和张腊梅早已完成了任务。王顺的嘴巴和手一样灵活，忙完手里的活以后，王顺就不住嘴地说些笑话逗张腊梅开心，有时会半真半假说些不荤不素的话。有一天，王顺对张腊梅说，张腊梅你别看我人长得不咋样，可我比别的男人懂浪漫，你不信吧？我知道女人嫁给男人不是给他洗衣做饭生孩子的，是让男人疼的。张腊梅笑笑说，用什么疼女人？最起码得有力气吧？你连一袋子面都提不起来呢！王顺阴下脸说，你知道情人节吧？张腊梅摇摇头。王顺趴在张腊梅的耳朵上说，那是最浪漫的节日，外国人过的，这一天男人要给他爱的女人送鲜花，买最漂亮的衣服和首饰，带女人去跳舞。张腊梅笑笑说，你离我远点说话，让幸福听到闲话能一脚把你踢墙头上去。王顺叹口气，满腔怜惜地说，悲哀啊，张腊梅！张腊梅，悲哀啊！你知道吗，外国的男人会怎样？人家会很骄傲，然后拿把手枪决斗，砰的一枪，谁没倒下谁就去迎娶那个女人，为那个女人决斗的男人越多就说明那个女人越美丽。那天下班后，王顺和张腊梅一起骑着自行车往家走。骑到半路上，王顺在一棵老槐树下停住自行车对张腊梅说，张腊梅你要是跟了我王顺，我就给你过情人节，你跟不跟？张腊梅想起王顺家的地里和她自己家的一样长满了石头，所有的地里没有一口水井，老天不下雨，就吃不上饭，想到嫁到幸福家是村里姐妹们羡慕不已的，想到和王顺比起来足以称得上高大英俊的幸福，想到幸福三个在城里工作的姐姐。她说，我已经和幸福订婚了，你又不是不知道。王顺说，那就是不跟了？张腊梅轻轻地点点头。张腊梅点头的时候，鼻子里有了酸酸的感觉。王顺从裤兜里掏出一个白纸包，打开，里面是一条粉红纱巾。王顺把纱巾捏起来，抖了抖，套到张腊梅的脖子上说，今天就是情人节，悲哀啊，张腊梅。张腊梅不敢看王顺，一直盯着包纱巾的那张白纸，看着它像一张硕大的纸钱在风里翻滚，直到王顺骑上自行车走了，张腊梅还在看着。

婚后的张腊梅发现少言寡语的幸福连个笑话都不会讲。张腊梅也是一个不会讲笑话的人，两个人的日子很快过得和她父母的日子一样。张腊梅不由自主地模仿母亲说过的话，模仿母亲算计日子的方法，用母亲骂父亲的话骂幸福，骂他愚笨无能，骂他不如他三个姐姐出息，骂他不知道心疼人，骂他一天到晚抽烟熏死人，骂他一天到晚蹲在臭河沟里钓那几条柳树叶子一样的烂鱼鳞子。偶尔，张腊梅的心里会泛起一点爱恋，像那次幸福一下挣来了三百元钱，像他们家存折上出现30000那一天，但它们仅仅是沉闷日子里的一个小小气泡，转瞬即逝。张腊梅再也没见过王顺，每到那一天，张腊梅总会想起那条自己偷偷烧毁了的粉红纱巾，想起那个叫情人节的节日,想起王顺的叹息——悲哀啊,张腊梅。有的时候,张腊梅还会做梦,梦里没有幸福,也没有如意,只有王顺和她,缝皮球,说笑话。

幸福的大姐安慰张腊梅说,别哭了,事情已经出了,看把身子哭坏了,还要熬夜看幸福呢。张腊梅看了一眼幸福干裂的嘴唇,说,从不知道替别人想,别人说的话从来不听,干个事管头不顾腚,这不出大事了吧!幸福的大姐听张腊梅一肚子牢骚,懒得和她理论,只催促张腊梅赶紧把钱盒子放好,用手掌托着幸福的屁股和后背。幸福的后背几乎没有好皮了,白唰唰血淋淋的,屁股在硬板床上已经磨破了。张腊梅把手垫在幸福的屁股底下,看着那条天亮就要被截掉的腿,哭起来。张腊梅边哭边说,不指望你给俺大富大贵的日子,平安总行吧?不指望你有疼有热,不添堵总行吧?幸福的大姐看着张腊梅的眼泪,听着张腊梅对幸福不咸不淡的埋怨,想到截肢后的幸福要一辈子听张腊梅类似的话活着,她的眼泪再也无法控制。两个人各怀心事地哭着,一直哭到天亮。

主治大夫对张腊梅说,赶紧交钱去吧,再不交钱就不给用药了,像他这么大面积的开放性伤口,不用药马上就会感染,人就有生命危险。张腊梅从床头柜里掏出钱盒子说,钱都在这里,就是找不到钥匙呢。主治大夫看了一眼幸福的钱盒子,转身走了,不一会儿手里拿把生锈的剪刀回来,说,用这个一撬就撬开了。张腊梅咔嚓咔嚓地撬着。幸福睁开眼睛看了一眼张腊梅说,你干什么呢?张腊梅说,找不到钱盒子钥匙了。幸福嘟囔一句,钱盒子?又昏迷过去。主治大夫站在旁边看着。幸福的大姐说,他头没事吧,怎么总昏迷着?大夫说,颅内没发现血肿,应该没事,因为好几个人都按不住他,没办法就给他用了镇静剂。主治大夫看着张腊梅费劲的样子,说,我来试试。他拿过剪刀插到锁鼻下,然后,在钱盒子上面猛拍了一掌,锁鼻就开了。张腊梅把里面的钱拢在手里,点了点。主治大夫说,这点钱哪里够,他昨晚光血就输了好几袋,赶紧想办法弄钱吧。张腊梅从钱盒子的纸板底下拿出存折说,还有。主治大夫看了一眼存折说,农行的?那赶紧去提呀,门口对面就是农行。

幸福的衣服在抢救的时候剪碎了,张腊梅蹲下身从床底下扯出那堆衣服碎片,翻找幸福的身份证。张腊梅边翻边说,哎呀,这衣服全都碎了,都是刚买不久的。张腊梅找出幸福的身份证,看了一眼幸福说,天天记账,也不知道是啥心思。

　　银行的人看着张腊梅说，输上密码。
　　张腊梅说，我不知道呢。
　　不知道不能取钱。
　　可他出车祸了，就躺在对面医院里，等钱治病呢。
　　没密码取不出来，你想想看，可以帮你试试。
　　他说是俺家最重要的日子。
　　你家最重要的日子是什么？
　　不知道。
　　一般都是孩子的生日什么的，你想想。
　　孩子的生日？九六年十月初一？
　　错误的密码。
　　你的生日？
　　嗐，我的生日？我自己都不知道自己的生日到底是哪一天，身份证上都是瞎编的。
　　他自己的生日？张腊梅看了看幸福的身份证。
　　错误的密码。
　　你再想想看，在你丈夫眼里什么日子最重要？比如结婚纪念日呀，定情日呀，第一次求爱的日子呀……
　　农村人哪有过那些的，张腊梅说，我都忘记是哪天结的婚了，他就更不用说了。张腊梅的脑子里在想自己到底是哪天结的婚。一瞬间，张腊梅想起王顺在情人节那天套在她脖子上的纱巾。她突然有了一种深深的遗憾，如果当初跟了王顺，今天会是什么样子呢？
　　好像是九五年九月初九结的婚。
　　你可想准了，这可是最后一次，超过三次机器就不允许再试了。
　　他呀，在他眼里除了钓鱼再没什么重要的……
　　那这个日子试不试？
　　试试吧，我也想不出别的了。
　　这次对了。
　　什么？

密码对了。

她回味着幸福的话——密码呀，就是咱们家最重要的日子，不知道就算了。张腊梅的眼里突然有了泪水，心像被开水浇了一样疼痛而滚热。她抬头看着玻璃后面提示她各种纪念日的女人，呜呜地哭出声来。

取多少？

都取出来吧，花多少钱也要给他治病。张腊梅擦把鼻涕说。

你还是少取一点，离得近，不够再来，取多了拿在手里不安全。

玻璃后面的一个女人说，还挺恩爱的。

玻璃后面的另一个女人说，唉。

张腊梅哭泣着，用手绢包了一万元钱，挺着她刚刚体会到爱情的腰杆走了出去。她决定先交五千元，她听幸福同病室的人说，有钱也不能交多了，要不大夫会误认为你很有钱，可着劲地给你花，不会让你剩下个钱渣子的。她边哭边在心里计算五千元除以二十元（幸福的平均日收入）等于多少。她走进医院，找到收费处，得出了五千除以二十等于二百五十。张腊梅在收费处的拐角处把钱分成两半，小心地把一半揣进裤兜里，把另一半递进收费处，说，骨科十一床贾幸福。张腊梅把有钱的裤兜抵在墙上，斜着身子看着里面的男人把钱放进点钞机。机器发出刷刷的声音，那声音让她想起小的时候，深夜里吃桑叶的蚕。男人把钱在机器里过了两遍，抬头说，五千。张腊梅说，是五千。

男人说，还欠一千七呢。

什么？张腊梅不敢相信自己的耳朵。

男人不耐烦地说，还欠一千七，交不上钱就记不上账，还有钱吗？

张腊梅说，还有一些，该交多少？

男人说，手术了吗？

没有。

那先交五千吧。

张腊梅嗫嚅着，能不能少点？

男人突然发出了爆笑，笑得眼镜从鼻梁骨上滑脱下来。男人把眼镜拿在手里，用眼镜指着另一个笑得弯着腰的女人。女人紧紧地并着腿，弯着腰，那头却是抬着的，额头和眼角处堆着皱纹，那些皱纹在女人恣意的笑里扭动着。

张腊梅听不清里面的人在说什么,她知道他们的快乐和自己没有关系。她莫名其妙地看着里面的两男一女,等待着他们停住笑声。女人弯着腰跑出去。男人戴上眼镜对另一个男人说,肯定尿裤了。两个男人再次发出笑声。

能不能少点?张腊梅把嘴巴凑到小小的窗口上,一股迎面来的风灌进她的嘴里。

男人说,随便,反正没有钱就记不上账,打不了针,做不了手术。

张腊梅把抵在墙壁上的腿挪开,从裤兜里掏出另一半,递进去。男人瞅了一眼张腊梅,拿钱的手在回缩的时候,快速地摆动了一下。张腊梅看出男人是不耐烦了,不敢再说什么。跑出去的女人回来了,脸上已经没有了皱纹,却仍残留着皱纹的印痕。女人洗了手,坐到男人对面,翘着手指仔细地擦油。张腊梅看了看女人的手指和上面的戒指,把自己的手从小窗口处拿下来,攥紧空空的手绢。

回到病房,张腊梅看着幸福,眼泪又一下子涌出来。她拿毛巾蘸了点水擦擦幸福干裂的嘴唇,眼泪吧嗒吧嗒地滴到幸福的面颊上。幸福的大姐低声对张腊梅说,大夫已经来找你好几次了,说要给幸福截肢了,让你签字。我已经给你二姐打过电话了,她说,她请专家来看看能不能保住幸福的腿,要你告诉大夫暂时不要急着截肢。幸福睁开眼睛看着张腊梅问,干什么呢?张腊梅一下哭出声来,你说干什么呢?要给你把腿锯掉了,怎么办呀?锯掉了腿,往后可怎么办呀?幸福说,我不锯腿,锯了腿我怎么开摩托车?幸福说着,又昏过去了。

张腊梅擦擦幸福脸上的泪水,对幸福的大姐说,我想过了,只要能把幸福的腿保住,花多少钱我也愿意。幸福的大姐感动地说,但愿老天能善待幸福,但愿能保住吧。幸福的大姐问,提出钱来了吗?张腊梅叹口气说,已经交上了,怎么这么贵呀,已经花了小七千了,交了一万呢。我算了一下,一两年也挣不回来。幸福的大姐也叹口气说,咱们老百姓就这样,攒半辈子的钱,一场大病就花个精光。

大夫走进来,指着张腊梅说,你到办公室来一下。张腊梅走到门口,幸福的大姐又拉住她的衣角叮嘱说,别忘了你二姐的话。张腊梅坚定地点了点头。

大夫指指排椅让张腊梅坐下,然后拿过幸福的病历和手术单说,贾幸福必须马上手术,由于昨天和你们联系不上,他已经错过了最好的手术时间，现在必须马上手术了，再不手术就有生命危险，现在需要你同意。

张腊梅一听情况这么紧急，一时没了主意。大夫说，你还犹豫什么呢？

张腊梅说，俺二姐在省城的医院里上班，她说找专家再给看看的，能不能等俺二姐来了再做手术？几个大夫同时抬起头看着张腊梅，然后相互看着，最后把目光集中到一个中年男人的身上。中年男人用手指敲了下桌子说，你就是到北京去看，就是把北京的专家请来，也是这样的方案。必须截，已经没有保留的希望了，伤口都开始坏死了。这么和你说吧，你现在同意手术，失去的是你丈夫的一条腿，如果错过现在的手术机会，那失去的就可能是你丈夫的一条命，到底是留腿还是留命你自己决定。

张腊梅用她摇摇欲坠的理智一字一字地琢磨着中年男人给她的选择，她的眼睛愣愣地看着中年男人的手指。中年男人再敲敲桌子。那微弱的敲击声进入张腊梅的耳朵，把她薄如纸的理智推倒了。张腊梅号啕大哭。她不想失去把结婚日期当作最重要日子的丈夫，也不想因为自己的决定让丈夫失去一条腿。幸福的大姐和姐夫听到张腊梅的哭声，跑到医生办公室来。中年男人再敲敲桌子，张腊梅在幸福的大姐手掌拍打下，勉强压住哭声。中年男人看着张腊梅和幸福的大姐、姐夫，再一次重申了留腿和留命的问题。

张腊梅说，要不跟爹娘说一声？

爹，爹呢？几个人突然想起爹。昨天晚上娘留在家里照顾如意，爹是和他们一起来的。

幸福的主治大夫和中年男人对看了一眼，大夫把手里的笔啪的一声扔在桌子上。他们心里都明白，这个病号看来是很难留住了。中年男人看着那支用胶布缠着笔壳的钢笔，突然提高嗓音对张腊梅说，我再给你三分钟的考虑时间，现在可是分秒必争的时候，晚一分钟就有可能会失去生命，你明白吗？如果你决定现在不做也可以，我们就要安排其他的手术，今天你们就排不上了。

张腊梅的身子不由自主地朝着中年男人的方向移动着。主治大夫拿起刚刚扔下的笔和手术单，朝张腊梅递过来。张腊梅伸出手去，突然浑身战栗，纸和笔掉落在桌子上。张腊梅抬头看了看幸福的大姐和大姐夫，抓起笔，歪歪扭扭地写下自己的名字。

幸福的大姐在一楼楼梯下面找到了父亲。看见父亲的一瞬间，她禁不住哭出声来。父亲瞪着浑浊而无神的眼睛看着女儿,张了张嘴又闭上。他不敢问关于幸福的事。从昨天夜里他看见儿子的第一眼起,他就散架了,瘫软在地。他不敢多看幸福一眼,生怕在哪一眼里把唯一的儿子看没了。他勉强把自己挪出病房,倒在楼梯下面。

幸福的大姐说,爹,幸福进手术室了,腿是保不住了。

父亲说,命呢?命没事吧?

命应该没事吧。

幸福的大姐突然发现父亲苍老无比。她哭起来,爹,你怎么一个晚上就变成这样了?你是不是饿了,爹?

不饿,你赶快上去等幸福吧,有啥事,和我说一声。

一个瘦高个子的男人出现在手术室门口。男人推门走了进去,里面传出恭敬的声音,张主任,您怎么来了?

另一个声音高声喊道,中心医院张主任来了。

又一个声音说,什么风把您给吹来了?请都请不到。

张腊梅和幸福的大姐、大姐夫一起看了看咣当作响的门。

瘦高个的男人出来了,看了看张腊梅他们,问,谁是贾幸福的家属?

张腊梅和幸福的大姐、大姐夫赶紧站起来说,我们是,有什么事情?

瘦高个男人做了一个跟我来的手势。三个人相互看了一眼,寸步不离地跟在后边。瘦高个男人走到楼道拐角处停下来说,我不是这个医院的,是中心医院的,这里经常请我来做手术。我刚刚给贾幸福检查过了,他的脚趾都还有血供,这就说明他的腿和脚都还有保住的可能,我已经吩咐他们照我说的给他处理了。

啊?幸福的腿还能保住?张腊梅和幸福大姐哆嗦着嘴唇笑起来,泪流不止。大姐夫不停地搓着两手说,太感谢了,太感谢了!

瘦高个男人说,不客气,再晚几秒钟就锯掉了。我进去的时候,已经麻醉好了,就要开电锯了。他停顿一下说,你们家什么亲戚在卫生厅?

张腊梅和幸福大姐、大姐夫相互看了看,谁也想不起有这么高贵的亲戚来。

瘦高个说,市医院的骨科主任给我电话,说你们是卫生厅领导的亲戚,我不敢怠慢,接了电话就来了,我也是这么和他们说的。他指了指手术室。

幸福大姐想起二妹，说，我妹妹在省城工作，可能是她的朋友在卫生厅吧。

一丝失望在瘦高个男人的脸上闪现，像一层稀薄的雾漫过。

幸福大姐夫赶紧说，妹妹她一定会把您的帮助告诉卫生厅的朋友的。

瘦高个笑笑说，我回了，我还有手术等着，有需要帮忙的就再找我。说着掏出一张名片递过来。幸福大姐夫双手接过名片，三个人用无限感激的眼神凝视着瘦高个的背影。

一刻钟以后，幸福被推了出来。张腊梅看着幸福被纱布包裹着的腿，哭起来，那条腿看起来比另一条粗了两三倍。和进去前不同的是，幸福的脚后跟上被穿进了一根类似自行车辐条的不锈钢条。

幸福的二姐在汽车上已经给幸福联系好了新的医院，新河市骨科医院，那里有很多她的同学。她的同学已经给幸福准备好了病床，已经联系好了大夫。那个大夫能把十个掉下来的手指头再接上去，而且能让十个再植的指头都活过来。张腊梅听了说，那就赶紧转过去吧，听听人家那水平，接根指头跟栽棵小树似的，幸福到那里肯定没问题了。幸福的二姐说，到哪里也不能保证幸福就没问题了，只能说医术水平不一样，处理的结果会不同，我只是提建议，决定权在你手里。张腊梅蹲下身把幸福破碎的衣服塞进大塑料袋子里，说，就听你的。

幸福的二姐对幸福的主治大夫说，感谢你们给我弟弟的救治，我想把他转到我的医院里，照顾他方便。主治大夫请示了中年男人后，给幸福开了出院证明。从医生办公室出来，幸福的二姐说，还不错，没推三阻四的。张腊梅说，哪有那么离谱的，咱自己花钱治自己的病，还能说了不算？幸福的二姐看看她说，你呀，你和幸福哪知道外面的世界？我昨天还看了一篇报道，说一个老太太病危，他儿子打算给她转院，医院不同意，因为病人走了，他们就没钱挣了。火葬场和医院有合作关系，大夫为了拿火葬场的提成，早就提前通知了火葬场，火葬场的人也候在医院里等人咽气，一看要转院也进行阻拦，因为病人转到别的地方死了就不能在他们的火葬场火化，他们也赚不到钱。他们关了医院的大门，不让外面的救护车开进来，最后还是家属和阻拦的人展开肉搏，那儿子趁乱背着老娘跑出医院的。张腊梅听得目瞪口呆，说，那咱们赶紧走吧。幸福二姐说，你去结账，我联系新河市的救护车。

几分钟后，张腊梅阴着脸回来了。一进门就说，哎呀，差点给咱把腿锯了不说，还又收了一千多块，什么没干还收这么多钱？一天都不到就花了将近八千块。幸福的二姐接过结账单看了看说，和他们没法理论，就认了吧，除非是特不靠谱的收费，像深圳一家医院把每天的护理费收成二十五个小时或者是一天输血几十万毫升那种，你根本和他们理论不清。

旁边病床上少了一只手的小伙子羡慕地看着幸福。他满脸皱纹的母亲在用开水给他泡饼干。张腊梅拿起床头柜上的三根油条和一个馒头问小伙子，大兄弟，这些你要不嫌弃，就送给你了。小伙子转脸看了眼他母亲，他母亲赶紧走过来接到手里说，都是粮食，有什么好嫌弃的。顿了顿，又说，你们有福呀。说完，转过脸看着从截掉了手就没有说过话的儿子。

幸福被转到了新河市骨科医院，那个能够接活十个手指的大夫成为了幸福的主治大夫。主治大夫仔细察看了幸福的伤腿，逐个捏了捏幸福的脚趾，试了每个脚趾的温度，在幸福脚后跟的钢条上挂上了五个秤砣。最后，他招呼护士拿来了烤灯，幸福肿胀紫红的脚趾头顿时笼罩在橘红的灯光里。主治大夫点着头说，很有希望。一家人欢欣鼓舞，带着好消息回到家的幸福爹如实汇报了幸福的历险记。幸福娘激动地用肥皂洗了三遍手，点了香，敬献给大慈大悲的菩萨。

深夜，麻醉的效力退去，巨大的黏稠而冰冷的疼痛之网重新笼罩了幸福。他烦躁地试图爬起身，一阵剧烈而尖利的疼痛抽走了他肢体的力量。他摔倒下去，发出惨叫。惨叫声唤醒了所有潜伏在他神经里面的疼痛，瞬间，幸福被暴烈的疼痛捆绑了，俘虏了。趴在床沿上的张腊梅惊醒过来，赶紧拿了止痛片塞进幸福的嘴里，又把插在水杯里的一截输液管塞进幸福的嘴里。幸福咽下止痛药，却无法控制自己的身体，疼痛像一台劣质的起重机，不停地来吊幸福，吊起来又扔下去。幸福背后皮肤破损处的黏液，随着身体的起伏、扭动，扯拉出一条条丝线。张腊梅把一双筷子塞进幸福的嘴里让他咬着，自己跑出去喊值班护士。护士睡眼蒙眬地看着幸福说，没有办法，只能打针了，打针需要病人的身份证，带了吗？张腊梅说，带了，带了。张腊梅从床头柜里拿出钱盒子，用身体挡住护士的目光，从里面拿出幸福的身份证。等张腊梅把药从药房里取回来交给护士，回到病房，暴烈的疼痛已经有所缓和。张腊梅说，你再忍一忍，护士马上就来给你打针了。幸福拿掉筷子问,那针贵吗?

张腊梅说,好几块钱,还要身份证呢。

幸福说,我现在好一些了,你赶紧去看看,要是药还没打开,还能退,我就不打了。张腊梅跑到护士站,护士已把药水抽到了针管子里。张腊梅说,要是药瓶还没打开,俺就不打了,他觉得好一些了。护士举着针管子说,已经打开了。

打了针的幸福迷迷糊糊睡去。睡梦里,六个巨大的车轮朝他碾过来,他自己就像是一粒豆子在石碾下瘪了下去。他惊醒过来,看着张腊梅,他发现自己记不起那个男人有没有给他车钱。他对张腊梅说,我的钱包你看见了吗?张腊梅说,我给你收好了。

你看看外层有没有八十块钱?

张腊梅说,早记不清了,里面的钱都让我拿出来交医疗费了。

幸福说,那你看没看见一张小纸片?

张腊梅说,纸片还在你钱夹子里。

幸福说,你赶快看看上面有没有写着八十元。

张腊梅拉开床头柜,拿出钱盒子,在里面摸幸福的钱夹子。幸福疑惑地说,你怎么把钱盒子拿来了?

张腊梅翻开幸福的钱夹子,找出小纸片说,有个八十。

幸福说,你拿过来我看看。

幸福看着小纸片,笑笑说,我一直担心那人没给我钱呢。张腊梅你还真有心,咱们不在家是应该把钱盒子带着,放在家里,万一被小偷偷了就坏了。坏人太多了,那天那个坏人就要抢我的摩托车,用铁棍抢我,你看了吗,这个胳膊一铁棍,这个胳膊一铁棍,都打紫了。幸福指着自己胳膊上的血瘀。

张腊梅笑笑说,睁着眼说胡话,那是给你抽血抽的。说完,张腊梅意识到幸福是真的在说胡话,一股冷飕飕的风刮过脊梁,她的汗毛直立起来。她看着幸福一本正经的表情,红着眼睛说,幸福,你不会脑子坏了吧?我和如意还指望着你呢。

幸福说,坏了脑子不要紧,只要能保住这条腿,能保住我的脚丫子,我就还能开摩托车,你和如意就不用愁吃愁穿,吃饱穿暖没问题吧?四五年的时间,我不就挣回来三万吗。你知道我为什么非和你分着记账?不分,你哪能知道我挣得多？我挣得多，才有资本去钓鱼。

张腊梅说，等你出院了，就给你买一根真鱼竿。

一阵疼痛袭来，幸福闭上眼睛，咧着嘴唇等待疼痛过去，说，等我把治病的钱挣回来再买吧。

幸福的脑子确实出了问题。他不但对自己出事时的情景没有任何印象，还有幻觉。大夫说，这是大脑受了惊吓的后遗症，过些日子就会好的。幸福在疼痛里满怀希望地凝视着自己的伤腿，渴盼着它突然好起来。很多时候，他看着看着，就对自己的伤腿充满了信心，他觉得它们已经好了，只要自己穿上衣服，穿上鞋子到外面走上一走，它们就会恢复到原来的状态。这样的时候，他总强烈要求张腊梅给他找来衣服找来鞋子。张腊梅说，你疯了吗？你看看自己那样能穿进鞋去吗？骨头都碎了好几段，怎么走？幸福看看自己的腿，撑起上半身，使劲动一动伤腿，床尾的秤砣在他的努力下上升了一点又落回原处。钻心的疼痛从他的脚部冲上去，重新把他击倒。他倒下来，恼怒地对张腊梅说，你去给我买烟，我吸一口烟就好了，你去呀，你聋了吗？你哑巴了？你就那么喜欢看我难受？张腊梅跑到洗手间里，擤着鼻涕，擦着眼泪，哭自己，哭幸福。

第四天下午，幸福突然发起了高烧。第五天，高烧再起。主治大夫捏捏幸福的脚趾说，这两个没有希望了。那两个被主治大夫宣布没有希望的脚趾迅速地枯萎了，就连一直被看好的第三个脚趾也枯萎了。枯萎的脚趾干巴巴的，黑如炭条。幸福悲哀地看着它们，他心里面的希望如掉在地上的水杯。他的眼泪悄悄地流下来，泪在他久未清洗的脸上像蚯蚓一样爬过，留下无法掩饰的印迹。

泪干了的时候，幸福忽地坐起来，推醒伏在床沿上打瞌睡的张腊梅说，你赶紧去办出院手续，赶紧去，一天三百多！一天三百多！赶紧给我穿上衣服，我走，现在就走，这里和贾立来那儿有什么区别？——贾立来是幸福村里的赤脚医生。

张腊梅气恼地说，又发疯了不是？你多少让人休息一下。

幸福推她一下说，你赶紧去，叫你去你就去，废话啥？花钱你不心疼是吧？你看看，你看看，还剩多点啊？我挣了好几年的，唏溜溜就没了，好了还好，都成这样了！这里就是糊弄咱。幸福抖着绛红色的农行存折。

张腊梅一把夺过存折，扭头看了看其他两张病床，低声说，就怕别人不知道是吧？人家都休息呢，你嗷嗷啥？

幸福咬紧牙关使足劲把伤腿往回抽，试图下床。秤砣在他的床头下，晃晃悠悠地拽着他脚后跟里的不锈钢条。钻心的疼痛让他不得不放弃，他颓然地倒在枕头上。一只从枕头里面爬出来的黑色小虫子摔落到地上，在张腊梅的鞋底下悄无声息地丧了命。

这个医院所有的枕头里都潜伏着黑色的硬壳小虫。前两天，护士长对幸福和张腊梅说，可能是里面的荞麦皮不纯的原因，换掉不用吧，又怪可惜的，再说还要扣科里的成本。还有几个棉絮的枕头，要不给你换？幸福捏起一只小黑虫扔到地上说，不用换，我家里的粮缸里也经常有虫子爬出来，这算什么。护士长笑着说，都像你就好了，有的病号就不理解，还小题大做地告到院领导那里。张腊梅鼻子上堆着皱纹说，到这里来又不是享受的，一只小虫子值当的？

幸福最被看好的第三个脚趾也坏死了。第四个，靠近第三个的那一面也黑了。在第四个和第五个之间，有一个豌豆粒大小的洞，时不时地往外流着脓。整个脚掌肿得如同一个盛放着污泥的玻璃瓶子。张腊梅担心地用棉签盖住那个洞口，说，第四个已经被传染了，黑了一半了，不会都被传染吧？幸福经过主治大夫的讲解，反而信心很足，他双手抱着头说，脚趾没了，又不影响开摩托车，我都是有老婆孩子的人了，不怕掉几个脚趾。张腊梅扒拉开幸福的手说，别绷着劲，看再把伤口弄开了。幸福用手摸摸头上的伤口对张腊梅说，好好想着，下次拆线的时候，别忘了这里。幸福的头皮伤前两天就已经拆线了，但漏掉了一针。张腊梅找到护士长反映，护士长听了小声说，咱都没外人，我们和你姐都是同学，拆线就要打开一个手术包，这一打开至少要五块钱。先这样，等下次别的地方拆线的时候一起拆得了。张腊梅感激不尽地回来了。幸福听了感慨地说，哎呀，一打开就五块钱？多亏问了问。

幸福的邻床是一个十八岁的小伙子。小伙子是他姨妈纸厂的切纸工，锋利的纸刀切掉了他左手五个手指。小伙子的手指头早已经被接上。小伙子的父亲每天都凑过来看幸福的脚。一天，小伙子的父亲终于憋不住了，他把张腊梅拉到阳台上悄声告诉她，都烂了还不做手术？你没想过原因？你要送红包的，我家送了这个数。他伸出五个指头。张腊梅低声问，五百？他苦笑了一下说，五千，咱两家是一个大夫，我知道他可忙了，是最出名的，除了在本院里做，还经常到外面做，忙得很。你得送，要不拖下去，我看玄。

张腊梅阴沉着脸回到幸福的病床前，趴在幸福的耳朵旁，转述了小伙子父亲的话。幸福边听边扭头看着小伙子的父亲。小伙子的父亲朝他点着头。幸福听完，叹着气盯着自己的脚丫子。过了一会儿，他说，给二姐打个电话问问，要是真这样，我还不如在罗湖被人家一下截掉。

张腊梅到医院外面的电话亭打电话去了。另一张病床上是一个断了胳膊的人，跟在张腊梅后面走出去。幸福看看小伙子的父亲说，我和你们家不一样，你们花再多也有人赔，我可能都得是自己的。小伙子父亲问，对方的车跑了？幸福摇摇头说，跑倒没跑，就是交警说是我的全责，我自己到现在一点也记不起来当时是咋回事了，只记得六个大车轮子。幸福叹口气望着天花板。小伙子父亲说，交警那里你也得送。幸福说，送了，上次我二姐来，她也说这事得送，对方肯定送，咱要不送就讨不到公平。我二婶家的妹夫的同学的爸爸是罗湖交警那里退休的，我二姐已经拿了五千块送过去了。前天，那里回话说，是我的全责，只能稍稍偏一点过来，偏多了，怕丢饭碗。稍稍偏一点，那还不跟都是我的责任差不多？最多能把我的五千元偏回来？我都不敢和张腊梅说，怕她心疼钱。小伙子的父亲说，怪不得你总心焦。幸福说，从结婚攒到现在的，快花光了。小伙子的父亲深有同感地说，就是，咱老百姓都这样，省着省着，窟窿等着，就怕生病。还好，毕竟不是那种砸锅卖铁的病，治好了，你还年轻，还能挣。幸福迷茫地看着天花板说，要是保不住脚丫子，就没法挣钱了。

一会儿，张腊梅眉眼带笑地回来了，说，问过二姐了，二姐也问过她的同学了，不用。幸福说，真不用？张腊梅说，你二姐说的，她说，她已经问过大夫了，是因为还需要观察才不手术的，做手术要等消了肿才能做，没别的原因。她趴在幸福耳朵上说，她还说，咱就是送人家也不敢收的，她同学在，要是传出去，对大夫不利。

三十五天过去了，幸福的脚掌丝毫没有消肿，只是脚背上原本变黑了的皮肤在边缘处有了黄色的掺入。伤口在黑色缝合线努力的牵拉下，露着肉芽，渗着血水，不时有苍蝇飞过来寻觅美食。张腊梅拿了一块纱布盖在幸福的脚丫子上，然后用毛巾赶着那些垂涎欲滴的苍蝇。早晨查房的时候，主治大夫说，明天给幸福做手术。两口子的心情一下明朗起来，张腊梅笑着对幸福说，做了手术就好了，很快就能出院回家了。想想刚出事那几天，差点没被你吓死，要不就不说话，要说就说些没边没沿的，还一个劲问台湾"倒扁"倒成功了吗，跟个神经病似的。幸福笑而不语。过了一会儿，幸福说，我现在想起来，你倒是比平时对我好了。张腊梅抿嘴笑起来，一小撮活泼的皱纹出现在她的鼻梁上。她说，原来都是让活给急的，现在又没活干，只要你不发疯就行了。

幸福要进手术室了。他招手示意张腊梅凑近，说，把钱盒子看好了。张腊梅点点头，蹲下身，用自己的身体和床头柜组合出一个安全的角落，把钱盒子从床柜里拿出来，点了点里面的钱，然后把钱和存折一起塞进背包里。张腊梅背着背包流着眼泪，和幸福的大姐二姐一起送幸福到手术室。

进手术室的门前有一道铝合金的压条，车轮在上面一颠，幸福发出一声惨叫。张腊梅担心地瞅了一眼幸福的二姐。二姐说，没问题，护士长是我的好朋友呢。张腊梅把挺直的脊背放松下来。护士把幸福推进了手术室的一个房间里，两个戴口罩穿绿衣服的男人和一个女人盯着幸福看了两眼，女人对两个男人说，你俩一个托后背，一个托屁股，我托腿。女人嘴里喊着，一二三，自己的节奏却比两个男人快了半拍，幸福脚后跟里的不锈钢条碰在手术台的边沿上，禁不住啊啊惨叫，他攥紧双拳，咬紧牙关，闭紧双眼。几分钟后，男人和女人相继走出去，疼痛慢慢地消散开去，幸福松开手指，活动着指关节。另一个女人走进来，对着幸福的脚丫子看了看说，哎呀。然后走到旁边拿起病历夹看了看说，截肢呀？幸福说，截肢？不是说俺这脚丫子能保住吗？女人警觉地问，你叫什么名字？贾幸福。住哪科？女人又问。幸福说，骨三科六十八床。女人一步蹿出去，喊起来，来人，来人，谁干的？怎么把骨三的六十八床推到这里来了？先前走出去的女人又走了进来。女人朝着她喊，接病号的时候没问吗？不是强调过很多次了，一定要问清楚再接吗？先前的女人小声嘟囔说，送病号的直接推进来的。女人说，直接推进来你就不问了？我要是也不问，那你们说会是什么后果？这个房间今天是骨五科截肢的，赶紧抬走。幸福暗自感叹着，真是遇到贵人了，要不给我截了咋办呢？一听见女人说要把他弄走，幸福恐惧地嚷起来，大夫，大夫，能不能不弄我走，一弄我就疼得要断气。女人乒乒乓乓地摆弄着东西，头也不回地说，不行，这里是骨五科截肢的手术。幸福说，我的意思是让大夫换换屋。女人说，那可不行，太麻烦了。女人对先前的女人说，还不赶紧点儿。先前的女人走出去，把两个男人叫进来。他们再一次分工，你抬肩，我托腚，你抬腿。

　　一二三，起。女人喊道。两个男人在她喊三的时候把幸福托了起来，她自己的动作却爆发在"起"字上。幸福的伤腿在瞬间被改变了三个姿势，先是比其他部分低下去，在女人极力想改正错误的努力下，又被迅速抬高，然后再降低，落在推车上。幸福早在他们喊数之前就攥紧了手指，咬紧了牙关。他瞪着眼睛，吸着气，看着断腿里的骨茬在晃动。惨叫声从牙缝里钻出来，断断续续。他们推着发着不连贯的惨叫声的幸福走到隔壁房间。幸福睁开眼看了看，说，这不都一样吗，非要搬来搬去地折腾什么？女人这次自己站到了幸福的身体中间，指挥说，你抬头，你抬腿，我托腚，喊到三就抬。

　　一，二，三。

　　幸福瞬间变成一条船的形状。他大喊一声，啊，死也不骑摩托车了！女人把幸福的腚撂在手术台上，揉着自己的手脖子说，看着挺瘦的。

　　护士长走进来看看幸福说，不要紧张，我给你找了最好的麻醉师。幸福看着她的眼睛，认出是二姐的同学，感激地点点头。麻醉师是个沙哑着嗓子柔声细语的男人。他小声说，我要在你的后背上打麻药，可能会有一点疼，还会有一点胀，不管怎样都不要动，要保持一个姿势。麻醉师说着，把幸福的身体侧立起来。幸福大叫道，我的腿，小心我的腿，啊，啊，啊，疼死我了。麻醉师拍拍幸福的后背，又拍拍他的肩和腰部说，再弯一点，再弯一点，好，不要再动了。麻醉师把针头扎进幸福腰部的椎管里，又把麻醉导管从针头里穿进去。幸福的伤腿噌一下伸出去又蜷回来，脚后跟里的不锈钢条像一棵被突然袭击了的小树一样，晃悠着。幸福嘴里的喊声也如风里的枯叶，跌跌撞撞。护士长说，碰到神经了。麻醉师柔声说，是的，碰到神经了。麻醉师在幸福的后背上贴上又宽又长的透明胶带后说，你自己试探着把身体放平，一会儿就感觉不到疼了。护士长把氧气管的罩子套在幸福的鼻子上。

　　过了一会儿，麻醉师拿针头扎扎幸福的两条腿问，疼吗？幸福说，不疼。护士长舒出一口气对麻醉师说，您干活就是漂亮。麻醉师笑笑，柔声说，今天不够完美。护士长说，那不算什么，正常。麻醉师说，你放心吧，我一直盯着。护士长说，那我就放心了。幸福的主治大夫和助手走进来。护士长对主治大夫说，您亲自上阵我就放心了。主治大夫说，贾幸福的这只臭脚丫子是我们科的难题，我不来怎么行。护士长说，保住有可能吗？主治大夫说，一切等打开再说。

　　幸福的脚丫子被打开了。主治大夫的助手剪掉了幸福黑如炭棒的脚趾，用刀子刮掉了脚背腐烂坏死的组织。主治大夫看着，惋惜地说，里面糟烂了，白瞎了。主治大夫抬起头对护士长说，你来看看，白搭了，没有血供，里面的肉都变色了，骨头也缺血坏死了。护士长走近看了看，又回头看看幸福。

　　泪，从幸福的眼角快速地向他的耳朵流去。

　　唉——

　　唉——

　　唉——

　　幸福的叹息夹杂着消化不良的口气，伴随着泪水，一声又一声。

　　在得到护士长的肯定后，主治大夫说，这样就简单了。护士长问，多长时间能结束？主治大夫抬头看看墙上的表说，两个小时吧。主治大夫麻利地用手术刀剔除着幸福腐烂的肉和骨头，用集市上猪肉贩子一样的动作。他边剔边把幸福的骨头和肉扔在一个不锈钢的小盆子里，他左边的助手把偶尔掉在外面的肉和骨头捡起来扔进盆子里。主治大夫扔掉手里的刀子说，钳子。旁边的器械护士赶紧递上钳子。主治大夫用钳子一下下咬着幸福的脚弓。脚弓上的骨头在钳子下变成三四厘米不等的碎骨，然后被扔进不锈钢的小盆子里。主治大夫叹口气说，都糟了，就像摔了的苹果，外面的皮是好的，里面不行了。

　　汗从主治大夫的额头上、太阳穴上流下来，一个护士拿着纱布不停地踮起脚尖擦着那些活泼的汗珠。护士看着越擦越多的汗珠子说，你肯定身体虚，怎么这么能流汗……器械护士笑笑说，他能不虚吗？天天中午都往家跑，透支啦。几个人一起笑起来。擦汗的护士把绷带缠到主治大夫的额头上，主治大夫像伤员一样继续用钳子咬着幸福的骨头。一会儿的工夫，幸福的伤脚除了脚后跟和小脚趾以外，都被扔在不锈钢盆子里了。那个闪光发亮的不锈钢小盆子使得整个手术室有了厨房的气氛，幸福的骨头和肉在里面像主妇打算红烧的材料。主治大夫把幸福脚背的骨头和肉剔干净后，看了看已经孤立无援的无名指说，留着没用了，去了算了，皮还有点用处。说完，他拿了手术刀割开幸福的无名指，把里面的骨头割下来，把无名指的皮反扣过来说，还可以用的。主治大夫说，松松止血带。护士按了按幸福头旁边的一个按钮，幸福木呆呆地歪头看了看护士的手。鲜红的血液出现在幸福残缺不全的脚里。主治大夫用欢快的调子说，血供不错啊。几个人都随声附和说，不错。主治大夫把幸福的脚心反扣到脚背上看了看，捏了捏，把它和脚外侧的皮肤缝合在一起。最后，人们看着幸福的脚丫子说，真像老太太的裹脚。一个护士说，就是方向不一样。

接下来是修理幸福的腿。按照原定的方案，是在断骨处装上外置的固定架。主治大夫接过电钻，在幸福的脚踝上面钻出了两个洞眼。突然，主治大夫发现固定架太长了。他端详了一下固定架说，这是二十五厘米的，用二十厘米的最合适。护士长赶紧打电话问设备处有没有二十厘米的。主治大夫利用设备处回电话的空当，把幸福内侧的脚踝骨抠出来，用剪刀修剪一下塞回原处，拿一颗四五厘米长的螺丝钉拧住。设备处回电话说，没有二十厘米的固定架。主治大夫叹口气说，凑合着吧。他的助手把又粗又长的螺丝拧进幸福的骨头里。主治大夫左边的助手掰着幸福分离了一个多月的胫骨说，很难对上呢。主治大夫放下手里的电钻，掰了掰说，不行就打开用拉钩拉过来。助手答应一声，用刀子割开幸福胫骨断裂处的皮肉，扒拉出骨头，用拉钩拉着。主治大夫在拉钩的帮助下，把分离的骨头对接在一起。另一个助手赶紧拿起螺丝拧进主治大夫钻出的洞眼里。

主治大夫对他右边的助手说，开始取皮吧。助手在幸福的左大腿处消了毒，拿了取皮刀在那里蠕动着。一会的儿工夫，一团陈旧的纱巾一样的皮肤被取了下来。掉了皮的地方白冽冽的，泛着细小的血珠，被拦腰折断的汗毛在毛孔里以崭新的姿态存在着，乍一看去，没有皮的地方就如同春天刚刚浇灌了的发芽的菜地。助手提起幸福的皮问，这行吗？主治大夫看了一眼幸福的皮，再看一眼幸福掉了皮的大腿说，这哪够？他的助手把手里的皮递给器械护士，拿起取皮刀挨着刚才取皮的地方再一次蠕动起来。

护士把幸福旧纱巾一样的皮小心翼翼地铺展在一块大纱布上，用不锈钢的刮尺把皮肤刮平整。她问主治大夫，是缝还是贴邮票？主治大夫说，贴邮票。护士欢快地说，哈，我就喜欢贴邮票。她把幸福的皮用剪刀剪成一厘米宽、四五厘米长的小长方块，递给主治大夫。主治大夫把它们像贴邮票一样贴在幸福的脚上——那些缺少皮肤的地方。

　　回病房的路上，幸福翘头看着包了八十层纱布的脚。他对在门口接他的张腊梅说，哎呀，包了八十层纱布还不如另一只脚大，都快剔巴完了，以后没法骑摩托车了。

　　注定没法骑摩托车的幸福开始变得烦躁不安，他不知道不能骑摩托车以后他还能做什么。他装作睡觉，他避开人们的问候，一遍一遍思考这个问题。他的眼前晃动着他心爱的摩托车。摩托车已经在大姐夫的帮助下，从罗湖县拉回了家，那边交警看在有熟人的份上把罚款和看车费都进行了折价，加上运回家的费用一共花了一千三百元。思考了无数遍的幸福明白了一个道理，以后没办法挣钱了，存折上仅剩的几千块钱一定要节约着花，最好是不花！打算再要一个女儿的念头是不敢有了，也坚决不能让张腊梅想了。张腊梅到医院的食堂里买饭去了，值班护士来给幸福腿上的固定架消毒。幸福看着护士把注射针管里的东西推到固定架的螺丝上。

　　幸福问，你们天天这样是干什么？

　　护士说，消毒。

　　幸福问，消毒，是用什么东西？

　　护士说，酒精。

　　幸福又问，这收钱吗？

　　护士说，收钱，一次十块。

　　幸福惊讶地说，一次十块呀？不就是推一点酒精到螺丝上吗，怎么这么贵？

　　张腊梅提着菜回来了。她说，今天我给你买了炒鸡，大夫说你腿上的骨头一点也没长骨茬，应该吃得好一点。幸福看看塑料袋里的鸡块说，这么吃下去，用不了几天就把钱花光了，你怎么不知道过日子呢？钱花光了怎么办？如意的学费都交不起。他的眼里有了泪。张腊梅闷头坐在床沿上，眼里也有了泪。过了一会儿，她把方便筷掰开塞进幸福的手里，自己蹲下身从床头柜里拿出前天的剩饭吃起来。幸福忍住泪，却看见张腊梅抽泣起来。他拽了一下张腊梅的袖子说，你也吃。张腊梅哭出声来说，好像我是爱浪费的人一样。幸福说，我又没这么说。两口子吃完饭，张腊梅把幸福吃剩的鸡肉用塑料袋挂在阳台上的通风处，防止变味，留着给幸福下一顿吃。幸福等她回来，低声对她说，你赶紧去给二姐打个电话，问问她能不能找她同学给咱弄个针管子，弄瓶酒精，以后咱自己往螺丝上滴酒精消毒。你不知道，人家给咱滴那几滴酒精要收十块钱呢。张腊梅吃惊地张了嘴重复说，十块钱啊？

张腊梅匆匆地走出去。

张腊梅匆匆地回来了。

幸福满怀希望地问，打通了吗？二姐怎么说？

张腊梅说，她说再贵也不能自己干，还说那样如果出现了感染，医院就会把责任全推给咱。

幸福叹口气。过了一会儿他说，二姐还说什么了？你没告诉她让她给大夫说说早一点出院？我真是怕给如意交不起学费了。张腊梅笑起来，二姐说了，电视里刚宣布，以后农村的学生不收学费了。幸福再叹口气说，那倒是好，可是还要吃要穿呀，还会生病什么的呀。你赶紧去找大夫问问我能不能出院。

张腊梅又走出去。幸福弯下腰打开床头柜，拿出张腊梅的包，翻出存折和一摞子每日费用清单，拿了笔重新计算起来。他唯一的希望就是尽快出院，存折上的三千不要再减少了……

（原载《特区文学》2009年第1期）

北京来人了

一

　　李传正一大早就用看破铜烂铁的眼神看着在床上缩成一团的儿子李正确。看着看着，他的眼神却逐渐柔软起来，尤其是当李正确的母亲姚素菊洗完脸端着半盆泛着肥皂沫的水从他眼前挤过去，走向公共水房的时候。他柔软的眼神随着她的后背走到门口，收回来，重新落到李正确的床上，声音也跟着软化了——正确，起床了，你妈给你打洗脸水去了，赶紧起了。他用拐杖轻轻蹭着右手虎口处发痒的疤痕，看看他唯一的儿子，再看看窗外阴霾的天。

　　嗯。李正确用鼻子应了一声。李正确的鼻子随他母亲，细细的，长长的，白白的，瘦瘦的，平日里发出的声音本就单薄羞怯，此时，因为睡梦中体内的气息散淡，这一声嗯就格外懒散无力，传到李传正耳朵里就成了一根细细的银针，扎得他蹭痒痒的手停下来，手背上那英雄的有着藤蔓和花朵样子的疤痕立刻有了风中的姿态。但，一瞬间，风就止了，那藤蔓和花朵缠绕着的棕色枝干攀住了拐杖。咚！李正确的钢丝行军床和拐杖一起发出了男性的狂野的愤怒声响。

　　干什么，大清早的？李正确睁开细长的单眼皮，皱着他稀疏的无精打采的眉毛不耐烦地看着父亲。他的不耐烦也是细长的无精打采的，蛛丝一样就把父亲恨铁不成钢的愤怒给缠绕捆绑住了。李传正涌到眼珠子上的力量，没有儿子力量的回顶，闪跌下来，软塌塌地落到唇上——干什么？你也不看看都几点了？我和你妈都洗漱完了，你还赖在床上。

李正确坐起身，翻开枕头拿起被压得板板正正的白衬领围到脖子上扣好，然后往身上套藏蓝色圆领毛衣。毛衣是姐姐李达莱上个月为他织的，反针做底，正针织结出麦穗，每个麦穗长约十厘米，自下而上共有七八行。姐姐送毛衣给他那天，捏着毛衣的两个肩说，看这麦穗织得怎么样，我同事都说好呢，八垄，一垄二十个，一百六十个麦穗，织得我手酸。李正确心里暖暖的，他嘿嘿笑着说，八垄，说得跟蹲在麦子地里似的。姐姐催促他穿上试试。他抬抬下巴说，留着我生日那天穿。李达莱知道这句话就是弟弟对毛衣的充分肯定——她的弟弟和别人不同——别人一年里最在意的日子是过年，李正确最在意的是生日。他从十七岁时就开始把生日过得在意而隆重。当然，那份在意和隆重都是他个人的——他会在头一天先理发，再进澡堂彻彻底底地洗个澡，从澡堂子里回到家抱着脚丫子把指甲铰得紧挨着肉，然后换上最好的衣服，等待生日的到来。

二

李正确第一次给自己搞隆重生日仪式的时候正读高二，一家人用吃惊的眼神看着他翻箱倒柜地折腾完毕后，姚素菊说，这是发哪门子神经？离过年还好几天呢。李正确说，过年有什么了不起的，过生日才是最重要的，因为这一天这个世界上才有了这个人。生日？姚素菊在心里算着日子——前天赶集买辞灶果，明天应该是小年了。姚素菊的思绪一下子到了十七年前的腊月——她挺着大肚子牵着女儿达莱的手在铁路家属院门口等老家的表哥。表哥嘴里呼着白气，胳肢窝里夹了个包袱，一看见她们就掏口袋，摸出七八颗花生给女儿说，表舅给你带辞灶果了。女儿两只小手弯成小瓢接着，踮了脚尖举高了给她看。她看见女儿馋馋的眼神，赶紧剥开一粒塞进女儿嘴里。一股会飞的香气从女儿的嘴里窜出来，漫过一九六二年干冷饥饿的空气钻进她的鼻子里。她的肚子顿时疼起来，疼得她接不了表哥递过来的蓝底白花缀着黑补丁的包袱——里面是她的娘用自己的两个裤子大襟给外孙缝的棉袄。她对表哥说，这是个馋孩子，闻着香味就要出来了。

姚素菊酸楚地把思绪扯回到眼前，看着十七岁的儿子说，今天真是正确的生日啊，我煮长寿面去。她在李正确的床上放上面板，和了一团面，揉着。李传正催促儿子说，等你妈擀出面条来，人该饿瘪了，先喝碗粥垫垫。李正确摇摇头，直直地站在床头看着母亲把面团一下下擀成薄薄的盖顶大的圆，然后，把圆叠成半圆，把半圆再折叠三次，用刀切成筷子粗的条，像成排的粉笔画出的111111111。母亲切完，用手抓起那些1轻轻一抖，1们就成了相互盘绕纠结的一堆……李正确面对着他热气腾腾的生日面，下筷子前深吸了口气。他用筷子挑起面条，把它们扯成长长的笔直的1，然后把吸进肚子里的冷气慢慢地放出来，把1们送进去。十七岁的装了一肚子1的李正确在一九七九年腊月的早晨坐在饭桌前挺直了身子，他想到自己应该活成个1，不弯不折，不歪不斜，独一无二，正正确确的。虽然常有人拿他的名字开玩笑，他自己却喜欢它看重它——因为他母亲曾不止一次地和他讲起过这个名字的来源——我生你姐的时候，你爹的脸阴了整整三天，三天后他给我下命令——下一个，无论如何也要给我生个带把儿的！我李传正不能没儿子！等生了你，你爹乐得拿拐杖直捣地，一个劲儿地夸我——姚素菊你终于干了一件正确的事！这儿就叫正确！你生下来十天才睁眼，那十天里你爹天天趴床边上喊你——正确，睁开眼看看爹！我就坚持叫你狗狗，人家说名字越贱越好养活，你那拧爹最终还是给你起成了大名。

　　十七岁之后的李正确并不知道如何让自己活成个独一无二的1，他只得坚守着生日前对自己隆重而苛刻的清洗和修剪。坚守着吃1的仪式。大学落榜的李正确被分到了光华百货楼布匹组当售货员，每天拿着一根一米长的姜黄色的木尺测量五颜六色的布。他在尺子上找准顾客需求的尺寸后，对准尺子上那道短短的1用剪刀在布上剪下另一个小小的1，然后双手扯住裂口使劲一撕，或清脆或喑哑的分裂声音就出来了。遇到厚实的或斜纹布时，就只得把布折出1来，用剪刀慢慢地顺着1剪出两个1来。清闲的时候，李正确就会想到自己的工作总是跟1打交道，而自己从十七岁立下的目标却越来越不可能实现了。他看着成群的或独个的顾客，知道自己和他们几乎没有任何区别了。他用那把姜黄色的上面密布了一百个1的尺子拍打着柜台上看起来像肥胖的1的布卷，心里泛出淡淡的失落。

　　一个个生日过下来，一场场苛刻的清洗和修剪被千篇一律地完成了，一碗碗相互纠结的面被扯拽成长长的 1 吞进体内。每年的生日李正确都觉得自己像一块被剪了小口的布，有说不清的两股力量扯着他发出撕裂的声音——撕裂霉湿的旧布的声音。李正确的精气神被这块每年撕扯一次的霉湿的旧布遮盖了起来，一直到一九八八年，李正确二十六岁。

一九八八年，奇怪而奇妙的一年——原本冷清的百货楼内突然人群攒动，原本只是见面点头的街坊邻居热情地拉扯住他，和他东扯葫芦西扯瓢后都会拜托他帮忙买折叠椅电视机冰箱彩电大米酱油醋雪花呢等等。为了报答他，他们频繁地给他介绍对象。李正确没有看上的，他觉得她们都缺点啥。八月八号的这一天，李正确面前的柜台空了，身后的货架子空了，那些像肥胖的 1 的布卷在李正确熟练的撕扯中被变成方的长的，然后被折叠被带走。带走的方式多种多样，最普遍的一种就是被妇女的胳肢窝夹走了。李正确看着空空如也的柜台，恍如梦中。他手里那把姜黄色的木尺无所事事了，他把它撂在柜台上。尺子发出清脆悦耳的声响，这声音是从未听过的。李正确抓起它再撂下去，力气大了些，尺子掉到了柜台外面的地上。他打开两片柜台之间的木板，推开下面的小门出来捡尺子。他看见了他！福尔摩斯！他在一本厚厚的书封皮上，他的头发是卷的，鼻头尖尖的，嘴唇薄薄的，眼神利利的。他的腮帮子上有半个无法辨出男女的鞋印，V 字花型，很像是解放鞋的。李正确把书和尺子捡起来，擦了擦福尔摩斯腮帮子上的鞋印，回到柜台里读起来。只一刻钟的工夫，李正确的心里就起了贪念——说什么也不能失去这本书！世间竟有这样的书！世间竟有这样的人！李正确觉得心里有几个活泼的泡泡在上蹿下跳，蹿的啥跳的啥他一时搞不明白，但他怕丢了它的人回来寻它——卖了八年布没贪过一厘米的李正确把书藏到了纸箱子底下。

一直到下班，都没有人来找书。李正确把书带回家，在父亲如雷的呼噜里读了一个通宵。天亮的时候，他完全被福尔摩斯折服了。李正确心里的霉湿和失落以及空缺全部消失了——他知道了，终于知道了自己从十七岁就立志活成个 1 的才能和办法就是要像福尔摩斯一样。只有像他一样，只有他才是李正确所景仰的钦佩的不由自主要模仿的。其实，后半夜的时候，李正确就不再是单纯的读者了，他更像是福尔摩斯笨拙好学的学生。他在读到福尔摩斯智慧破谜前就合上书，看着封面上的福尔摩斯，在心里向他说出自己的猜测，然后再打开书看下去。他第一次也是唯一一次比父亲早起了，洗漱完毕，端端正正地坐到自己床对面的椅子上，回想头天下午的景象——他觉得在他有生之年能够见到的四个扭着麻花排列在一起的8是为了显示这个日子的神奇，那抢购的人群其实就是为了给他的福尔摩斯打扫出场地，以备他神秘地降临！他的老师！他的朋友！他的快乐！他的即将帮助他体现智慧的神！

很快，李正确就把《福尔摩斯探案全集》熟记在心，但依然百读不厌。他不但四处寻找关于福尔摩斯的书籍和录像带，还定了一本名叫《啄木鸟》的杂志，那上面常常刊登一些破案的小说。李正确用福尔摩斯的眼神看着他生活了近三十年的城市，看着那些他闭着眼都能走的大街小巷，那些在他身后出现只听咳嗽声或笑声就能确定身份的街坊邻居。李正确期待着能有考验他智慧的事情发生，遗憾的是，在他们家属院里能够发生的事都是小偷小盗小奸小坏——张三家晒在窗台上的运动鞋丢了，李四家在垃圾楼旁边圈出的那块小菜园里的茄子被人摘走了，王麻子家的两只鸡莫名其妙地死了，澡堂子的玻璃被打碎了……这些都不值得，尤其是不适合李正确出面。姚素菊严厉禁止李正确对事件进行猜测——都是邻里邻居，不许你逞能！李正确就乖顺地点头应着，但所有的答案他都了然于胸。他在日记里仔细记录着事件和自己的推测——一九八八年十二月五日，张三家的运动鞋案——公厕左边楼三楼走廊公用水管对面那家的老阿姨嫌疑最大，半个月以前她的孙子哭闹着跟她要白色旅游鞋，老阿姨搞不清什么是旅游鞋，正巧张三家儿子骑车经过，她孙子手指着张三儿子的脚说，就是那样的。老阿姨的眼一直跟着张三儿子的背影……一九八九年六月四号，李四家丢失茄子一案——一个经常穿越小区的男人，看工作服应该是车辆段的，此人五十出头，面呈酱色，双眼皮，眼角下垂，下唇略厚，走路有点前探腰，常背着一个深蓝色布袋子，走路喜欢东张西望，捡拾废铁之类。至少我遇见三次他站在李四家小菜园边，其中一次伸手进栅栏缝里撸掉一个刚刚红了尖的西红柿。看见我他赶紧低头走过，故意抬起手抚弄头发，恰恰向我展示了他作案的证据——食指上有明显的西红柿叶子的绿色痕迹……

到一九九二年，李正确三十岁生日前夕，他遇到的能够挑战他智慧的事只有三件。一件发生在一九九一年初，也是唯一给李正确带来快感和成就感的一件——他们单位里新购进的八台平面直角二十一寸遥控彩电被盗案。李正确几乎没费什么气力就发现了警察也没发现的线索。虽然，他把功劳让给了保卫科长,但侦破的快乐和荣誉一直圈养在他的心里。

另外的两件,一件是铁路家属院临街的那栋楼里有租住的女人被人砍死了,李正确曾试图去参与侦破,无奈被警察严厉地呵斥了,他只得打消了念头。另一件是李正确的伤心事——去年秋,保卫科长把他老婆表姨家的闺女介绍给了李正确,两个人倒也对眼,李正确认认真真地谈起恋爱来。一年后,李正确动了结婚的念头,但也就在这时,他观察到女孩子看他的眼神里有了一丝躲闪和慌乱,尽管那仅仅是偶尔出现的。他和福尔摩斯一样都坚信任何情况的偶然背后都埋伏着至关重要的必然。李正确只用了两次跟踪就弄清了另外一个男人的存在。李正确再三思考后决定放手,他直截了当地对女孩子说——我知道你另有人了,也知道你爱他,只是你自己觉得已经和我好了就不能接受他了,你的理智和感情撕扯着你,快两个月了。女孩子又惊又呆又痴又傻地哭着,求着,发誓再也不见那个人了。李正确说,你爱他,我都看见了,你自己看不见吗?李正确在女孩的道歉声里扬手做了个再见的动作,用福尔摩斯的姿势跳过地上的一个水坑,走了。走了两站路后,他发现自己的脸上湿漉漉的,浅咖啡色的外套胸前有好几个深棕色的点子。他拿手绢擦擦脸和衣服,心里纷纷扬扬的都是女友在那男人面前的神情——瞬间的惊喜之后是躲闪和克制。李正确看见了那惊喜是爆发式的,从她的眼睛里放射到整张脸,而之后的躲闪克制则是牵拽式的,好似她体内有个小钩子不允许她那样欢喜快乐,一下一下地拽她,拽得她的眉毛一下一下动个不停。李正确知道自己就是她心里的那把小钩子。李正确流着泪走回家,倒在床上蒙头装睡。李传正看不得他低头耷拉脑的样子,用拐杖砰砰地捣地。姚素菊用手用眼扯着丈夫即将爆发的愤怒。晚上,李正确在父母鼾声里翻身的时候把枕边的福尔摩斯全集碰掉了,他听着书掉落的声音突然有了自救的安慰——毕竟,毕竟你是用自己的智慧破解了一份爱情的背叛,阻止了一段悲剧婚姻的形成。

三

李正确在父母的注视下,慢慢地穿好衣服,到脸盆架前站住,从墙上长约三十厘米的镜子里看新毛衣的效果。镜子旁边挂着日历,日历是李正确单位里发的，纸张很软，三百六十五个日子被一个四五厘米长的铜色订书钉死死地把着。大多数人家都采取每过一天撕掉一张的办法——到年底的时候，只剩一坨相互挤压的纸屑。李正确不喜欢那种日子被一天天撕掉的感觉，他在日历上方的墙上又钉了个铁钉子，用一截绿色的尼龙绳拴了个军绿色的铁夹子，每过一天就用铁夹子夹住一页拽起来——这样，一年结束了，把铁夹子一松，三百六十五个日子就又翻翻翘翘地聚合在一起。上过扫盲班的姚素菊拿了旧的日历当家庭账本，写写画画，新的一年就附着了上来。其实，最近这两年李正确的单位还发电影女明星的挂历，但是，李传正怕李正确天天看那些俊美的姑娘把眼眶子看高了，影响找对象的标准，就都自作主张地送人了。

镜子里雪白的衬领在李正确苍白的脸和藏蓝色毛衣之间起到了双重作用——既打破了藏蓝的沉闷，又调和了他白的肤色在深色服饰下的衬比。李正确满意地拂了拂额前的头发，然后把日历掀上去夹住。出现在一家三口眼睛里的数字是大红色的，李正确的心情被跳跃的红感染得活泼了些，他吹起了口哨——只要你过得比我好，过得比我好，什么事都难不倒，一直到老……李传正嘟囔说——星期天啊。姚素菊看了眼日历上的阴历日期说，我给正确煮生日面去。

李正确家是这层楼上唯一一家有固定厨房的。因为楼是那种只有一面房子的筒子楼，楼梯和厕所在楼的两端遥对着脸儿。李正确家紧挨着楼梯，这样，最里面的一间房和楼梯的墙壁间就有了个将近两平方米的空间。李达莱结婚的那年，她丈夫张建立就让全楼的人见识了建筑工人的智慧——他用木板和三合板加上几根铁条就造出了一间厨房——有门有窗。其他人家都是锅灶摆在走廊上，不但平日里锅里炒的啥剩的啥全楼的人都知道，遇到下雨下雪的时候还要往屋子里搬。姚素菊很快用葱花煸锅，煮了一锅面条。等李正确把床铺和自己收拾利索，李传正已经坐在抽屉桌兼餐桌的边上催促了。照例是李正确坐在自己的床头上，姚素菊坐在对面，李传正面北坐着。李正确把面条挑起来扯直了用嘴吹着热气，白色的热气漫过父亲的白发上升到墙壁上的玻璃相框上，在上面凝结成水雾，让李传正在北京天安门前自豪的笑容模糊了起来。李正确吃完面条说，我去一趟温慧明家。

温慧明是李正确最知心的朋友，外号秀才，原是铁路建筑段的一个木工，因为文章写得好被调到宣传科了，他答应借自己进口的相机给李正确。

他也是李正确此次计划的赞同者,在李正确刚萌生出去北京的念头时,他就加以肯定和鼓励。

温慧明把相机递给李正确说——你早该去北京了,我保管你到了北京一定会有心灵上的震撼,就只跟你说这么一点吧——升国旗经常从电视里看吧,不陌生吧,但是就这最熟悉的画面都让你激动不已,你想啊——那音乐从四面八方涌过来,把你包住,你就站在那音乐的海洋里,看着国旗班的战士们威武整齐地从天安门里出来,这么嚓嚓嚓地迈着正步来到你面前,把那红旗伴随着太阳伴随着国歌徐徐升起,那份庄严感、自豪感、责任感和使命感就会从你的心里一股脑地跑出来,你会不由自主地仰望着她,放声歌唱——起来,不愿做奴隶的人们,把我们的血肉筑成我们新的长城!

李正确不转眼珠地看着温慧明,心里随他一起哼唱。温慧明突然停下来说,不多说了,你自己去感受吧。他嘱咐李正确——不要担心胶卷,我给你放了三个在侧面的兜里,多拍些照片回来给老爷子看看,难得去一次,回来我包冲洗。李正确笑着拍拍温慧明的肩膀——温慧明是知道他的心的,也知道他父亲的心。秀才嘛,秀才不出门便知天下事。温慧明从口袋里掏出火车票和剩余的零钱交给李正确说——出了北京站往左一拐就是卖票的地方,先把回来的票买了,年关了,票紧张得很。你到那里是早晨五点一刻,估计买完票顶多五点四十左右,然后你坐地铁到天安门看升旗,时间很从容。冬天的升旗时间都在六点二十左右,其他的你就看时间安排吧。温慧明又找了纸笔详细地画了北京站的地形图,讲解了坐地铁去天安门的路线和从天安门去圆明园、颐和园、长城的公交车次。

李正确怕父母反对他去北京,就在温慧明家磨蹭到下午才回家。李正确把早已准备好的包从床底下拿出来,把相机挂在胸前对父母说——爸,妈,我去趟北京。姚素菊一听就急了——这孩子,怎么大腊月的往外跑?不行,不行,都年根了。李正确说,我就去一天,明天夜里我就回来了。我都三十岁了还没去过北京,像话吗?李正确说完,提起包就要走。姚素菊一把扯住他,向李传正求援——他爸,你说话呀!

李传正的眼从听见儿子说要去北京的一瞬间就盯上了相框里的北京天安门上——那时,他正是儿子现在的年纪,他的胸前佩戴着大红花,他的身上手上和脖子上以及左脸颊布满了美国鬼子留下的疤痕——一种永远摘不掉的英雄之花。他短缺了一截的右腿支撑在国旗下的台阶上,他的头顶处是伟大领袖毛主席慈祥的脸。他在心里对毛主席对国旗对全国人民说——我是您的儿子！我一辈子都热爱您！

李传正用拐杖把自己撑起来，他走到李正确跟前。姚素菊松了手说，我的话你不听你爸的话总该听吧。李传正低头看着他一直引以为憾的儿子说，该去！早该去！男人哪能不去北京啊？去吧，去！

最后一个去字，李传正说得激动了，他那攀爬着英雄花朵的手指不由得做了一个勇往直前的动作。姚素菊妥协了，附和着说，去吧，去吧，去散散心也好。

李正确知道母亲的意思，他不愿意别人把他的北京之行看成是狭隘的失恋散心，就对父亲说，我去了，我，去替你看看北京，也替我自己看看北京，这男人的事，我妈不懂。李传正呵呵一笑说，你妈就知道烧火做饭。姚素菊不服气地说，瞧不起我这烧火做饭的呀？就是毛主席他也得一天三顿饭，一顿不吃他也饿得慌。李正确笑着从母亲的肩头望向相框，他要仔细看清父亲当年站立的位置，他要在同样的位置照一张照片回来给父亲看。镜框里的北京天安门是李达莱五年前拿到照相馆里翻拍放大了的，还人工上了色——李传正的脸颊和毛主席的脸颊上都泛着淡淡的胭脂红。李传正觉得这点不属于男人的红使得他和他的毛主席、和他的北京天安门都有些陌生了，倒是胸前被还原了颜色的大红花真就有了当年的风采。李正确很早就想替父亲拍一张彩色的天安门，只是他内心里固执地认为，去北京是要有资格的。他从去年破获了彩电被盗一案之后，才觉得自己有了一丝丝站在北京天安门前的资格了。少年的时候，在父亲对那张照片的一次次讲述中，他给自己设立的资格是——成为父亲一样的战斗英雄！高中的时候，他调整了这个资格的标准。

四

两个多月以来，李正确一直被三十而立这句古话锯着，磨着。这一天，虽然不能过得问心无愧但也要把它过得有意义。一个星期前，在和温慧明聊天的时候，他找到了度过三十岁生日的最佳方案——去北京。

三十岁的李正确向北京出发了，他知道身后的栏杆旁他风烛残年的父母正看着他的背影，他挺了挺瘦小的脊梁。等李正确的背影看不见了，姚素菊和李传正回到屋里，她继续唠叨说，这大过年的，大冷的天，去什么北京啊，让人担心。李传正坐到扶手椅上，把拐杖拿到胸前撑着身子说，你就是管他太多了，这男孩子是不能娇生惯养的，男人是要打天下的，是要经历风雨的，哪能养得跟个大闺女似的。姚素菊凭借三十年的经验知道话再说下去，两口子非吵起来不可，她改变话题问，想吃点啥？李传正说，炒个小炒，我和你喝两盅。姚素菊说，大夫不是不让你喝酒吗。李传正说，就两盅。

　　姚素菊炒了一盘芹菜炒肉，一盘葱炒鸡蛋，另把用滚水焯过的准备过年拌凉菜的胡萝卜丝用蒜泥拌了一盘端上来。李传正已经在两个白瓷的酒盅里倒满了老白干，等姚素菊坐下，他说，来，咱俩喝一盅。姚素菊说，我不喝，你又不是不知道我不会喝。李传正端了自己的酒盅碰碰姚素菊的说，不会喝也喝一盅。姚素菊端起来抿了一下说，这不过年不过节的喝的哪门子酒啊？李传正一仰脖子喝干了，笑而不语。姚素菊突然发现原来在墙上的相框倚墙立在桌子上。她仰头看着墙上的钉子说，松了？怎么掉下来了？她伸手去拿，想挂回原处。李传正把她的手挡回去说，我拿下来擦擦灰。他给自己满上酒，看着镜框里的照片，红了眼睛说，三十七年了啊，那时候哪想到今天啊。姚素菊看眼丈夫，不咸不淡地说，今天不挺好的么。李传正隔着玻璃抚摸着照片说——今天好啊，今天好啊。他突然觉得自己独享今天的小炒和老白干是愧对那些牺牲的战友的，便端起酒轻轻地洒在地上。姚素菊看着水泥地上弯弯曲曲的酒渍说，等正确回来就赶紧让他回老家给他干爸上坟吧，别总是等到年根儿，不好坐车。李传正有些不满地说，都二十年的老习惯了，干吗半道上改呢。姚素菊说，你的规矩就是多，也不翻翻自己的心看看，那些规矩里到底有没有一条是疼儿子的？再怎么着他也是你儿子，是你的种你的骨血。姚素菊的抗议是有根有据的，从李正确四五岁起李传正就时常指责姚素菊——看看你给我生的这份子儿！——李正确身上没有一点李传正的影子，他像是母亲的翻版，白皙瘦弱敏感羞涩，在外面受了欺负从不知道还手，只会跑回家抱着妈妈的大腿嘤嘤而泣。随着李正确的成长，李传正对儿子的不满越来越大——浑身的骨头没一块像男子汉大丈夫的，大小伙子竟然连个呼噜都不会打，睡起觉来，蜷成一团跟只猫似的。他的不满大多只忍心扔向老婆，他把那句"你看看你给我生的这份子儿"挂在嘴上。只有他自己知道，正因为这份不满让他格外心疼儿子；只有他自己知道，他的心疼都是用不满的方式表达出来的。

李正确的干爸是李正确出生前十年牺牲在朝鲜战场的李柱子，和李传正同村同姓，一起参军一起打小日本一起打蒋匪一起去朝鲜打美国鬼子。两个人抗日的时候就说好了——不管谁活下去，生的儿子都是两个人共同的儿子。李传正眼看着李柱子被美国鬼子炸成了碎片，有一片肉带着火焰落在他右手的虎口处，让他痛痒至今。战争胜利后，李传正把李柱子的遗物带回家乡，埋到了他们当年相约参加队伍的岭上。

我就这么一份子儿，咋着翻我这心里都是疼他的。李传正给自己斟满酒说。姚素菊浅浅一笑说，虎毒不食子嘛，我知道你疼他，可你得疼对地方呀。今年就让正确提前回去给干爸上坟吧，去年儿子回来的时候等了五个小时才坐上车。李传正说，你又不是不知道，老家当儿子的都是年三十给爹上坟，男子汉冻冻能咋着？姚素菊说，犟驴。李传正瞪她一眼说，你娘们儿家懂啥？姚素菊说，天天嫌我给你生的儿子不好，你自己倒不说说我儿子的好呢。现在这年头连亲爹老子的坟都不上的不多的是吗，就咱们正确一回不落地去给干爸上坟呢。就那么一堆黄土，你说叫干爸，儿子就叫干爸，你说每年过年要回去给你干爸上坟添土，儿子就年年不落地去，冷冷寒寒的。我啊，我要是死了就不让儿子给我上坟，我宁愿在阴间吃不上喝不上也不会折腾儿子。李传正长叹一声说，我也没咋嫌儿子呀，就觉得他应该，啊，那个，更爷们儿一点，其他的我说啥了吗？儿子是好儿子这我知道，不言不语的但心里有数，还是知道做人要有做人的样子，当儿子要有当儿子的规矩的，知道我又病又残地出不了门，知道我这心里惦念啥呢。哎，你说，这个点火车该到哪里了？姚素菊说，我咋知道啊，我又没去过北京——赶紧把你那酒盅子给我。李传正不理睬她，任凭她收走了酒瓶和盅子，他拿袖子又擦擦镜框上的玻璃，沉浸到自己的回忆里。姚素菊盛了粥放到他面前，从他手里把相框抽出来说，别看了，儿子明天就给你带回新的来了。我今天下午买豆腐的时候碰见大老王了，他让我给你带话。李传正问，他说啥了？姚素菊说，还是那些话，说现在这政策越来越不公平了，说你打淮海的时候俘虏的那个国民党军官都是离休待遇呢，就你们这一帮子老革命倒还是退休待遇。他说正月一上班就组织人员上访去，让你务必参加一下，露露脸就行。李传正用他蜷缩的手指端起碗喝了口大米粥说，唉，中国这么大，这么多人，北京哪能事事都一碗水端平呀。再说了，人家是俘虏不错，可人家有文化，建国后给国家做的贡献比我大。我就一废人，这手握个拐棍还凑合，握笔就不行了，看了几十年的仓库，哪能跟人家当了几十年工程师的比，咱不能给国家添乱。姚素菊不甘心地说，那手握不了笔不也是为国家才残废的吗，这退休和离休的待遇差老鼻子钱呢。李传正砰地放下碗说，我不去，也不许你去，更不许你出去乱说！一点为党为国家考虑的觉悟也没有，要是比的话咋不和那些死在战场上的人比啊，今天能坐在这里吃着小炒喝着大米稀饭是多少人用命换来的啊？他们得到了什么？他们多少人连个名都没留下来啊，我李传正活下来了，已经比他们幸运多了，逢年过节组织上来看咱，敲锣打鼓地慰问咱，还不够吗？还想咋着啊？姚素菊看李传正真动了怒，就软软地说——我没想咋着呀，不就是闲聊天吗。我哪能不知足呢，又不是没过过从前的日子，我听你的，不给国家和党添麻烦。

五

李正确一踏上火车，大脑立马就兴奋了起来。车厢里人满为患，拥挤不堪，男女老少，神态各异。他想起电影《东方快车谋杀案》，想起他的导师福尔摩斯的话——我的头脑讨厌停滞状态，给我问题，给我最深的密码，最复杂的分析，我才最在状态。他找到座位把包放到行李架上，隔着防寒服拽了拽里面相机的带子，确定它坚固无疑后才坐下观察起乘客来，根据他们的言行和穿着、行李分析着他们的身份、出行的动机和相互间的关系，并试图从他们的面孔上透视到他们的历史。他知道这是非常有难度的，不是一两年的工夫就能练成的，但他坚信，世上无难事，只要肯登攀！他相信福尔摩斯能达到的他一定也能够达到。

夜深了，乘客们不管坐着的还是挤在过道里的都有了倦意，很多人发出了鼾声。李正确知道此刻正是作案的好时机，隐藏在他恹恹神情下的大脑格外警醒起来。车停了，有七八个人肩背手提地下车了，李正确用手指擦擦窗玻璃上的雾气，看着外面的站台。车开了，他把注意力集中到过道口，解读新上车的人——这是一个与众不同的老者。李正确快速地在大脑里收集此人身上散射出的信息，分析他与众不同的具体来源。过道里已经相对宽松了一点，老者没费多大的劲就挤到了李正确的斜对面。他看了眼拥挤的行李架，把手里的包放到地上，用脚从坐着的乘客腿底下塞到座位下，然后把手里的票放到那位乘客眼前说，对不起您了，这是我的座位。那个屁股还没有坐热的三十多岁的男子乖顺地站起身，回到过道他原来的位置上。李正确看着老者，知道了他是一个自信的人（一般人看到座位上有人都会先去看自己的车票），一个很有涵养的人，还是一个做事认真的人——从他冻得通红的鼻子可以看出，他已早早地等在站台上。老者坐下去，用手按了一下棉服的口袋，他的身子一直，眼珠快速地左右转动了两下。李正确的心和脑子里有东西腾地弹跳而起——问题来了！

他站起身，一步跨过邻座的腿站到老者的面前低声问——你确定它在兜里面的时间是什么时候？老者把眼神定在他的脸上说，刚刚，上车的时候钱包还在。李正确再问——确定？老者说，百分百。李正确听后把目光迅速地朝车厢门口扫描过去。他嘱咐老者说，你就站在这里，不要让任何人过去。老者点点头，站到过道上，伸开胳膊抓着两边的座位靠背。李正确向老者进来的方向走去，四五米之外就是列车服务员的小屋子。他走进去低语了几句，又走回老者身边等着。老者低声问，你是便衣？李正确笑着摇摇头。一会儿，广播响了起来——十到十五号车厢的服务员请注意，请把守好各自的车厢门口，禁止旅客穿越车厢，也请这几节车厢的旅客同志们配合一下，待在自己的位置上不要来回走动。车厢里一下子热闹起来，疲劳困顿的人们顿时来了精神，相互打听，听到有人被偷了，都摸捏自己的口袋，有的还把行李架上的包裹拽了下来抱在怀里。李正确站在老者身后看着他们，片刻后，他对老者说，咱们可以去下一节车厢了。到了十一号车厢，李正确让第一排的乘客让了个座位，他在老者耳朵边上说你一定听我的。老者点点头。李正确拽着老者站到座位上大声说——同志们，同志们，麻烦大家配合一下，都转过脸来。因为这位老人家和贼是打过照面的，他记住了贼的样子，大家都朝这边看，让他辨认一下。人们纷纷朝他们看过来。李正确大声对老者说，仔细看，每一张脸都看仔细，有吗？没有我们去下一节车厢。人们纷纷侧了身子给他俩让道。两名乘警从后面朝他们赶来——你们俩是谁被偷了？老者说，我。乘警说，来，说一下具体情况。李正确拽着老者的衣服对乘警说，等一会儿再做笔录，让我们看完后几个车厢。乘警看他语气带着不由分说的劲头，只得让他俩继续。

来到十二号车厢，李正确刚刚站上座位就看见厕所门口一双慌张的眼睛朝他匆匆一瞥，躲到了水池的隔板后面。李正确快速朝水池走去，边走边说，这里没有，我们去十三号了。走到水池处，有三个人挤在那里，李正确揪住浓眉大眼的一人说，我就不信你能逃了我的法眼。两个乘警上来帮忙，把他的胳膊别成烧鸡式。李正确拍了拍他的口袋，从裤兜里掏出一个钱包给老者看。老者惊喜地说，就是，就是。其中一个乘警把钱包抓到手里打开，问老者里面有多少钱和其他东西。一一核对后，乘警把钱包还给老者。两边车厢里的人早已挤了过来，有人拍起了巴掌，清脆的掌声仿佛千头鞭炮的第一鸣，声声相接，相传。

李正确的眼圈热起来，在他三十年的生命里第一次有了掌声！这和圈养在自己心里的掌声多么不同——它是这么响亮这么动听！他在掌声中朝自己的座位走去，如同英雄凯旋。他觉得自己周身的肌肉都舒展开去，使得他的身体宽大直溜了很多，他觉得自己原本干瘪的胸膛上鼓起了健美的肌肉。

回到车厢，李正确的屁股刚挨到座位就被突然闪现的念头惊出一身冷汗来——万一推算不灵，抓不住小偷怎么办？那丑可就出大发了！他怎么跟老者交代，怎么跟警察解释？怎么样才能走回这个座位？怎么样才能在人们的眼皮底下熬过剩下的时间？当他站在父亲曾骄傲站立的地方时，他该怎么样面对毛主席？他万分侥幸地揣起手来，扭头看向车窗，在心里默默感念他的福尔摩斯，感念那个没跑出他的推算没让他失败的笨贼和这辆喘着粗气的绿皮火车共同给予了他至高的荣光和快乐，给了他看望北京看望天安门看望毛主席的礼物！转念，他又想起了父亲——爸知道我今天这事会咋着？肯定比去年彩电那事更让他惊讶——今天这可是真抓实干啊！去年那事，从来不夸我的爸就一连说了多少次——看不出你这臭小子还真行啊！你还真行啊！一遍又一遍，直到妈开玩笑说，你爸要再说下去，该给你改名叫李真行了。

老者笑眯眯地和李正确对面的人换了座位，拍拍李正确的胳膊朝他竖起大拇指——小伙子你破案是这个。李正确赶紧浅浅一笑。老者说，你在哪里工作啊？留个姓名吧。李正确迟疑着说，这不是我的习惯。老者愣一下然后点点头说，我知道你们便衣都有很多规矩的，这也是必要的自我保护，但你怎么分析的可以讲给我听听吧。周围的乘客也怂恿说，说说吧，警察，让我们也长长见识。李正确笑笑说，其实也没什么，就是要仔细观察。你上车前我从车窗里看见你是最后一个，你之后就没有人上下车了。你说你进车厢时钱包还在，而且你走过来之前是没人往九号方向去的，所以我断定小偷作案的位置是从这个座位到车厢门口，作案后的行迹是往十一号车厢那边去了，根据时间和车厢的拥挤程度我断定他最远走四五节车厢。再就是利用心理战，说你记住了小偷的样子，小偷看见咱们肯定眼神要慌，要躲闪，剩下的就很简单了。周围的人鼓起掌来。李正确站起身很男人很江湖地朝大家抱了抱拳。待他坐下，老者问，去北京公干？李正确摇摇头。老者笑笑说，不方便说？我的意思是你到北京如果不影响工作的话，我做东，表示一下感谢。李正确说，不客气，我时间很紧张。李正确看看老者和周围仰慕的眼神，突然就有了说一说父亲的冲动，他清了下嗓子对老者说，其实我是替我父亲去看看北京的。我父亲一九四三年十六岁就参加革命了，先是参加了抗日战争，后来又参加了国内战争和抗美援朝，身上到现在还有三块弹片没取出来。在朝鲜战场上他大半个身子被烧伤，断了一条腿。他这辈子就是一九五五年冬天他们部队开庆功大会组织他们去过一次北京，在天安门照了张照片，一直珍藏着。他对北京对天安门感情很深，他身体不好，我就替他来看看。当然，我自己也想来，以前没来过，三十了，觉得怎么着也该来一趟了。老者点点头说，好小伙啊，你的意思我很明白，你来看北京的心态很纯净，我觉得应该这么说，你是带着朝圣的心态来的，对不对？

朝圣。李正确思考着这两个字，对老者笑笑。

老者说，我和你父亲年龄相当，你父亲对北京的情感我是理解的。北京啊，她是我们的信仰之都，就是从来没有到过北京的人也会挂念着北京，挂念着天安门，挂念着那些领导我们翻身做新中国主人的领袖们。

嗯，您说得很对。我父亲说他当年站在天安门前眼泪一个劲地流，他照相的时候专门让摄影师把毛主席的像对准他的头顶，在心里对毛主席说，主席，你的儿子牺牲了，但我活着回来了，我向您保证——从今往后，我就是您的儿子，永远听您的话，永远跟您走！李正确嘴还没闭上，就传来了哧哧的笑声。老者和李正确一起扭头找发笑的人，那人赶紧坐回座位，低了头。老者说，我没有参加过战争，一直都生活在学校里，可我和你父亲他们的情感都是一样的。七六年主席去世，我们那感觉真就是失去了父亲啊……孩子，好好替你父亲看看北京，回去好好给他讲讲北京的变化，他身体允许的话再带他来一趟。李正确说，是，是。这时，广播里传来甜美的声音——旅客同志们，虽然现在是凌晨，虽然我们的广播可能会打扰您的休息，但为了表达我们对十号车厢一位见义勇为旅客的敬意和感谢，现在播放《便衣警察》的主题歌，希望大家能够谅解。也请旅客同志们看管好自己的行李物品，不给犯罪分子可乘之机。

歌声响起——几度风雨几度春秋，风霜雪雨搏激流。历尽苦难痴心不改，少年壮志不言愁。为了母亲的微笑，为了大地的丰收……有稀稀拉拉的掌声传来，李正确朝人们笑笑，借机中断了和老者的谈话，闭上眼睛假装休息。他觉得不再跟任何人交谈是今夜最完美的结尾——他怕在交谈中暴露了自己售货员的身份——他希望自己留给人们的是一个便衣的形象。他看见两个二十岁左右的小伙子看他的眼神里充满了对警察的敬仰，而他自己也是敬仰警察的，《便衣警察》的电视剧他在家里看了一遍，去录像厅看了两遍。

车到站的时候，李正确生怕老者再邀请他，故意挤到前面先下了车在站台的柱子后站了几分钟，把自己混进从其他车厢出来的人流中，慢慢悠悠地走，等到了出站口他已经是最后一拨乘客了。

六

李正确走出出站口，站定了，双手抓着黑色人造革的提包，看着父亲的北京，看着自己的北京。尽管北京凌晨的空气看起来是淡黑色的，有着他从未体验过的清冷和锐利，尽管夜色中的北京和他小时候获得的北京形象（北京光灿灿的一片，太阳从天安门上升起来，散发着万道光芒——这个形象一直顽固地留在他脑海里）完全不同，他还是不由得闭上眼睛深吸口气，在心里高喊——北京，我来了！北京，我来了！北京，我李正确终于见到您了！

李正确在心里和北京打了招呼，看看左边排队买票的队伍，他决定先熟悉一下广场的环境——这也是福尔摩斯教给他的常识。广场上除了黑乎乎的人影外并没有什么招引眼目的东西，李正确把目光看向远处，有几间房子在斜对面，并有昏黄微弱的光散出来。他快步走过去，近了，才知道那就是"赫赫有名"的地铁。李正确顺着那因为通往地下而显得格外神秘的台阶跑下去，买了地铁票，伸头看看正停靠的地铁，重回地上。熟悉完环境，他按照温慧明的建议去排队买票。

刚挨近人群，一个头戴黑色线帽子，围着黑色脖套，双手揣在袖子里的高个男人在他身边一蹭，说了句什么。李正确没有听清，想回问的时候却不见了人，就在他左右张望的时候，男人幽灵一样又出现在他的左侧——还是一句含糊的话，李正确这次好像听到了票字。因为男人说得匆忙神秘，李正确就被他的这股劲儿感染了，不由得也用了同样的语气反问，啥？啥票？男人像特务接头时试探暗号一样，发现对方不是要找的人就闪身而过。李正确张望起来，他惊讶地发现淡黑色的空气里有很多相似的人——衣服都是黑的，都戴着帽子围着脖套，白气从遮掩着他们鼻子的脖套里跑出来，使得那仅露的眼睛有了面纱一样的遮挡。李正确走到一列稍微短一点的队伍后排上，眼睛依旧找寻着那个人。他还是第一次遭遇这样的情况——这让他既紧张又兴奋。当他转过身到背后找寻那个神秘身影时，看见了四个从身架上看应该是中青年的男人。李正确本能地感觉到这四个人是对着他来的！他迅速低下眼睛侧转了身子，警惕着背后的动静。

最危险最神秘的密码出现了！一定要冷静！好在这是在大庭广众之下，只要不激怒他们，应该一时半会儿不会出现危险。李正确告诫着自己。约莫过了七八分钟的样子，感觉空气里的黑色淡了些，李正确装作不经意地扭头朝后看去，这一次他看清了距离他最近的那个人的眼神——电视里黑帮那样的——凶恶、挑衅而嬉亵。李正确想到最大的可能就是火车上的贼是有同伙的，先出来找到了自己的组织——来报复他了！刚才那个含含糊糊在身边说话的人是来近距离确认他面貌的！李正确的后面已经有两个人排着队，根据他们漠然的眼神，他知道这两个人不是他们的同伙。紧挨着他的人块头比他大一些，李正确缩了身子跟他说，同志，我去趟厕所，一会儿我再回来，要是别人说我插队你帮忙说句话。那人说，好说。李正确瞅见他右侧有四个提着行李的人朝地铁口走去，等他们走到跟前，他闪身加入，脚步抬抬落落都是按照身边人的频率——这样，那人就成了他的一个移动掩体。

到了地铁口,李正确迅速地跑下去,正巧赶上即将开动的列车。李正确趴在玻璃门上看见有两个穿黑衣的人朝他跑来,见列车启动,其中一个懊恼地跺了下脚,朝后面摆手。李正确猜测后面肯定还有两个。地铁像一个神秘的伙伴,载着李正确在黑暗里嗖嗖穿越。李正确顾不得体会钻天入地的新奇,警觉地观察着车厢里的人,待地铁门一开,他像受惊的兔子一样飞跑到地面,刻意到马路对面的公交站登上开来的第一辆车,坐了一站后又下来接着登上后面的公交——这次,他仔细观察了车厢里的人后,确认自己已经成功地摆脱了跟踪。他下了公交车找到地铁口,坐上回北京站的地铁——他觉得即使福尔摩斯在旁边看着他,也会对他反跟踪的能力感到满意了。出了北京站地铁口,李正确看见空气已经是灰色的了,他看看手表——差五分六点。他赶紧跑到他先前排的队那里,那个答应帮他说话的男人却不见了,李正确只得回到队尾重新排队。这时,先前那个神秘的人又出现了,他依然是蹭着李正确的左胳膊走过,依然用含混的神秘语气说了一句什么。李正确警觉起来,四处一看,不禁倒吸一口冷气——他以为早已甩掉的那四个人还在他背后,只是这次他们的位置稍稍远了些——有一个叼了烟卷,有一个把脚踩在花坛上,另两个抱胳膊站着。

　　李正确对自己的判断产生了怀疑——或许他们不是冲着自己来的?但有一点他是非常肯定的,他们的身份确定无疑是黑社会。李正确想,如果我往别的地方走他们不跟踪的话,那就不是针对我的。他装作若无其事的样子朝着地铁方向走去,看见那里出现了一个报摊,卖报的人正忙着把报纸杂志往地上摆。他走过去,悄声问卖报人,北京的治安怎么样?卖报人说,这怎么说呢,哪里都有好人,哪里也都有坏人,对吧?李正确说,我从一出站就发现有四个人盯着我,那样子很像黑社会的。卖报人抬头看着他说,黑社会的?李正确看他的神色里也有了恐慌,点点头说,就在西南方向,两个叉腿站着,一个稍息着,一个脚踩着花坛,你看见了没?卖报人匆匆一瞥说,正朝这儿看呢。李正确说,平时这周围有巡逻的警察吗?卖报人说,那怎么也得等到八点吧,或许他们是盯上你手里的包了。

　　我手里的包?李正确看着自己的包,不知道它怎么会惹上黑社会。卖报人提醒他说,说不定他们以为你带着什么值钱的东西呢。李正确轻轻舒口气说,你说得有道理。他告别卖报人往回走去——他要向他们展示他的包里除了一件棉坎肩和洗漱用具之外,没有任何可令他们盯梢的东西。他有些懊恼地想到，自己思考问题有些一根筋了，被火车上的盗窃案牵了鼻子，怎么就没想到其他的可能呢？卖报人说得对，问题可能就在这个包上，也许他们的仇家或来和他们秘密交易的人就提着我这样的包！

李正确回到先前排的队尾，把包放到地上拉开拉链，装着翻找东西，然后站起身来往旁边走了几步，踮起脚假装看卖票的窗口——他用此招告诉他们——我没有什么值得你们盯梢的东西。踮了一会儿脚，他想到或许他们还会怀疑他鼓鼓囊囊的身体。他拉开防寒服的拉链，装作看风景一样原地转了一圈。清冷的空气穿过李达莱织的麦穗钻进他的身体，一个喷嚏猝不及防地蹿了出来，他慌忙用手去遮挡，弄了一手心的唾沫和清鼻涕水。他蹲下身用那只干净的手在包里翻找卫生纸，从眼角观察那几双脚的动静。

一双脚动了！

其他的脚也动了！

它们朝他的方向来了！

地铁！

李正确的两条腿还未能完成一个起跑动作就被一股来自后面的力量推倒在地，他还没来得及擦的口鼻重重地摔到地上，紧接着后背上落满了手脚。有人别着他的胳膊有人揪着他的头发把他拽了起来——他想观察一下周围有无能帮他逃脱的人或物，可是他的脸被揪得只能看见天。天已经亮了。有人扯下他的防寒服捂到他的脸上，防寒服腈纶的里料像只冷漠光滑的手一拂而过。猛地，他的脸朝向了地，有人扯起他的毛衣罩到他脸上，他瘦弱的身子只剩一层秋衣了，寒冷立马就把他穿了个透。裤腰松了，慌得他赶紧并腿。裤子并没有掉下去，它只滑落到大胯就停了，母亲在他黑毛裤腰上穿的红白相间的松紧带很乡土地露了出来。他的手被他的腰带死死地勒住了。有人拖着他走，他才意识到应该争辩应该呼救——放开我，你们抓错人了，我不是你们要找的人！救救我啊！有人狠狠地踹了一下他的尾巴骨，一股钻心的疼痛让他的喉咙里的气流溃散了。他从这一脚上明白了他们对他的仇恨——他们大有置他于死地的恶念。他对自己说，冷静！冷静！注意观察！注意分析！

李达莱织的麦穗，行行斜向的麦粒和麦秆的连接处都有个因减针而出现的洞眼，李正确透过它们看见地上还有没化的残雪，看见他的鼻血滴到雪上，看见他左侧那双脚穿着系带皮鞋，右侧的是松紧口带舌头的，他根据他俩踩出的鞋印深浅知道左侧的比右侧的重很多。他还看见有很多只鞋子或匆忙或停留或退让，李正确知道那都不是他们的同伙，于是他再次喊起来——我是被冤枉的，你们抓错人了！哪个好心人赶紧帮我报警啊，帮帮我啊！

让你乱喊！李正确的屁股发出了胆怯的声响，他双腿一软跪了下去，两边立马有两股力量扯起他拖拉着，他塞在毛裤松紧带底下的秋衣被扯出来了，露出了苍白扁瘪的肚皮。李正确觉得这样的自己很像条死狗，就努力想让自己的双脚重新踩住地面——他的脚一蹬地，就有脚踹他屁股一下。几次后，李正确只得放弃了。李正确死狗一样被人拖了长长的一截路，这当中他感觉是朝右拐了一个弯的，然后他被架进一辆车里。没听见任何的话语，车就启动了——李正确由此知道他们是训练有素且准备充分的。他的头被按到腿上，他这才发现温慧明的照相机没了，鞋子也没了，脚面上有蓝色菱形图案的白袜子已经又湿又黑了，脚指头针扎一样，双腿抖个不停。他告诫自己必须忽略肉体产生的不适感，要调动起自己所有的毅力和辨别事物的能力。他相信只要自己能活着回去，就一定能凭借自己的智慧找到他们，端掉他们的老窝，为民除害！为北京的平安贡献自己的力量！

七

李正确在左摇右晃左转右拐的车里牢记着自己的感觉，同时默数着数。数到三百一十三的时候车停了下来，有人把李正确按着头拽下车。一个粗哑的声音说，这小子一看就是欠收拾的主儿，还想玩伎俩，到那儿先教训一下。有人解了他的手，有人架着他走到一间屋子前——他从毛衣麦穗上的洞眼里看见了门槛，他看见地上的一切都很清楚了。知道天已经大亮了，他的心里生出了一点希望——天大亮了就离警察上班的时间不远了，那卖报的人会不会好心地报告警察呢？

腿刚一跨过门槛，他的身体就被巨大的力量踹向前，一瞬间他觉得这股力量把他身体里的东西撞零散了，它们要穿透他的前胸飞射出去了。就在它们钻痛他的瞬间，前面一股力量拦截上来，它们又往后飞去。如此几个来回后，它们带着李正确的躯壳倒在地上。立马，他的躯体变成好几双皮鞋嬉戏的球了。李正确对此并不陌生，他从港台片里看过很多次，他也知道这样的情况下最要紧的就是保护头——头要是坏了他就没有找他们报仇雪恨的智慧了！

李正确被拖到了一间有桌有椅的屋子里，毛衣已经从他的头上滑下去了，胸膛里的剧烈疼痛和恐惧让他无法睁开眼睛。他蜷缩在地上，不敢出声，生怕再招来殴打。

叫什么名字？

李正确。

什么？说清楚点！

李正确。

嗜，还你正确呢，你正确，难道我们错误了？你这样的我们见多了，尾巴一翘就知道你拉啥屎！系带的皮鞋踢过来。

说，到底叫啥？

李正确想起父亲的北京，想起自己差一点就朝圣到的北京，用电视里好汉的语气说，你们就是打死我我也叫李正确！

哪几个字？

姓李的李，正确的正确。

哈哈，叫正确为啥干错误的事？老实交代，偷了多少？

偷？李正确想，果真就是火车上的盗窃案引发的。他说，我没偷，我真没偷。

还不老实！又一脚踢上来。没偷，你以为你说没偷你就没偷了？我们都看见了，还敢抵赖！让你逞能！让你逞能！

李正确彻底明白了——火车上的贼不但是有同伙的，还是有门派的，是一个有组织的盗窃黑帮。他眯缝着眼看看门外，地上已经有了耀眼的光斑，他想他们不可能在光天化日下杀害他，杀人的事大多都在晚上，无论如何要给自己争取这一白天。

说，你到底偷了多少？在黑皮鞋抬起的瞬间，李正确恐慌地闭了眼睛缩了身子——我说，我说。

李正确想到自己只有五十元钱，为了避免他们以为他说谎，就回答说，五十。话音刚落，就有一双手掀开他的毛衣，发现里面没有口袋，快速地下移到裤子口袋里，摸出钱来——正好五十。

李正确听见有人松了口气。李正确也跟着松了口气，一直惊惧不堪的身体刚有些松展时，黑皮鞋又踢过来了，李正确重新绷紧自己。让他意外的是，黑皮鞋踢的力度大大降低了——说，还偷了什么？

还，还偷了照相机。

还偷了什么？

没了。

没了？说，还干过什么坏事？

李正确想，他们就是想让我自己主动服软。他说，我真不是故意找你们茬的，我以后再也不敢在你们面前逞能了。

说具体点。

我保证，保证不抓小偷了，我全当看不见，我保证。

什么乱七八糟的，他妈的，还敢耍老子！一只皮鞋踩到他的脸上，和话语里的恼恨不同的是，这只脚没有力量，它只是轻轻地蹑着他干瘪的腮帮子——信不信，我踩死你跟踩死只蚂蚁一样，信不信？想玩啊，老子能玩死你，信不信？话语和皮鞋一样轻浮，一样戏谑了。李正确脖子后面一直绷紧的那股力气顿时四散而逃。

啊啊啊啊求求你们饶了我吧，我再也不敢了，求求你们饶了我吧，我再也不敢了，再也不敢，再也不敢了⋯⋯

哈哈，这还差不多，再想想，还干过什么？

李正确努力地想起来——五年前，他和同事宋伟姬、洪波还有他高中同学张刚一起传看过《少女的心》，前年夏天张刚带他去他的一个朋友家学习过贴面舞，面颊和身体磨蹭了没几下，他下边就硬了，吓得他挣脱了舞伴就跑了——我发誓我就跳了那一回。

从包里翻出一个工作证。有人说，还真叫李正确，咋起这么怪的名。

皮鞋离开了他的腮帮子，房间里安静下来。李正确闭眼听着动静。有粗粗的呼吸声。他仔细辨认着，有自己的，还有就是那个穿系带皮鞋的，一个胖子，能把残雪踩出深坑的胖猪！

先关起来。

李正确被拖回先前挨揍的那间屋子。有人把他的手别到身后依旧用他的腰带捆上。李正确哀求说，轻点，轻点，我都这样了，你们就是不捆，我也逃不了。

哪来这么多废话，找揍呀？我告诉你，老老实实给我待着，要是敢瞎折腾就有你好看的。

等他们出去，李正确才聚拢精神睁开眼。这是一间空空荡荡的大屋子，窗子上都挂着厚厚的窗帘，从缝隙中透进来的光线看，没有阳光温暖的颜色，只是阴冷的一道亮，李正确断定这不是间向阳的房子。不管怎样，李正确已经成功地为自己获得了一些时间，他在心里祈祷——那个卖报人或者那众多的曾看见他被抓的人里能有人和他一样，善于观察善于分析，能看穿他们假装便衣的把戏，能够追寻着血迹把警察带过来解救他。

李正确蜷缩在水泥地上，身体里尖锐的疼痛和彻骨的寒冷把每一分钟都扯成了煎熬，恶心无力，牙齿发着咯咯的声响。他知道这样下去，不用他们动刀动枪他就会被冻死，他咬牙往墙根那个模糊的可能是暖气的地方挪动。苍天助我！李正确倚在温热的暖气片上，心里又多了一丝希望。

等待着，等待着。

李正确的希望一丝一丝地小下去。

窗缝里的亮光消失了。

天黑了。李正确爆发出无法控制的绝望的号哭。

哭累了，他听到窗子外面有人说话——

什么时候行动？

后半夜吧。

他们要害死我！要害死我！我不能就这么死！不能！绝对不能！李正确决定救自己！他想到应该先把手弄开，想起自己的腰带是最流行的带卡扣的皮带，只要摸到卡扣就能松开。他祷告着——伟大的福尔摩斯，无所不能的福尔摩斯啊，请你帮帮我，一定帮帮我！

皮带松开了，手自由了，李正确用双手支撑着爬到门口——那门结实得晃不出任何声音。

李正确爬到窗户前，忍着疼痛站起来，摸到的是一根根晃不出任何声音的拇指粗的铁棍。李正确知道自己在劫难逃了。没有了逃离的希望，反倒冷静下来——他想到唯一能做到的就是给警察给亲人留下他冤死的信号。这信号要躲过他们的眼睛，要隐秘，要持久，就是他的肉身腐烂了烧化了也消失不了！他把腰带的卡扣掰下来塞进嘴里，试探了几次都无法咽下，只惹得一阵阵干呕。他习惯性地往兜里掏手绢，手指摸到了硬币。

两枚硬币!

李正确干呕着把它们咽了下去。

应该尽量多留一些线索!他想到了早晨滴到地上的鼻血。他拽下自己的白衬领,狠劲揉搓了几下鼻子,一会儿就有血虫子爬到了唇上。李正确展开衬领,手蘸着鲜血在背面写下——我冤枉!写完,他把衬领再套回到毛衣里面。

做完这些,李正确决定利用剩下的时间回想自己的一生。从父亲给母亲下命令——下次无论如何也要给我生个带把儿的,我李传正不能没有儿子!从父亲趴在床头一遍遍喊他——正确,睁眼看看爹——开始想。他第一次明白,人真正的回想是把经历的事重新过一遍,鲜鲜活活的就在眼前——五岁的他,被小朋友故意撞到,一圈人围着他喊——疤瘌脸他儿!鸡爪手他儿!瘸子他儿!独腿他儿!鬼他儿!他哭着跑回家,还没等说出原因,父亲的拐杖就响起来。他哭着躲在妈妈的屁股后,从妈妈的腿缝里第一次仔细认真而恐慌地看父亲的疤瘌脸鸡爪手和独腿。父亲先是朝他喊——是我李传正的儿就不许掉半个眼泪渣子!他的眼泪不是半个半个的,是河水一样的,他悄悄地把它们蹭在妈妈的裤子上,却怎么也蹭不干净。父亲的话重复了三遍后,他的眼泪还是跟小河里的水一样。父亲抬起拐杖一下把他从母亲的身后戳到地上——起来!是我李传正的儿子就不许趴在地上!他从地上爬起来的时候,意识到眼泪止住了,连半个眼泪渣子都没有了,他终于敢让父亲看他的眼了。就在他想告诉父亲,我没流眼泪,半个眼泪渣子也没流的时候,他看见父亲朝母亲举起了拐杖——看看你给我生的这份子儿!看看他这点出息!直到母亲哭着给他换裤子的时候,他才知道他的眼泪并没有真的不流了,眼泪也害怕爸爸,它们不敢从眼里流出来,它们从他的小鸡鸡里悄悄地流到裤子上了……从那天起,他再也不敢也不愿靠近他疤瘌脸的鸡爪子手的独腿的动不动就把地捣得咚咚响的鬼父亲。直到他上小学三年级——那天,他是多么自豪!多么骄傲!多么光荣!那天,学校请来讲革命故事的战斗英雄竟然是他的父亲!他和同学们在父亲的讲述里都流泪了,他的眼泪流得又跟小河的水一样了,还有他的鼻涕也流得跟河水一样了,可是他第一次没有低头掩饰它们。他坐得笔直坚挺,把脸仰得高高的。那天,放学的时候,他在同学们羡慕的眼光里胆怯而自豪地抓起了父亲鸡爪子一样的手，搀扶着他回家。那天，父亲第一次给他讲了天安门那张照片的故事。那天，母亲在做饭的时候，边烧火边给他讲了他出生的故事。那天，他下决心向父亲学习！他告诉自己要做个让父亲喜欢满意的儿子……但是，他总做不到，就像他总管不住自己的鼻涕和眼泪一样。就连最简单的也不行——他努力吃饭，渴盼着自己能长得和父亲一样高大，但他总是一吃多了就肚子疼就拉稀发烧。他也想像其他同学一样下河洗澡在大雨里跑——父亲喜欢那样的，可他实在是害怕水蛭，一看见它们叮在人身上他就眼前发黑胸口里翻腾，他一在雨里跑就会喷嚏咳嗽得肺炎……这样的时候，父亲就埋怨母亲——看看你给我生的这份子儿！后来，后来父亲的埋怨少了很多，因为长大的他明白了自己的无能，认可了自己的无能，应该是父亲也明白了认可了。他只做他能做到的——给干爸当儿子！他知道自己有个未曾见面的干爸，知道爸和干爸曾经的约定时，他才明白了父亲当年给母亲下的命令，才明白了父亲为什么说他不能没有儿子！他认认真真地给干爸当着儿子——每年除夕回老家给干爸添土上坟，给干爸讲干爸看不见的享受不到的生活，有时他也讲爸讲妈讲达莱讲他自己。他给干爸讲自己的时候光讲好的，能让干爸高兴的——他不想让两个爸都因他而失望。去年除夕，他给干爸讲的就是他在单位里侦破彩电被盗案的事——他把自己怎么通过观察在单位门口一块缺了水泥的地上发现了两道短短的平行的车辙和几个小小的窝坑，怎么综合平日里和门卫大爷聊天获得他起夜的信息后推定了作案的时间和工具，怎么在等候公安问询的人群里发现了电气组的老康面色憔悴还紧张——吸烟姿势都变了，原来两个指头夹着，那天是捏着，怎样故意在老康面前说八台彩电排好了一三轮车就能拉走，试探老康的反应——他捏烟的手指头都抖了，怎样乔装改扮跟踪老康发现他让一个吹着迎风招展式刘海的女人到状元街藏三轮车，怎样装作问路看清了那三轮车胎的花纹，又是怎样恍悟那女人的高跟鞋锥子把儿一样的尖跟就是地上那些个窝坑的来源，怎样把这些信息报告给保卫科长，保卫科长提着什么牌子的酒当天深夜去家里求他……都一一讲给干爸——干爸，奖金三百块呢，这酒就是用奖金买的，不过这露脸的机会我让给了保卫科长，达莱不赞成我这么干，她说我是怕保卫科长。其实我就是想人家那么大的男人都跟你张嘴了，哪好意思拒绝呢。再说了我师傅福尔摩斯就说过——

我办案不求名声，工作本身，发挥我特殊能力的快乐才是最高奖励！达莱女人家理解不了，干爸，我爸为这事夸了我，一连说了半晚上——看不出来这臭小子还真行呢！说得都快絮叨了。干爸——我本打算过几天给你讲北京的，我知道干爸你也没到过北京。干爸你知道吗，我不但是为我自己来的北京，我还是为我爸为你来的，我借了相机，打算拍彩色的照片给我爸和你看……李正确朝干爸哭诉着，突然他听见了父亲用拐杖敲击出的话——只有他们父子俩才能明白的密电码——李正确，别哭了！我知道我李传正的儿子是永远不会为非作歹的！爸相信你！到了阴间找到你干爸，好好伺候他！李正确一字一点头地把父亲的叮咛牢记在心……

八

门，被打开了。

李正确恍惚中觉得有人架着他的腋窝，有声音在喊他——李正确你醒醒，李正确你醒醒！

李正确睁开眼睛看见了保卫科长和经理，他知道自己的灵魂已经找见了亲人——他哭着申辩说，我是冤死的！我是冤死的！求你们给我伸张正义啊！我肚子里有两枚硬币，那就是我冤死的证据……

李正确你醒醒啊，你没死，你还活着，你活着！他烧得太厉害了，去，看看能不能搞两片阿司匹林来。经理的声音。

保卫科长说，我兜里就有，我也正感冒呢。

经理说，找点水给他喂下去。经理拽起他，让他靠在自己的肩膀上。李正确的防寒服和包他已经找了回来，经理把防寒服给他穿上，又把包塞到他的屁股底下隔寒。李正确死死地看着经理说，如果我没死的话，怎么可能逃脱黑社会的看管跑回来？

李正确啊，你真是糊涂了，你没回去，是我和保卫科长来了。定定神，一会儿我们就带你回家啊。经理的眼圈红了。

李正确欣喜地啜嚅着——我没死？我没死？我真的没死吗？

没死，绝对没死！你在我手下干了十几年，见我撒过谎扯过皮吗？

我没死！李正确喜极而泣。经理用手不停地划拉着他的后背，试图帮助他哭得顺畅一些。

保卫科长端了半杯温水回来了，他把两片阿司匹林塞进李正确的嘴里。李正确看看保卫科长，他突然想到——一定是保卫科长破获了他李正确失踪一案——保卫科长一定是偷偷地向福尔摩斯学习了！李正确咽下药片，朝保卫科长笑笑——你能破得了北京黑社会这样的大案子，你比我厉害，我李正确服！

保卫科长莫名其妙地看看经理。经理说，哎呀，可怜啊，糊涂了。

李正确不服气地说，说啥呀，你们是糊弄不了我的，如果案子没破的话，你们怎么能进入黑社会的老窝里来救我？你们看看他们戒备森严的样子。李正确说着指了指窗户上的钢筋。

保卫科长指指自己的脑袋对经理说，他不会是这里被打坏了吧？

经理说，你俩都别乱说了，千万别再惹出乱子来，万一不让咱走就麻烦了。经理说完，把李正确的身子扶到保卫科长的肩膀上，他倒换了一下蹲在地上的两条腿，让自己和李正确脸对脸，压低声音郑重地告诉他——李正确，从现在开始你一定要听我的话，能做到吧？

李正确点点头。

经理说，不要再说话，尤其是黑社会之类的话，千万不要说了！

李正确警觉地看看门口低声问，黑社会还没全被消灭吗？

经理皱着眉头说，你看看，又乱说，你不是答应我不乱说的吗？

李正确不好意思地垂下眼皮。

经理说，根本就没有什么黑社会，这里是北京的派出所。看见李正确张大了嘴，他用中指敲敲李正确的膝盖说，派出所，警察，懂吧？根本没什么黑社会，你一口一个黑社会，万一被人家警察听到了，人家会怎么想？我可告诉你，你可是我亲自签字画押做了担保的，我向他们保证你是个好同志，以后绝对不会做出危害他人危害社会的事来才被允许放你的。你一定要配合，咱们才能顺利地回家。

派出所？警察？李正确稀疏的眉毛和细长的眼睛被疑虑扭结得歪七扭八。

不！不！不！你骗我！不会是警察干的！警察怎么可能和黑社会一样？你想骗我，但你骗不了我！你知道我李正确最擅长的是什么吧？就是破案啊，咱们单位电视机被盗一案就是我李正确侦破的！你不信啊，你不信你问他！李正确手指着保卫科长，眼睛观察着经理——你们想骗我，你们和黑社会有关系？你们是为他们遮掩罪行的，对吧？

李正确！保卫科长怒吼一声。李正确，你别把经理的好心当驴肝肺！经理说的句句是真，不管你信不信，这都是事实！根本没有什么黑社会，那都是你自己胡思乱想出来的，咱们一会儿出门的时候你就能看见门口的牌子，你就能看见他们的警服警徽了。

警察啊——警察啊——警察啊——我不相信，我不相信！你们是骗我的，你们是骗我的，警察怎么会无缘无故地把我揍个半死？警察抓人都是用手铐的……李正确像个孩子一样号啕大哭，试图为他的警察辩解。

经理和保卫科长架着他往外走，才发现李正确光着脚。李正确你的鞋呢？经理和保卫科长四下里看了看，没看见他的鞋子。保卫科长说，我去问问。经理说，你块头大，你背着他，我去问，看他这样子也走不成个儿。保卫科长蹲下身，经理把号啕大哭的李正确扶到他背上，三个人一起来到办公室。经理问，警察同志，他的鞋在这里吗？

警察同志看看保卫科长背上闭目抽泣的李正确，又四下瞅了瞅，然后从墙角里提了一双塑料拖鞋扔到保卫科长面前说，五块钱。经理掏出自己的钱包，付了钱，提了拖鞋往外走。

三个人走出派出所的大门，经理拍拍李正确，命令他——不许哭了！李正确你睁开眼看看派出所的牌子！

不！不！不！我不看，我不看！李正确死闭着眼。

保卫科长对经理说，别勉强他了，不想看就算了吧。

经理斩钉截铁地说，不行！必须让他看，不能让他老在自己的幻想里，老在里面不就成神经病了吗！

保卫科长赞同经理的意见，他把李正确放到地上，劝慰说，兄弟，你要理解经理的良苦用心啊，你是我眼里的福尔摩斯啊，你应该能想到这个问题啊——如果你不自己亲眼看看，肯定就不会相信，你回去就还是按照自己幻想的说。兄弟啊，那样的话是没有人相信的，你想想别人会怎么看你啊？你好歹睁开眼看看，或许，或许是我和经理看错了呢。

李正确睁开了眼。

派出所。二十多个搭建在一起的墨黑的拇指粗的笔画，像被踢飞了的刀枪棍棒一样戳到李正确的眼珠子上。李正确一个趔趄，他在心里建筑了许多年的高楼大厦轰然倒塌了。他再次闭上了眼。这次，他安静了。

经理把手里的拖鞋撂到地上，保卫科长扶着木头人一样的李正确，把拖鞋套到他的脚上，扶他进了经理的轿车——李正确，经理可是一接到电话就来接你了，我们跑了将近十一个小时才赶过来，我在百货公司干了快二十年了，还是第一次见有人能让经理用小轿车接呢。经理在副驾驶上坐稳后说，李正确啊，我们在电话里也不好多问人家，又不知道你的具体情况，怕直接跟你父母说惊吓着老人，所以来的时候也没和他们打招呼。刚才我给单位里打了个电话，让他们去你家说了，好让老人有个思想准备。听不见李正确的回应，经理对司机说，走了，看这天会有大雪，别给窝在北京了。

走了半天，李正确听见司机说，出北京了。李正确睁开了眼，看见雪成团地飘落着，大如纸钱。李正确的眼泪又跑出来——老天是看见过他的冤屈的，是看见他死过的！李正确抽动鼻子的声音打断了经理和保卫科长的闲聊。保卫科长说，兄弟啊，别哭了，男子汉大丈夫别搞得跟个娘们似的。经理叹口气说，让他哭吧，李正确我跟你说，在车上哭够了回到家就算了，别让你爹娘那么大年纪了再伤心。

嗯。李正确单薄瘦弱的鼻子发出了粗浑的响声。

九

自从儿子去了北京，李传正衰老了的心脏又年轻起来，仿佛真就回到了三十七年前。这两天，他总是把自己支撑在拐杖上，哼着那些曾经让他热血沸腾的歌——背起那个行装，扛起那个枪，雄壮的那个队伍浩浩荡荡。同志们呀你要问我们哪里去呀，我们要到祖国最需要的地方……

百货公司办公室的小郑来的时候，李传正腿上盖着破旧的军大衣哼唱着——有一个道理不用讲，战士就该上战场，是虎就该山中走，是龙就该闹海洋！小郑趴在他家门玻璃上喊，李大爷，我是百货公司的小郑。李传正止了歌唱说，来来来，坐坐坐。你找正确啊，他去北京了，你去过北京吗？哎呀，年轻人哪能不去北京啊。我跟你说啊，这去了北京的人和不去北京的人会不一样的，去了，你就一辈子把她放这里记挂着。李传正用他伤残的手指拍着胸口。姚素菊听见动静从里屋走了出来，一看见小郑脸上的表情就警觉地问，是正确让你来的吗？他怎么了？他说昨晚回来，我等了他一夜呢。小郑说，大娘你别着急，没什么事，可能就是摔了一跤，今晚就能回来了，让先跟你们说一声。李传正听了，握紧了他的拐杖，又心疼又生气地敲着地说，这个不争气的东西，平日里就坐没坐相站没站相，到北京了他还不站稳当点儿。

小郑说，大爷你别生气，也别着急，我们经理和保卫科长从昨天晚上就开车去接他了。

什么？李传正和姚素菊都知道事情严重了。李传正用拐杖把自己撑起来——我到走廊上等他去。小郑说，大爷，下着雪呢，你这身体……姚素菊说，小郑啊，麻烦你到建筑公司家属院给门卫留个话，让我家李达莱回来。小郑领命而去。姚素菊拿了凳子和大衣来到走廊上。

两个老人默默无语地等待着。纷纷扬扬的雪片被风吹过栏杆，落在他们的头上身上。

每一个过往的人在楼下就看到了他们的异常，从他们身后走过的时候就没了往日的欢快，都蹑手蹑脚并试试探探地问——怎么大冷的天坐外面啊？姚素菊嗯嗯两声，算作回答，眼睛却依然盯着路口。李达莱骑着自行车出现了，隔老远看见爹娘披雪坐着就失声哭了，匆匆地跑上楼来。这是咋了？正确到底咋了？爸妈你们去屋里呀，我在这里看着。姚素菊说，听达莱的，屋里吧，你要是病倒了，不是给我们娘儿俩添乱吗？李传正站起身来让姚素菊扶回屋里。

李达莱一看见保卫科长背着李正确就呜咽了，在她的记忆里除了小的时候弟弟肚子疼让妈这样背着他，她还从没见他这样过——正确你咋了？正确你这是咋了？

李正确面色苍白，昏昏沉沉地说，姐，我疼。

李传正和姚素菊已从屋子里出来了，好几个邻居也跑了出来，人们把李正确放到他的床上。保卫科长和经理劝走了邻居们——没事，没事，就是不太舒服，让他睡一觉，让他睡一觉就好了。

李正确真就睡起觉来。只是他的觉睡得再也不像只安静的猫了，他的觉再也不能睡得让李传正恨铁不成钢了。他的鼻息也不再散淡不经，他不再是他们安静乖顺的儿子和弟弟，他像只独自陷入了狼群的羊一样绝望着，挣扎着，哀号着。

我是冤枉的！我是冤枉的！别打我了，别打我了，救救我啊，救救我啊！啊啊啊啊谁能救救我啊——

姚素菊和李达莱用热毛巾擦着他梦魇里的汗珠，肝肠寸断。姚素菊流着泪说，达莱，别出声啊，别让你弟弟听了更害怕呀。娘俩哆嗦着嘴唇不敢发出悲声，生怕加剧了他梦里的恐惧和绝望。李传正不忍看妻儿，他只得坐到平日里吃饭的凳子上，看着墙上相框里的北京，一遍遍在自己心里问——北京啊北京，你到底把我的儿子咋了？

十

李正确睡了两夜一天。这当中除了被李达莱喊起来喂过几次小米汤和退烧药外，他都在狼群里。即使被扶起身，嘴里虽然咽着水或米汤，眼睛和神情依然是梦里的。李达莱害怕了，想把弟弟送医院又怕神经不好的名声传了出去，影响弟弟以后找对象。和爹娘商量后，李达莱把一个在医院工作的朋友请到家里。朋友断定李正确只是受了过度惊吓，内脏器官没有明显的损伤症状，应该不会有生命危险。继续观察，等他醒来，最好到医院全面检查。

李正确终于清醒过来了。他四下看看，看见爹娘和姐姐守在跟前，又把眼睛闭上。李传正问他发生了什么事情，他扭头不语。姚素菊问，他也扭头不语。李达莱问，他还是扭头不语。李传正急了，用他盛开着英雄之花的手抓着拐杖捣起来。

砰！砰！砰！

李正确在父亲的愤怒里投降了，他想想说，叫姐夫来，我告诉姐夫。

李达莱把张建立叫了来，把父母扶到了邻居邹婶家，自己悄悄回来贴着门缝听弟弟对张建立的诉说

听到后来，李达莱跑进去抱着弟弟放声大哭——正确啊，怎么会这样呀？咱们谁也没得罪啊，咱们什么法也没犯呀，怎么能这样折磨咱呀？张建立扯扯妻子的胳膊小声责备说，达莱，说这些不是让正确更难过吗，这样的时候，我们就应该往好处劝往好处想呀。李达莱松开弟弟，走到一边

擦泪。张建立劝李正确说，事情到了这一步，我们虽然冤屈，但好在不是落到真的黑社会手里，要是落到那帮人手里，别说回家来，就是尸首也没处找啊。李达莱跟着点头。

李正确看着他俩，沉默许久说，你们不懂我心里的感受，其实我倒是希望真的是落在黑社会手里。

李正确的经历让姚素菊昏厥了，让李传正惊呆了，心碎了，愤怒了，祥林嫂了。他用浊泪纵横的老眼瞅着相框里的北京，用他伤残的手指抓着拐杖一次次一遍遍捣着地板——怎么会这样？怎么会这样？你怎么能这样对待我的孩子啊？你怎么能这样对待我的孩子啊？

一家人哭了半天，张建立看李正确不时地避开父母的眼睛龇牙咧嘴，就和李达莱商量带着李正确去医院检查身体。检查报告显示，左侧第四、第五肋骨骨折，右侧第五肋骨骨折，左手腕骨裂，右脚踝韧带撕裂，身体多处软组织受伤。庆幸的是所有的骨折都是闭合性的，没有造成骨茬刺穿内脏的悲剧。检查结果让一家子再次抱头痛哭。李正确抓着自己的病历突然暴躁起来——他呵斥为他痛哭流涕的亲人——别烦我！别叫我！别叫我！

三整天过去了，谁也不能把李正确从暴躁的绝食情绪里拽出来。姚素菊端着给儿子熬的鸡汤哀求着——正确啊，听妈的话吃一点吧，哪怕喝一口汤呢。正确啊，你不想看爹妈为你急死你就吃一点吧！我的儿啊，人一辈子哪能不遇事啊，再委屈也应该活下去呀！

李正确哭了——妈，求求你给我改个名吧，我听不得那两个字，我一听见就又听见人家讽刺我打我……

我的孩呀，我的孩呀，都怪妈没想到啊，咱改名，咱马上就改啊。咱还叫小名好吧，咱还叫狗狗，我的狗狗啊，听妈话，喝口汤吧，好狗狗听妈的话啊……姚素菊的老泪滴落到碗里，惊得黄澄澄的老母鸡汤油花震荡。狗狗看着母亲的脸，张开了嘴。在门外隔着玻璃密切注视着儿子的李传正看见他的儿子张开了嘴，浑身一松差点摔倒，多亏李达莱扶住他。他抹把脸对女儿说，听见你妈的话了吗，记住了叫他狗狗！告诉建立一声，别忘了。

为了让儿子静心养病，李传正把里屋的床让了出来，自己睡到了李正确的行军床上。姚素菊又像三十年前一样把儿子养在了身边，日夜地守护着，轻轻地擦着他虚弱的汗珠，软软地喊着他的乳名，帮他擦脸翻身。

十一

正月初一上午,温慧明来拜年了。李达莱在门口把温慧明拽住,扯着他到楼下把李正确的北京之行和现状说了一遍。温慧明说,出了这么大的事呀?怪不得没去还我相机呢。你们都顺着他,不再提和北京相关的字眼,虽然能让他情绪安静一些,可是他心里的冤屈洗刷不了,他这辈子是活不畅快的。

那你说该怎么办啊?我们一家想破脑子也想不出别的办法了。

告他们去呀!

什么?告警察?告北京的警察?这怎么可能啊?这能行吗?这怎么告呀!李达莱惊讶地反问着,不等温慧明回答她,就拉着他往楼上跑。进了屋就喊——狗狗,狗狗,温慧明说能告他们!

李传正和姚素菊都被李达莱的话惊呆了,他们短短的惊讶之后立马热切地盯住了温慧明——真的能告他们吗?

温慧明点点头,往里屋走了几步,看着在床上苍白着脸已经改名叫狗狗的好友。他的眼让温慧明心里一抽——那双眼睛比原来开阔了一些,低凹了一些,但几乎没有任何信息从里面出来,只有一种接近死亡的安静。温慧明拿张凳子坐到床前,对他说,你要相信我,我是搞宣传的,国家的政策我都知道。前不久国家刚刚开了整顿警风的会,在这关头上肯定一告一个赢!你要是想洗刷自己的冤屈,就拿出精神来,把事情的原本告诉我,我帮你写材料。

温慧明说到这里,李正确的头突地扭向里面,哽咽着说,能管用吗?

温慧明说,就看你做不做了。李正确用手掌擦擦眼泪,回头看着最知心的朋友,伸出了瘦弱的手指握住温慧明的手。温慧明鼓励他——现在就干!

姚素菊和李达莱不忍再听一遍狗狗的冤屈,娘儿俩从窗子外面把挂在墙上的鱼和肉拿进厨房,去给温慧明做几个上好的菜。李传正隔着窗台看着妻女忙碌,偶尔也有一两声儿子悲愤的哭声传进耳朵里。这样的时候,他就对妻女说——能申冤好啊!就是啊,北京哪能放任那帮坏人危害老百姓呀，你们说呢？

姚素菊想得比他周详，她说不能申冤的话，那狗狗就是有污点的人，以后咋找对象？李达莱感叹说，咱们一大家子不如人家温慧明一个人呢，这人啊有知识就是不一样

晚上十点，温慧明根据李正确的陈述把申辩材料的草稿打好了。他临走的时候对李正确说，你想想有没有需要补充的，明天我再过来。咱们多抄几份，国务院、司法部、公安部、人大、中纪委……温慧明掰着指头数着——都是管事的地方！

第二天，温慧明一大早就来了，而且带来了载有整顿警风报道的报纸给李正确看。他看见李正确的眼睛里已有了风吹的波纹。李正确说，给我笔，我自己抄。李达莱说，我们都放假呢，你伤还没好呢。一家人都劝他，李正确乖顺地答应了，只是要求把身子垫高，看着他们写。写到天黑，终于抄完了七份。李正确说，我自己装信封贴邮票。姚素菊把熬好的糨糊端到床上，四个人看着李正确一一封了信封贴了邮票。最后，他郑重地把信双手交给温慧明说，拜托了！温慧明说，放心吧，一定会有回应的，我估计北京会来人！

北京来人？可能吗？李传正问。

温慧明说，平日里不好说，但现在是风头，应该能引起高度重视的，不但会来人，还应该有赔偿。

李传正说，只要能申冤就行了，咱们也不能过分为难组织，赔偿就算了。

李达莱不耐烦地说，爸，你这时候还老革命个啥呀？

姚素菊叹口气说，真给赔偿就要着，狗狗受了多大的罪啊。

日子一天天过去。

李传正和姚素菊每日都尽量装作无意地在栏杆前，等着，盼着。温慧明偶尔会过来问问有没有回音，每次他都带一些相关的剪报过来给他们看，滋养李正确和家人申冤的梦想。

冬去了，春来了，李正确的申冤信如石沉大海。李传正和姚素菊看着已经养好了伤的狗狗天天足不出户，面壁发呆，连侦探小说都不看了，就着急起来，让李达莱去叫了温慧明来劝劝。久无消息，温慧明也没了当初的信心，他对李正确说，你该去上班了，你已经用行动为自己申冤了，这是最重要的。如果北京能来人处理，那肯定会引起很大的反响，会使一大

批人觉醒；如果来不了人也算正常，国家的制度也和马路一样需要修修补补，对吧？

李正确说，慧明，你是知道我脾性的，我必须等到一个说法，要不我宁愿死也不会厚着脸皮出去招摇的。但如果我申了冤，你就真名实姓地写写我，我不怕丢人，我愿意当块小补丁。要是申不了冤，我这辈子就是连个名字都顶不起来的窝囊废，我活着能有什么意思！温慧明看劝不动李正确，只得回去偷偷地继续抄写，继续邮寄。

春去了，夏露头了。终于，北京来人了！

十二

北京来人了！李正确的经理在楼下朝李正确家喊。

一句话，让坐在马扎上的姚素菊忘记了正择着的韭菜，她浑身哆嗦着站起来，绿着鞋印摇晃进屋子里——天啊！北京来人了！

什么？北京来人了！李传正眼盯着老婆，伸出花叶繁茂的手摸到拐杖，整个人和拐杖瞬间都在风里了。姚素菊扶住他，扭头又朝里间喊儿子——狗狗，狗狗，北京来人了！快！快起来！

李正确正在午睡，听见北京来人了——他于恍惚中恐惧地抱住了头，等母亲喊第二声的时候他才清醒过来。他腾地坐直了身子，心里顿时万马奔腾，手脚却僵了。他僵僵地坐在床上，只有眼泪是活泼热烈的。李正确双手捂住了脸，转眼间整个人就成了一个呜呜咽咽的旋涡。

李传正飘摇着看了看姚素菊又看了看自己，确定衣冠整齐后对她说，快，扶我出去迎接。李传正刚刚走到门口，就和北京的来人照面了。

北京来了两个人，一高一矮，高的胖，矮的瘦。高的梳着大背头，脸上是密集的胡楂和粉刺坑。两个人的脸上都有着与众不同的威严。李传正抓着拐杖不由得挺直了身子——高个儿其实也不是太高，光滑乌黑的顶发才到他的眉心。李正确的经理介绍说，这就是李正确的父亲，这是他母亲。

高个朝李传正伸出手来，李传正伸手迎握。高个触到他手指的瞬间愣了一下，四个手指在李传正的掌心里匆匆一碰就撤退了。李传正也愣了一下——他这一生握过无数双男人的手，有建国前的也有建国后的，有生死相别的也有礼节性的，他们或真挚或应付都没让他生气，眼前的这次握手让他生气了——四个在他掌心里匆匆一碰的手指告诉他，你的手让人恶心让人避之不及。李传正用他的拐杖代替他残缺的右腿朝走廊迈出了一大步——屋里阴冷，还是到走廊上坐吧。姚素菊觉得丈夫的决定英明极了，她赶紧松开扶着他的手张罗着搬凳子拿马扎。她心里嘀咕，就该在走廊上啊！让大家都知道狗狗是被冤枉的啊，在屋子里只能自家人知道啊！

高个儿对李正确的经理说，我们这种调查是要保密的，最好是在屋子里，不能有外人参加。李传正听见了，拧了脖子说，我们这被调查的都不希望保密，你们还保哪门子密？该说的还是光天化日下说好。他说着在一张凳子上坐下，北京来的人只得跟着他坐在走廊里。李传正大声吆喝姚素菊端茶，早有听见动静的邻居们围拢了过来。李正确的经理朝高个儿笑笑说，我在路上就告诉您了，这是老革命。高个儿看看李传正空着的半截裤管再抬头看看他的脸，散了脸上的威严说，哎呀，你们这些老革命是我们国家的国宝啊，江山是你们打下来的，没有你们就没有咱们社会主义的今天。哎呀，老同志啊，老革命老英雄的觉悟就是高啊，刚才在来的路上我还和你们这位经理说，革命的传统不能丢啊，你们这些老革命老英雄真是应该发挥余热，多给现在的年轻人讲讲过去——他们没吃过一点苦，根本就不懂得珍惜。哎呀——第三个哎呀刚说出嘴，李传正就很不好意思地摆手打断了他的话——其实也没啥，摊上了那个年代没办法，是个爷们他就会扛起枪抡起刀，哪能让敌人跑到咱家里还把屎拉到咱头上？

哎呀，老人家，别看你话说得朴素，你才是真正的觉悟高，有很多人可不这么想啊……高个儿又一个哎呀出来，李传正脸上露出了羞涩幸福的笑容——他还是第一次听到这样的表扬——北京来人的表扬！他的心里因为那个半途而废的握手生发的气愤消失了。

高个儿看气氛缓和了，就言归正传——李正确的信，北京有关部门都收到了，领导非常重视，特别派我们两位同志下来，专程来调查一下。麻烦您老人家把李正确喊来，我们有几个问题要问他。

什么？领导非常重视，北京的领导非常重视呀！李传正第一句是重复高个儿的话，第二句就是高声宣扬了。李正确的经理说，大爷，你还不知道北京这领导的级别吧，来的路上我问了一下，级别都快顶得上你们局长了。李传正惭愧地睁大了眼——为了我家这么点儿事劳驾这么高级别的领导了呀!

哎呀,快顶上局长的级别啊?邻居们听了,纷纷发出了感叹声。有人私语着——咱们局长是什么级别呀?

高个儿嘿嘿一笑,摆下手说,这算啥,这算啥。

李传正伸出了他蜷缩的手指,抓住了几分钟前令他愤怒的四根手指,紧紧地攥着——北京的领导同志啊,不好意思,让您为俺们家这点事辛苦啦!

高个缩回手,再摆摆说——不客气,老同志,我刚刚不是说了吗,你是我们国家的功臣啊,老革命,老英雄,是我们国宝级的人物,你的事就是我们的事,我们来是应该的。别说是你老英雄的事,就是普通老百姓的事那也是我们的事,我们的职责就是为老百姓办事嘛。矮个儿手里拿着纸笔说,我们处长很重视这事,凌晨三点钟就从北京出发了。李正确的经理说,就是,就是,到我们那里坐都没坐,水都没喝一口就赶过来了。李传正听了,看了看高个儿干涩的嘴唇,惭愧地吩咐姚素菊,续水,续水!

李正确!李正确你在屋里磨叽个啥?赶紧出来!北京的大领导来看你了!李传正朝屋子里喊。所有的人都随着他把目光转向屋门口。

十三

李正确呜咽出的旋涡是离心式的,只三两分钟的工夫就把他四个多月来的冤屈、压抑、恐慌、消极、抑郁都抽离了。等他听见父亲用废弃了四个多月的称呼喊他时,他应命而起的身子有了飞升的轻飘,他麻木了四个多月的大脑重新灵活了,重新福尔摩斯了。要把当日的衣服穿上——上面的血迹、白色衬领后的血书都是彰显他冤屈的符号。他相信走廊上那办案经验颇深的处长不用任何言语的提示就能获悉他当日的冤情。

李正确站在了门口,双眼热烈地凝视着北京来的领导,强烈地控制着心底里跪倒的欲念——这一刻,他明白了所有的古戏里跪拦官员轿子喊冤的动作不是做作而出的,或许只有让自己低矮下去才能够表达自己强烈的渴望。藏蓝色的繁茂着一百六十棵麦穗的毛衣和白色的衬领一如他三十岁生日的那天,被郑重地穿在了身上。他的邻居,几个细心的已发现他的毛衣和衬领是脏的——毛衣胸前有片片板结，衬领上有黑红的斑点。从没见过李家小子这么埋汰过呀——她们小声嘀咕。他们不知道他此时的感觉——他就是穿着状纸的窦娥。姚素菊看见儿子的一瞬间又呜咽起来，李传正恨铁不成钢地用拐杖戳了戳了她的腿。

高个儿从头到脚打量了李正确两眼说，你就是李正确吧？是这样的，关于你上访的信件我们收到了，也很重视，今天我们到你家里来家访，一是核实情况二是看望你，如果情况属实，我们会对当事人进行严厉的处罚。

李正确知道此情此景需要清晰严谨的陈述。在四个多月的煎熬等待中，他已经把不堪回首的屈辱和痛楚收集起来放进了心底一个洞里，并且加了塞子。此时，他毫不犹豫地拔出了那个塞子，顿时，他的屈辱痛楚喷涌而出，冲得他站立不稳——我，我就是李正确，我保证如实回答你们的问题！

李！正！确！李传正的呵斥。

李正确蔓延的痛楚和屈辱在父亲严厉的声音里一下子冷凝冻结了。和三十年间所有的一字一顿的严厉一样，李传正用他赋予儿子的名字把儿子大大小小的冤屈和眼泪堵塞回他的体内。李正确也像三十年间的每一次一样，用恐慌的疑问的不甘的反抗的最终是顺从的眼神看向父亲。李传正看着儿子哆嗦的嘴唇和泪眼，用他藤蔓花朵相互缠绕的手指抓住拐杖，威严无比地敲响了地面——李正确！我不允许你不懂事！我告诉你，今天这事就到这里，多余的话不要说了，咱们山东不是有句古话吗——礼到人不怪！北京这么大的领导为了你都辛辛苦苦地跑来了，这还不够吗！非得让北京的同志受到处分吗？非得弄得个鱼死网破吗？你以为是和外国鬼子干仗啊？都是自己人，哪有筷子碰不着牙的？李传正说到这里，把目光从儿子脸上转到了高个儿脸上，他欣慰地看到，北京领导的脸上露出了赞许的笑容！

他爸！姚素菊不满地喊起来，咋能就这样，正确盼了小半年了，盼的个啥呀？

咚！咚！咚！——什么时候能了你娘们家了！这个家我当不了是吗？

爸啊——李正确像孩子一样哭了。和小时候躲在母亲大腿后面眼瞅着父亲的哭不一样的是，这次没有慌张和胆怯，只有至亲的人在祸福生死的关头无法相互搭救的绝望——带着一生一世的爱恨情仇。

回屋去！

爸！

回屋去！是我李传正的儿子你就给我回屋去！不怕邻里邻居笑话还不怕北京领导笑话吗？三十的大男人了，还跟小孩似的！

爸啊——李正确在父亲的命令里，用这个亲切温暖严厉了他三十年的字，炸碎了自己。他听见随着这个字的喷涌，胸膛里又有了那天前后两股强力夹击下的破碎声。他转过身，用他的状纸兜着他破碎绝望的身心回到他等待了四个多月的屋子里。

李传正瞥了眼儿子的背影，朝高个儿说，你们当领导的能来，还有什么是说不过去的呢？咱这事，到这儿就打住了，千万不要处理北京的同志。一家人，一家人嘛，自己的同志，就是犯了错误，提个醒，改了就是，对吧？

高个儿赞许地朝李传正笑笑，并附带了两个意义准确的点头，感叹地说，还是老革命觉悟高啊，我们一定把您的意思传达到。不过啊，我们还是要例行公事，有几个问题还是要问问，回去好交差。矮个儿把目光从李传正的身上收回来，做好了记录的准备。

李传正说，行行行。

高个儿说，你儿子叫李正确对吧？

对对对。

他回来对您说，他在北京因为涉嫌偷盗被抓去了派出所，对吧？在那里受到刑讯逼供了吗？高个儿看着李传正提醒他说——就是挨打，没挨打吧？

没没没！我已经说了，你们来了什么事就都过去了，千万不要因为这事处理北京的同志，俺儿没挨打，没挨打，绝对没有！没没没！李传正说着，眼珠子朝高个儿心有灵犀地转了转，最后在邻居们的脸上停留住——咱们哪能不懂事呀！

矮个儿飞快地在纸上写下——受访者：李正确的父亲李传正。

问：你儿子李正确在北京由于涉嫌盗窃被带到派出所后，是否受到值班警察的刑讯逼供？

答：没有，绝对没有。

高个儿说，我们在李正确的单位里了解到，他平时很爱幻想，是这样吗？

是是是，打小就那样，爱瞎琢磨，天天看那些破案的书，都快看痴了。

李传正呵呵一笑，满是疼爱地说，不过，有时候听他分析起事来倒也是头头是道。他看了眼儿子的经理，想起早已喝下肚的保卫科长送来的酒，赶紧止住炫耀儿子侦破彩电被盗案的打算。

高个儿舒出一口气，伸出手紧紧地攥住李传正蜷曲的手指摇晃着说，谢谢老同志老革命的配合，谢谢！谢谢！真是太感谢了！

李传正费力地握牢高个儿肥厚的手掌说，应该的，应该的，都是自家人哪能这么客气！

矮个儿拿出红色的印台说，老人家你得在这里按个手印。矮个儿在他刚才写写画画的纸上给李传正指出了按手印的位置。李传正说，好好好。李传正英雄的蜷曲的食指无法伸直配合他做按压的动作，高个儿赶忙把自己的食指在印台上按满印泥再抹到李传正的食指肚上，并殷勤地拿了记录纸折叠了一下放到李传正的食指肚下——李传正不好意思地笑笑，然后使了使劲。按完，他看了眼自己在北京领导的文件上按下的手印说，好像不太清楚，行吗？

高个儿把记录纸收起来说，很好，很好。

十四

用状纸包裹着破碎身心的李正确回到了里屋，站在绿色木头窗前透过母亲擦得一尘不染的玻璃看着背对他的矮个儿写下了关于他的一行行字，看着父亲拄着拐杖在高个儿的殷勤里受宠若惊的笑容和他弯曲的手指按下的血红的手印……突然，那些字和父亲的拐杖钻过玻璃飞进来，追打他，叮咬他！那个曾嘲讽他名字的声音蛇一样缠上来——叫正确怎么总干错误的事呀？谁说我们打过你，哈哈，都是你自己幻想出来的！那些追打他叮咬他的，锥子一样戳破了他的身体，啄木鸟的嘴一样啄破了他缠裹身心的状纸，他体内的零件碎瓷一样哗啦在地上了。他恐惧地哭起来，趴下去，试图捡起它们。父亲的拐杖落下来——是我李传正的儿就不许哭！不许掉半个眼泪渣子！不许趴着！给我站起来！他爬起身来，眼里的泪却像五岁一样流成了河……必须藏起来，不能让爸看见！藏起来！他往门后躲，却看见干爸站在那里失望地瞪他！就在他难为情不知如何跟干爸解释的瞬间，他身边来了一节火车车厢，他爬上去，却发现正是自己去北京的那节，那个丢钱的老者领着一群人正对他指指点点——听说他偷了钱呢，是个假警察呢，把咱们都骗了啊……那群人的手指头在他打算解释的时候快速地指点起来，像当初为他鼓掌一样整齐有序，众蛇吐信子一样吱吱有声……他捂住耳朵躲避它们，他的手摸到了脖子后的衣领，他想起那里面有他用血写的——我冤枉！他手忙脚乱地把衣领翻开，啜泣着，我是冤枉的！我是冤枉的！我要让大家都看看我是冤枉的！他大踏步地跑起来，一条宽敞的大路出现在眼前，他毫不犹豫地冲上去，奔跑，展示……

李正确白色的衬领用很酷的姿势站立着，上面是他曾用血写下的打算留给警察和亲人破获黑社会的信号——我冤枉！三只刚刚成年的绿头苍蝇欣喜地飞离了那堆早已干硬了的粪便，落在他红白相间的脑浆上，热烈喧哗。

前面走廊上因为李传正执意要亲自送北京领导下楼而引发的喧闹遮掩了楼后的一切。由于高个儿的诚恳劝阻，李传正妥协了——送到楼梯口！到了楼梯口，李传正又食言了，他执意下了一级楼梯，惹得高个儿和矮个儿一起来扶他——使不得，使不得，老同志老革命老英雄千万使不得，就送到这里。李传正觉得失礼，就嘱咐姚素菊说，你送，你代我送下楼！

姚素菊送下来，估摸着李传正听不见她的话时鼓起勇气问高个儿——北京的领导啊，我问问你，这样的话，俺家正确算不算有污点了？影不影响他的前程呀？

哦？高个儿看看姚素菊说，应该不会的，这你们尽管放心，这事我做主了，不让他们放进他档案里就是了。高个儿说着拍拍李正确经理的肩膀说，有经理作证。经理赶紧安慰姚素菊说，大娘，你放心，有我在你放心。姚素菊感激地说，那就好，那就好，我就怕影响他找对象呢。

挥别了楼上的李传正和楼底下的姚素菊，握别了百货公司的经理，高个儿和矮个儿钻进了他们的车里。高个儿如释重负地点上香烟，猛猛地吸了一口，长长地吐出烟雾。矮个儿边发动车边问，咱们是先找地方休息还是……高个儿说，直接回去，上边儿还等着回话呢。车开了，矮个儿从反光镜里看见楼上的李传正还在摆手，就笑着说，那老革命还在朝咱们摆手呢。高个儿说，是吗？他摇下玻璃，把手伸出去摇摆着回应。他饶有趣味地从反光镜里看那个拄着拐杖扶栏而立,越来越模糊渺小的老革命摆动着他伤残的手指……

(原载《山东文学》2012年第3期,《北京文学·中篇小说月报》2012年第5期转载)

饥荒年间的肉

　　一夜的工夫,桃花全开了。头天还看似寂寞的桃树庄骤然间被淹在了桃花的海里。饱儿觉得天堂就是这个样子,开满鲜花,每天不但吃得饱饱的,而且还有肉吃。她吸着花香,扶着花枝,觉得自己已是天堂的仙子。

　　婆婆从饱儿的身边走过,看着饱儿赏花的陶醉样子,爱怜地说,饱儿回房吧,太阳快落了,当心别受了凉。以后有你看的,咱这桃树庄还能缺了桃花看?

　　饱儿转身看见橘红色的阳光跳跃在婆婆镶金银丝的绸缎夹袄上,使得婆婆原本肥胖的后背显得格外高贵华丽,于树上的桃花来说又是另一种美了。饱儿看着,不由自主地想起母亲。母亲的脊背总是干瘪瘪的,如同一块陈年的薄梧桐木板。饱儿抬头望了望天的西边,再有一竹竿的距离太阳就落了。太阳再出来的时候,就是明天了。明天,就是饱儿嫁过来满月的日子,婆婆答应满月那天就派人接娘过来。

　　娘过来后就再也不会挨饿了。想到自己真的能够让娘吃饱,饱儿的心里升腾起一种自豪感。饱儿很是有些骄傲地抬了抬下巴颏儿,然后把温润的手心捂在上面。仿佛娘就在对面的桌边坐着,大口大口地吃着雪白的馒头,翠绿的青菜,酱色的红烧肉……饱儿看着,手心托着下巴,等待娘吃饱后抬起头的那一瞬间——她的嘴角有一个心满意足的笑等在那里,等娘嘴角的笑出来。从嫁过来的第一天起,饱儿就想告诉娘吃饱是种什么感觉——肚子撑得鼓鼓的,胀胀的,人的身子懒洋洋的,舒舒服服的，心里就直想乐，舒坦得简直没法说。

婆婆走进卧室，从枕头底下摸出一串钥匙，来到院子里，看见饱儿站在屋檐下就对饱儿说，我去割些肉来，做熟了明天让家人带给你娘，好让她吃饱了有劲上路。饱儿感激地朝婆婆弯了下腰说，谢谢婆母想得这么周到。婆婆转身走去，阳光重新跳跃在她华丽无比的后背上。饱儿看见婆婆手指间的钥匙，如同自己七八岁时的牙床，饱儿笑着用舌尖舔了舔门牙。她知道钥匙藏在哪里，就在婆婆的枕头底下。饱儿非常想摸摸它，让它在自己的枕头底下，像婆婆那样，可以随时听它在自己的手指间蹦跳的叮当声，听它打开地道门的弹跳声。可是，饱儿并不着急，她知道总有一天她会掌管那串钥匙，会把它放在自己的枕头底下。

地道里有肉，这是饱儿过门后第三天就知道的。头两天饱儿都在新房里独自吃饭，婆婆说这是规矩。第三天，饱儿可以和大家一起吃饭了。饭前，婆婆对公爹和饱儿的丈夫说，我再去割些肉来，添个菜。说完就进到卧室里从枕头底下摸出钥匙，叮叮当当地往后院走去。丈夫小声告诉她说，肉都放在后院的地道里。半个时辰过去，院子里就飘满了肉的香味。香味像小飞虫一样飞进饱儿的鼻子里，蹿进她的喉咙，扇动着柔软的小翅膀。不一会儿，饱儿的嘴里就涌满了口水。饱儿小心翼翼地咽着口水，尽量不让它弄出动静来。但咕嘟咕嘟的声音还是传了出来，饱儿羞得满脸通红，紧紧地闭着嘴巴，谁都不敢看一眼，只盯着自己绞在一起的手指。

终于，肉，在饭碗里了，红白相间的五花肉，香香的，一片片地嵌在绿绿的菠菜之间。那一刻，饱儿觉得世界上最美最好的东西就是碗里的肉了。她慢慢地夹起一块，送进嘴里，试探地嚼着，浓烈的香味一下子把她的嘴占满了，顺着喉咙就往下去，饱儿的牙齿和筷子不由自主地加快了速度。饱儿告诉自己一定要慢一点儿，嘴巴不要发出吧嗒吧嗒的声音，不能让公公婆婆认为自己不文雅，可是喉咙里像是生了钩子一般，那钩子在拽着饱儿的舌头和嘴唇飞速地蠕动。饱儿吃肉的时候，婆婆、公公和丈夫全都用眼角注视着饱儿，看见饱儿吃得香甜，才收回自己的目光，盯着自己的饭碗吃起来。

一个月，吃饱且有肉的日子，把饱儿变成了红润美丽的女子。饱儿看着镜子中的自己，她想母亲见了她肯定是认不得了，连自己都找不出一个月前的样子了。饱儿知道日子一天天过下去，不久以后她自己也就会有一个华丽的后背。或许那个后背还会在城市里的阳光下，在店铺前，在街上，绸缎里的金银丝闪闪放光，跳跳跃跃，很多的人都会看那些在饱儿身上跳跃的光。（丈夫告诉饱儿他们家在城里是有店铺的，很大的店铺，做些服装之类的生意。所以丈夫和公爹要经常出去，去城里经营生意。）饱儿想象着城里的模样，和城里自己的模样，趴在镜子前睡去。

一阵风吹在饱儿的脸上，饱儿睁眼见是母亲来了，跳起来朝母亲的怀里扑去。饱儿说，娘，我终于把你给盼来了，是我婆婆派人接你来的吗？饱儿并未能抱住娘，而是穿过娘的身体站到了娘的背后。娘转过身来对她说，娘要饿死了，娘饿得没有形了，饱儿，娘看见你这么胖娘就放心了。吃饱了长胖了以后，就该长心眼了，遇到啥事多动动脑子，照顾好自己娘才能放心走呢。娘说完，原本瘦弱的身子就在一阵灰色的旋风里了，风卷着娘旋转，娘成了一个高速旋转的陀螺，向着空中转去。饱儿伸了手去拉娘，却见自己捧着一大盆香喷喷的肉。饱儿想扔掉肉去追娘，又想到肉能救活娘，只得捧着肉跑起来。但双脚是扎了根的，饱儿眼见娘远去了，急得大哭起来。

饱儿醒来，眼泪早已湿了袖口。想到婆母家作为聘礼给娘的五斤高粱米肯定早已吃完了，而娘虚弱的身子走不了远路，挖不到野菜，可能只吃些屋檐上的干草和树皮。娘可能真的生病了，娘刚才是不是给自己托梦呢，是不是已经饿死了？想到这儿，饱儿的心里一时间如同有万箭穿刺。饱儿恨不得变成一阵风，转眼间刮回老家，看看娘怎样了。抽泣间，饱儿忽然闻见了肉的香味，赶紧擦干眼泪跑到厨房，见婆母正和家人把一盆红烧肉往一个栗子皮色的大箱笼里装。

饱儿对婆母说，刚才打了个盹，梦见我娘了，她对我说快饿死了，还说看见我吃得白白胖胖的她就放心了。说着，饱儿的眼泪又涌了出来。婆母走过来疼爱地拍了拍饱儿的后背安慰道，傻孩子，梦都是反的，你是想你娘了。从没离开过，突然离开一个月，叫谁都会想的。这样吧，我叫家人今晚就上路，也别明天了，早去早回。饱儿感激地对婆母说，婆母对饱儿这么好，饱儿就是当牛做马也要报答婆母。

深夜的寂静中，饱儿听见家人和那头枣红色的马在婆母的叮咛声里上路了。饱儿躺在床上，她觉得自己的眼睛和心都随着去了，她像风一样和马一起奔跑。她看见枣红马腾空的铮亮的蹄掌，在马的蹄掌上开散成雾的黄土，顺着毛发流淌到马肚皮上的汗珠晶晶莹莹的，穿过飞扬的泥土颗粒，如同断线的珠子掉在地上，发出轻微的碎裂的声响。饱儿的心里充满了快乐。

近千里的路，就是快马加鞭也要五六天的工夫才能打个来回。饱儿知道娘最快也要在第五天才会到，可她还是从第一天开始就开着窗子向远处眺望，总觉得娘随时都会出现在面前。

这样眼巴巴地看了四天。第四天的夜里，饱儿在梦里看见娘来到她的床边说，饱儿，娘来看你了。娘这回吃饱了，那肉真香啊，娘死而无憾了。饱儿醒来，听见后院里有动静，仔细听去，那动静便消失了。饱儿起身到窗前观看，前后院里并没有灯光，遂又睡去。

第二天早上，饱儿去给婆母请安，却见自己结婚那天迎亲的两个远房嫂子都在。饱儿很是不好意思地向她们问好，然后挨着其中一个被唤作二嫂的坐下，并满含感激地朝她笑了笑。饱儿过门的时候，正是二嫂掀开她的盖头，拿了朵蘸了水的鲜花往饱儿的眼睛上擦，没有心理准备，冷不丁的被擦了眼睛，左眼便一阵疼痛，流下泪来。说什么饱儿也不让擦右眼睛了，饱儿怕眼泪弄花了脸上的粉。但二嫂悄声地劝她说，这是规矩，所有的新人都要洗眼睛的，洗了眼睛日子过得好。饱儿也不好强拧，只是在二嫂的花朵到来的瞬间，飞速地闭上眼睛，将花上面的水挡在了眼皮上。过门以后，饱儿知道婆婆家是有很多规矩的，而且都是不能更改的，哪怕丝毫的变化也不行。饱儿从婆母对她的态度中知道二嫂并没有将那天的事情告诉婆母，二嫂是看见饱儿眨了眼的。

二嫂似是领悟了饱儿的感激，伸手过来亲热地拉住饱儿的手，饱儿冰凉的一双手如同放在了暖暖的棉套子里。二嫂说，妹妹这一个月虽白胖了许多，可还是火力不足啊，手凉着呢。婆婆说，还需要调养些日子呢，刚来的时候就是只小瘦猫。另一个嫂子说，妹妹天生就一个美人坯子，虽然瘦得不行，可一看就惹人怜，兄弟真有福气。婆母说，人和人都是缘分，他回家来说，在西边的省里碰见饱儿了，那里正闹饥荒，想赶紧接了过来。我和他爹相信他的眼光，就同意了，这不还真是个懂事善良的好孩子。饱儿见大家都夸她，羞得脸通红，赶紧说，是饱儿有福，否则饱儿这会儿肯定还在挨饿呢。二嫂说，是妹妹的名字好，宝儿，可不吗，公婆丈夫的都拿着当宝贝呢。

饱儿说，我的名字是吃饱的饱。娘生我的时候，家里就闹饥荒，娘是饿着肚子生下我的，就给我起了这么个名字，希望我一辈子都能吃饱，可没想从小到大就没吃过几顿饱饭。饱儿说着又想起娘，往门外瞅了一眼，院子里静悄悄的，没有枣红马的动静，饱儿确定自己昨夜是听错了。

婆母的眼睛突然红了，拿袖子擦了下眼睛说，饱儿好孩子，从今以后只要有我吃的就有你吃的，你娘也是放下心才走的，你不要太难过了。

饱儿忙问，婆母为何掉泪，我娘不是还在路上吗？

婆母说，你娘两天前就去了。都怪我忘记嘱咐家人了，饿久了的人是不能一下吃得过饱的，家人也不懂，你娘就把那一大盆肉都吃下去了，太饱了，撑死了。昨晚家人下半夜才赶回来，说是路太远实在没其他办法，你家又没了其他的亲近，就自作主张把你娘埋了。婆婆说着从身后的桌子上拿起一绺头发，递给二嫂，二嫂接过来反复地看了几眼后放在饱儿的手心里一起握着。

饱儿看见手里那束花白的干枯的头发，用香色的头绳缠着，头绳是三股编在一起的，那正是娘的头绳，是饱儿为娘编的。饱儿只觉得自己的心连着肺腑五脏如同点燃的爆竹，骤然间炸裂开来。饱儿又看见了娘，远远的一个背影，灰黑色的打满补丁的裤子，干瘪得如同薄梧桐木板的后背，没错，那是娘。饱儿的心里一瞬间释放了所有的牵挂，她抬腿朝娘跑去，却见自己飞了起来。突然间有什么东西朝她打过来，饱儿低头看去，见是无数的手，有打她的，有拧她的，有掐她的，再抬头看时，早已不见了母亲。

见饱儿昏死了过去，早有准备的婆婆示意两个嫂嫂蜷她的胳膊和腿，自己则用长长的保养得极好的指甲掐在饱儿的人中上。几分钟后，饱儿惨白的脸上开始有了血色，嘴唇带着婆母的指甲印吐出了一声潮湿而粗短的叹息。饱儿醒了。饱儿懵懂地看着婆婆和两个嫂嫂，片刻之后才明白娘并不在眼前，饱儿的泪水绝望地流下来。婆母说，让你的嫂子们来就是怕你受不了，好劝慰你，你不要太难过了，惹得我也心里难受。两个嫂子赶紧劝饱儿，说，妹妹不该难过的，你娘临走前说，死而无憾了，做梦都想吃上顿饱饭，终于吃饱了，还是吃的红烧肉呢。你娘是笑着死的呢，何况你娘还穿上了你婆婆送的新衣服，绸缎的夹袄，和你婆婆身上穿的一样，也该知足了。

在大家的劝说下，饱儿心里的悲伤渐渐地淡了下去，想起自己的梦，想必娘真是死得无憾了。娘终于吃饱了,只是吃得太饱了。娘还穿着镶金银丝的绸缎衣服,这是饱儿也没敢奢望的。娘死得也算是荣光了。

饱儿起身给婆婆跪下,磕了三个响头。

没有了牵挂的日子,饱儿更加勤恳地干所有的活,包括扫地等一些家人做的活。饱儿下定决心要当牛做马回报婆婆。饱儿待得最多的地方是厨房,她要把每一道菜都学到手,好给婆婆做可口的饭菜。饱儿最爱做红烧肉,不仅因为婆婆爱吃,更因为娘吃得最饱也是最后的一顿饭就是红烧肉。饱儿做着的时候,就觉得娘会高兴,会闻见肉的香味。

忙忙碌碌地过了一个月,饱儿的公爹和丈夫仍然没有回来。只是托人捎信来说,现在周边地区都闹饥荒,好的货源短缺,生意难做得很,只得到很远的地方去采货,还需要些日子才能回来。

这一日,婆婆把饱儿叫到跟前说,饱儿我想吃肉了,你去地道里割些肉来吧。地道里的路陡着呢,你脚下要当心,里面黑,进到里面别急着往里走,等眼适应了再走,敞着地道的门,里面会亮堂些。我老了,腿脚不好了,以后就由你去地道里割肉和存放东西了。婆婆说着,从枕头底下拿出那串钥匙递给她,饱儿知道这不仅仅是种信任,更是一种权力。饱儿从嫁过来的第三天开始就盼望能拿一拿这串钥匙,她想看看那个神秘的富足的地道,她猜测里面有无数头宰杀好的猪,有吃不完的肉。她没想到这一刻会来得这么早,她的手心里冒出了一层细密的汗珠。她接过钥匙,谦卑地对婆母说,感谢婆母信得过饱儿,饱儿一定好好做,让婆婆放心。婆婆说,没什么难的,只是切肉的时候要注意,有的猪并没剔除骨头,切肉或者剁骨头的时候小心点就是了。至于该割哪块的肉,我会随时告诉你的,日子久了,你就摸出规律了。每次用完钥匙后,把它放回到我的枕头底下,这是咱家的规矩,等你将来生了儿子,这钥匙才可以放在你那里。饱儿赶紧回答说记住了,并问婆母这次割哪块肉。婆母说,后腿肉,我想红烧着吃。

饱儿拿着钥匙穿过桃花丛往后院走去,她抖动着手指,让钥匙在指间发出叮叮当当的响声,听着那脆生生的叮当声在桃花中荡漾。天的西边还有一竿子高的太阳把橙红的光洒在饱儿的身上,洒在桃花上,洒在钥匙的齿牙上。饱儿快乐地对着太阳伸了伸舌头,晃了晃钥匙。越往后院走,桃树就越多,桃花越密花香越浓,整个后院就是一个桃花园。饱儿走到西北角的地道门前,挑出那把齿牙最多个头最大的钥匙,把它插进锁眼里,轻轻地扭动。

　　嗒。铜锁清脆地响了一声，锁鼻弹跳而出。饱儿打开门，一股阴湿的冷气袭过来，饱儿不由自主地打了个哆嗦。往里走了几步，便是陡峭的向下的台阶，饱儿慢慢地试探着往下走，越走越黑，越走越阴冷。下完十八级台阶，便到了一个过道，过道的右边是一间锁着门的屋子，上面的锁想必已经锈了，饱儿摸过它的手上有一股浓浓的铁锈味。顺着过道往里走大约五六十步的样子，地方突然宽阔起来，足有两间屋子的宽度，但是里面并不像饱儿想象得那么丰足，感觉上空空荡荡的。饱儿停下来，让自己的眼睛适应一下。半袋烟的工夫，饱儿的眼睛已经能模糊地看见里面的景象了。饱儿的感觉是对的，里面并没有无数的被宰杀的猪，只是在左边的墙上挂着两头已经被开了膛煺了毛且已被切割得残缺不全的猪，靠近自己的地方还有一只被包在席子里，只露出两只猪蹄。右边则是一潭静静流动着的水，饱儿蹲下身来用手试了试水的温度，冰凉刺骨，像是山上流下来的雪水。

　　饱儿走到左边的墙根，看见有张桌子，上面放了大小不等七把刀。刀看起来是黑的，只有刀刃是白亮的。饱儿挨个将它们拿在手上掂了掂，比画了比画，调皮地朝着墙上的猪做了几个砍杀的动作。最后，饱儿挑了把最轻巧顺手的，第六把，长条状的。她仔细地看了看墙上的猪，发现靠外的猪比另一头肥嫩，知道婆婆爱吃肥嫩的肉，遂伸手拽住猪的后腿，割下一块肉来，拿在手里掂了掂，觉得刚好够做一盘的，心下对自己的表现很是满意——如果割多了或少了都显得自己做事心里没数。饱儿转身走了两步，想到应该把用过的刀蹭干净才好，又折身回来，重新拿起那把长条状的刀。细看桌子上，并不见有蹭刀用的布，饱儿便拿刀在刚刚割过的猪皮上蹭了蹭，直到刀刃和其他的刀一样白亮为止。饱儿这时才知道，婆婆也是每次都蹭刀的，或者还要磨刀的，否则刀不会有那么白亮的刃。饱儿暗自庆幸自己的细心。饱儿蹭完刀，按照用前的顺序重新给刀排好队，这才放心地往外走去。

　　就在饱儿的头由右向左转动的片刻，她突然瞥见刚才的猪变成了人，开膛破肚的人，有着两条胳膊和残缺不全的腿的人，大铁钩子从后脑勺穿进从鼻子上出来。饱儿的头嗡的一声，浑身打了个激灵，每一根汗毛都竖了起来，手里的肉差点儿掉地上。饱儿转回头去细看，是猪，拔光了毛的猪，一头肥肥胖胖的猪，还剩半个后腿的猪。饱儿再将头转回来，猪又变成了只有半条腿的人了。饱儿吓得赶紧往外跑，来到过道，她听见有人在右边的屋子里叹息。饱儿颤着声音问，是谁在里面？有人吗？里面的人说，赶紧上去吧，你婆母已经快走到门口了，你若愿意的话，回头再来和我说话吧，千万别告诉任何人。

婆母已经唤着饱儿的名字到了门口，饱儿赶紧往外走。她浑身颤抖着站在婆母的面前，婆母惊异地问，怎么了孩子，看你抖得跟筛糠似的，小脸煞白，怎么了？饱儿张口想说刚才遇到的事情，转念一想又改口说，里面太冷了，黑洞洞的怪吓人。婆母长舒了口气说，怪为娘的，我该先带你来几次习惯一下就好了。让你走了后我才想起来，这不赶紧地过来，还是吓着你了。要是害怕，以后还是我来吧。饱儿赶紧说，下回就习惯了，我不害怕。婆婆笑着接过饱儿手里的肉，看着饱儿把门锁好，婆媳俩相互搀扶着往前院走去。婆婆颇有感触地说，想当年我也和你一样大，十六岁，我婆婆也是让我去地道里割肉，我还没你胆大呢，走下台阶就吓得连滚带爬地跑上来了，白挨了一顿训斥。你比我有出息，这份家业将来交给你我也就放心了。婆婆的一番话说得饱儿心里热乎乎的，她想把自己看见墙上挂着死人和听见人说话的事告诉婆婆，自己并不比婆婆胆大，更不比婆婆有出息，家业还是婆婆掌管着好。她的耳朵里突然响起娘的声音，饱儿你要多长几个心眼，多长几个心眼娘才能放心。饱儿赶忙改口说，饱儿是什么事都不懂的丫头，哪敢和婆婆比。婆婆侧过脸来对饱儿笑了。

饱儿边做着红烧肉边琢磨，难道是自己吓得糊涂了，看花了眼？为什么看见的是猪又是人呢？地道里被锁在屋子里的那个人是谁，为什么从没人和她说起过？难道是自己的耳朵出了问题？吓蒙了？撞见鬼了？饱儿对自己说，一定要多长几个心眼，好好琢磨琢磨，想明白才好。

饱儿把红烧肉盛在白瓷蓝花的碗里，双手端到婆婆的面前对婆婆说，肉不多，还是婆婆自己吃吧。饱儿来家这么多日子，上顿下顿地吃肉，总以为家里有吃不完的肉，今天去地道里才知道肉并不多，也就两头猪吧，以往饱儿太不懂事了。婆婆看着乖巧的饱儿说，难为你这小小的年纪就这么懂事了，来，还是一起吃吧。饱儿只得夹了一块放进嘴里，但那肉再也不像以往那样往喉咙里钻了，喉咙像是关了门似的，怎么也咽不下去，还一阵阵的恶心。饱儿赶紧地咬了口馒头，把恶心压下去。

婆母看见饱儿把肉送进嘴里，自己才大口地吃起来，很响地嚼着，边吃边说你割的是靠外的那头猪，这头猪的肉嫩，也肥，很适合红烧着吃；里面的那头肉太老了，适合炖着吃。前些日子弄的那头更糟糕，简直就瘦得皮包骨头，好在那爷儿俩愿意吃炖排骨炖猪蹄，等他们回来吃好了。你说得对，日子是该节俭着过的，眼下到处闹饥荒，咱们家的生意肯定会越来越难做，日子会紧巴一些。可肉该吃的还是要吃，吃习惯了，一顿不吃就馋得慌。饱儿看着婆婆吃得香甜，自己喉咙里的那扇门也就越来越软，渐渐地没有了。饱儿想一定是自己恍惚了，看花了眼。

过了两天，婆婆又拿出钥匙让饱儿去割肉。饱儿问，还是红烧吗？婆婆说，炖吧。饱儿接过钥匙，转身到厨房里拿了火柴和一小截干松枝塞进袖子里。饱儿想，有光亮眼睛就不会看花了，就是有鬼，鬼也是怕火的。

后院里静悄悄的，以往咯咯嗒嗒叫个不停的母鸡们也都温顺地趴在太阳光里。饱儿打开地道的门并把它关上，走到台阶下，定了一会儿神，然后拿出火柴把松枝点燃，举着小松枝慢慢地往里走。她照了照右边，果然是间屋子，黑色的单扇门用很大的一把铁锁锁着，锁已生锈了。饱儿用力推了一下门，门并没发出任何动静。饱儿趴在门缝上想看看里面到底有没有人，但什么也看不见。饱儿又用手敲了敲问，里面有人吗？说话啊，有人吗？没有任何动静。饱儿长舒了一口气，她情不自禁地拍了拍胸口，原来是听错了，什么都没有，都怪那天没有光亮，自己吓着自己了。饱儿继续往里走去，里面和饱儿第一次来并没什么两样，左边的墙上依然挂着两头残缺不全的猪，靠里的那头瘦，靠外的那头肥且嫩。右边是静静流淌着的水，水是冰凉刺骨的，有几个麻布袋子装着东西浸在里面，四面的墙只是些渗着水珠的石头。看来这里是天然的，夏天要是来这里就太好了。饱儿把松枝插到左手边的一个小石缝里，走到那头又老又瘦的猪跟前，依旧拿起那把长条状的刀从后腿上割了块肉下来。

饱儿扭身往外走，可就在这一扭头的时候，饱儿又看见刚刚割过的并不是猪，而是一个男人，男人的那些东西还垂挂在原地。饱儿赶紧将头扭回来再仔细看，可看见的已是先前的猪了，一头瘦弱的老公猪，后腿的肉几乎没有了，大腿骨裸露着。饱儿来回晃了几下头，猪和人的影像便交错出现。饱儿捂住右眼，来回晃几下头，看见的都是猪；捂住左眼，看见的便全是人，一个年龄大约在五十岁左右的男人。男人的头皮已经被揭掉了,腋窝和阴部的毛丛也被连皮割掉了。另一个是女人,也是没有了头皮,两只碗大的乳房,乳头凹在里面,像两只枯了的眼睛。饱儿不由自主地尖叫了一声,转身就往外跑。她听见自己的头皮上发出啪啪的响声,头发一根根地站起来。这到底是怎么回事?莫不是自己的眼睛真出问题了吗?必须和婆婆说了,会不会是有魔鬼附身的呢?该不该让婆母给自己请个医生呢?要是娘在就好了,娘啊娘你在哪里啊,你知不知道饱儿快吓死了,饱儿的心眼想不通这到底是怎么一回事。

饱儿伸手来取松枝,松枝已经燃完了,火光在饱儿的手带来的风里熄灭了,一切重新陷入黑暗中。突然,饱儿辨不清方向了,她找不到出口了,伸出的手摸到的全是湿漉漉、硬邦邦的石头,偶尔触到的软的是冰凉的肉。饱儿觉得挂在墙上的两个死人已经走了下来,他们裂开着空荡荡的胸膛朝她围了过来,他们向饱儿追取他们的肉他们的内脏。饱儿觉得身上像有一阵寒风掠过,皮肤骤然收缩了,周身的关节和肌肉僵硬如石,无法活动。或许再也动不了了,或许就死在这里了,被死鬼报复蹂躏。她吓得眼泪都流不出来了。

饱儿突然想起屋子里的那个声音,她大声地喊起来,有人吗?说话啊,你还在吗?你是谁啊?我快吓死了,救救我啊!

不要害怕,来,到我这里来吧,没什么可怕的,都只是些无魂灵的肉和骨头罢了。没什么可怕的,我在这里都待了二十年了,我就从没害怕过。饱儿又听见了那个声音,虚弱疲惫而安详的声音。饱儿听见声音的时候发现自己的手脚可以活动了,她循着声音走去。

那个声音又说,你手里的肉还在吧?

饱儿说,掉地上了。

把它捡起来,要不你一会儿还要进到里面去拿,还是会害怕的。捡吧,没什么的,就当捡块石头。

听到体贴关心的话,眼泪像惊蛰的虫子一样翻身爬了出来。饱儿慌乱地在地上摸到肉,把它拿在手上,循着声音迈动着脚步。那人说,你不该把地道的门关上的,这样就一点光亮都没了。

饱儿摸到了屋子的门口,说,我到你的门口了,你是谁啊,为什么在这里?我来的时候喊你了,你怎么没应声呢?

刚才我出去了,我知道你今天要来割肉,我出去帮你看你婆婆了。她刚才被人请去吃孩子的满月酒，让家人告诉你肉先不要做了。家人已经偷空打起盹来了，你也就没必要急着上去了。和我说说话吧，我都快二十年没和人说过话了。

饱儿说，你怎么出去的，锁着门呢，我能看见你吗？我能进到你的屋子里吗？饱儿的后背上仍然凉飕飕的，还是觉得墙上的死鬼会扑上来。

他们怕我出去，所以在这屋子的四周都埋满了桃木桩子，哈哈哈……声音虚弱地笑了笑说，可他们忘记了天空。这屋顶有个缝隙，只是出去一次很费力气。不说这些了，很多年以前，这屋门上的钥匙和地道的钥匙拴在一起，不知现在还在不在上面，你试试看吧。

饱儿逐把钥匙试着，试到第三把的时候，锁开了。饱儿推动门，门无声地开了。屋子里并不像地道里那么黑，灰蒙蒙的就像第一次地洞里的亮度。屋子很小，比一张八仙桌大不了多少，除了堆了些干草并未见其他的家具。一个瘦得几近干枯的人坐在角落里，手里握着一把霉湿的谷秸，穿一件土色的袍子。他的皮肤却像是陈旧了的名贵丝绸一般，裹在干枯树枝上的丝绸。眼睛是又大又明亮的，直直地放射着一种热情而热烈的光，饱儿觉得屋子是他的眼睛照亮的。

饱儿问，你怎么这么瘦，他们不给你东西吃吗？

不，是我自己不吃的。你已经看见了，他们是吃人肉的，我宁愿饿死也不吃。

饱儿说，真是人肉吗？可我怎么左眼看见的是猪肉，右眼看见的是人肉呢？

那是因为你只被他们洗了左眼睛。他们有一种药水，洗了眼睛后就能让人看见死人是猪了。他们就是靠吃人肉活着，靠吃人肉发家致富的，他们家的男人都是白天出去踩点，看哪里有刚死的人，夜里去扒坟，把死人带回家来吃，衣服和陪葬的东西拿到城里去卖——他们是不是告诉你城里有很大的店铺啊？

你说的都是真的吗？他们到底是些什么人？我该怎么办啊？我不想吃人肉，我会恶心的，我会死的。饱儿绝望地哭起来，她问道，我能逃出去吗？你为什么不逃走呢？我们一起逃走吧。

他们是一种人，是吃人的人。走不出去的，我二十年来一直在努力。

那报告官府行吗？

你太小了，想事太简单了。没人会信你的话，即使官府的人来了，他们连人的骨头都找不见一根。你婆婆他们会拿真正的猪肉做菜给官差吃，会给官差金银细软，虽然都是些从坟墓里扒出来的东西，但也够他们欣喜的了。官差会判定你是疯人，下令处死你。这村里的人都是吃人肉的，他们会很高兴看你死的。谁都不希望留一个知道内幕的人存活着，威胁他们的生命。何况你死了，他们又多了个可以吃的人。

那我丈夫也是吃人的人吗？他也希望我死吗？他说过他喜欢我的，直到死都喜欢的。

这和你的生死是不搭界的事，当他发现你不能变成同类的时候，他跟你说过的话也就不是一个意思了。

我听不懂你的话。或许他能够救我，能够和我一起走。他说过他爱我，他会为我做任何事情。他正是因为第一眼就爱上我，才会娶我这么个贫家女子的。

这你又有所不知了，他为什么舍近求远，还是因为他们吃人的秘密。他们一般都是选择千里之外的人家，这样女方的娘家人就不会经常来往，也就很难发现秘密了。他们的男人到了十八岁的时候，按照他们的风俗，就在铁锅里转勺子，勺子把指向哪个方向，他们就去哪个方向寻亲，这就是他们说的缘分。他们寻的女子都不超过十八岁，因为他们的药水只对十八岁以下的人起作用。

他们为什么不找个同类的人结婚呢？

那是因为他们同类的人结婚生出的孩子，在长到十八岁的时候，会把睡觉的人也看成是猪，容易亲人相残。所以他们必须找正常人家的女子来帮他们生孩子，生不会把睡觉的亲人看成是猪的孩子。

你是这家里的人吗？

不是，我是你婆婆家远房的亲戚，父母早亡。父亲临死前写了一封信要我来投亲，我那时小，又没路费，就一路讨饭一路寻，走走停停的就是三年，来到的时候我已经十八岁了。父亲在信里恳求他们收养我，他们说，他们只收养十七岁以下的孩子，我就说自己只有十六岁。他们很高兴，拿花蘸着药水给我洗了眼睛。当天吃饭的时候，我从碗里吃出了一根人的手指头，我哇的一声就吐了，把肠子吐了个底朝天。再瞒也瞒不过去了，他们就把我关在这里。当天夜里，就给了我一坛卤水、一把刀和一根绳子。

我知道不管是喝卤水死还是吊死、用刀把自己刺死，最终的结果都是要被他们吃掉，所以我就下决心饿死，瘦得一点肉都没有了，才能避免被吃掉。我只吃这个，谷秸。

可他们会把你当排骨炖了吃的。饱儿想起婆婆的话。

男人说，那是因为那些骨头里还有些油水，我的骨头里连骨髓都瘦没了，所以我不会被吃掉。

那我该怎么办呢？他们会让我死吗？他们会吃我吗？

你不同于我，你还有存活的余地，那就是你还可以把右眼也洗了。药水平时是见不到的，只有新人来的时候有，你可以揽个给新人洗眼睛的活。这之前你一定要照常吃肉，不能恶心，不能让他们发现你的右眼没洗。

可我不想吃人肉，我不想洗眼，我做不到，我做不到！

在他们当中要活下去就只能把你自己变成他们，而且永远不要让他们知道你曾经看见过真相。

不，我不会再吃人肉了，我现在就直恶心呢，以后我也不会再吃任何肉了。饱儿胸口的恶心一阵上冲，直吐得胆汁流了出来。

男人伸手递过来一根谷秸说，嚼嚼这个压压吧。

饱儿接了含在嘴里，觉出了一丝丝霉湿的甜味。恶心果真轻了一些。

男人说，你该回去了，你婆婆正在往家走的路上，别让她发现你有什么异常。

那我该怎么办呢？你帮帮我吧，告诉我怎么办，我不想吃人肉，可我也不想死。

那只能是逃走或者杀了他们。但你根本逃不出去，他们的村里层层设岗，嫁过来的女子不生了孩子是出不了村的。至于杀他们，你就更不行了，你杀了一个，会有上千个来杀你。赶紧去吧，要像没事一样。把门重新锁上。

可是我不记得我的眼睛被他们洗过……

洗过的，你结婚那天。想想吧，有人拿朵花蘸了水洗你的眼睛，那就是洗眼。赶快去吧。

饱儿不敢再犹豫，赶紧回到前院，用水把肉上的泥沙洗净了，放在菜板上。她心里不停地对自己说着，饱儿，就当什么事情都没发生过，没有，没有，没有，是错觉，错觉，错觉！婆婆像亲娘一样疼爱你，丈夫爱你，什么都没发生过。别紧张，别紧张，像以往一样，一样。要活命，要活命，要表现自然，表现自然，一定要想办法。

婆婆进门来见饱儿坐在门廊下发呆，便走过去对饱儿说，我今晚去你斧头哥家喝满月酒了，回来拿礼钱呢，你炖肉吃吧。

饱儿努力平静了脸上的表情说，肉还是留着改天和您一起吃吧，做了，我一个人又吃不了，我随便吃点就可以了。

婆婆说，不要亏着肚子才好，我们虽不是什么大户人家，可家里吃的还是足够的。

饱儿说，我记住了，谢谢婆母关心。饱儿瞅着婆母的后背，希望她赶紧离开，她好去地道里再问问那个干枯人到底该怎么办。饱儿觉得自己的脑子一转都不转了，她想不出一点办法，万一明天又要吃肉，又要恶心怎么办？

婆婆拿了礼钱出来，走到门口又转回身来说，地道的钥匙呢，给我吧。

饱儿只得把钥匙从袖子里拿出来递给婆婆。婆婆顺手别在腰上，钥匙便在婆婆的腰间叮叮当当地远去了。

饱儿冲进自己的房间，绝望地趴倒在床上。她捶着自己的头，怎么办？怎么办？明天就要吃肉了，就要露馅了，就要被识破了，怎么办？想啊，快点想啊！

逃走！对，这正是机会，谁都不在。饱儿赶紧披了外套，收拾了几件衣服，用头巾包了，走到大门口又想到带了包会惹人耳目，遂折回来把包塞到床底下。

饱儿边往外走边告诫自己，要镇静，要像随便走走的模样。饱儿走出家门，顺着往山下的路走着，尽量放慢脚步。到了山脚下，饱儿回头看了看，才清楚村里人的房子是围着一座山筑造的，这样每一家都可以在山里挖地道了。看看已离住家有了些距离，饱儿跑了起来。但奇怪的是，没有了桃花也没有下山的路了，路只是环形的，如同一个硕大的盘子，饱儿仅仅是围着盘子边跑动。饱儿围着山路跑了大约有半个时辰仍不见有出口，她捡块石头朝路的下面扔去，过了好半天才听见隐约的声音，这才明白自己所在的位置并不是山脚下，下面是悬崖，悬崖下面才是山脚。饱儿不知道出口到底在哪里，路该是在出嫁的那天走过一回的，只是那天坐在轿子里并没有看见路。饱儿不知道是该继续往前跑，还是找个地方先躲起来，等明天天亮后再作打算。正在犹豫的时候，婆婆出现在她面前，无声无息，像是从天上降下来的一样。饱儿以为自己看花眼了，揉揉眼睛再看，确是婆母站在面前，和婆母一起的还有二嫂和一个饱儿没见过的女人。

婆母笑着问饱儿，是不是在家里闷得慌才出来遛遛的，看你这孩子，天都黑了，不该走这么远的，以后不能这样了，让为娘的担心。二嫂你送她回家吧。婆母说完这话，擦过饱儿的肩膀往前走去了。

二嫂的手亲热地伸过来拉住饱儿抖个不停的手，紧紧地握了下饱儿的手说，妹妹要是想出来散心，该天跟嫂子说一声，嫂子陪你。

二嫂把饱儿带回家里。饱儿问，二嫂，你们和我婆婆不是在喝满月酒吗？怎么就遇见我了呢？

二嫂说，哪里是遇见，我们是去找你呢，怕你万一被狼虫虎豹的叼了去。你婆婆心善，怕直说你脸上挂不住。

饱儿说，我都这么大的人了，就是出去遛遛弯，哪里就会被叼了去，还麻烦你们去找。

二嫂说，我得走了，不过我告诉你一句话，以后脑子里别再胡思乱想，只会给自己找麻烦。嫁到这样的好人家是你的福气，想想吧，没有改变不了的东西，你得给自己时间。

饱儿一听这话，知道二嫂是知道她的心思和处境的。饱儿像是突然遇见了救命恩人，扑通一声给二嫂跪了下去——二嫂你救救我吧，你看见了我的右眼睛没洗，我明明看见地道里挂的是猪，可转脸又变成了死人。二嫂，我怕极了，我再也无法吃肉了，我一看见肉就恶心，明天或许后天婆婆就会发现的。二嫂你救救我吧，给我指条路，让我走吧，我一辈子都不会忘记您的大恩大德。饱儿不停地给二嫂磕起头来。

二嫂沉思片刻说，不是我不肯帮妹妹，你已经没有退路了。就是你出去了，你的左眼也已经变不回去了，你也再不是以前的你了，你仍旧是痛苦的。何况这里没有回头的路，你是出不去的。忍吧，忍久了，就习惯了，习惯就好了，只要你不再想自己和别人不一样，别人是发现不了的。

饱儿说，二嫂我忍受不了，我受不了，我会恶心的，他们发现了就会杀我的对不？

二嫂拉起饱儿说，没那么可怕，只要你自己想着去改变，没有改变不了的。这些傻话以后再也不要说了，全忘了吧。

第二天一大早，婆母对来请安的饱儿说，今天你公公和丈夫回来，你下午再去剁些猪骨头来，炖好了，等他们爷儿俩吃。中午我们就把昨天的肉炒着吃吧，多放点辣椒。

饱儿说，知道了。

中午要吃饭了，饱儿的腿一直在抖，她不知道等待自己的是什么。就在端起碗的那一刻，饱儿突然听到了二嫂的声音，她猜测二嫂或许是来帮助自己的，心里稍稍有了点希望，赶紧招呼二嫂坐下。二嫂先是客套地推让一番，然后就和饱儿她们一块吃起来。

婆婆给二嫂夹了几块肉说，来尝尝饱儿的手艺，这丫头心灵手巧着呢，才几天啊，菜就做得特别好吃。改天你再来，让她做红烧肉你吃。

二嫂边夸肉的味道好，边夹了肉往饱儿的碗里送来——妹妹的手艺真不赖，这肉炒得不老不嫩，咸淡正好。妹妹自己也吃啊，改天你教教嫂嫂啊。

饱儿看着落在白米饭上的两根肉丝，如同地道里年轻女人雪白肌肤上的刀口。饱儿的喉咙里突然生出一阵恶心，她赶紧憋住往上涌撞的恶心，把肉丝埋到米饭底下，眼睛早已被恶心顶得泪汪汪的了。抬起头，见婆婆和二嫂都盯着她，饱儿只得把肉丝再从米饭里挑出来，说，辣了些。二嫂说，一点都不辣，妹妹还没吃呢就说辣。饱儿看了婆婆一眼，见婆婆正笑眯眯地看着她。饱儿想，完了，要露馅了，要被发现了。可是丈夫还没回来呢，就是死，也要等到他回来，跟他讨个说法才甘心，毕竟是他把自己带了来的。想到这里，饱儿把肉丝尽量往米饭中埋了埋，闭了眼睛连米带肉一块往嘴里扒拉。

肉进到嘴里了，饱儿却发现自己喉咙内的那扇门又关上了，牙齿也不会动了。一刹那，饱儿张着嘴，不知道是不是该把肉重新吐出来。突然，喉咙内的那扇门轰然打开，肚子内的所有脏器都似乎碎化成汁水喷泻出来，那些被含在嘴里不知去路的白米饭愉快地变成一个个白色的小箭头带领着队伍向婆母和二嫂射去。

饱儿试图关住嗓眼里的那扇门，她紧紧地闭上嘴巴，那些飞速奔跑的白米粒便挤进她的鼻孔。饱儿赶紧用手捏了鼻子，跑到院子的柴垛后面，痛快地吐起来。那条永远趴着的黑狗伸出长长的舌头香甜地吃起来，边吃边朝着饱儿翻起丑陋的黑眼皮，献媚地挤了下眼。

二嫂递过来一杯水说，赶紧漱漱口吧。说着又递过来块手巾，擦把脸吧。

饱儿漱了漱口，长长地叹了口气，一种精疲力尽的绝望正在袭击她。

她想死去，想到死去可以见到母亲，重新过那种吃不饱但不会恶心的日子。可是会有那一天吗？死了，会被婆婆公公二嫂甚至自己的丈夫吃掉吗？他们会开了她的膛，用铁钩子穿透她的后脑勺和鼻子，挂在地道里的墙上吗？她想起在饥荒之前死去的姨妈，人们给她穿上华丽的衣裳，梳起高高的繁琐而漂亮的发髻，让她静静地躺着。亲人们围着她，呼唤着，哭泣着，守候着她的灵魂升天，然后把她的肉身装进棺材埋进土里。送姨妈去墓地的途中，亲人们大声地哭喊着，白纸钱如同纷纷飘落的大雪，白幡在风里哗哗作响，唢呐唱着哀怨悲伤的曲子……一切都是那么凄美，招人妒忌。因为那一刻，也只有在那一刻，人们不再受日常琐事的干扰，而是把所有的爱都给了姨妈。姨妈死了，梅子姐姐便经常让饱儿陪伴着去坐在妈妈的坟边，和妈妈说话。她说妈妈的灵魂虽然在天上，可是她一直在看着自己的新家，坐在妈妈的家边，妈妈就能看见她了，能听见她说的话了。饱儿不知道自己的母亲被埋在了哪里，（饱儿一直想问问埋葬了母亲的那个家人，可是他连同那匹枣红马再也没有出现过。）但是她知道母亲的灵魂也在天上。她又想起地道里干枯人的话，他们忘记了天空，他们忘记了天空。饱儿抬起头热烈地看着天空，娘，娘，娘，伸下手来，救了饱儿去吧！

二嫂笑盈盈的脸把天空阻隔开了，饱儿看着二嫂脸上那些挤来挤去相互冲撞的笑，突然明白了点什么。饱儿说，二嫂，我是拿你当知心人的，没想到你竟然会这样害我。

二嫂把脸上的笑容收住说，妹妹这话说得可是没良心，我咋害你来着，不就是让你吃块肉吗！你瞒得了今天能瞒得了明天吗？叫我说，你还是按照嫂子教你的，改变自己心里的念头，把那肉就当猪肉来吃，它就是香的，吃到肚子里就非常舒坦，妹妹又不是没吃过。

婆婆的脚步声近了，慈爱地问着饱儿，饱儿，我的好孩子，你怎么会这样啊？也没听你说不舒服啊，你到底哪里难受？

二嫂扭头看着婆婆说，我也正问着妹妹呢。我想她八成是有喜了，要不好好的怎么就突然吐了呢？

婆婆说，要是真的就好了，但愿别是病了才好，二嫂你扶饱儿回房休息吧，我去请郎中。

不，不要，我没事的，谢谢婆母关心。饱儿说。

二嫂看了一眼饱儿眼睛里的慌乱，那些横七竖八的笑容重新从二嫂的皮下钻了出来。二嫂说，婶儿，你急什么，观察两天再说嘛。郎中住得那么远，就是去人请，也该等兄弟回来让他去，他身强力壮的。

婆婆说，你说得也是，今天晚上那爷儿俩就该到家了，等等也好。

二嫂说，婶儿的饭还没吃完，妹妹这里有我呢。

婆婆说，那好吧，就麻烦二嫂了。你是当嫂的，有些话好说，你就扶饱儿回房休息吧，和她唠唠嗑，唠叨些女人间的事给她，我这当婆婆的总是隔着辈分的。

婶儿，你就放心吧，我保管旮旮旯旯的都说到，从害喜说到坐月子，从坐月子说到当婆婆。二嫂和婆婆都笑了起来。婆婆说，咱这桃树庄所有娘们儿的嘴就数你乖巧了。

二嫂扶饱儿回到房中，饱儿甩开二嫂的手，躺到床上，拽过被子来把头蒙住。黑暗里的饱儿突然有了可以哭泣的空间和胆量，她任凭眼泪蜂拥而下。

二嫂喜滋滋地看着在被子下面颤抖的饱儿，她将头靠在饱儿散发着油漆香味的大红木柜上，很是陶醉地眯了下眼睛，叹了口气出来，说，妹妹你也看到了我怎么给你打圆场，我怎么护着你的，你还跟我使性子呢，你这不是冤枉嫂嫂吗？你把头露出来让二嫂看看你。

饱儿想想刚才二嫂确实是帮了自己的忙，或许她真的是帮自己来着。要不是她让自己吃肉，自己肯定会在公公和丈夫回来的时候恶心，而自己又不会说谎，事情就没有回旋的余地了。二嫂一定有办法救她的，看她应对婆婆多么自然啊，她一定能救自己的。想到这里，饱儿从被子里出来，翻身下床，跪倒在地，双手抱住二嫂的腿。突然间，饱儿的心里涌起了一股热流，她抱着二嫂的腿，感觉像是抱住了粗壮的根深叶茂的大树一样，这棵大树伸向天空，那里正是自由的地方。饱儿紧紧地抱着，一动也不动。

二嫂俯视着跪在地上的饱儿，看着饱儿的肩膀抖动着。饱儿白嫩的脖颈因为激动而泛着胭脂色的红晕，蓝色的血管带动着那些迷人的红晕突突地跳跃。二嫂脸上的笑容变成了酱红色，从二嫂的嘴角鼻翼眼睛和眉毛里出来，扭打在一起。

二嫂说，妹妹这是干什么，赶紧起来，让你婆婆看见了还不知该怎么想呢。

饱儿说，二嫂你是个好心的人，刚才饱儿误会你了，请二嫂原谅。求您救救我吧，饱儿不是没良心的人，日后定会报恩的，请二嫂相信我。

二嫂说，起来说话。说着把饱儿重新扶回床上，自己则在饱儿对面的椅子上坐了下来，和饱儿膝顶着膝手拉着手。二嫂看着饱儿，饱儿看着二嫂。二嫂看着看着，突然扑哧一声乐了，说，妹妹你看我们俩像不像在照镜子啊？饱儿说，都到饱儿的生死关头了，二嫂还有心说笑。

二嫂脸上的笑容突然凝固了，眼睛里的光冷却了，冰凉地穿过饱儿的眼睛看到很远的地方，良久才说，不是说笑，就是照镜子呢。

饱儿摇着二嫂的手说，二嫂还是赶紧帮我想想办法吧，我该怎么办啊？

二嫂问，你想活下去吗？

想！

办法有三个。

哪三个？二嫂快说啊！

说是三个，其实呢就是一个。要么把你的右眼也洗了，要么把它用针扎瞎了，再就是什么也不做，就把自己当成是乐意吃人肉的人，心甘情愿吃人肉的人，最终要成为挖空心思吃人肉的人，也就是说，和他们一样。第三个方法是最根本的，要不你心里老觉得不舒服，老怀疑自己是不是个人。夜深人静的时候，总会问自己，我到底是不是个人？我到底是不是个人？我到底是不是个人？问久了，自己的脑子就会出毛病，就会跟自己过不去，虽然也是活着，可活得毕竟没有他们舒坦滋润。

不，我做不到，我宁愿死，我吃不下人肉！二嫂，我是个人，我怎么能吃人肉呢？那不成畜生了！不，不，不，二嫂您别生气，我绝对不是骂您，您是好人，您是好人，我该怎么办啊？

二嫂说，畜生，这里的人把外面的人叫做畜生。妹妹你错了，只有傻乎乎地被人利用的才叫做畜生呢。牛，傻乎乎地给人拉犁；狗，傻乎乎地给人看门；驴，傻乎乎地给人拉磨；猪，傻乎乎地长得又肥又壮，等着人去吃。外面的人吧，傻乎乎地把值钱的宝贝崭新的衣服都埋在坟墓里，等着咱们去取，傻乎乎地长大等着咱们去吃，养活了我们，还傻乎乎地不自知，见了我们谦卑地低头哈腰，一口一个老爷太太地叫着，那才是畜生呢！你别这么看着我，这话不是我说的，是这里的老祖宗说的。妹妹呀，你怎么就是不明白呢，世上哪有绝对的好与坏，其实就是一念之差的事，看你站在哪个角度去想了，只要转过这根筋来，一切都会好的。

饱儿吃惊地听着二嫂的话,她突然觉得自己是那么傻,二嫂并不是她家乡的嫂,二嫂也是靠吃人肉活着的人,是挖空心思地吃人肉的人,怎么能傻乎乎地拿她当知心人?饱儿,饱儿,你怎么这么傻啊?饱儿抽回自己的手,苦苦地笑了笑说,二嫂,您请回吧,感谢您对我说这么多知心的话,饱儿自有饱儿的主张,您回吧,我不想连累了您。饱儿说这话的时候,心里已打定主意再忍耐一天,无论如何也要见上丈夫一面,或许他能够和自己远走高飞……

二嫂看着饱儿脸上的绝望,和绝望里掺杂着的假装出来的镇静和礼貌,心里犹如饮下了一杯蜂蜜水。她看着饱儿惨白如瓷的脸,看着白瓷上面凄楚的寂静,飘忽的挣扎……二嫂欣赏着,突然她的心里对饱儿有了一种嫉恨。饱儿啊,饱儿,我懂你的心,懂你的绝望和仇恨,我看着你,我听着你,我陪着你,可是我呢,有谁知道我当初的绝望吗?有人看到我的痛苦吗?有人懂我的心思吗?有人知道我的牺牲吗?有谁知道我在黑夜里流过多少泪?有谁知道我天天强压在嗓眼里的恶心?有谁懂我左右眼的痛苦?饱儿你比我幸福得多,因为有我在,因为你的痛苦我都尝过,因为我你才可以表演你的痛苦!我不会让你死的,我不会让你死的,我就是你,你就是我,就是十五年前的我。你是我的影子,十五年了,我终于有了自己的影子,我的痛苦终于有了伴,终于有了镜子,我怎么会让你走呢?饱儿,在这个世界上,只有我们两个是同类,只有我们两个。我们已经不再是外面的人了,可我们也不是这里的人,饱儿,这世上只有我们两个是同一类人。

二嫂的眼泪突然间流满了脸。二嫂再次拉过饱儿的手,把它们捂在自己的脸上。饱儿看着二嫂脖子上肥胖地堆积在一起的皱褶,看着二嫂抖动的肩膀,手心里接着二嫂的眼泪。饱儿以为二嫂是为她必死的心哭的,饱儿赶紧安慰二嫂,说,别难过了,二嫂,您对饱儿的好,饱儿永生永世也不敢忘。

二嫂止住抽泣,把饱儿的脸扳到自己的胸前,紧紧地搂住。二嫂说,饱儿你能做到的,你看看二嫂,二嫂不是挺过来了吗?有二嫂这例子在,你还怕啥?妹妹,你千万别想不开,过了这段时间,就会好一些的。饱儿,你留下来吧,和二嫂做个伴。

什么?二嫂你也……饱儿挣脱开二嫂的搂抱,惊讶地看着二嫂。

二嫂赶紧伸手来捂饱儿的嘴。她起身走到门口,打开门往四下里看了看，重又把门关上。二嫂走到饱儿的木柜前，伸手撕下上面贴的大红喜字的一角，捻在手里，定眼看着自己捻动的手指说，不瞒你说，我是和你一样的，我也是只洗了左眼。怪谁呢，都怪自己任性。当我发现自己的眼睛出问题的时候，肚子里的娃已经五个月了，已经能在里面踹我了。我当时也是想死的，可是想来想去还是忍过来了。当时想，为了娃，就忍吧。开始也是咽不下人肉的，可是就得硬往下咽，为了活命呐。自己跟自己过不去的时候，真想把右眼再洗了，可到年龄了，洗也不管用了；想把眼戳瞎了吧，又怕变丑了，孩子他爹不喜欢自己了，再娶小的。只有忍着，忍到自己习惯了，也就无所谓了。妹妹你看我，不是也挺好的吗？再说了，在这里吃香的喝辣的，穿的是绫罗绸缎，有享不尽的荣华富贵，日子永远无忧无虑，只要这世上有人，我们就能滋滋润润地活着。外面的日子你又不是没过过，那也算是人过的日子吗，吃了上顿没下顿，甚至十天半月的见不到点粮食，更别说荤腥了。

二嫂你不要说了，不要说了。我也知道好日子好过，可我就是死也不会过你那种日子的。二嫂还是请回吧。

二嫂的手指已被红喜字染红了，看起来血淋淋的。她把手指间的纸捻儿扔到饱儿的脚下，用鼻子喷出了股小凉风说，这么说，妹妹是瞧不起我了？我等着看妹妹过啥样的日子呢！说完转身往外走，走了几步又回身说，妹妹，我可是一片好心对你，你可别赏脸不要脸，在心里算计着拿我说事。你就是说出我来，也没人会信，出了这个门，我自己都不信。嘻！

二嫂走了，只有那声轻松飘扬的嘻还留在饱儿的屋子里。饱儿看着门外的阳光先是在二嫂脖子的皱褶上闪了一下，接着就洒满了她的全身。二嫂宝石蓝色的绸缎上衣瞬间映蓝了饱儿的房门。

饱儿的目光从二嫂的后背上收回来，看着木柜上缺了角的红双喜，那是一个多月来饱儿最喜欢看的东西。饱儿从地上捡起纸捻儿，把它慢慢地展开。它已经破碎了，几乎没有了红颜色，就像冬天里母亲皴裂了的手背。饱儿把它拿到唇边沾了些唾沫，又把它贴回原处。饱儿看着它，看着曾经给饱儿带来无限憧憬和幸福的红喜字。她想起一个多月前，男人身披绸缎的大红花就坐在那个大红喜字的下面，痴痴地瞅着饱儿。饱儿不敢看男人的眼睛，只是偶尔地瞟一眼男人头顶上的红双喜。外面几个调皮的孩子拿小手指戳着窗格子上的红纸喊着，戳窗户棂，戳窗户棂，一年一窝小儿童；

戳窗户棂，戳窗户棂，一年一窝小儿童。窗纸不一会儿就变成了蜂窝，有心急的孩子干脆把窗纸撕掉，从窗框里伸进小手来讨要赏钱。饱儿就红着脸把婆婆事先准备好的包了红纸的铜板儿搁在他们的掌心里。这样的时候，饱儿的男人就朝饱儿咧嘴一笑，男人身上的大红花就跟着抖动一下，饱儿的脸就红一下。

唾沫干了，破碎的纸片儿重新落到地上，在饱儿的绣花鞋前静静地躺着。饱儿伸手慢慢地揭下木柜上的红双喜，把它叠起来。红双喜的背面是白色的，星星点点的红色透过纸背，如同人皮肤里的出血点儿。饱儿叠着，先是将它对折，红双喜就成了一个白色的透着出血点儿的喜字。再对折，直到它变成一个白色的透着出血点儿的小方块儿，饱儿把它放在手心里，任凭眼泪滴落在上面。不一会儿，它就变成了红乎乎湿漉漉的一团，如同婆婆最爱吃的红烧五花肉。

眼泪没了。温暖的春风带着桃花的香气吹在饱儿的脸上，泪水湿过的面颊开始变得紧绷绷的。饱儿把手心里五花肉一样的喜字从窗子里扔出去，潮湿的纸团滚落到桃树下，隐身在飘落的枯萎的花朵中间。饱儿的心里突然有了一种轻松，她看了看几天以来一直在发抖的手指，发现它们已经变得苍白而平静。饱儿看着镜子里自己同样苍白而平静的面容，犹豫了片刻，拉开抽屉，拿出胭脂，均匀地涂在脸颊和嘴唇上，然后找出结婚的红衣裙穿上，等待丈夫回来。

少奶奶您醒醒啊，太太让我来请您呢，老爷和少爷已经回来了。饱儿睁开眼睛，见是家里的老妈子。饱儿问，少爷回来了吗？我睡着了吗？家人点点头。饱儿拢了一下头发，摸了一下嘴角，起身往外走。饱儿奇怪自己竟然睡着了，而且睡得这么沉，连马蹄声都没听见，看来自己是睡了一整个下午。中午照在二嫂身上的金色阳光已变成了银色。饱儿抬头看了看白瓷碗一样大的月亮，看了看月光下的桃花，依然是天堂一样的美丽。饱儿走了几步，忽然想起一个多月来她从未听家人说过话，她一直以为她是个哑巴。饱儿问，你原来会说话？家人的手慌乱地在空中摇摆了几下，然后落下来摊在了大腿的两侧。

客厅里灯火通明，平时总是擦得一尘不染的八仙桌上摆满了大大小小的盘碗，肉的香气从那些盘碗里袅袅地飘舞而起。饱儿看见丈夫正背对着自己在洗脸。饱儿的心里一时间涌满了抱住他大哭一场的愿望。饱儿紧紧地咬住嘴唇，站了片刻，低下头向客厅走去。让饱儿奇怪的是客厅里竟静悄悄的，只有丈夫手里撩起的水落回铜盆里的声音。饱儿进门来，站在丈夫的身后，嗓子眼里早有一团柔软的东西堵在那里，使得她连一声招呼也说不出来了。她只得默默地站着，看着丈夫熟悉而陌生的双脚，黑色的鸭蛋口的布鞋沾满了尘土，大脚趾处的布已磨得只剩几条黑线了。饱儿看见自己的右手从左袖筒里拿出手绢向那双脚伸去，伸出去的手却抓住了那串熟悉的钥匙。怎么会在地上？是婆婆故意放在那里试探自己的吗？还是她忙碌间掉了？饱儿不容自己多想，把钥匙转身放在了门槛外面。

　　丈夫痴痴地看着穿着新娘装的饱儿，说，饱儿，你可好？饱儿嗓子眼里的那团东西突然像一块石头，带着自己向眼前的男人倾斜过去。饱儿紧紧地抱着丈夫，真的是你回来了吗？她的眼泪大胆而狂放地落在男人的胸前。饱儿闭着眼睛听着丈夫胸膛里面那壮实的声音，似乎是说，不怕，不怕。她紧紧地抱着，紧紧地。

　　侧房内的婆婆和公公听见动静走了出来。饱儿赶紧离开丈夫，擦了眼泪给公婆请安。婆婆笑着说，真是孩子，看把眼都哭红了，原指望他们爷儿俩出去十天半月的就能回来，要不做爹娘的哪能狠心让你们小夫妻分开这么久呢？婆婆说着，过来拉了饱儿的手往侧房内走，又说，这几日饱儿身子不太舒服，让郎中先给你诊诊脉再吃饭吧，不好耽误人家太多时间。饱儿瞥眼看见八仙桌上冒着热气的肉，一阵恶心涌上来，她赶紧闭紧了嘴唇。她心里顿时没了任何的想法，不知道马上出现的会是什么，她想拒绝，可是脚却随着婆婆的牵引走起来。

　　公公和丈夫也一起走进侧房，和饱儿一起看着郎中搭在饱儿手腕上的手指。手指细长而干枯，血管如同铁丝缠绕在上面，尽头处是长长的指甲，半截黑半截白。饱儿看着它们像铁棍一样沉重地压着她的手腕。良久，那三根铁棍终于离开了。郎中起身朝公婆施了个礼说，恭喜，恭喜，少奶奶有喜了，从脉相上看当是个男儿胎。

　　真的？公婆和丈夫一起惊喜着。

　　郎中说，只是少奶奶的身体格外虚弱，还应该格外补养才好。

　　送走郎中，一家人围坐在饭桌边。婆婆欢天喜地地说，我终于放下心来了，原以为饱儿真病了呢。这两天我就直纳闷，原本喜欢吃肉的个孩子怎么好端端的就突然见肉就吐个不停呢，这下放心了，原来我快要做奶奶了。说完，赶紧招呼丈夫和儿子吃饭。她说，我今天亲自下厨做了你们爷儿俩最爱吃的，来，这是儿子最爱吃的炖猪蹄。看这炸奶糕火候怎么样，就两个，我们可是谁都没舍得吃，一直给你留着呢。她边说边夹了一团馒头一样的东西往儿子的碗里送过来。儿子赶紧地接过来咬了一大口，吧嗒了几下嘴说，香，只有娘才能做出这么好吃的炸奶糕呢，这一个月吃不到娘做的饭都快馋死我了，饱儿你也尝尝。饱儿飞快地闭了一下左眼，看见炸奶糕上面有一个已经焦黄了的乳头，心里一下明白了丈夫贪婪地嚼着什么。她看着丈夫迅速蠕动的嘴唇，这是她的丈夫吗？这真是她的丈夫吗？他真的吃人肉，真的吃人肉，他最爱吃油炸过的女人乳房！一股猛烈的恶心冒上来，饱儿赶紧用手捂住嘴巴，除眼泪外并没有东西蹿出来。婆婆说，看你这不懂事的孩子，饱儿怀孕了，见不得油腻，记住了以后别拿油腻的东西惹她。来，饱儿，还是吃点大白菜炖猪蹄吧，猪蹄不腻。也不能由着性子不吃的，肚子里的孩子需要养分呢，实在吃不下，就吃白菜，把肉给那个馋猫。说完，她疼爱地看了一眼儿子。

丈夫放下咬了一半的炸奶糕，在盛猪蹄的碗里翻动起来，挑出一块夹到饱儿的碗里说，饱儿你知道吗，吃猪蹄，要吃瘦猪的，筋儿多，有嚼头儿，而后蹄又比前蹄好吃，来，尝尝这块后蹄。

饱儿喉咙里的恶心还没消下去，又看见丈夫放在自己碗里的猪蹄，一块有着大脚趾和二脚趾的人的脚丫子，大脚趾肚上长着一个黑色的痦子。饱儿大声地呕吐起来。

婆婆赶紧吩咐家人说，扶少奶奶回房休息吧，过一会儿给她做碗小米粥喝。

恶心似乎掏空了饱儿所有的力气，她虚飘飘地任由家人扶回床上。她听着客厅里传过来的动静，等待着丈夫吃完饭回来。她觉得丈夫一定不知道自己吃的是人肉，他生在这样一个家庭，难道是他的错吗？只要他答应跟自己逃出去，永远不再吃人肉，他就永远是饱儿深爱的男人。饱儿一定要告诉他，野菜其实也是很好吃的，吃野菜永远都不会恶心。

母亲把饱儿从木桶里拽出来，给饱儿擦干身子，然后自己脱掉衣服进到木桶里。饱儿边穿衣服边看着母亲泡在水里的后背，如同一块干薄的梧桐木板上面长满了霉点。饱儿说，娘，你的背上怎么长了这么多痦子啊？

母亲说,后背上长痦子要受穷的,或许就因为这些痦子才穷得吃不上顿饱饭呢。

我不信,大家都吃不饱呢,都长痦子不成?娘,我的后背上有痦子吗?

没有,俺饱儿的后背啊光滑得就像是白瓷,饱儿长大了一定会找个好人家,吃得饱穿得暖。

娘,我有好东西先给你吃。

饱儿真孝顺。

娘,你不是说脚底下长痦子是飞毛腿吗,你的大脚趾上就有痦子,怎么走得还没我快呢?

飞毛腿,那是长在脚心里的,痦子上必须是长着毛的才是呢。古时候的张飞就是飞毛腿,能日行千里呢。

娘,让我看看你脚上的痦子长毛了没有。

没有,那是受穷的痦子。来给娘搓搓背吧,别闹了。把水弄洒了,看娘不打你!

娘,娘,别打饱儿,我不敢了。

饱儿翻身坐了起来,才知道是自己恍惚地想起了和娘在一起的日子。小时候最喜欢的就是数娘身上的痦子,那些黑黑的小东西,就像是一颗颗煮熟了的黑豆一样,软软的,粘在娘的后背上,永远也发不了芽。饱儿想着娘的痦子,突然似乎明白了什么。她的心狂跳起来,惊讶地用被子紧紧地捂住嘴巴,娘,娘,娘难道就在地道里不成?难道被他们吃了不成?难道刚刚在自己饭碗里的就是娘的大脚趾?

饱儿跳下床往外面奔去,但她的腿已经抖得站不住了。丈夫进来了,他抱住饱儿,说,你怎么虚弱成这个样子,饱儿你真让我心疼。

饱儿推开丈夫,说,我问你。你知不知道你们一家人都在吃人肉?

丈夫惊讶地看着饱儿——饱儿,你,你怎么能胡说八道呢?是谁告诉你的?饱儿,告诉我,我一定告诉爹娘,扒了他的皮,杀了他!是谁这么居心不良。

饱儿说,是我自己看见的,我的右眼没洗,我只是问你知不知道你自己在吃人肉?

丈夫先是瞪大眼睛看着饱儿,看着看着,突然双手抱住头蹲在了地上。

不，饱儿，这不是真的，你告诉我这不是真的……丈夫绝望地哭起来。

饱儿看着丈夫抱在后脑勺上的痉挛着的手指，一股疼痛从心里放射出来。饱儿蹲下身来，抱住男人说，只要你答应我从今以后再也不吃人肉，你就永远是饱儿的男人。饱儿宁愿给你当牛做马，饱儿宁愿要饭给你吃，饱儿都乐意。咱们走吧，你带我走吧，离开这里，离开这里。

丈夫把手从脑袋后面松开，捧住饱儿的脸亲吻起来，边亲边求饱儿，饱儿，为了我这件事你永远不要说出去好吗？饱儿，我不能没有你，饱儿，我爱你，你知道吗，我是多么爱你，我不能没有你。你答应我谁也别告诉，一切包在我身上，我想办法再帮你把右眼洗了。饱儿，你答应我，饱儿，为了我们俩的幸福，为了我们的儿子，你答应我！

丈夫的恳求从饱儿的脸上变成冰凉的水流向饱儿的全身，然后变成冰，把饱儿冻成僵硬的。饱儿说，你说过你爱我，你宁愿为我死的。我还没要求你死呢，只是要你不再吃人肉了，要你和我离开这里，你就做不到了？你让我干什么都行，除了让我变成吃人肉的畜生之外。我宁愿饿死也不会再吃人肉了。

丈夫把嘴唇从饱儿的脸上挪开，一条鼻涕丝在两张脸之间连接着，慢慢地从一条直线变成弯曲的，然后断开，滴落在衣襟上。丈夫擦了下嘴唇问道，你说的可都是真的？

饱儿说，到死也就是这些话了。我也再问你一遍，你跟我走吗？

丈夫摇了摇头说，饱儿，不是我不愿意，是我无法做到。你见过草从泥土里拔出来放在石头上还能活的吗？

这不是一回事。饱儿说，不吃人肉不是照样能活吗？我们可以吃粮食，可以吃野菜，可以……

不是这个意思，饱儿，我是说，我永远无法变成你，因为我生来就是这样的。而你是可以变成我的，只要你肯。就像鱼，我就是鱼，我无法长上腿和你一起走，但你能够下来和我一起游，饱儿。

饱儿说，不。

丈夫看着饱儿，饱儿看着丈夫，两个人都被突然而至的沉默控制了，都明白了沉默里只剩下了什么。良久，他们松开了彼此紧握的手。丈夫站起身来，朝门口走去。饱儿看着，心里有了一种丧失了任何希望后的平静。她看着半个时辰之前还让自己疼爱难舍的人，看着那个曾让自己魂牵梦绕的人，看着那个走了千里路找寻到她，对她说爱她一生，为她可以去死的男人。男人跨过门槛，突然将两扇门关上，落上了锁。

锁的声音划过男人的气息和空气，化作一只飞蛾，扑到饱儿绝望的火焰上，冒出焦煳的仇恨的味道。饱儿从门缝里看见男人急速地奔向婆婆的卧室。饱儿从褥子底下拿出松枝和火柴，打开窗户爬了出来，走到客厅的门槛前，拿了地道的钥匙，往后院走去。

饱儿打开地道的门，从里面反锁上。她点燃了松树枝，把它插在石头缝里。饱儿闭紧了左眼，用她的右眼看着眼前这个曾让她梦幻现实难分的地道，看着墙上那两具残缺不全的尸体（女人那两只碗大的乳房，乳头凹在里面的乳房已经不见了），看着桌子上形状不一大小不等的刀，看着松枝跳跃的火焰在刀锋利的刃上闪烁着。

墙上没有母亲。

饱儿看见了浸在冰水里的袋子，她走过去，把袋子从水里拽出来，解开袋口的绳子，看见里面是数十个桃子形状的肉团。饱儿用手往袋子底下摸了摸，并未见别的东西。饱儿干脆把袋子倒了个底朝天，瞬间几十颗心脏流着血水向四处滚去。饱儿又俯下身，把手伸进水的下面摸了摸，又拽上一个袋子来，打开来见里面装着的全是人的肝和肺，并未见母亲的尸首。

饱儿舒出一口气，正暗自庆幸没有找见母亲的时候，她瞥见了左边墙角处卷成筒状的席子，她记起上次曾看见有两只猪蹄露在席子的外面。饱儿赶紧扔掉手里的袋子走过去打开席子，里面包裹着的是一头瘦弱的猪，已经被开过膛、清过肚了，猪的四蹄也被剁掉了。饱儿看了看，打算离开，临走的时候，再环顾四周，看见墙上挂着的又是两头猪了，这才意识到原以为闭紧了的左眼不知何时又睁开了。她赶紧用手捂住左眼，再走到墙角处，看见的竟是她日思夜想的母亲。母亲的眼睛睁着，看着一手捂着眼睛的饱儿。母亲的嘴巴张着，像是要对饱儿说些什么。母亲的胸膛和肚子如同两扇关不严的柴门半掩着。母亲的手脚没有了。

饱儿把娘抱在怀里，紧紧地抱着，抱着分别了近两个月的娘。她亲着娘，抚摸着娘背上的痦子，那一颗颗煮熟的黑豆一样的痦子。她紧紧地贴着娘的脸，把自己思念的泪水流在娘的面颊上。像以往一样，饱儿若是惹娘生气了，饱儿就哭，抱着娘哭，把眼泪擦在娘的脸上，娘感觉到饱儿掉泪了，就会对饱儿说，娘没生气，别再流菜水了。

饱儿对娘说，都怪饱儿不好，害了娘，但饱儿永远都是娘的好孩子，我不会和吃娘的人活在一起的。娘，不是我死就是他们死，我一定杀了他们，为你报仇。饱儿哭累了，想到该给娘个全尸首的，便放下娘去找娘的心，无奈那滚落一地的心难以分辨。饱儿禁不住扭头去看母亲，像小时候不知道该怎样做事时的样子。扭过头去才知道母亲不但已经不能给她指示了，而且又变回了一头瘦弱的残缺不全的猪。饱儿踌躇了一下，走到松枝前，把它拿在手里回到母亲的身边，跪下说，娘，饱儿的左眼已经被那些畜生糟蹋了，糟蹋成他们的眼了。娘，我知道你也不允许女儿有他们的眼，你也不允许女儿有畜生的眼，女儿宁愿瞎了，死了，也不要这样的眼。她把燃烧的松枝戳在了左眼珠子上。

饱儿醒过来，摸索着重新点燃松枝。她发现虽然自己的左眼和头痛得几乎要裂开了，可是再也不会把母亲看成猪了。饱儿重新抱起母亲，给母亲理顺头发，把母亲的眼皮抚下来，对母亲说，娘，饱儿又是真真正正的饱儿了，你闭上眼吧。饱儿最后亲了亲母亲，把母亲轻轻地放下，她走到桌子前面，拿起一把最大的刀，向外走去。

你是好样的。喑哑无力的声音说。

饱儿这才想起应该和干枯人道别。她停住脚步说，我要去找他们拼命，他们都是些畜生，他们把我娘也给吃了。

你斗不过他们的。

我不怕，无非也就是一死罢了。

他们会吃了你的。

我不会让他们得逞的，我要像你一样。

不，不，不，千万别学我。一定不要死在他们的地盘上，不要被他们困住你的灵魂。

饱儿怔怔地听着，不太明白他的话。他继续说，他们会用桃木橛子在人死后把他的灵魂固定住，这样，灵魂就永远无法离开土地，永远无法找他们算账了。求你帮个忙，放我出去吧，我厌倦了这间潮湿发霉的屋子。

饱儿说，好，我这就来。她急匆匆地找出钥匙，打开门，说，快出来吧，咱们一起走。

干枯人仍是坐在原地不动。饱儿说，快啊。干枯人说，到处都是桃木橛子，你拔掉它们我才能走出去。

饱儿说，你等等啊。她跑回去从墙上取下仍在燃烧的松枝，把它插到干枯人的墙壁上。干枯人看见火光，忙扯起衣服前襟来遮住眼睛说，快二十年没见光了，照得眼疼。饱儿手脚并用，扒拉着地上的谷秸，找出桃木橛子拔掉，扔到外面的过道里。

干枯人慢慢地站了起来，身上的灰袍子却变成碎片掉在地上。饱儿看见一棵棵的谷秸站立在他的胸膛里。他伸了伸胳膊和腿说，累死我了，我的骨头都生锈了。说完，他拉起饱儿的手说，走吧，会会他们去，他们这时正满庄找你呢。快走，别让他们把咱们再堵在这不见天日的地道里。

外面静悄悄的，白瓷碗大的月亮依然安详地散射着如水的月光，桃花艳丽如妖。饱儿的脚步如同震耳的鼓槌敲击着这片外表美丽如天堂的土地，她的胸膛里涌起一股从未有过的英勇，她瘦弱的手指紧紧地握着沉重的砍刀。她要把它砍在那些吃了母亲的畜生身上，一下又一下，让他们偿还欠下的血债。她的眼睛左右顾盼，明亮得如同燃烧的火把。

怎么会没有人呢？怎么会一个人影都没有？难道他们害怕了？躲起来了？饱儿几乎不敢相信自己的眼睛了，她边揉眼睛边说。

还是抓紧时间逃跑吧，我想这里面肯定大有文章呢。干枯人说。

不，我一定要杀了他们，替我娘报仇，替那些被他们吃掉的人报仇。

赶紧走吧，留得青山在，不怕没柴烧。

他们朝山下跑去。路变得越来越陡，碎石子在他们的脚下和他们一起奔跑着。桃花在他们的身后散落着，美如天堂。

路变得平整起来，而且没有下坡了。饱儿知道已经到了自己上次迷路的地方，她焦急地对干枯人说，跑不出去的，这路是环形的，没有出口。

不，我记得路口处有一块巨大的圆形石头，从那里往下就是来去的路。

在哪里呢？我跑不动了，我一丝力气都没有了，我的胸口疼得几乎要炸开了。

不，你能行的，你还没有为你娘报仇呢。

是呀，我要为娘报仇，我要逃出去，要让所有的人知道他们是些吃人的畜生，我要杀了他们。

前面就是石头吗？巨大的圆形的石头，对，就是。饱儿和干枯人同时看见了那块立在路边的石头，夹在两棵巨大的桃树中间。饱儿一下子看见了希望，她扑倒在巨石上面，疼痛而快乐地喘着气。干枯人却一把抓住了她。

怎么了？饱儿问。

他们在那里呢。

饱儿抬起头来，看见众多的桃树中间站着众多的人，他们的手里举着各式各样的砍刀，正目不转睛地盯着她。最前面的人中间有一个肥胖的头戴圆顶帽的老头，急剧地抖动着嘴唇，饱儿觉得他是在用嘴唇看着自己。老头的左右分别站着饱儿的公婆，他们手里并没有拿刀，只是垂手而立，一副做错事的样子。饱儿在人群里找寻着自己的丈夫，她不知道丈夫是否也手里举着刀站在人群里盯视着她。无数的刀刃在如水的月光下发出耀眼的光芒。

饱儿举起了手里的砍刀，朝着他的公婆和那个用嘴唇看着她的老头扑过去——你们这些吃人的畜生，我要杀了你们！饱儿仅仅是做了一个不完整的砍杀姿势，她的刀在还未举起的时候就被扑上来的两个男人给夺了过去。他们把刀扔在饱儿的公婆面前，然后一边一个夹住饱儿，并偷偷地摸她的屁股。饱儿挣扎着把唾沫吐在他们的脸上，他们快乐地用舌头舔着饱儿的唾液，如同两条即将得到美餐的狗。

饱儿喊道，放开我，你们这些畜生，放开我，吃人的畜生！

那个快速蠕动着嘴唇的老头抬了一下手，夹持着饱儿的两个人便松了手站在一边。老头干咳了一声，说，孩子，你不要害怕，我是咱桃树庄的庄长，你有什么为难的事情就给我说吧。当着这么多父老乡亲的面，你该会相信我会给你一个公道。说吧，你为何要逃跑？你婆婆难道没有告诉你这里的规矩吗？

庄长，我确实告诉她了。婆婆说。

我又没问你，多嘴。老头严厉地说。

饱儿说，说就说，我跑是因为我不想和你们这些畜生混在一起，你们这些吃人的畜生，你们吃了我娘。

不，孩子，你不该胡说八道，这样没有人能够救你。告诉我，你说的这些胡话是什么人告诉你的？说出来吧，这样你就会没事了。

别想再欺瞒我，我亲眼看见的。看见了吗，你们这些畜生，我已经把被你们糟蹋的眼给毁了，我再也不会上当，再也不会把人看成猪了。你们这些豺狼不如的畜生，畜生，畜生！你们还我娘！假惺惺地对我好，暗地里却害死我娘，吃我娘……

人群里发出一阵躁动，众人纷纷伸了头想看饱儿瞎了的眼睛，尤其是站在下坡处的人，开始往前挤。老头抬起手向后挥了一下，躁动立即停止了。老头说，简直是一派胡言！我们这桃树庄的人世世代代勤劳勇敢，勤俭持家，知书达理，尊老爱幼，团结一心。正是因为如此，我桃树庄才数百年丰饶富足，生活安康，不论是有怎样的饥荒灾害出现，我桃树庄都安然无恙。方圆近千里谁人不羡慕我桃树庄，哪里由得你一个小女子在这里辱骂我桃树庄！不过，我也不是糊涂之人，不会听信一面之词，自会有公断。来人哪，你们几个前去她家进行验证，速去速回。

有三个人领命而去。

饱儿被庄长一番义正词严的训斥搞糊涂了，难道是只有婆婆家和二嫂家在吃人肉吗？她朝着婆婆看过去，只见婆婆的颜面一如平日里的那般平静安详，丝毫未对去他家验证的人有半点儿紧张，几乎是连看都没看一眼。饱儿这才明白老头和他的村民只是在演一场戏，给饱儿一个人看，或者说给他们自己看，自己给自己找乐子。

饱儿回头找干枯人，想听听他的看法。干枯人说，这是他们保护自己的惯常方法，把自己说得比谁都光明磊落。等一会儿，你要往后退，退到我这个地方，往下跳，下面是悬崖，这样他们就抓不住你了，就不能吃掉你了，更不能禁锢你的灵魂了。不要害怕，我会陪着你一起的。

饱儿感激地点了点头。

前去验证的人回来了，他们个个满头大汗，气喘吁吁。他们说，通过我们的验证，他们家吃的是地地道道的猪肉。地道里共有三头猪，还有一些猪心和猪肺猪肝。让我们想不到的是他们家竟然是那么节约，猪心之类的都不舍得吃，泡在冷水里呢。那瘦得皮包骨头的猪，实在是没什么可吃的，他们家也不舍得扔。

老头听着，慢慢地捋起了下巴上的几根胡须，频频点头。听完汇报，老头站了起来，转过身去看着众人，举起了他肥胖而衰老的胳膊，大声说，父老乡亲们，都听见了吗，你们平日里都羡慕桃勤正家的富有，知道了吧，那是因为他们节俭而勤劳。别的不说，就说这次他们出去吧，整整个把月，百层底的鞋子都磨破了，吃苦受累，勇敢顽强，最终为我们桃树庄又寻得几处采办地点，这在四面闹饥荒的时候是极为不易的。你们都要向他们家学习。我一向是公平的，待会儿我自有办法。老头说完重新坐回到椅子上，说，事情到了这一步，我已经明白了，桃勤正，你家儿媳妇过门的时候是谁给洗的眼睛？

饱儿的公公赶紧上前答道，这个要问孩子他娘。

老头又说，桃勤正家的，你说，是谁？

是桃耿直家的二嫂。

就一个人吗？

是的，那天人手紧，就一个人。

桃勤正家说的属实吗？老头问。

属实，属实。马上有几个人出来作证。

那好，这么说是她没有尽到责任。罚她家赔给桃勤正家三头肥嫩的猪，并永不得再参与任何婚礼。

桃耿直赶紧站出来给庄长作了个揖，恳求道，正闹饥荒呢，要说是皮包骨头的猪嘛，一百头也容易弄到，要说肥嫩的，一头也难呐。请庄长开恩，减免了吧，或者拿别的东西顶替也行。

庄长说，容易弄到的，那还叫惩罚吗？肥嫩的猪肯定有，饥荒闹得再厉害，那也只是靠天吃饭的人闹，靠人吃饭的总不会闹的。

可那些人是不容易惹的。

下去吧，不要再说了，再说就更显得愚蠢了。

庄长转头对饱儿说，可怜的孩子，你已经疯了。这是我们不愿意看到的事，但你已经疯了，你已经被魔鬼缠身，魔鬼总是要给人们带来灾祸，危害人们的安全，不得已只能给你找个归宿了，来人哪……

随着老头的声音，七八个人站了出来，往地里砸桃木橛子，另有两人手里拿着麻绳子，做好了一切准备。饱儿明白他们会把她按到桃木橛子中间，然后勒死她。她正打算往后退去，突然一个人从人群里跌跌撞撞地跑过来，一下子抱住了饱儿的双腿。饱儿，你认个错吧，饱儿，告诉他们你是在胡说八道，一切都不是真的。饱儿，你快说啊，我求求你了，看在我和孩子的份上，求你了……饱儿昂着头不让自己看见丈夫的眼睛，她望向远处，她告诉自己，没什么可怕的。她看见远处二嫂的眼睛慌乱地看了她一眼后低了下去。

丈夫见饱儿不说话，又跪倒在庄长面前恳求道，求求您放过她吧，求求你们了，她肚子里有孩子啊，有我们桃树庄的后代啊！求求您，放了她吧。

娘，爹，你们说句话啊，饱儿就要死了啊，她肚子里有你们的孙子呐……

庄长说，孩子，起来吧，不要难过，她已经不是你的媳妇了，她只是个可能会危害到我们所有人性命的疯子，你愿意拿我们所有人的性命换她一个疯子的命吗？这世上会下崽的女人多的是，赶明日，再寻房媳妇就是了。桃勤正带你儿下去吧。

丈夫甩开父母的手，重新跪倒在饱儿的面前，饱儿……

庄长问大家，你们，我桃树庄的全体村民们，你们告诉我，她还是不是个人？

不是！

她是什么？

疯子！

怎么办？

勒死她祭祖，求祖宗保佑我们。

好！

拿绳子的人已经将绳子拽开，并结好了绳结。绳子兴奋地抖动着，只待套进饱儿的脖子上。

饱儿推开丈夫往后退去，一步，两步，三步，四步，五步……饱儿站到了干枯人的身边，干枯人拉起她的手说，没什么的，只是擦过这棵桃树。饱儿感激地对他笑了笑，朝下跃去。桃花在饱儿的身后抖动着，坠落着。

悬崖下，数十只绿色的眼睛饥饿地仰望着饱儿的坠落。

二〇〇三年二月二十九日。省报的社会新闻版用醒目的字体和位置报道了"湖泊里面惊现世外桃源"的消息。

消息是阿福提供的。

二月二十八日。好不容易熬过了年，熬过了正月。阿福的女人哀求道，阿福，出了正月了，求求你给我弄点耗子药来吧，我不能再拖累你了。我死了，你再找个女人，也好过几天有疼有热的日子。求你了，我不想再受下去了，阿福……

阿福说，要死就一块儿，我不会让你自己死的。

两个人都说不出话了，一细一粗的哭声此起彼伏，在深夜的山里，和着狼凄惨的哀嚎。

女人停住哭声对阿福说，有狼呢，门闩紧了吗？

阿福点点头，放开嗓子大哭起来。阿福知道女人并不是真的想死，真想死的人哪还会惦记门闩好没有。

女人在阿福的哭声里笑了笑，很满足。女人说，傻瓜，悲伤个啥？就是死我也是满足的，你对我这么好，我满足着哩。

阿福说，是我对不住你呢。

傻瓜，这世上你对我最好，怎叫对不住我哩，我满足着呢。下辈子我还嫁给你，我在地狱里等着你呢，你可不准变心。

不变。阿福说着，眼泪成片地流下，像山里奔涌而下的泉水，呜呜咽咽。

女人是被拐卖来的，卖给阿福的哥哥。

女人誓死不从，哥哥把女人关在屋子里，和阿福轮流值班看管。哥哥不停地打女人，哥哥说，打倒的女人揉倒的面。

女人的惨叫就像针尖挑着阿福的心，一下，一下。血从针眼里渗出来，跑到阿福的眼睛里。

累得气喘吁吁的哥哥说，给我倒碗水——你的眼怎么红了？

阿福说，哥，求求你，别再打她了，她叫得让人难受，多疼啊。

哥哥说，打倒的女人揉倒的面，你以为我愿意啊！不打她就会逃跑，她要是真跑了，哥哥这辈子也就没希望了。找个老婆，养个孩子，热热乎乎地过日子，多好啊。阿福，哥都快四十了。三千块钱，阿福，哥攒了二十年的，全搭进去了，还借了好几百呢。她若跑了，你说哥咋办？等她死了心，跟哥一心一意地过日子，咱哥儿俩可就天天有热饭吃了。咱好好干，还上债，哥哥一定想办法给你也弄个媳妇。

阿福劝女人说，我哥他不是真的愿意打你，只要你答应和他好好过日子，他会疼你的。

女人趴在门缝上，瞪着眼珠子说，我不喜欢他，和他过日子还不如让他打死呢。女人说完，闭上了眼睛，一下子蹲在了地上，好像所有的力气都在刚才瞪起的眼珠子上耗尽了。

阿福说，你别难过，我再劝劝哥哥。阿福和女人都知道，这句话没有任何希望，阿福甚至不知道该劝哥哥什么。哥哥不会放女人走的。哥哥说过，除非他死了，死了也不会放女人走，死了也要带着女人，她是他的女人，到了阎王那里也是这样。

女人突然伸出手来，阿福惊得一屁股坐在地上。女人笑了一下说，你怕了？握握我的手吧，像亲人那样。

阿福不敢动。他愣愣地坐在冰凉的石板上，看着女人的手在门缝里无助地颤抖着。女人哀哀地恳求着，握握我的手吧，像亲人那样；握握我的手吧，像亲人那样。

爹，娘，睁开眼看看饱儿吧，你们为什么生我啊？吃不饱我不怨你们，可为什么撇下我啊，不让我有一个亲人。吃不饱可以受，没有亲人怎么受啊。爹，娘，你们知道不知道，是叔叔把我骗了，把我卖了，让我过这被人打被人骂猪狗不如的日子……

阿福哭了。他握住女人的手说，姐姐你别难过，我和你一样苦呢，我也没有爹娘。我哥他也和你一样苦呢。和我们一起过日子吧，别再逃了，我哥就不会打你了。我们三个受苦的人一起，谁都不会欺负谁的，也不会骗谁的，我们就是亲人了。

你带我逃走吧，我喜欢你呢。

阿福说，别乱说啊，你是我哥的女人。阿福的心变成锤头砸着阿福，阿福觉得自己就要碎了，像被锤头砸碎的石子崩裂开。

女人说，我说的是真心话，你要是能带我走，我还有条活路，要不，我就死。早死早解脱。

终于，阿福在一个深夜里给打着响亮呼噜的哥哥跪下了。他给哥哥磕了三个响头。

他们私奔了。

一对苦命的人。

一对相亲相爱的人。

一对相依为命的人。

女人的幸福是彻底的，女人常常看着熟睡的阿福想象着以后的日子。以后，在女人的眉眼间繁花似锦地生长着。阿福的幸福却是沉重的，听别人说，他哥哥疯了，整日拿把刀找寻阿福和女人。阿福知道哥哥是被自己的背叛击垮了。阿福想过无数次，他一定会像伺候爹娘一样给哥哥养老送终，以弥补对哥哥的伤害。

不幸之人的幸福总是短暂的。在一次恩爱之后，女人说想撒尿，阿福便抱着女人走出他们的小屋子，逗趣地端着她，嘴里嘘嘘着。女人的尿溅落在青石上，在月光下如白色的珍珠欢呼跳跃。女人清脆嘹亮的快乐从唇边变成白色的鸽子，在山中飞舞，飞出去，过一会儿又飞回来。阿福端着女人进屋的时候，飞舞回来的鸽子跟着他们进到屋里，落在他们的土炕上，落在他们的皮肤上。女人和阿福痴痴地凝视着，一瞬间，阿福有了从未有过的轻松，这天，这地，全都回应着他的幸福。没有指责，没有哥哥的刀，没有愧疚，没有女人的惨叫，只有嘹亮清脆的笑声在山间飞舞奔跑。

阿福和女人紧紧地相拥。

女人说，我又想撒尿了。

阿福端着女人出来。月光下，女人的尿变成无数的珍珠砸落在青石上。女人的笑声清脆嘹亮。白色的鸽群，飞出去，再飞回来。

阿福睡了，女人尿尿的念头却越来越强烈，越来越频繁。女人悄悄地胆战心惊地走到外面。不等女人蹲下来，尿就成了冲出闸门的水。女人看着从自己的下体内奔涌出的水，不停地用手掐着自己的胳膊。一切仿佛都在梦中，没有什么疼痛，没有什么不适，只是自己的身体变成了水库，闸门关不上了。

尿过之后，女人口渴得好似被火烤着一般，女人拼命地喝水。女人看着熟睡的阿福，不忍心把自己的恐惧给他。女人走到泉水边上，孤独恐惧地看着水从自己的嘴巴里进去，从下体里流出来。

女人看着月亮哭了，看着月亮下无穷无尽的山哭。

女人越来越消瘦。女人的尿越来越多，时时刻刻都在尿着。女人起不了床了，躺在床上尿着，满屋子里都是尿臊味。女人的床头是阿福给她准备的水缸，阿福出去干活或给女人找药的时候，就给女人备下满满的水。

水，变成女人的眼泪和尿流出来。

愧疚再次进入阿福的心里。阿福觉得是自己把女人钻透了，女人才会有那么多的尿。是因为自己做了对不起哥哥的事情，上天报应他，把灾难落在了苦命的女人身上。还因为自己不够勤劳，没能够给女人一个好一点儿的日子。

女人慢慢地枯萎了，像春天的桃花，只有一个季节的绚丽。

女人有气无力地说，我还比不得花花草草的，那些东西花落了还能结果，果落了还有叶子，叶落了还能发芽，有根呢，就有希望。我充其量是片枯黄了的叶子,就要落了,留你一个人,阿福……

阿福看着眼前的枯黄叶子。阿福的眼泪像落叶底下的溪水一样沉默而苦涩。

阿福看着渴望一包老鼠药的女人。

一包老鼠药会让女人变成枯黄的叶子。

凋落。

飘零。

腐烂。

消失。

老鼠药,几十颗看起来完全正常的麦粒,在女人欣喜若狂的笑容里变成一群麦蛾,往女人的嘴里飞去。麦蛾们欣喜若狂,一场它们的狂欢节就要开场。它们周身撒着盛装的银粉,浓妆艳抹。它们飞进女人的口腔,改坐滑梯到达女人饥饿的胃,尖叫着在里面游泳,寻觅。最后它们伸出无数的利爪撕扯女人。

女人的血管断了,肠子断了,皮肤断了,肌肉断了,骨头断了。女人碎了。

女人下体的闸门关上了。

阿福看着。女人碎裂的肉末里飞出无数的麦蛾,扑向阿福。有毒的麦蛾。阿福伸出手把女人的肉末。那些飞舞的有毒的麦蛾接住,欣喜若狂地把它们往嘴里塞去。来吧,来吧,毒死我吧,毒死我吧!我早过够了这日子,早过够了,结束吧,结束吧,一起死吧,全都结束吧!贫穷、疾病、灾难、绝望、挣扎、屈辱、恐慌、欢乐、爱情,都死吧!

要死了。阿福的身体轻飘成另一片树叶,枯黄的树叶,和女人的那片一起飘着。

转眼间,阿福的脚像是套了铁镣一样沉重。阿福看见自己爬在无穷无尽的山上,到了山顶,闭眼一跳就会飘舞起来。终于到了山顶,没有可以跳的悬崖,只有温暖的阳光,阳光下桃花盛开。女人那片枯黄的叶子飘落在一棵桃树上,变成绿色的叶子。阿福心里欢喜着,不由自主地朝着太阳伸出手臂,还未等他欢呼,女人那片绿色的叶子说,我要开花了。

阿福醒来,天已放亮。阿福看着睡梦中气息飘忽的女人,回想着自己离奇古怪的梦。阿福想,或许是命运来告诉自己,一切都到了该结束的时候。

女人醒了。女人说，这一觉睡得真美啊，从生病以来，还是第一次呢。还做了个美梦，梦见自己去了一个很高的地方，那里桃花盛开，丰衣足食，我特别想留在那里，但是又特别害怕。

怕什么？

不知道，但特别害怕，可能怕见不到你了吧，不知道，反正特别害怕。

你留在那里好了，我也梦见爬到了一个山顶上，阳光明媚，桃花盛开，你也在那里。

你说世上到底有没有这样一个地方？女人问。

阿福说，可能有吧，上学的时候，还学过一篇这样的课文呢。

那是蒙人的，白日梦。女人说。

听人讲，这附近曾有一处这样的地方，人人羡慕，可惜不知在哪个年代里突然消失了。阿福甚为惋惜地说。

女人说，我怕是过不了今天了，咱俩这梦都有些不吉利呢。我死了你可一定再找个好女人，过有疼有热的日子，我在那边也就放心了。

阿福说，别胡思乱想了，我琢磨着这梦是个好梦，说不定就在哪个山顶上有灵丹妙药呢。你在家等着，我出去找找。

阿福走出门来，蹲在门口，默默地流了会儿眼泪。最后，阿福果敢地擦了擦眼睛，朝着东面走去。

附近的山，只有东面最高的那座阿福没有去过。一年四季，山底是一条湍急的河，山上厚厚的枯叶下渗出细细的水流，远远看去，那座山就像是一头老虎大张着嘴巴，一头蹲下来休息的老虎，汗津津的老虎。阿福曾无数次站在河边，无数次从河边返回他和女人的小屋子。站在河边的时候，阿福心底里万千的留恋就会涌出来，总觉得那河水会吞没一切，一不小心就被吞掉了。阿福曾想过很多次、梦过很多次同一个场景——他抱着女人跳进河里，让河带着他和女人离开这里，离开疾病和痛苦。这样想过和梦过之后，阿福就会更加留恋地看着天上的太阳，看着鸣叫的鸟儿，开放的花草。

阿福想着自己的梦。也许山上有能治女人的病的药草，也许这就是解脱的时候。

阿福回转身在想象中看了女人一眼，跳进河里。顿时，阿福觉得自己轻飘起来，奋力抡起的胳膊无法给自己做出到达对岸的牵引，仅仅是短暂地把水流的波纹改变了一下形状。他如同一片树叶，被水卷裹着，飘零着。阿福想起梦里的落叶，心里有了一股绝望的轻松和愧疚，一切就这样结束了。他绝望而轻松地喊着女人的名字。他的胳膊已不再努力地做牵引身体到对面的努力，它们只是挥舞着，兴奋而绝望。

一只巨大的手臂握住了他。

一棵倒在水面上的树拦住了顺水飘零的树叶。

阿福爬到了山上，老虎的下牙床上。

阿福被眼前的景象惊呆了。一个和梦里几乎一模一样的巨大的湖出现在面前。三面悬崖，另一面的山体连着侧面的一座更高的山，构成了老虎的上牙床。阿福四处环顾，找寻梦里的桃树，但只有一些松树和杉树。阿福走近湖边，只见水面如镜，初升的太阳在水面上洒下一层橘红的光。阿福看着水里的自己，看着自己熟悉而陌生的眼睛，被生活盘剥得只剩绝望的眼睛。突然，阿福在更远点的水里看见了盛开的桃花。阿福揉揉眼睛，再看，还是桃花，密密麻麻的桃花。阿福惊得差点栽进水里，他的心狂跳着，战战兢兢地蹲下身来，扒着岸边的岩石，大气不敢喘一口。难道是自己眼花了，还是在梦里呢？还是自己闯入了一个鬼神的世界？真的是水吗？还是一面镜子？他抬头看看天，然后试着把手伸进水里，搅动了一下。是水，冰凉刺骨的水，发出水被搅动的哗哗声，散出水的波纹。他又抓起一块小石头投进去，发出的是水被石头击打后的咕嘟声。是水无疑。阿福仔细地看下去，他看见了桃花下面的桃树枝条、桃树干，树干下面的青石板的路，路边的房子，一个静静的美丽的村庄。阿福不敢再看下去了，他转身连滚带跑地往山下去，生怕慢了一点就会被水里的世界给抓了去。

阿福找到横在河里的树，重游回对岸。一片目睹了奇迹的树叶定下心来。阿福知道自己发现了奇迹。阿福奔跑起来，边跑边喊，有人吗？有人吗？阿福急切地需要另一个人和他分享他的发现。阿福跑不动的时候看见了两个背着大包，脖子上挂着相机的男人。

他们先是怀疑地看着阿福，研究着阿福的表情、穿着，研究阿福头上的汗珠和身上湿漉漉的破毛线衣。然后，他们跟着阿福来到了河边，一个人从大包裹里拿出一个塑料的东西打起气来。另一个人找出绳索，将带铁钩的一端摔向对面的树上。

他们目不转睛地看着水底的桃花，桃花簇拥着的宁静的水底世界。他们激动得大声喊叫，他们相互拥抱，又分别拥抱阿福。

奇迹！奇迹呀！

世外桃源！

激动过后，他们掏出手机，拨打电话。谢天谢地，有信号，通了！

奇迹呀，我们发现了奇迹！不，不太像海市蜃楼，就是一个水底世界，开满桃花，活生生的一个世外桃源！好，你们独家报道，行，尽快赶到，就这么说定了。

他们两人商量了一下，掏出三百元钱塞到阿福手里说，拿着吧，这是你该得的，信息提供费。阿福定定地看着从没有亲自握捏过的百元钞票，突然间明白了梦的另一层意思。他朝在自己手里变得皱缩的钞票反复地看着，眼泪滴在上面那张和蔼可亲的脸上。他说，谢谢，谢谢，这能救我女人的命，能救我女人的命……阿福泣不成声。

他们跟随着阿福看到了把水变成眼泪和尿的女人。

骨瘦如柴的女人。

渴望一包老鼠药的女人。

阿福抱着身体没有了闸门的女人高兴地哭起来。阿福把三张被眼泪打湿的钞票塞到女人的手里，说，咱的梦是吉祥的梦哩，我遇到救星了，有钱了，能给你治病了。

两个男人的眼睛湿润了。

他们再一次拨通了电话。

第二天赶来的大队人马中，有记者、考古人员、潜水人员，还有医生，有担架，有地方的政府工作者。寥无人烟的山里突然间人仰马翻地热闹起来。

在很长的一段时间里，省报最初报道"湖泊里面惊现世外桃源"的位置成了固定的栏目，每天都会有不同的标题醒目地出现，揪动着全省人们的目光，甚至是全国的目光。

　　世外桃源你到底沉睡了多久——潜水人员首次探索睡眠在水底的世外桃源

　　解读世外桃源众说纷纭

　　陶渊明的世外桃源并非只是想象

世外桃源社会模式猜想

世外桃源再现神秘地道神秘刀

著名女考古专家甄茵亲入水下探千古之谜

另一种声音——甄茵解读世外桃源乃人吃人的罪恶之地

众考古专家力驳甄茵

世外桃源发现者的神秘之梦

世外桃源发现者的苦难爱情

救援之手纷纷伸向世外桃源发现者

世外桃源牵出拐卖妇女新案

女人的病房里堆满了社会各界人士送来的鲜花。女人在鲜花中慢慢地康复着，肌肉和笑容在女人的脸上日渐增多。阿福在鲜花的缝隙里给女人读着报纸——"可以确定的是沉睡在水底的桃树庄曾是人类的世外桃源。据新近发现的村民公约证明，此处人民的生活不仅和平富裕，而且人们平等互助，童叟无欺，尊老爱幼……曾是人间的天堂！更令人惊叹的是在沉睡的天堂里一切都鲜艳依旧，盛开的桃花，房屋里的摆设，墙壁上的挂画，地道里整齐摆放着的刀……好像上帝存心要给后人留一个生活的范本，才让桃源在她最美的时刻，静静地慢慢地陷落下去，保存在清澈而纯净的水里。只是在这里未发现任何人或尸骨的存在，甚至未见到任何坟墓，好似他们有着预知的能力，在村庄陷落之前已安然离去，并带走了他们亲人的尸骨。这是人类与故乡的生离死别，相信曾有一种断根的大疼痛在他们的心里产生，并永远伴随着他们。或许正是因为如此，他们才带走了亲人的尸骨，而留下了对家园的永久怀念。本报呼吁，他们的后代或者听到过关于桃花源传说的人，请与本报联系，以便揭开这千古之谜。"

女人听着听着就乐了。女人说，我觉得我们现在就在天堂里呢！到处开满鲜花，有那么多的人关心着，还捐钱给咱治病，每个人的脸上都堆着和蔼可亲的笑容，天堂也就这样呗！女人伸了个懒腰，很幸福地打了个哈欠。

阿福站在窗边看着外面的世界，又回转身看了看那些正在盛开和正在枯萎的花说，可惜啊，这些花要是有根，要是长在地里就好了，那样，我们走出这间屋子就还能看见鲜花。阿福忧伤地盯着洁白的墙壁和女人身上洁白的床单，这些围聚成他们短暂天堂的白色。

  阿福深情地看着他们即将结束的短暂的天堂，看着女人脸上红润的幸福，悄悄地把另一张打算念给女人听的报纸折叠起来，塞到了裤子的后兜里。登载着一个热心市民大胆建议的报纸在阿福的屁股上四四方方地隐藏着。那个人在报上说，通过阿福和女人的梦可以推测他们前世曾是桃花源里的人，他们曾经在天堂里生活过，他们的潜意识里肯定存留着对那里的记忆。应该通过心理医生的催眠术，唤醒他们的记忆，以便帮助人们揭开世外桃源之谜，揭开他们富足和平互爱的秘诀，于今人今世都是有益的……

  （原载《青春》2008年第3期）

后 记

编辑出版《文学鲁军新锐文丛》，是省作协按照中央和省委省政府关于促进文化大发展大繁荣的部署要求，为繁荣发展山东文学事业确定的一项战略措施，是围绕"多出精品、多出人才"的中心任务，为发现文学新人、扶持青年作家实施的一项系统工程。《文学鲁军新锐文丛》第一辑于2001年组织编选出版，入选的10位青年作家由此脱颖而出，得到文学界广泛关注，已经成为"文学鲁军"的中坚力量。十多年来，山东的文学队伍新人辈出，青年作家的优秀作品引人注目。为集中展示山东青年作家的新气象和新阵容，省作协决定编辑出版《文学鲁军新锐文丛》第二辑。

省委及省委宣传部领导对《文学鲁军新锐文丛》的编选工作非常重视，省委常委、宣传部长孙守刚多次听取汇报，对编选工作作出重要指示，并欣然为"文丛"第二辑作序。省委宣传部副部长刘为民亲自担任编委会主任，对编辑出版"文丛"提出指导性意见，给予了大力支持。

为确保《文学鲁军新锐文丛》第二辑编选工作的高质量和权威性，省作协组建了由有关领导、专家等组成的编委会。编委会对入选青年作家的人员构成、文学导向的宏观把握、题材和体裁的合理布局、风格形式的丰富多样以及总体设计的协调统一等方面，进行了认真研究，确定了编选方案。

在各市、大企业文联作协和有关方面广泛推荐的基础上，省作协组织专家评审委员会对申报作品进行认真审议论证，经向社会公示后，最后确定10位青年作家的作品集入选《文学鲁军新锐文丛》第二辑。这10部思想性、艺术性、可读性俱佳的优秀作品,是对我省近年来涌现的优秀青年作家及其代表作品的一次集中展示和重点推介。这里需要说明的是,我们在征集作品时确定,已入选中国作家协会和中华文学基金会编辑出版的《21世纪文学之星丛书》的作家原则上不再编入本"文丛"。《21世纪文学之星丛书》是为发现、扶植文学新人而创办的一项具有跨世纪意义的文学工程,它以年卷的形式,为文学创作方面取得显著成绩的40岁以下的青年作者出版第一本文学专集。自1994年首卷至今,已出版了157位青年作家的作品集,山东有15位青年作家忝列其中。为了展示山东青年作家整体形象,特将入选该丛书的作家作品名单作为《文学鲁军新锐文丛》第二辑的附录,同时我们将入选《21世纪文学之星丛书》之后创作成绩特别突出的作家纳入"文丛"第二辑的评选,但要求重复收录的篇目不得超过五分之一,除了过去发表的代表作外,其余全为新发表作品。经研究,已入选《文学鲁军新锐文丛》第一辑的作家,不再进入第二辑。由于第一、二辑出版的时间相隔较长,加之近年来我省文坛涌现出的创作成绩突出的文学新人比较多,遗珠之憾肯定在所难免。好在我们已将《文学鲁军新锐文丛》编选工作确定为一项制度化、常规化的文学工程,固定出版周期,持续定期地编辑出版下去。我们愿与广大青年作家一起努力,不断提高"文丛"的文学品位和艺术水平,把"文丛"打造成一个响亮的文化品牌。

省作协领导班子成员和有关方面专家参与了《文学鲁军新锐文丛》第二辑的编选出版工作。省作协主席张炜对"文丛"的编选工作提出了具体指导性意见;省作协党组书记、副主席杨学锋主持了"文丛"的策划、评审与编辑出版工作;省作协巡视员王兆山,党组成员、副主席刘海栖,党组成员、纪检组长李军,副巡视员杨发运参与了"文丛"的策划、评审与统筹。省作协副主席赵德发、李广鼐、苗长水、谭好哲、许晨、李掖平等对"文丛"的编选提出了许多建设性意见和建议。王延辉、朱建信、陈文东、王耕夫、杨文学、孙书文等作家、专家参与了"文丛"书稿的评审工作。省委宣传部文艺处对"文丛"的编选工作给予了指导，省作协创联部的全体同志承担了"文丛"的统稿和通联工作，省作协办公室的同志承担了编委会的会务工作。为了保证"文丛"的质量和水平，省作协还邀请刘玉栋、赵月斌、马兵、张丽军、何志钧、张艳梅等作家、评论家担任"文丛"的特约编辑，对入选书稿进行了认真审阅和编辑。山东文艺出版社对"文丛"的出版工作给予了大力支持和帮助，社长李宁、总编辑张海珊参与了编辑出版的统筹和策划工作，责任编辑李燕、林蕙、王玲玲、李玉玲、冯晖对书稿进行了精心编辑和校对。在此，对所有为《文学鲁军新锐文丛》第二辑编选出版工作给予大力支持和付出辛勤努力的单位和个人，表示诚挚的谢忱。

编　者

2012年10月

附录一：

入选中国作协"21世纪文学之星丛书"的山东青年作家书目

张　继　《玉米地·玉米地》（1994年卷·小说集）
路　也　《风生来就没有家》（1996年卷·诗集）
陈　原　《祖父是一粒粮食》（1996年卷·散文集）
凌可新　《老白的枪》（1999—2000年卷·小说集）
江　非　《一只蚂蚁上路了》（2004年卷·诗集）
瓦　当　《去小姨家》（2004年卷·小说集）
蓝　野　《回音书》（2005年卷·诗集）
邰　筐　《凌晨三点的歌谣》（2006年卷·诗集）
张锐强　《在丰镇的大街上号啕痛哭》（2007年卷·小说集）
徐俊国　《鹅塘村纪事》（2007年卷·诗集）
东　紫　《天涯近》（2008年卷·小说集）
徐　颖　《面包课》（2009年卷·诗集）
简　默　《活在时光中的灯》（2009年卷·散文集）
赵月斌　《迎向诗意的逆光》（2011年卷·评论集）
方　如　《声铺地》（2012年卷·小说集）

附录二：

《文学鲁军新锐文丛》第一辑书目

张　继卷　《村长的耳朵》（小说集）
凌可新卷　《避邪》（小说集）
王方晨卷　《王树的大叫》（小说集）
路　也卷　《我是你的芳邻》（小说集）
刘玉栋卷　《我们分到了土地》（小说集）
老　虎卷　《潘西的把戏》（小说集）
陈　原卷　《大地的语言》（散文卷）
王黎明卷　《贝壳说》（诗集）
张宏森卷　《战争笔记》（电视文学剧本集）
吴义勤卷　《目击与守望》（文学评论集）

图书在版编目（CIP）数据

白猫：东紫卷／东紫著．—济南：山东文艺出版社，2012.11

（文学鲁军新锐文丛／山东省作家协会编）

ISBN 978-7-5329-3985-5

Ⅰ.①白… Ⅱ.①东… Ⅲ.①中篇小说-小说集-中国-当代 Ⅳ.①I247.5

中国版本图书馆CIP数据核字（2012）第252063号

白猫
东紫卷

山东省作家协会 编

主管部门	山东出版集团
集团网址	www.sdpress.com.cn
出版发行	山东文艺出版社
社　　址	山东省济南市英雄山路189号
邮　　编	250002
网　　址	www.sdwypress.com

读者服务	0531-82098776（总编室）
	0531-82098775（发行部）
电子邮箱	sdwy@sdpress.com.cn

印　　刷	山东临沂新华印刷物流集团
开　　本	680毫米×1000毫米 16开
印　　张	16.75　插页／2
字　　数	238千字
版　　次	2012年11月第1版
印　　次	2012年11月第1次印刷
书　　号	ISBN 978-7-5329-3985-5
定　　价	28.00元

版权专有，侵权必究。如有图书质量问题，请与出版社联系调换。